처음이라 몰랐던 것들

처음이라
몰랐던 것들 3

이보라 장편소설

초판 1쇄 찍은 날 | 2025년 5월 23일
초판 1쇄 펴낸 날 | 2025년 5월 30일

지은이 | 이보라
발행인 | 권기수, 장윤중
펴낸이 | 박정서

기획 | 정수민
편집 | 손유리

펴낸곳 | 주식회사 카카오엔터테인먼트
등록번호 | 제2015-000037호
등록일자 | 2010년 8월 16일
주소 | 경기도 성남시 분당구 판교역로 235, 에이치스퀘어 N동 8, 9, 10층 (삼평동)

제작·감수 | KW북스
E-mail | paperbook@kwbooks.co.kr

ⓒ 이보라, 2021

ISBN 979-11-385-1713-3 04810
　　　979-11-385-1710-2 (set)

※ 파본은 구입하신 서점에서 교환하여 드립니다.
※ 저자와 협의하여 인지를 붙이지 않습니다.
※ 이 책은 저작권법의 보호를 받는 저작물입니다. 무단 전재 및 유포, 공유를 금합니다.

본편

 스칼렛이 있는 곳은 순식간에 아수라장이 되었다.

 비행선은 연달아 폭탄을 떨어뜨렸다. 해군들은 그 소란 속에서도 2호기를 들어 올려 절벽 가까이로 이동했고 스칼렛에게 말했다.

 "낙석이 있을 수 있으니 아예 벽 쪽으로 바짝 붙어 계십시오!"

 "네!"

 스칼렛이 정신없이 달려가 벽에 붙어 섰다. 곧 여기저기서 떨어지는 폭격에 돌이 굴러떨어져 모래사장에 처박혔다.

 그녀는 겁에 질려 두 손으로 입을 틀어막고 달달 떨고 있었다.

 늘 먼 바다에 나가 있던 빅토르는 이런 굉음과 죽음의 공포 속에서 살아왔으리라는 생각을 그 짧은 순간에 했다.

 주마등이 머릿속을 스쳐 갔다. 어린 시절이며, 결혼 생활이며, 7번가에서의 생활. 그리고 생각하지 않으려 애쓰던 마차 사고 당일의 순간까지.

 그녀가 다짐하듯 중얼거렸다.

 "오늘 죽을 순 없어, 절대로, 절대로."

 누군가가 부모님을 살해했다면 그게 누구인지 알아야 했다. 그리고, 가능하면 꼭 복수를 하고 싶었다.

거기에 이어서, 그녀는 제가 죽으면 슬퍼할 사람들을 생각했다. 가장 먼저 떠오르는 건 오빠인 아이작이었다. 제 동생을 끔찍하게 아끼는 그는 스칼렛이 죽으면 정말이지 긴 시간 슬픔에 잠길 것이 분명했다.

그리고 7번가 사람들, 늘 까칠하게 굴지만 제 편이 되어 준 안드레이.

그리고 빅토르 덤펠트.

그녀는 이 순간까지도 그가 생각난다는 사실에 화가 날 지경이었다.

진실을 말할 때는 믿지 않다가, 거짓을 말할 때는 믿고 싶어 하는 그 바보가. 사랑을 갈구할 때는 차갑다가, 밀어낼 때는 조금씩 뜨거워지는 그가.

후계자를 바란 것이 아니라면 도대체 뭘 바랐던 건데. 왜 계속 그런 말도 안 되는 거짓말이 지속되길 바라는 건데.

"당신이 거짓말을 하면, 나는 살 거야. 살려서 이용해. 원하는 만큼."

원하는 게 뭐냐고, 화내고 때리며 답을 듣고 싶었다.

아직도, 이렇게 그가 지긋지긋해진 지금까지도 그의 마음이 궁금했다.

그가 자신을 사랑하게 된다면, 이 화가 좀 풀릴 것 같았다. 후련할 것 같았다.

분노가 두려움을 눌러 잠깐 눈을 떴을 때, 그녀의 눈에 이 폭격 때문에 충격을 받아서인지 덜덜거리고 비정상적인 작동을 시작하는 비행기의 엔진이 들어왔다.

"……아."

2호기가 덜덜거리기 시작했다.

저대로 비행기가 움직이면 함께 대피해 있던 사람들의 대다수가 다칠 것이 분명했다.

스칼렛이 비행기로 달려가자 놀란 팔린이 소리쳤다.

"스칼렛 양!"

스칼렛은 곧바로 비행기로 달려가 엔진을 완전히 껐다. 덜덜거리고 움직이던 기체가 다시 꺼지며 멈췄다. 그녀가 안심하고 한숨을 내쉬었다.

"아, 부모님도 엄청 짜증 났겠다. 이거 만드느라."

그녀가 혼잣말을 하고 실없이 웃었다. 그리고 서서히 주변이 잠잠해진다는 생각이 들었다.

폭격이 끝났나, 생각하는데 주변에서 소리치는 입모양이 보였다.

잠잠해지는 게 아니라 그냥 주변의 소리가 들리지 않았다. 아득하니 정신이 멀어지고 있기 때문이라는 것을 뒤늦게 알았다.

그녀의 몸이 옆으로 풀썩 쓰러졌다. 정신없이 달려온 해군과 정비 부사관들이 그녀를 부축했다. 팔린이 스칼렛을 안아 들고 달리는 것이 느껴졌다.

"어……."

아픈가? 허벅지가 뜨거운데 피인가…….

스칼렛은 생각하다가 눈을 감았다.

'아직 죽으면 안 되는데. 부모님이 돌아가신 이유도 알아야 하고, 그 남자에게 설명도 들어야 하는데…….'

만약 이렇게 죽게 된다면 너무 억울하겠다는 생각을 했다.
눈을 감는 순간에 마지막으로 떠오르는 게, 그 망할 빅토르 덤펠트라니.

폭격이 끝난 후 사람들은 기지 쪽으로 되돌아갔다. 창고가 폭격으로 박살이 나 있었다.
창고에 정확히 폭격한 것을 봤을 때, 이 장소는 이미 들킨 것이 틀림없었다. 스칼렛이 혼수상태에 빠진 이후부터 쓰러질 정도로 엉엉 울던 커스틴이 창고로 달려가려 하자 1호기 조종사였던 콜이 붙잡았다.
"아직 위험합니다!"
"저 안에 자료와 엔진들이 있단 말이에요! 저거 잃어버리면 스칼렛이 깼다가 다시 기절해 버릴 거라구요!"
"저희가 찾겠습니다. 여기 계세요. 제발 부탁입니다."
잠시 후 군인들이 물을 가져와 뿌리며 분진을 가라앉혔다. 그리고 창고 속으로 들어갔다가 폭격으로 엉망이 된 짐들을 들고 나왔다.
빅토르가 떠난 후 현장 지휘를 맡은 에번이 스칼렛을 군의관에게 맡기고 돌아온 팔린에게 말했다.
"그래도 천운이네."
"예. 함장님도 그렇게 생각하실지는 모르겠지만……."
스칼렛을 포함, 파편에 부상당한 이들이 대다수였고 중상도 많았지만, 사망자는 없었다. 기적이었다.

하필 2호기 실험 비행을 위해 정비부사관들은 전부 나와 있었고 해군들도 상당수가 2호기가 추락할 때를 대비해 바다로 나가 있었다.

해군들이 소리를 치며 잔해 속에서 부상자를 찾아다녔다. 잔해 속에서 몇몇 부상자들이 구조를 요청했다.

에번은 기적적으로 사망자가 없다는 사실을 알자 처음에는 안심하다가, 빅토르가 없는 사이 제가 책임져야 할 상황이 오자 괴로워하며 손으로 목덜미를 주물렀다. 그는 아직도 먼지가 다 가라앉지 않은 주변을 둘러보았다.

"아, 뒷골이 땡기네."

빅토르가 이 자리에 없다는 것을 알자마자 곧바로 폭격한 것이 우연은 아니었을 것이라 그는 확신했다.

이 폭격을 전쟁의 신호탄으로 여기고, 원래의 계획대로 바로 남부를 치는가, 아니면 이 공군 기지를 버리고 대피하는가를 에번은 결정해야 했다.

아직 공관 근처는 위험했기 때문에, 루비드호에서 회의가 시작되었다.

간부들이 모인 곳에서, 육군 항공대의 대장, 왈도가 말했다.

"내가 총대 메고 말하는데."

모두의 시선이 왈도에게로 향했다.

그가 다혈질인 성격답게 참지 않고 입을 열었다.

"여기 공군 기지가 있는 걸 아는 사람이 누굽니까. 음? 다들 알잖아."

그리고 집게손가락으로 위를 가리키며 말했다.

"위에서 유출한 거라고, 위에서."

공군 기지의 위치를 아는 것은 왕실과 나라 안의 모든 정보를 쥐고 있는 왕실경찰의 윗선, 그리고 여기 있는 인원이 전부였다.

다들 공군 기지를 유출한 범인이 누구인지 머리로는 알고 있지만, 입 밖으로 드러내지는 않았었다.

그러나 왈도가 내뱉어 버리자 거기 있는 사람들이 모두 고개를 끄덕였다.

"맞는 말입니다. 왕실에서 베스티나에 공군 기지의 위치를 유출한 거예요. 그래서 함장께서 체포되자마자 폭격이 시작된 거죠."

"저 왕실이 남아 있는 한, 우린 여기서 헛수고만 하고 개죽음 당하는 겁니다."

"맞습니다, 지금까지 그래왔듯이 앞으로도 쭉!"

에번이 팔짱을 끼고 인상을 썼다.

다들 에번 쪽을 보고 있었다.

그는 참모가 성격에 맞지, 이렇게 무언가 결정하는 입장에 있는 것은 너무도 괴로워 차라리 죽는 게 낫겠다는 생각이 들 정도였다.

그것도 보통 큰 문제를 결정하는 게 아니었다.

만약 남부를 친다면 개전.

여기서 대피하고 수도로 가 왕실을 친다면 반역.

"개전 아니면 반역……. 젠장. 선택권 하고는……."

에번이 옆에서 대신 선택해 달라는 듯 간절한 표정을 지으며 주위를 둘러보았지만, 그가 아무리 열심히 눈빛을 보내 보아도 돌아오는 것은 '네가 빅토르 함장 대행이니 알아서 해라'라는 냉정한 눈빛이었다.

에번은 빅토르라면 어떻게 했을지를 고민하며 그가 하던 말들을 떠올리던 중에, 지금 혼수상태에 빠진 스칼렛이 예전에 했던 말을 떠올렸다.

그녀는 이것이 전쟁에서 이기기 위해서가 아니라 전쟁을 막기 위한 연구이며, 만약 전쟁에 사용하게 된다면 폭파시킬 것임을 명확히 했다.

"그럼 일단은…… 여기를 비우긴 해야겠습니다. 왈도 경, 공군 기지로 쓸 만한 곳 없습니까?"

"아니, 뭐 육군은 땅을 다 아는 줄 알아? 해군은 바다에 뭐가 있는지 다 압니까?"

"왜 성질은 내고 그래요? 별말 하지도 않았는데."

그리고 회의실에는 한바탕 소란과 싸움이 일어났다.

서로 자기 할 말만 하고 욕설까지 오가기 시작하자 에번이 한숨을 쉬었다.

"내가 살면서 이런 말을 할 줄 몰랐는데, 함장님이 눈물나게 보고 싶다……."

그가 중얼거렸다.

그때 군의관이 돌아왔다. 에번이 기회라는 듯이 회의실을 나와 물었다.

"스칼렛 양은? 아이는?"

"아이요?"

"임신하셨잖아."

"예에? 아뇨. 전혀요."

"……응?"

에번이 흠칫 놀라 되물었다.

"임신이 아니야?"

"아닙니다. 아이가 있었다면 오늘 목숨을 잃으셨을 겁니다. 허벅지부터 허리까지 부상이 심하셔서요."

에번의 표정이 묘하게 일그러졌다.

빅토르는 수도에 저택을 마련하려 할 뿐만 아니라, 제작이 오래 걸리는 명인의 요람까지도 주문을 마쳤다.

어머니가 왕족이 자라는 요람에 대해 지겨울 정도로 말해서 그런지, 그는 왕족조차도 화려하다 말할 만한 요람을 제작하기 시작했다.

그런데 아이가 없다니 이게 무슨 말인가.

스칼렛이 임신을 했다고 거짓말을 했을 가능성을 생각해 보았으나, 빅토르가 그런 수작을 의심 없이 넘어갔을 리 없었다.

그는 머릿속이 복잡한 상태로 일단 군의관에게 물었다.

"아무튼, 건강 상태는 어떠셔?"

"아주 안 좋습니다. 바로 수도 병원으로 옮겨야 할 겁니다."

"바로 옮겨. 당장."

"예, 부함장님."

에번이 이내 자신을 뒤따라 나온 팔린에게 말했다.

"팔린, 자네가 스칼렛 양을 수도까지 호위해."

"예, 그러죠."

"그리고 수도에 도착하자마자 이 사실을 함장님께 알려. 어떻게든."

"폭격이요?"

"그것도 그건데."

에번의 말에 팔린이 바로 이해했다는 듯이 고개를 끄덕였다.

"스칼렛 양이 다치신 걸요?"

"그래."

잠깐 멈칫하던 팔린이 이내 무슨 의도인지 알겠다는 듯 고개를 끄덕였다.

"예, 바로 전달 드리겠습니다. 어떻게든."

가장 가까이에서 빅토르를 보아 온 사람으로서, 에번도 팔린도 빅토르의 반응은 어느 정도 예상할 수 있었다. 분명한 것은 그가 이 스칼렛 크림슨이 폭격으로 위급한 상황에 빠졌다는 것을 알게 되는 즉시, 본청을 나와 스칼렛을 찾아올 것이라는 사실이었다. 혹여 왕이 막아선다고 해도.

―·◆·―

곧이어 팔린이 스칼렛 크림슨을 수도까지 호위할 부하들을 여럿 추렸다.

팔린이 부하들을 모아 놓고 말했다.

"다량의 자료까지 날아간 이상, 지금 살란티에게 스칼렛 크림슨 양은 루비드호 이상으로 중요한 병기다."

언제나 지나치게 직설적으로 말한다고 에번에게 혼나곤 하는 팔린의 말에 그가 가장 아끼는 부하인 피어스가 말했다.

"아, 기관장님. 그래도 사람에게 병기라니요."

"그만큼 중요하다는 거지. 내 말뜻 알잖아."

"저희니까 아는 거 아닙니까."

피어스가 이 어두운 상황 속에서 여전히 여유를 잃지 않고 미소를 지었다.

곧바로 스칼렛 크림슨의 수도 수송이 시작되었다.

왕세손이 베스티나의 편에 붙어, 중요한 기술자인 스칼렛 크림슨을 타국에 내주려 한다는 것을 아는 해군들은 감히 왕도 이런 호위를 꿈꾸지 못할 정도로 철저하게 호위를 하며 그녀를 수도로 이송했다.

수도로 가는 길에 함께 기차에 동행한 커스틴이 펑펑 울자 에이샤와 조니 남매가 번갈아 그녀를 달랬다.

"괜찮아, 스칼렛 금방 일어날 거야."

"맞아, 그래도 학자들 중에는 제일 건강하잖아."

그러자 커스틴이 스칼렛의 얼굴을 가리키며 울음 섞인 목소리로 말했다.

"얼굴 좀 봐. 저게 뭐가 건강해……."

커스틴의 말대로 허리에서 피를 심하게 쏟은 스칼렛의 얼굴이 창백했다. 급하게 파편을 빼내고 꿰맨 후 수혈까지 했지만 그녀는 일어나지 못했다.

그들이 수도에 도착하기 한참 전부터 포치에 나와 있던 아이작은 크림슨 저택 앞에 선 마차를 발견하고 다급히 달려갔다.

"스칼렛!"

여기까지 오는 내내 울고 침울해 있던 커스틴과 에이샤, 조니 남매는 아이작을 발견하자마자 스칼렛이 일어나지 못할까 봐 겁먹던 것을 아주 잠깐 잊어버렸다. 둘은 대륙 끝과 끝에 두어도 서로 남매란 걸 알아보고 찾을 수 있을 정도로 닮은 얼굴을 가지고 있었다.

스칼렛의 상태를 확인한 아이작의 손이 바들바들 떨렸다.

지금까지도 그녀가 다치는 걸 지나치게 많이 봐 왔다고 생각했는데 오늘은 차원이 달랐다.

그는 들것에 실려 저택으로 운반되는 스칼렛의 얼굴에서 눈을 떼지 않고 침실을 안내했다.

지금 스칼렛은 언제 어디서 위협을 겪을지 몰랐기 때문에, 병원에 입원시키는 것조차 미덥지가 않았다.

아이작은 스칼렛이 이송되어 오는 사이에 객실 하나를 병실로 만들어 두었다.

스칼렛을 침대에 눕힌 직후 아이작이 불러 둔 의사와 간호사들이 그녀의 상태를 확인했다.

두 번째 수술이 시작되는 동안, 환자와 의료진을 제외한 이들이 침실 밖으로 쫓겨났다.

아이작이 눈을 감고 중얼거렸다.

"아직 안 돼요……."

스칼렛이 금방이라도 제 손을 떠나 버릴 것 같아, 그는 부모와 신에게 스칼렛을 구해 달라 애원했다.

그마저 실신할 것 같아 팔린이 말을 걸었다.

"괜찮으십니까?"

그러자 아이작이 눈을 뜨고 물었다.

"왜……. 왜 저렇게 크게 다친 겁니까?"

"그게."

팔린이 머뭇거리자 에이샤가 대신 대답했다.

"폭격 중에 뭔가 건드려졌는지 비행기 엔진이 커졌어. 비행기 근처에 사람이 많아서, 그게 움직이면 다칠까 봐 스칼렛이 달려가서 끄다가."

"……."

"그니까…… 원래 그런 녀석이잖아?"

에이샤의 멋쩍음이 느껴지는 말에 아이작이 조금이나마 진정하며 고개를 끄덕였다.

"그렇지. 원래 그런 녀석이지."

그는 바닥에 주저앉아, 스칼렛이 곧잘 하듯이 제 무릎을 끌어안아 얼굴을 묻고 중얼거렸다.

"어릴 때부터 지금까지 쭉 그런 애였어."

"어릴 때 어땠는데?"

남매가 옆에 앉았다. 그리고 커스틴도 슬쩍 주변에 앉고, 팔린은 뒷짐을 지고 병실을 지키고 서서 아이작을 힐끔거렸다.

아이작이 입을 열었다.

"그냥. 도와줄 일이 있으면 제일 먼저 달려가고, 우리 가족이 넷인데, 좋은 게 세 개밖에 없으면 세 사람에게 제 몫까지 줘 버리고. 나중에 세상에 우리 둘만 남았을 땐 하나 생긴 걸 꼭 나부터 줬어. 나서지 않아도 되는 일에 나서고, 몸을 사릴 일에 사리지 않고. 그런…… 그냥 좋은 사람이 되고 싶어서 어쩔 줄 모르는 애."

아이작이 고개를 들어 벽에 뒤통수를 기대고 말을 이었다.

"어릴 때는 자기 몫까지 줘 버리면 칭찬을 받잖아. 두 배, 세 배로 돌려받게 되고. 그래서 그렇게 살다 보니까, 그렇게 다 퍼 주는 게 제일 많이 돌려받는 방법이라고 생각하게 되어 버렸나 봐."

"……."

"외롭고, 사랑받고 싶어서 어쩔 줄을 모르겠으니까. 사랑받고 싶어서 자기 걸 전부 내줘 버리는…… 그런 애?"

아이작이 말하고 싱긋 웃었다.

그의 말이 끝나고도 잠시 그곳의 누구도 말이 없었다. 초봄에 들어서고 있었지만 아직 수도는 밤이 차가웠다.

팔린이 입을 열었다.

"전시 상황에는, 그런 사람이 있어야 합니다. 미안한 말이지만."

그 말에 아이작이 그를 올려다보았다.

언제나 차갑던 그의 와인 빛의 눈동자는 스칼렛의 이야기를 할 때만 온기가 돌아, 분위기까지도 닮았다는 생각이 들게 했다.

스칼렛과 너무 닮은 얼굴을 불편해하며 팔린이 말을 이었다.

"서로 죽고 죽여야 하는 상황에서는 인간성을…… 영원히 상실할 것 같은 기분이 드니까요. 스칼렛 양 같은 사람이 있다고 생각하면 안심이 됩니다."

"……."

"아직까지도 세상에 멀쩡한 사람이 남아 있구나, 하고."

그의 말에 아이작이 이내 눈을 반달처럼 휘며 웃었다. 그리고 고개를 끄덕거렸다.

몇 시간 후, 병실에서 의사가 나오며 말했다.

"수술은 끝났습니다. 정말 위험할 뻔했습니다."

그의 말에 모두가 얼어 있는데, 의사가 안심하라는 듯이 빠르게 말을 이었다.

"그래도 생명에 지장은 없습니다. 계속 경과를 봐야 하지만 곧 일어나실 겁니다."

그 말이 끝나자 초조하게 기다리던 이들 모두 무너지듯 한숨을 쉬었다. 가족인 아이작이 가장 먼저 병실 겸 침실로 들어갔다. 얼굴이 새하얗게 질린 스칼렛이 침대에 누워 있는 것이 보였다.

그는 침대에 걸터앉아 조심스럽게 스칼렛의 얼굴에 달라붙은 머리칼을 떼서 넘겨 주었다.

"얼른 일어나."

그가 채근하듯 말했다. 그리고 머리칼을 쓰다듬으며 말을 이었다.

"이제 네가 위험한 길을 골라도 뭐라고 안 할게. 너 하고 싶은 대로 해. 네가 맞아."

아이작은 제 눈에서 툭툭 떨어져 스칼렛의 뺨에 떨어지는 눈물을 서둘러 닦아 냈다. 그리고 몸을 일으켰다.

"세상엔 정말로, 너 같은 사람이 필요하대. 잘됐지?"

그는 사고 직후, 부모와 시력마저 잃은 것을 안 자신이 몇 달 동안 입을 다물어 버린 사이, 아픔을 다 잊은 것처럼 뛰어다니던 스칼렛을 떠올렸다.

그가 말을 이었다.

"넌 언제나 나보다 좋은 사람이니까. 나는 그냥, 네가 가는 길을 따라가면 되는 거더라. 앞으로 그러려고."

그는 그렇게 말하고, 그녀에게 보란 듯이 활짝 웃었다.

에이샤의 말대로, 스칼렛은 원래 그런 사람이었다. 그리고 팔린의 말대로, 그녀가 있으면 아이작은 끔찍한 꼴을 귀로 들으며 제 속에서 썩어 가던 인간성이 재생되는 것을 느꼈다.

얼마 전, 아이작은 이 저택에서 에빌 크림슨의 가족들까지 완벽히 쫓아냈다. 그는 이제 온전히 이 가문의 주인이었고, 이 저택의 주인이었다.

그러고 나니 허망했다.

이제 뭘 하고 살아야 하나.

그러다 지금에 와서, 또다시 남들을 구하고 혼수상태에 빠진 스칼렛을 보며 그는 확신했다.

그녀가 원하는 일을 하면 된다. 그녀가 하라는 걸 하고, 하지 말라는 것은 하지 않고. 눈이 보이지 않을 때와 똑같이, 그렇게 살면 되는 것이었다.

이렇게 쉬운 것을 잠시 잊고 있었다는 게 한심했다.

언제나 아이작에게 선과 악의 구분은 명확했고, 그에게 옳은 것은 스칼렛 하나였다.

그는 방향을 결정했다.

―――・◈・―――

팔린은 에번이 명령한 대로 곧바로 스칼렛이 다친 사실을 빅토르에게 전하기 위해 왕실경찰 본청으로 향했다.

본청은 여전히 해군과 시민들로 둘러싸여 있었다. 사람들이 돌을 던져대 본청의 창문이 죄다 깨져 있고, 페인트를 던져 벽 여기저기가 얼룩덜룩했다.

덕분에 왕실경찰들은 본청에 드나드는 것에 매우 큰 불편함을 겪고 있었다.

팔린이 본청으로 들어서자 왕실경찰들이 막아 섰다. 그러자 팔린이 말했다.

"명령입니다. 어떻게든 함장님을 뵙고 오라구요. 무슨 수를 써서라도."

"그, 그래도 면회가 제한……."

"무슨 수를 써서라도, 라니까. 못 알아듣나?"

팔린이 불쾌하다는 듯 미간을 좁혔다.

어찌 되었든 그가 자란 레드포드 가문은 살란티에에서 다섯 손가락 안에 드는 명문가였다. 팔린의 조모만 해도 베스티나 선왕의 고종사촌이었다. 최근 양국의 관계가 나빠지며 팔린의 조모는 상당히 괴로운 나날을 보내고 있었다.

왕족도 이 대륙 여러 나라 왕족의 피가 섞여 있지만, 명문가의 귀족들도 마찬가지였다. 그러므로 살란티에의 많은 귀족들이 비교적 수월하게 베스티나로 넘어갔다. 그들은 전쟁이 시작되면 베스티나가 살란티에를 압도하리라 확신하고 있었다.

그들의 생각이 어느 정도는 맞았다. 살란티에 입장에서는 최대한 전면전을 피하고 어떻게든 평화협정을 맺어야 했다.

'……스칼렛 양이 그 자리에서 사망했으면 이미 틀린 이야기였겠지만.'

팔린은 속으로 생각했다.

팔린의 종용과 협박에 못 이겨 잠깐의 면회가 허용되었다. 잠시 후 빅토르가 면회실로 나왔다. 왕실경찰이 수갑을 풀어 주는 모습에 팔린이 표정을 구겼다.

"감히 함장님께 수갑을 채워?"

"일단 앉아."

빅토르가 말하며 자리에 앉았다. 팔린 역시 의자에 앉으며 물었다.

"독방에 계셨습니까?"

"그랬지."

"그럼 못 들으셨겠네요. 기지가 폭격을 당했습니다. 지금은 전부 이동 중이구요."

폭격이라는 말에 빅토르가 그를 보았다. 팔린이 말을 이었다.

"스칼렛 양께서 크게 다치셨습니다."

"……얼마나."

"큰 파편에 찔려 기지에서 한 번, 바로 수도로 이송해서 한 번을 더 수술했습니다. 그런데도…… 아직 일어나지 못하셨습니다."

팔린은 그렇게 보고하며, 빅토르의 눈에 도는 이채가 저 험준한 산맥에 사는 호랑이 같다고 생각했다.

"그 외의 사망자는 없고, 중상자 대부분이 눈을 떴습니다. 폭격 직후에 선회한 걸 보면 공군 기지만 노리고 들어온 것 같습니다."

팔린은 10년을 함께해도 여전히 적응되지 않는 눈빛을 어려워하며 말을 이었다.

"스칼렛 양께서 부상을 감수하고 시동을 끄신 덕분에 사상자를 내지 않을 수 있었던 것은 물론, 동시에 기체도 구할 수 있었습니다."

보고가 끝난 후에도 한동안 말이 없던 빅토르가 긴 침묵 끝에 입을 열었다.

"담배를 찾을 때 알아 봤어야 했는데."

"……"

빅토르가 먼저 세상을 떠난 유프호의 함장을 떠올리며 말하고 있음을 아는 팔린은 입을 다물었다. 가끔 감정이 없는 것 같을 때가 있는 빅토르가 표정에 드러내는 분노에, 팔린은 저도 모르게 뒤에서 지키고 있던 왕실경찰들에게 어디 도망쳐 있으라 일러 두고 싶은 심정이었다.

빅토르가 의자 팔걸이에 팔을 걸치고, 뒤에서 감시하던 왕실경찰들을 돌아보며 말했다.

"지금 나가 봐야겠는데. 뭐부터 하면 되지?"

그의 질문에 왕실경찰들이 대답을 못 하고 주춤거렸다.

때마침 폭격 이후 해군들에게 움직임이 있으리란 것을 예감한 율리 이렌이 취조실에 들어섰다.

"빅토르. 이야기 좀 하지."

율리가 말하며 함께 온 호위에게 의자를 가리켜 손가락을 까딱였다.

호위가 의자를 끌어다 주자 율리는 거기 앉아 왕세손이 들어온 후 경례 이후에도 자리에 서 있던 팔린에게 말했다.

"레드포드 경, 자리 좀 비켜 주겠소?"

그의 말에 팔린이 빅토르 쪽을 보았다.

그가 고개를 까딱이자 팔린이 정중히 인사하고 말했다.

"문 앞에 있겠습니다."

레드포드 정도 되는 명문가라면 아주 어릴 때부터 왕실에 대한 존경을 교육받아 왔을 텐데도 빅토르의 명령을 왕세손의 명령 위에 두자 율리가 혀를 찼다.

"자네가 왕실을 존중하지 않으니 해군 전체의 기강이 엉망이잖나."

"기강이 무슨 뜻인지 모르는 모양이군."

빅토르가 말하며 팔린이 가져다준 담배 상자를 열었다. 좋은 담배가 들어 있어, 하나를 꺼내 입에 물고 불을 붙였다. 그사이 율리가 노려보았으나 그는 그다지 신경 쓰지 않았다.

결국 긴 침묵 속에서 율리가 먼저 입을 열었다.

"자네가 왕명에 항명한 것에 대해서는 어떻게 처벌할지 논의 중이야. 그도 그럴 것이, 보통 상황도 아니고 베스티나와의 관계가 최악으로 치닫고 있는 상황이잖아? 이런 상황에서 항명하는 게 현명했다고 생각해?"

"우리 공군에서 크게 활약 중인 중요한 인재를 빼 가려고 했으니 그렇지."

"어느 정도 비행에 성공한 걸로 알고 있는데. 그 정도면 내가 스칼렛 양을 다른 필요한 곳에 써도 되잖아."

"필요한 곳이 어디인지 정확히 말해 봐."

"극비야."

율리의 말에 빅토르가 픽 웃었다.

"스칼렛 양은 자신을 필요로 하는 곳이 정의롭다면 언제든지 달려갈 사람이야. 지구 끝이라도, 목숨이 걸려 있어도 갈 거라고. 내가 뭐 어려운 걸 요구하나? 정확히 어디, 어떻게 필요한지 말해."

"말하잖아, 극비라고."

"나는 살란티에의 가장 큰 약점인 남부의 바다를 지키고 있어. 그런 내가 몰라야 하는 비밀이라면 스칼렛 양도 반기지 않겠지."

그는 말하고 느긋하게 담배 한 대를 다 피운 후 몸을 일으켰다. 그리고 문으로 향하자 율리가 인상을 썼다.

"뭐 하는 거야? 어딜 나가?"

빅토르가 무시하고 문을 열자, 앞에서 기다리던 해군이 그의 재킷을 가져다주었다.

빅토르가 제 넓은 어깨와 긴 팔에 딱 맞게 재단한 재킷을 입으며 말했다.

"내가 탈영했었다는 말을 듣고 싶었던 거지?"

"그래."

"지금은 남부에 폭격을 당했으니 바로 그곳으로 갈 거야. 만약 그 일에 대하여 재판을 받아야 한다면, 그 이후에 받지."

"웃기지 마. 전장을 이탈했던 자의 지휘를 해군이 받을 것 같은가?"

그의 말에 문밖에 서 있던 해군이 웃음을 터트렸다. 그러곤 난처해하며 서둘러 고개를 숙였다. 그 확연한 비웃음에 율리의 얼굴이 분노로 시뻘겋게 달아올랐다. 그 비웃음이 율리의 질문에 대한 대답을 대신하고 있었다.

감정을 다스리는 것은 왕족들이 받는 교육 중 하나였으나, 율리는 지금 상황에서 그것을 능숙하게 해내지 못했다.

그가 자신을 비웃은 해군에게 말했다.

"왕족을 모욕하는 것은 큰 죄라는 것을 모르나? 자네는 어느 가문의 아들이지?"

"예? 아, 저는……."

새파랗게 젊은 해군이 당황한 표정을 지었다. 그러자 그사이 재킷을 반듯하게 차려입은 빅토르가 율리에게 말했다.

"나라의 기밀을 파는 것만큼 큰 죄는 아니지."

"뭐?"

율리의 표정이 심하게 구겨졌다.

빅토르가 말을 이었다.

"공군 기지의 위치가 유출되었어. 아는 사람이라고는 왕실과 여기 이 본청의 두어 명뿐이지. 애초에 본청에 있는 자들이 왕족들의 명령 없이 유출을 했을 리는 없으니, 네가 그랬다고 보는 게 합당해."

"말도 안 되는 트집 잡지 마."

"그럼 폐하께서 군사기밀을 유출하셨다는 건가?"

"……."

율리가 멈칫하자 빅토르가 그의 어깨를 툭툭 두들기며 말했다.

"네가 했겠지만, 아니었어도 네가 희생해. 자손의 도리를 해야지."

"모함이야."

"증거를 찾아 오지."

빅토르의 행동은 그가 지금껏 배워 온 여유가 박혀 있었으나, 시선에는 진득거리는 조바심과 불만족이 뒤섞여 있었다.

그가 율리의 두 어깨를 꽉 잡고 허리를 숙여 귓가에 나직이 말했다.

"무서우면 베스티나 군인들에게 가서 도와 달라고 해. 내가 꼬리를 밟기 전에."

"……빅토르 덤펠트, 자네 지금 제정신이야?"

"사랑하는 여자가 사경을 헤매고 있어. 여기서 제정신이면 사내가 아니든지, 사랑이 아니든지 둘 중 하나겠지."

"……."

"만에 하나, 정말 만에 하나라도 스칼렛이 다시 일어나지 못하면 너는 절대로 편하게 죽지 못할 거야."

그의 말씨는 여전히 고아한 축이었으나 율리는 더 말대답할 여유도 없이 얼어붙었다.

빅토르가 천천히 율리를 놓아주며 말했다.

"나중에 얘기해. 지금은 스칼렛을 보러 가야 하니까."

그는 말하고 그곳을 나섰다. 왕세손조차 막지 못한 사내의 길을 막을 수 있는 사람은 그곳에 더 이상 없었다.

빅토르가 본청을 나오자 앞에서 기다리던 그의 비서 블라이트가 기겁을 하며 말했다.

"이, 이게 무슨……. 어, 어떻게 사람을 이 지경으로!"

보는 눈이 있어 재킷까지 챙겨 입었는데도, 블라이트는 그의 헝클어진 머리칼에 세상이 무너진 듯한 얼굴이었다.

그의 충격 받은 얼굴이 익숙한 빅토르는 무시하고 블라이트가 끌고 온 마차에 올라탔다. 그리고 안절부절못하는 블라이트에게 말했다.

"크림슨가로. 그리고 하이럼 피트도 크림슨가로 불러."

"하이럼……. 아, 안드레이 씨 말씀이시군요. 네, 알겠습니다. 아, 그리고 격납고는 완전히 무너졌지만 공관 쪽, 특히 집무실 쪽은 피해가 덜해서 함장님 짐을 거의 다 챙겨 나와 해군 공관에 가져다 두었습니다. 또…….'

블라이트가 곧 초콜릿 상자 두 개를 내밀었다.

"에번 경께서 도련님이 이 초콜릿 상자를 늘 집무실에 두셨다고 하셔서요. 한 상자는 집무실에서 가져왔는데, 혹시 드시고 싶으시면 새 걸로 드셔야 합니다."

빅토르가 초콜릿 상자를 받자 블라이트가 마차 문을 닫고 마부에게 크림슨가로 출발하라고 부탁하는 소리가 들렸다.

빅토르는 흙먼지를 한 번 닦아 낸 초콜릿 상자를 열어 보았다. 매일 열어두고 바라보던 것과 순서가 달라 새 상자를 열어 보니, 예상대로 초콜릿 순서가 바뀌어 있었다.

빅토르는 그 두 개를 한동안 바라보다 새 상자의 초콜릿 순서를 하나씩 바꾸었다. 감히 제 물건을 건드릴 사람은 스칼렛뿐이고, 그녀는 정리벽이 약간 있는 사람이니 무의미한 순서는 아닐 것이 분명했다.

그는 곧 이것이 스칼렛이 좋아하는 초콜릿 순서일 거라 추측했다. 듬성듬성 비는 것이 싫어서 순서대로 먹으려고 만들어 놓은 모양이었다.

빅토르는 언젠가 그녀가 자신은 좋아하는 걸 마지막까지 남겨 두었다가 먹는다고 말했던 것을 떠올리며, 한동안 초콜릿을 바라보고 있었다.

───── ◆◆◆ ─────

잠시 후 빅토르가 탄 마차가 크림슨 저택 앞에 멈춰 섰다.

그의 마차를 멀리서 본 하인이 급하게 달려가 주인에게 알렸고, 그가 내릴 때쯤에는 아이작이 나와 있었다.

빅토르를 발견한 아이작이 물었다.

"경께서 무슨 일이십니까?"

"스칼렛이 다쳤다고 들었소."

"……."

그의 말에 아이작은 말없이 빅토르를 주시했다. 그의 두 눈이 빅토르를 살피듯 훑었다. 그러다 곧 입을 열었다.

"스칼렛이 경을 보고 싶어 할지 모르겠습니다. 가뜩이나 몸도 안 좋은데 마음까지 안 좋아서야 되겠습니까?"

제 동생을 지키기 위해서는 두려울 것이 없었다. 아이작 크림슨의 눈빛은 맹목적이었다.

빅토르가 입을 열었다.

"깨기 전에 돌아가지."

"……"

생각보다 선선히 대답하자 되레 아이작 쪽에서 할 말이 없어졌다. 그는 잠시 생각 끝에 고개를 끄덕였다.

"스칼렛이 깰 것 같으면 바로 떠나셔야 합니다."

빅토르는 고개를 끄덕이고 저택으로 들어섰다.

그는 계단을 오르며 스칼렛이 식사 자리에서 재잘재잘 이야기하던 목소리를 떠올렸다.

"난간에서 부모님이 깨셨나 확인하고, 새벽에 나와 놀았거든? 그랬더니 위험하다고 난간 기둥이 아이 몸이 빠져나갈 수 없을 만큼 촘촘한 걸로 바꿔 버리셨어."

그는 손으로 난간을 쓸며 올라가 사용인이 안내한 방으로 향했다.

병실로 꾸민 침실은 깨끗했다. 테이블 위에는 솜인형 같은 것이 놓여 있었다.

빅토르는 침대 옆에 서서 물끄러미 스칼렛을 내려다보았다. 핏기 없는 얼굴이 죽은 것만 같아 몸을 숙이고 그녀의 손목을 잡아 보았다. 희미한 맥박이 느껴졌다.

한참 그녀를 바라보던 빅토르가 옆에 놓인 의자에 앉았다. 그리고 그녀에게 말을 걸었다.

"요람을 만들고 있어. 보석이 찬란한. 번화가에 타운하우스도 짓고 있지. 파티에서 질리도록 사람을 만나고 놀다가 돌아와서 유모가 세상에서 제일 좋은 요람에 재워 둔 아이를 살피는 거야."

화려한 타운하우스, 사교 시즌이면 쉼 없이 사람들이 들락거리고 연일 새벽에 마차로 돌아오는 삶.

수없이 많은 사용인이 떠받들고, 잘 교육 받은 유모들과 가정교사가 붙어 기르는 아이는 무관심 속에서도 완벽한 후계자로 자라는.

빅토르가 생각하는 그런 최상의 삶은 그의 어머니가 바라던 삶이었다.

그가 몸을 일으켜 스칼렛의 이마에 입을 맞추고 말했다.

"거짓말해 줘서 고마워. 당신과 함께 아이를 키우는 상상을 하는 게 꽤 행복하더군."

그렇게 이야기하고 나서, 그는 입을 다물었고 한동안 떠나지 못해 자리에 머물러 있었다.

그리고 제 미약한 상상은 언제나 허무감으로 끝났다.

이것만으로는 그녀를 웃게 할 수 없다는 것을 이제는 알았다. 제가 떠올릴 수 있는 삶은 그녀를 행복하게 할 수 없다.

그녀가 저와 마주 보는 것만으로도 행복해하던 날들은 끝났으므로.

한참이 지나, 스칼렛이 언제 일어날지 몰라 늘 활짝 열려 있는 문

으로 안드레이가 들어섰다.

"……왜 부르셨습니까?"

안드레이가 경계하며 묻자 빅토르가 문으로 걸어갔다. 그리고 문을 닫아 잠그자 안드레이가 힐끔 스칼렛을 보고 말했다.

"설마 사장님 계시는 곳에서 절 패실 건 아니죠?"

"자네가 알아봐 줄 것이 있어."

"제가요?"

안드레이가 여전히 의심스러운 표정을 지었다.

빅토르가 먼저 물었다.

"그 어부는."

"술에 진탕 취해서 함장님 이야기만 하다가 집에 갔습니다. 인생에서 제일 피곤한 시간이었죠."

농담이랍시고 말했는데 빅토르는 표정에 변화가 없어 상대를 무안하게 했다. 안드레이는 제가 무슨 말을 할 때마다 수많은 표정을 지어 보이는 스칼렛이 도대체 저런 남자의 어디가 좋았나를 생각해 봤지만, 외형이 완벽하고, 강하고, 혈통 좋고, 돈 많은 것 외에는 딱히 떠오르는 부분이 없었다.

빅토르가 입을 열었다.

"필요한 만큼 사람을 붙여 주지. 율리 이렌이 공군 기지의 위치를 유출했다는 증거를 찾아와."

"……제가요?"

안드레이가 멈칫하고 되물었다.

그러자 빅토르가 덤덤히 대답했다.

"이미 왕실경찰이 목을 노리고 있지 않나? 더 위험해질 것도 없어 보이는데."

"지금은 제 노력 여부에 따라 살 수도 있지만, 그건 자살 행위…… 지만 지금 함장님 손에 죽을 수도 있으니 하겠습니다."

안드레이가 빠르게 말을 바꾸었다.

명령 후 빅토르의 시선이 다시 스칼렛에게로 향했다.

안드레이가 슬쩍 물었다.

"도중에 걸리면 함장님 이름을 대도 됩니까?"

"처음부터 비밀로 할 것 없어. 왕세손도 내가 증거를 찾고 있다는 걸 알고 있으니."

"이야, 권세가에게 직접적으로 명령 듣긴 처음이라 설레네요. 1급 왕실경찰이 된 기분…… 이라고 하면 화내시겠죠. 가 보겠습니다."

안드레이가 얼른 말을 얼버무린 후, 왠지 만족스러운 표정을 지었다. 그 역시 스칼렛이 다친 이후 신경이 곤두서 있던 참이었다.

안드레이가 떠나고, 빅토르는 다시 문을 열어 두었다. 그리고 스칼렛에게 돌아가는데, 그녀 쪽에서 신음이 들렸다.

그가 자리에 멈추자 눈을 뜬 스칼렛이 고통스러운지 숨을 헐떡였다. 빅토르가 방 밖의 사용인에게 손짓해서 의사를 데려오라 명령한 후 스칼렛에게로 향했다.

스칼렛은 식은땀을 흘리며 고통스러워했으나, 빅토르가 곁에서 할 수 있는 것은 그녀의 손을 붙잡고 달래는 것뿐이었다.

의사가 곧 급하게 달려와 진통제를 주사했다. 그러나 약 기운이 돌 때까지 스칼렛은 고통 아래 가라앉아 있었다.

그녀가 깼다는 소식에 곧바로 달려온 아이작이 스칼렛의 땀에 젖은 머리칼을 쓰다듬었다.

아이작이 울 것 같은 얼굴로 말했다.

"미안해. 아프지?"

"너무 아파, 너무······. 너무 아파······."

스칼렛은 바들바들 떨며 두 손으로 아이작의 옷깃을 움켜쥐었다.

의사는 환자의 상태를 책망하는 듯한 빅토르의 기세에 눌려 땀을 뻘뻘 흘리고 있었다.

그가 아이작에게 말했다.

"죄송하지만 아가씨가 못 움직이게 꽉 눌러 주셔야 합니다. 상처가 너무 커서 이렇게 움직이면 위험해요."

의사의 말에도 아이작은 스칼렛의 몸에 조금도 힘을 주지 못했다. 그가 당황해하자 빅토르가 말했다.

"내가 하지."

그는 아이작 대신 스칼렛의 몸을 눕히고 바둥거리는 어깨를 잡은 후 무릎으로 그녀의 다리를 부드럽게 눌렀다. 스칼렛이 고통에 흐느끼는 것을 그는 무심해 보이는 얼굴로 내려다보았다.

스칼렛의 눈꼬리를 타고 눈물이 흘렀다.

"이거 놔······. 놔, 나쁜 새끼······."

그녀가 빅토르를 알아보고 욕을 하니, 그가 건조한 목소리로 대답했다.

"알아, 나쁜 새끼인 거."

스칼렛이 혼절할 것 같은 아픔에 비명을 지르며 그를 뿌리치려 했으나 빅토르는 여전히 그녀가 움직이지 못하게 누르고 있었다.

어느 정도 시간이 지나 약 기운이 돌자 그녀의 숨이 서서히 진정을 되찾고 다시 잠이 들었다.

빅토르는 울다 지쳐 늘어진 그녀의 몸을 천천히 놓았다. 침대에 내려서는 그의 팔은 스칼렛이 때리고 할퀸 흔적으로 울긋불긋해져 있었다.

아이작은 그런 그를 복잡한 표정으로 보고 있었다.

그는 자신이 이 순간 악역의 역할을 도맡아야 한다고 생각한 듯했다. 그녀의 미움을 받는 것이 당연히 제 몫이라는 듯이 보였다.

빅토르는 헝클어진 소매를 바로 했다. 아이작은 곧 그에게서 관심을 거두고 스칼렛의 곁으로 의자를 당겨 앉아 그녀를 부드럽게 다독였다.

빅토르가 그곳을 떠나고 서너 시간이 지나서야 스칼렛이 잠깐 다시 눈을 떴다. 그녀와 눈이 마주친 아이작이 이내 울 것 같은 얼굴로 웃었다.

"다행이다, 깨어나서……."

그의 웃는 얼굴이 보였는지, 스칼렛이 가늘게 숨을 쉬며 아이작을 보았다. 그녀는 진이 완전히 빠져서 손가락 하나 까딱할 힘도 없어 보였다.

한동안 아이작을 멍하니 바라보던 스칼렛이 물었다.

"……그 사람은 갔어?"

"……."

"갔지? 물어볼 거 있었는데……."

긴 시간 사경을 헤매다 깨서, 가장 먼저 찾는 것이 전남편일 줄은 예상하지 못했다.

아이작은 막막함을 감추고 다정히 말했다.

"불러 줄게. 아직 수도에 있을 거야."

"아냐."

스칼렛이 힘없이 대답했다.

"그냥…… 나중에 물어보면 돼."

"뭐가 궁금한데? 내가 대신 물어봐 줄까?"

아이작이 그녀의 손을 깍지 껴 잡고, 제 뺨으로 당기며 물었다. 그러자 스칼렛이 희미하게 웃으며 대답했다.

"중요한 거 아냐."

"그래?"

"응."

스칼렛이 피곤한지 눈을 감고 물었다.

"화났지?"

"나 말이야?"

"응, 내가 무모해서."

그녀가 정신 없는 와중에도 걱정스러워하니 아이작이 웃었다.

"음, 무모한 건 사실인데. 그래도 화가 나진 않아."

"정말?"

"응. 어차피 말린다고 들을 게 아니면 싫은 소리 할 바에 그냥…… 감탄하지, 뭐. 와, 내 동생 대단하다, 하고."

그의 말에 스칼렛이 다시 눈을 떴다. 그리고 장난스럽게 웃는 아이작의 얼굴을 보며 그녀도 따라 웃었다.

아이작이 말을 이었다.

"여러 사람을 구했어."

"음……."
"잘했어. 네가 정말로 자랑스러워. 나도 이렇게 뿌듯한데 부모님은 어떠시겠어?"
아이작이 진심을 가득 담아서, 농담조로 건네는 상냥한 목소리에 스칼렛이 민망한지 배시시 웃었다.

─── ·◈· ───

바로 남부로 떠나야 했으나, 빅토르는 크림슨 저택 앞을 한동안 서성이고 있었다. 뒤늦게 그가 아직 떠나지 않은 것을 전해 들은 아이작이 포치로 나왔다.
그는 앞에 서 있는 빅토르를 발견하고 굳은 얼굴로 다가갔다.
"아직 안 가셨습니까?"
"스칼렛은."
"다시 잠들었습니다."
그러자 빅토르가 고개를 끄덕였다.
아이작은 잠시, 빅토르에게 스칼렛이 그를 찾더라는 말을 전해 줄까 생각했으나 곧 마음을 바꾸었다.
지금 스칼렛이 그를 만나는 게, 결코 그녀에게 도움이 될 것 같지 않았다. 또 저 사내의 냉정에 외로워할 것이라 생각하면 모른 척하는 것이 나았다.
그는 한동안 담배를 피우고 싶은 것을 참았는지, 손에 들린 담배가 구겨져 굼벵이처럼 주름이 잡혀 있었다.
그가 여기서 떠나지 못하고 있는 이유는 뻔했다. 스칼렛의 얼굴을 한 번 더 보고 떠나고 싶은 것이었다.

아이작은 그것을 알면서도 냉정한 목소리로 말했다.

"떠나셔야 할 것 같습니다. 여기서 시간을 보내고 계실 분이 아닐 테니까요."

빅토르는 담배 상자를 다시 주머니에 넣고, 거기서 쪽지 하나를 꺼내 건넸다.

"이건 스칼렛의 몫이니 전해 주시오."

아이작은 미심쩍어하며 종이를 받아 들었다. 7번가에서 왕성과 가장 가까운 곳의 주소지였다.

빅토르는 돌아섰고 곧 마차에 올랐다.

───────✦───────

이전에 스칼렛이 고통스러워했던 것을 기억해서인지, 이번에는 의사가 옆에 24시간 달라붙어 진통제의 약 기운이 떨어지기 전에 다시 진통제를 투여했다.

혼몽한 상태로 내내 앓지 않으면 잠들어 있던 스칼렛은 일주일이 지나서야 겨우 몸을 일으켰다. 모처럼 침대에 걸터앉은 그녀는 창밖에 휘날리는 꽃잎을 멍하니 바라보았다.

"봄……."

그녀는 혼잣말하며 침대에서 내려서다가 발목이 끊어질 것 같은 고통에 '악' 하고 비명을 질렀다. 그러자 열려 있던 문으로 리브가 달려 들어왔다.

"스칼렛!"

"리브?"

"어휴, 꼴이 이게 뭐야, 또!"

눈을 뜨자마자 리브가 화부터 내자 스칼렛이 웃었다. 살아 돌아온 것이 실감이 났다.

그러나 도무지 일어날 힘이 없어 침대에 앉아만 있으니 아이작이 들어와 물었다.

"바깥바람 좀 쐴래?"

"그러고 싶은데 도저히 못 걷겠어."

"휠체어 가져다 놨어."

아이작은 그녀에게 두툼한 카디건을 입힌 후, 업히라고 등을 들이 밀었다. 스칼렛이 미안한 표정으로 그의 등에 업혔다.

리브가 조심해서 계단을 내려가는 아이작을 도와주며 말했다.

"스칼렛, 네가 누워 있는 동안 엄청 많은 일이 있었어."

"무슨 일?"

"일단……."

리브가 무언가 말하려는데 아이작이 고개를 저었다. 그 모습을 본 리브가 멈칫하며 입을 다물었다. 그러자 스칼렛이 인상을 썼다.

"왜, 무슨 일인데?"

"네가 조금만 더 회복하면 말해 줄게."

리브가 활기차게 말하고 먼저 계단을 내려갔다. 아이작은 그녀를 휠체어에 조심해서 앉혀 주고, 뒤에서 천천히 밀어 주었다. 저택을 나가니 온화한 공기가 뺨을 감쌌다.

아이작이 애써 경쾌한 목소리로 물었다.

"어때? 날씨 좋지?"

"응. 정말 좋아졌다…….'"

스칼렛이 말하며 하늘을 보았다. 고개를 들자 꽃나무에 꽃이 흐드러졌다. 모처럼 이른 봄꽃을 즐기던 스칼렛이 말했다.

"이러고 있으니까 정말 환자 같네."

그녀의 혼잣말에 리브가 팍 인상을 쓰더니 아이작에게 물었다.

"이렇게 다치고도 자기가 환자인 걸 모르나 봐요. 한 대 때리면 안 돼요?"

"음, 그래도 환자니까 봐줄까요?"

아이작이 웃으며 대답하자, 이제 그럭저럭 그 웃음에 심장이 버틸 만해진 리브가 으휴, 하고 스칼렛만 흘겼다.

스칼렛이 멋쩍게 말했다.

"생각해 보니까 나도 환자였구나…….'"

"그걸 생각해 봐야 알아?"

리브가 핀잔했다.

스칼렛은 배시시 웃고 나서 잠시 더 나무를 바라보았다.

감기에 걸릴 수 있다며 안달하는 아이작을 못 이겨 짧은 산책을 마치고 세 사람은 저택으로 돌아왔다. 그리고 창가에 자리를 잡고 춥지도 않은 날씨에 벽난로까지 켜고 앉아 리브가 가져온 빵을 나누어 먹었다.

그렇게 시간을 보내다 스칼렛이 말했다.

"이제 말해 봐. 하려던 말이 뭐였어?"

그녀의 말에 리브가 한숨을 쉬었다. 아이작은 여전히 말하기를 꺼려하는 듯했으나 리브가 입을 열었다.

"네가 누워 있는 동안 한 번 더 폭격이 있었어. 이번에는 수도와 가까운 곳에……. 그리고 이걸 전면전으로 받아들여서, 이틀 전에 피에브라는 섬 근처에서 해전이 있었어."

"……뭐?"

리브가 결국 숨겼던 신문을 내밀었다.

스칼렛이 신문을 확인해 보니 피에브섬에서 있었던 해전에 대해 자세한 설명이 적혀 있었다.

[살란티에 해군, 피에브에서의 완벽한 승리]

[살란티에 제1 함대 지휘관 : 빅토르 덤펠트]
[베스티나 제1 함대 지휘관 : 슬로브 스타브로긴]

[살란티에 사망 8인 부상 34인]
[베스티나 사망 389인(추정) 포로 1430인]

[베스티나 제1 함대 사실상 괴멸]
[베스티나 영해 남부 요지 피에브섬 점령]

폭격 용도로 만든 베스티나의 비행선보다 훨씬 더 빠른 속도를 가진 살란티에 정찰용 비행기의 승리였다. 이 정찰기를 이용한 살란티에 1함대의 전략은 완벽했고, 그들은 대승을 거두었다.

그리고 아래 적힌 사망자 명단을 읽던 스칼렛의 손이 떨렸다. 지나다니며 몇 번 얼굴이 익었던 해군의 이름이 있었다.

그녀가 읽는 중에, 리브가 그녀의 신문 위에 조심스럽게 직사각형의 빳빳한 종이를 놓으며 말했다.

"그리고 네 앞으로 온 건데……. 아마, 지금 이걸 받을 수 있는 가족이 너밖에 없어서 함장님이 널 기입해 두셨나 봐."

수신자는 스칼렛 덤펠트로 되어 있었고, 전장에서의 부상을 가족에게 알리기 위한 간결한 내용이 적혀 있었다.

[빅토르 덤펠트 시각 손상]

스칼렛은 멍한 얼굴로 종이를 집어 들었다. 그녀가 한참 몇 자 적혀 있지도 않은 글자를 바라보다가 입을 열었다.

"……어떻게 빅토르가 다쳐?"

그러자 리브가 머뭇거리며 말했다.

"네가 제일 잘 알잖아. 살란티에 해군은 원래…… 지휘관이 가장 앞에 서는 거."

"……."

또다시 어둠이.

종이를 든 스칼렛의 손이 떨렸다.

아이작을 덮은 그 망할 어둠 때문에 그리 많은 날을 슬퍼했는데, 또다시 어둠이라니?

그녀가 종이를 다시 신문 위에 내려놓으며 말했다.

"그럼…… 이걸 받으면 어떻게 해야 하지?"

그러자 리브가 얼른 말했다.

"기다리면 부상자들이 돌아오지 않을까?"

"빅토르는 바로 돌아오지 않을 것 같아. 지휘관이기도 하고, 본인 성격도 그렇고. 계획대로 베스티나 남부를 점령하기 전까지는 그곳에 남을지도 몰라. 전화……. 전화를 좀 해야겠어."

스칼렛의 말에 아이작이 마지못해 휠체어를 밀어 주었다.

그녀를 전화실로 들여보낸 후 아이작은 머뭇거리다 전화실을 나왔다.

리브는 굳어 있는 아이작의 표정을 보며 말했다.

"어쩔 수 없잖아요. 스칼렛 앞으로 온 걸 숨기면, 쟤 성격에 가만히 있겠어요?"

"……그건 그래요. 리브 양의 말이 맞아요."

아이작이 결국 동의하며 고개를 끄덕였다.

―――◆―――

스칼렛은 전화를 들고도 멍하니 앉아 있다가, 한참이 지나서야 해군 공관으로 전화를 걸었다. 다른 부상자의 가족들도 전화를 하는지 한동안 연결이 되지 않았다. 여러 번의 시도 후에 전화수의 목소리가 들리자 스칼렛이 말했다.

"스칼렛 크림슨입니다. 전남편이…… 빅토르 경께서 부상을 당했다는 연락을 받아서요. 상태가 어떤가요? 심각한 건 아니죠?"

―아, 죄송합니다. 함장님의 상태는 아무리 가족이셔도 전화로 전달드릴 수가 없습니다.

"그런가요? 그럼 어떻게 하죠?"

―곧 계시는 곳으로 사람을 보내겠습니다.

"크림슨 저택이에요."

―예, 알겠습니다.

그리고 전화가 끊겼다.

스칼렛은 그 후에 다시 제 손에 들린 종이를 확인했으나 모든 글자가 여전히 그대로였다.

정말. 어떻게 사람이 이렇게 못됐을까.

이혼한 지가 언제인데 아직도 연락망에 제 이름을 올리나.

왜 그런 짓을 해서 제게 이따위 소식을 알릴 수가 있을까.

"……나쁜 새끼."

그녀는 말하며, 두 손으로 종이를 꽉 쥐었다.

경미한 부상이리라, 스스로를 세뇌하듯 되뇌고 있을 때 다행히 금방 해군 하나가 도착했다.

지휘관의 부상은 극비 중에서도 극비인지라, 그는 누가 질문을 해도 말을 하지 않다가 스칼렛과 둘만 남은 후에야 목소리를 낮추어 말했다.

"전달 드린 것처럼 함장님의 눈에 손상이 있습니다. 시력이 약간 떨어지신 걸로 알고 있습니다."

"……얼마나요?"

"다행히 눈을 전공한 군의관이 있어서 담당을 하고 있는데, 심각한 건 아니랍니다. 너무 염려하실 것 없습니다."

"그럼…… 수도로 돌아오지 않는 건가요?"

"예, 아직은…… 전장에 계실 겁니다. 말씀드렸듯이 경미한 부상이기도 하고, 전장에 함장님이 안 계시면 해군의 사기는 물론이고 살란티에 국민 전체의 사기까지 떨어질 테니까요."

경미하다는 말에 안심이 되는 한편, 아무리 그래도 빅토르가 계속 그곳에 있어야 한다는 사실이 잔인하게 느껴졌다.

스칼렛은 마지못해 고개를 끄덕였고, 염려가 묻어나는 목소리로 말했다.

"빅토르는…… 알잖아요, 어떤 사람인지. 그 사람은 해적섬의 약을 절대로 쓰지 않을 거예요."

"……예. 알고 있습니다."

해적의 약재 이용은 대외적으로 불법이었다. 더구나 해적에게 쌓인 분노가 많은 해군들로서 그들의 기술을 필요로 한다는 것은 불명예스러운 일이었다.

과거에 스칼렛이 아이작의 눈을 치료하는 데 쓸 약을 구해 달라고 부탁했을 때도 빅토르는 신념을 꺾지 않았다. 그래서 그는 왕실경찰의 취조 후 스칼렛이 그 약을 위해 자신을 팔았다는 사실에 더욱 분노했다.

스칼렛이 한숨을 쉬며 말했다.

"그러니 정말 다행이네요. 경미하다니."

"예. 그렇습니다. 저…… 혹시 이후에도 경과를 스칼렛 양께 전달해 드리면 되겠습니까?"

빅토르가 가족으로 적어 둔 유일한 사람이라 그녀에게 부상 소식을 알리기는 했으나, 이혼한 사이이다 보니 앞으로도 계속 전달해도 되나 신경 쓰이는 모양이었다.

스칼렛이 잠시 생각하다 고개를 끄덕였다.

"네. 나에게 계속 전달해 주면 고맙겠어요."

살란티에 해군이 베스티나 남부에 들어선 것은 첫 해전에서 승리한 후 사흘 뒤였다.

1차 해전으로 살란티에 해군은 남쪽 바다의 제해권을 장악했다. 2호기는 무사히 돌아왔고, 살란티에의 전력이 양적으로는 떨어질지 몰라도 질적으로는 충분히 승산을 가진다는 것을 보였다.

양국이 직선거리로 20해리밖에 되지 않는다고 해도, 해안선이 워낙 복잡해 본래는 상당히 오랜 시간이 걸렸다. 그러나 요지인 피에브 섬을 점령한 덕분에 전열을 가다듬기가 수월해졌다.

루비드호를 위시한 살란티에 함선들이 연안에서 베스티나 남부의 도시를 향해 퍼부어댄 폭격은 그곳을 순식간에 아수라장으로 만들었다.

베스티나 역시 이런 살란티에 해군의 전략을 예상하고 있었으나, 그것이 고작 해전 후 사흘 만에 일어날 일이라고는 예측하지 못했다.

베스티나 전력의 많은 부분이 비행선을 이용해 산맥을 넘어가 살란티에와의 지상전에 투입되었고, 남은 전력의 상당 부분이 직전 해전에서 포로로 붙잡히거나 사망한 직후라 바로 충원을 하지 못한 상태였다.

무엇보다 살란티에의 가장 큰 행운은 그들의 지휘관에 있었다. 항공대에서 치고받는 과정을 거치며 점차 통합된, 왈도를 중심으로 한 육군 부대가 남부에 상륙해 해군과 합동작전을 펼쳤다.

베스티나 남부 도시를 점령하는 것에는 열두 시간도 채 걸리지 않았다.

그 후에야 빅토르는 부상 이후 처음, 제대로 휴식을 취했다.

에번이 붕대로 눈을 감싼 그가 앉은 침상 근처에 서서 입을 열었다.

"휴식은 아무리 넉넉해도 부족하죠. 좀 더 쉬십시오. 군의관이 괜찮다고 했더라도, 전 한참 더 쉬셔야 한다고 봅니다."

"쉬고 있잖아, 이미."

"더 편하게 쉬시란 말입니다."

빅토르는 더 이상 대답이 없었다. 그가 평소 상대의 반응을 신경 써 가며 대화하는 사람이 아닌 건 알지만, 오늘따라 괜히 불안해진 에번이 한 번 더 강조했다.

"들으신 거 맞죠? 진짜로 무리하시면 안 됩니다."

"알았으니 나가."

빅토르가 손짓하자 에번이 마지못해 그곳을 나갔다. 그리고 문 앞에서 기다리던 군의관, 체이스에게 말했다.

"혹시 덧나지 않았는지 잘 확인해. 함장님 저 잘생긴 얼굴을 안경으로 가리고 다닐 순 없잖아."

에번이 농담 반, 진담 반으로 말하자 체이스가 어색하게 웃었다.

"예, 부함장님."

에번이 떠나고, 체이스가 들어선 후에도 한동안 침실에 침묵이 흘렀다.

에번이 나갈 때까지도 아무렇지 않은 척하고 있던 체이스가 울 것 같은 목소리로 말했다.

"그럼 붕대 바꿔 드리겠습니다."

체이스가 처음 빅토르의 부상을 확인하라는 명령을 받았을 때의 긴장감은 말로 다 표현할 수 없었다. 빅토르를 동경하여 해군이 되었는데, 눈을 전공한 탓에 그의 시력이 제 손에 달려 있는 상황이 오자 압박이 심했다. 이미 속에 있는 걸 다 게워 내고 왔는데도 여전히 울렁거렸다.

그리고 그 울렁거림은 진료 직후, 곧 서러움으로 바뀌었다.

그의 부상은 생각보다 심각했다. 한 달 정도는 빛을 보지 않아야 회복 가능성이 있었다. 그 전에 빛을 보면 실명할 가능성이 컸다.

부상 당일, 그의 상태가 심각하다고 말하니 빅토르가 잠시 생각 후에 대답했다.

"환자의 비밀을 지키는 건 의사의 의무이기도 하지 않나?"
"마, 맞습니다, 함장님."
"사흘 뒤 출정해야 승산이 있으니, 거짓말을 해 줘야겠어."
"예?"

체이스가 두려움을 누르고 절대 안 된다고 말려 봤으나 그는 듣지 않았다.

사실, 내심으로는 그의 말이 합당하다는 것을 체이스도 알고 있었다.

모든 전술은 빅토르 덤펠트에게서 나왔고, 살란티에 해군의 사기의 근원이야말로 그였다. 그가 심각한 부상을 당했다는 것을 알면 살란티에 해군의 사기가 급격히 하락할 것이 자명했다.

결국 체이스는 그날 회의에서, 빅토르의 눈은 사흘이면 나을 정도로 경미한 부상이고 출정해도 아무 문제가 없다 거짓 보고를 올렸다.

빅토르의 예상대로, 베스티나 남부가 정비되기 전에 치고 들어간 것은 대단한 성과를 냈다.

동시에 체이스가 예측한 대로 그의 시력은 순식간에 떨어져 내렸다. 우느라 그의 손이 자꾸 떨리자 빅토르가 말했다.

"왜 아직도 떨어. 햇병아리 시절은 지난 것 같은데."

"……"

"그만 좀 울고. 애도 아니고."

"……죄송합니다, 함장님."

체이스는 힘겹게 울음을 참으려 했으나, 되레 더 눈물이 쏟아졌다. 그러자 빅토르가 혀를 차고 무덤덤하게 말했다.

"전쟁을 원하는 나라를 상대로 약자가 평화협상을 요구한다면 들어줄 리 없지. 베스티나의 남쪽 바다를 봉쇄하는 건 우리에게 반드시 필요한 일이었어. 알잖나."

"실명하실지도 모릅니다."

"상관없어."

"그게 어떻게 상관이 없으십니까……."

"평화협상을 받아 내면 퇴역하고 쉴 생각이라."

군의관은 안달복달하는데, 정작 부상을 당한 본인은 되레 느긋해졌다.

태어나는 순간부터 하나의 목표만을 바라보며 목숨조차 아까워하지 않고 달려왔다. 제 몫은 여기까지인 게라고, 다치는 순간 생각했다.

이제부터는 쉴 수 있겠구나, 생각하니 마음이 한결 여유로워졌다. 다만, 제 인생 대부분의 시간을 보낸 배에서 내려야 한다는 것만이 다소 아쉬웠다.

빅토르가 말했다.

"난 이제 다시 수도로 돌아갈 테니 염려 마. 실명을 해도, 수도 저택에선 지낼 만할 거야."

"함장님……."

빅토르는 잠깐 붕대가 풀린 사이 눈을 떠 앞을 보았다. 시야가 뿌옇게 되어 잘 보이지 않았다.

눈을 찌푸리고 거울을 보니 다행히 겉으로 보기에 전혀 차이가 없었다.

체이스가 울음을 삼키고 말했다.

"괜찮습니다. 아이작 크림슨 백작께서 사용하신 약을 쓰시면 됩니다. 부작용 없이 효과가 있다는 게 증명되지 않았습니까?"

그의 말에 빅토르가 무슨 소리냐는 듯이 대답했다.

"내 아내가 구해 달라고 애원했을 때도 내 원리원칙을 내세워 구해 주지 않았어. 이제 와서 날 위해 쓸 순 없지."

내심 하늘이 벌을 주는 거라고 생각했다.

설령 스칼렛이 정말로 자신을 그 약에 팔았던들, 제가 감히 화낼 자격이 있었나.

이제는 그녀가 원하는 것을 전부 이뤄 주고 싶었다.

스칼렛은 살란티에를 떠날 마음이 없고, 7번가에 계속 머물며 살고 싶다니 그걸 이뤄 주려면 방법은 평화협상 하나밖에 없었다.

그는 그것을 얻어 내야만 했다.

무엇보다 스칼렛에게는 제 눈이 회복되지 않으리란 것을 비밀로 할 생각이었다.

그녀가 저를 증오한다고 해도, 어둠이 그녀의 오랜 상처라는 사실에는 변함이 없을 테니.

체이스가 나간 후, 다시 침실로 에번이 들어섰다. 그가 의아해하며 물었다.

"저 군의관 표정이 왜 저런 겁니까? 혼내셨어요?"

"약간. 하도 손을 떨어서."

"그야, 함장님이 워낙 어려운 분이니까 그렇죠."

에번의 목소리만 들어도 그가 싱글벙글하고 있다는 것이 느껴졌다.

"그보다, 안드레이 해밀턴에게서 연락이 왔답니다. 꼬리를 잡았다고요."

어쩐지 들떠 있는 목소리더니, 에번이 신이 나서 말을 이었다.

"조금만 더 파고들면 왕세손이 베스티나에게 공군 기지의 위치를 유출한 정황을 잡을 것 같습니다."

그 말에 빅토르가 되물었다.

"확실해?"

"예, 확실합니다."

그렇게 말하고 난 에번이 흥을 못 견디겠는지 웃음소리를 내며 말을 이었다.

"돌아가면 그 자식부터 처형하시죠. 사촌지간이라 직접 하시기 뭐하면, 제가 하겠습니다."

"왜. 자넨 별로 쌓인 것도 없잖아."

"해군이라면 누구나 함장님을 향한 왕실의 태도에 분노했습니다. 저도 그렇구요. 지금이 뭐, 서약에 목숨 거는 기사의 시대도 아니잖습니까. 공치사를 제대로 했어야죠, 충성심을 원한다면."

그의 말에 빅토르가 픽 웃었다.

에번은 이것에 대해 떠들고 싶어 죽겠는지 나가지 않고 신나서 연신 떠들어댔다.

"돌아가면 함장님은 살란티에 역사상 최고의 영웅이 되실 겁니다. 이미 그렇습니다만."

"나도 법정에 서야지. 탈영에 대한 심판은 받아야 하니."

"몇 번째 말하지만 탈영 아닙니다. 그때 함장님이 하신 말씀 아직도 정확히 기억합니다. 군인이 어떻게 다친 민간인을 보고 그냥 가냐고. 거기서 그냥 가 버린 저야말로 살란티에 해군으로서의 도의를 저버린 겁니다. 그때 유프호의 선장이셨던 라이언 로즈 함장님께서 함장님이 유프호에 못 타신 걸 함구하라고 하신 건, 그때도 함장님을 질투하던 율리 이렌이 그걸 트집 잡아 어떻게든 해군복을 벗게 하려 들 것이 뻔했기 때문입니다."

에번이 말을 이었다.

"제가 증인입니다. 율리 이렌을 처리하면, 함장님을 법정에 세울 수 있는 사람은 없습니다. 왜 함장님은 이 분위기에 그런 소리를 하십니까? 오늘은 해군에 사망자 하나 없는 승전이라 기분 좋았는데."

"나에게 따지는 건가?"

"그건 아닙니다. 죄송합니다."

잠깐이나마 빅토르의 보호자가 된 기분을 느꼈던 에번이 다시 정신을 차렸다. 그러나 여전히 얼굴에 미소가 가시지 않았다.

"아무튼, 눈은 정말 다행입니다."

빅토르는 나가라는 손짓으로 대답을 대신 했다. 그러나 오늘따라 에번은 왠지 그와 좀 더 이야기하고 싶은 기분이 들었다. 환자인 그를 혼자 두고 가는 게 신경 쓰였기 때문이었다.

그는 결국 함장실에 남기 위해 빅토르가 기꺼워할 화제를 꺼냈다.

"아, 이것만 말씀드리고 가겠습니다. 함장님께서 가족으로 등록해 놓은 것이 스칼렛 양이셨잖습니까?"

예상대로 빅토르의 고개가 에번의 목소리가 들리는 쪽을 향했다. 에번이 말을 이었다.

"함장님의 부상 소식도 스칼렛 양께 전달이 되었습니다."

"그랬겠군."

"부상자에 관한 건 간략하게 적잖습니까? '시각 손상' 이렇게만 적었는데, 안 그래도 스칼렛 양께서 놀라서 공관으로 연락해 물어보셨답니다."

"팔팔하군. 주변 사람들 속은 뒤집어 놓고."

"예, 공관에서 직접 크림슨가에 찾아가 확인했는데 정말 팔팔하시답니다."

"다행이네."

빅토르가 저도 모르게 미소를 지었다.

그러나 곧 여느 때의 무표정으로 돌아왔다.

그는 제가 앞을 못 보게 되면 제 오빠를 투영한 스칼렛이 동정심에 못 이겨 제 곁으로 돌아올지도 모른다고 생각했다. 스칼렛 크림슨은 이타적인 사람이니까.

그러니 비밀로 해야만 했다. 제 부상이 그녀를 주저앉히지도, 염려하게 하지도 않도록.

빅토르가 다시 입을 열었다.

"다시 전달해. 곧 멀쩡해질 거라고."

------ ◆◆◆ ------

며칠 뒤, 크림슨 저택에 다시 해군 한 명이 찾아왔다.

"함장님을 담당한 체이스 군의관으로부터 거의 완치되었다는 전달을 받았습니다. 다행히 베스티나의 남쪽 바다를 봉쇄하는 데 성공해 지금은 좀 더 휴식을 취하고 계십니다. 회복 후에 다시 수도로 돌아오실 겁니다."

"아, 괜히 걱정했어."

그 전달 내용을 떠올리며 스칼렛이 투덜거리다 이내 미소를 지었다. 그렇게 마음이 놓일 수가 없었다.

그사이 그녀의 건강 역시 느린 속도로나마 회복이 되어가고 있었다. 그러나 여전히 휠체어에서 일어날 때마다 주변 사람의 도움이 필요했다.

그녀가 아이작의 부축을 받으며 천천히 몸을 일으켰다. 고작 일어나는 것이 이렇게 힘들었나, 싶을 정도로 괴로워 눈물이 저절로 맺혔다. 가까스로 몸을 일으키자 아이작이 민망할 정도로 칭찬했다.

"와, 잘했어!"

"갓난애가 된 것 같네. 매번 일어나는 걸로 칭찬을 받다니."

"갓난애가 일어나는 것보다 더 대단하지! 넌 아픈 걸 참고 일어나고 있는 거잖아."

"이게 어떻게 그것보다 대단해? 그만 좀 칭찬해."

스칼렛이 민망함에 얼굴까지 빨개져 핀잔했다. 심지어 보는 눈도 너무 많았다. 빅토르의 명령으로 유례없이 견고한 호위로 둘러싸인 크림슨 저택으로 함께 공군 기지에서 연구하던 동료들이 모여들었기 때문이다.

두 번째 폭격은 폭격만으로 끝나지 않았다.

산맥을 넘어온 비행선을 타고 상당히 많은 수의 베스티나 정예군이 넘어왔고, 북동부의 한 도시를 점령해 인질을 잡았다.

살란티에 군은 세 배가 넘는 병력을 가지고도 베스티나에게 도시를 내주었다.

베스티나가 점령한 도시에서 그리 멀지 않은 곳에 대규모 공업지대가 있었다. 베스티나가 노리는 곳은 그곳이었다.

베스티나가 그곳을 선점하면 비행선이 아니더라도 자원 충당이 가능해졌다. 살란티에 군은 공업지대를 지키기 위해 방어선을 구축하고 다급하게 증원하느라 정신이 없었다. 연일 크고 작은 국지전 소식이 전해졌다.

불행 중 다행히 빅토르 덤펠트의 1함대가 1,430명의 포로를 붙잡은 데 이어, 베스티나 남쪽 바다까지 봉쇄되자, 거침없던 베스티나 군대의 움직임이 다소 조심스러워졌다.

그러나 어마어마한 적재량을 가진 비행선은 멈추지 않고 오가며 지원군과 보급품을 점령지로 가져왔다.

스칼렛은 혼수상태에서 깨어난 직후부터 바로 연구를 시작했다.

베스티나의 비행선을 요격하기 위해서는 2호기보다 더 높이, 더 오래 날 수 있는 비행기를 만들어 내야 했다.

만약 바다를 봉쇄한 상태에서 비행선의 보급로까지 차단한다면 살란티에에게도 승산이 있었다.

 빅토르가 회복 중이라는 소식을 듣고 난 후부터는 안심해 연구에만 몰두했다.
 스칼렛은 그사이 수도의 분위기가 정말로 많이 바뀌었다는 것을 온몸으로 실감했다. 특히 빅토르를 항명으로 체포한 사건을 기점으로 시민들의 마음속에 있던 왕실을 향한 애정이 빠른 속도로 식어 갔다.
 크림슨 저택에는 살란티에 시민들이 보내 오는 꽃과 온갖 좋은 식재료가 가득했다.
 거실에서 다른 연구원들과 함께 연구하다가 기절하듯 잠들었던 스칼렛은 달콤한 빵 냄새에 눈을 떴다.
 아직은 불편한 걸음으로 주방에 들어가 보니 아이작이 화덕에서 빵을 굽고 있었다.
 "깼어? 너무 시끄러웠어?"
 그녀를 발견한 아이작이 놀란 표정으로 묻자 스칼렛이 고개를 저었다.
 "아니, 맛있는 냄새가 나니까 출출해서."
 "아, 빵을 굽고 있었어. 리브 양이 알려 줘서."
 "오빠가 너무 좋은가 봐, 리브는."
 "에이, 날 보면 말도 잘 안 하시는데……."
 "그게 좋아서 그러는 거라니까? 애초에 내가 얘기했지? 여자들이

랑 눈 마주치면 막 웃지 말라고."

"그럼 버릇없어 보일 것 같다니까……."

아이작이 어쩔 줄 몰라 하자 스칼렛이 놀린 거였는지 웃음을 터트렸다. 아이작은 그녀를 흘기면서도 금방 같이 순하게 웃어 보였다.

아이작은 빵을 화덕에 굽는 사이에 펄펄 끓는 기름에 카놀리를 튀기기 위해 반죽을 가져 왔다.

스칼렛이 눈이 동그래져서 말했다.

"와, 진짜 예쁘게 만들었다."

"우리 집안이 원래 손재주가 좋잖아. 근데 예쁜 것보다 맛이 있어야 할 텐데……."

아이작이 염려하며 카놀리를 하나씩 튀기기 시작했다. 그렇게 노릇노릇 튀겨 낸 파이프 형태의 과자 속을 시럽을 섞은 치즈로 가득 채웠다. 거기에 선물로 보내 온 좋은 과일들을 올려 먹음직스러운 디저트를 완성했다.

스칼렛이 바로 카놀리 하나를 집어 들자 아이작이 잔소리했다.

"다 같이 먹어야지."

"빨리 먹고 싶단 말이야. 그보다 요즘 잔소리 엄청 늘었어. 알아?"

"네가 주변 사람을 잔소리꾼으로 만들잖아. 나만 잔소리해?"

"……왜 그러지? 억울하네."

"억울하긴. 원흉이 확실하구만."

카놀리가 가득 담긴 바구니를 든 아이작이 이마로 스칼렛의 이마를 톡 건드렸다. 어릴 때 부모님이 아이들이 귀여워 차마 혼내지를 못하고 하던 행동이라 스칼렛은 웃음이 터졌다.

아이작은 저택 여기저기에서 일하고 있는 연구원들에게 카놀리를 나눠 주었다. 카놀리를 받아 든 커스틴이 멍한 얼굴로 아이작을 보더니 스칼렛에게 말했다.
"……천사야?"
"커스틴, 빌이 보고 있는데…….."
최근 빌과 커스틴 사이에서 연애감정이 천천히 피어나고 있다는 걸 아는 스칼렛이 눈치를 살피자 커스틴이 무슨 소리냐는 듯이 말했다.
"빌의 표정을 잘 봐, 스칼렛. 나랑 똑같은 표정이라구."
그녀의 말에 스칼렛이 빌을 돌아보자 그 역시 멍하니 아이작을 보고 있었다.
커스틴이 말했다.
"쟤는 인간을 유전자로만 구분해."
그러자 빌이 맞장구쳤다.
"만약 저 외모에 스칼렛과 비슷한 지능을 가지고 있다면 인류를 위해 반드시 보존해야 할 유전자…… 아니, 사람이야."
스칼렛은 황당해하면서도 세 개째 카놀리를 집어 들었다. 그러자 커스틴이 말했다.
"잘 먹네. 평소엔 안 먹어서 그렇게 백작님 속을 썩이더니."
"음? 아, 맛있어서…… 아니, 그보다 오늘따라 다들 엄청 잔소리하네."
"스칼렛. 아직도 모르겠어? 한 명만 잔소리한다면 그 사람이 잔소리쟁이지만, 여러 명이 잔소리한다면 네가 잔소리를 유발하는 거야. 딱 봐도 알 수 있는 확률인데."
"……알고 싶지 않아서 외면한 거야."
"아, 그런 거야? 어쩐지."

커스틴이 고개를 끄덕였다.

요 며칠 전투 소식이 없어서인지, 격전지가 멀어서인지, 아니면 그냥 인간이 적응의 동물이어서인지.

처음엔 전쟁 소식에 매일 밤을 뜬눈으로 지새웠는데, 요즘은 농담을 나누고 간혹 웃기도 했다.

그 덕에 긴장이 좀 풀리니, 빅토르가 제 몫이라며 아이작을 통해 건네준 쪽지가 떠올랐다. 저택의 주소였다.

이틀 전 빅토르가 수도에 돌아왔다. 수도 사람들 전체가 떠들썩하게 환영해 모를 수가 없었다.

그가 찾아오지 않으니 만날 일이 없었다. 보고 싶지 않을 때는 자꾸만 찾아오더니, 상태가 궁금할 땐 나타나지 않았다.

완치되었다는 확답을 들었어도, 정말 괜찮은지 한 번쯤은 제 눈으로 확인하고 싶었다.

―――・・◆・・―――

그날 저녁, 개선된 3호기의 연구가 완료되었다.

해군 항공대가 찾아와 연구원들이 생명을 갈아 가며 만들어 낸 문서를 비밀리에 챙겨 군수품을 만들고 있는 공업지대로 가져갔다. 어느 정도의 내용은 서류에 적혀 있었지만, 중요한 기술들은 전부 연구원들의 머릿속에 있었다.

스칼렛은 부상 때문에 마차와 기차를 합쳐 일곱 시간을 가야 하는 공업지대까지 갈 수 없어 다른 연구원들이 공업지대로 향했다.

다음 날 모처럼 쉬려니 휴식이 어색했다. 함께 놀아 줄 거라 생각했던 아이작은 외출 중이었다.

그는 연구원들이 필요로 하는 모든 것을 제공했다. 크림슨 가문의 재산을 털어 이 일을 돕는 것은 스칼렛도 동의한 일이었고, 친척들의 반발은 아이작이 깨끗하게 무시했다. 아이작이 겉으로는 유약해 보여도 속은 아니란 걸 알고 나니 스칼렛은 한편으로 안심이 되었다.

그녀는 혼자 포치에 앉아 모처럼 여유를 부리며 봄 기운을 맞았다.

"잔소리 할 사람이 없는 것 하나는 좋네."

스칼렛이 혼잣말을 하며 느긋하게 책장을 넘겼다.

그렇게 책을 읽던 그녀는 가까워지는 마차 소리에 고개를 들었다. 부모님이 사용하던 은으로 된 책갈피를 꽂아 놓고 마차로 다가갔는데, 마부가 마차 문을 열어 줘도 사람이 내리지 않았다.

스칼렛이 의아해하며 마차 안을 들여다보았다. 그러곤 거기서 안드레이를 발견하고 인상을 썼다.

"왜 안 내려?"

"어…… 놀라실 것 같아서 미리 말하는데요, 저 좀 다쳤습니다."

"……뭐?"

스칼렛이 심장이 철렁해 바라보자 안드레이가 말을 이었다.

"물론 사장님처럼 심각한 건 아닌데요."

"내려, 빨리."

안드레이가 목을 긁적거리며 마차에서 내렸다.

스칼렛이 멍한 얼굴로 그를 보았다. 몸 여기저기가 붕대로 감겨 있었다.

"진짜 운이 좋았습니다. 총을 세 방이나 맞았는데 전부 위험한 곳을 빗나갔다니까요?"

"……."

"아, 왜요. 저만 다쳤어요? 눈빛으로 혼나니까 억울…… 윽."

스칼렛이 그의 품을 손으로 퍽 때리자 안드레이는 진짜로 고통스러워 숨을 못 쉬었다.

그러거나 말거나, 스칼렛은 이어서 안드레이를 끌어안았다.

"됐어. 안 죽었으니까."

"네네."

안드레이가 씩 웃으며 제 품에 폭 안길 만큼 체격 차이가 나는 스칼렛을 조심해서 토닥거렸다. 스칼렛이 품에서 울음을 참느라 떨어지지 않으니 어느 정도 시간이 지나 안드레이가 불편한 표정을 지었다.

"사장님."

"응……."

"저도 남자인데요."

"……응?"

"너무 오래 안겨 계시면 저도 힘들어요."

그의 말에 놀란 스칼렛이 서둘러 품에서 떨어졌다.

순간 분위기가 어색해지자 안드레이가 빠르게 말했다.

"저는 사장님 시계 가게에서 종신으로 일할 거거든요. 불편해지고 싶지 않습니다. 아주 조금도요."

"미, 미안! 앞으로 조심할게!"

"빨리 연애라도 해 주세요. 내친김에 재혼도 하시구요. 직원의 복지를 위해 노력하시란 말입니다."

"……그게 직원 복지랑 무슨 상관이야?"

"저의 심적 안정감을 위해서죠. 혹여라도, 물론 사장님은 제 취향과 너무 거리가 멀어 그럴 리가 없겠지만, 정말 혹여라도 제가 사장님에게 티끌만큼이라도 연애 감정이 생기면 서로 불편해지지 않겠습니까?"

안드레이가 취향이 아니라느니, 티끌이라느니 소리를 하자 스칼렛이 그를 흘겼다. 안드레이가 헛기침을 하고 말을 이었다.

"아무튼 0.01%의 확률이라도 방지하기 위해 빨리 유부녀가 되시라구요."

"아니, 내가 왜 0.01%를 위해서 재혼을 해야 하는데?"

스칼렛이 따져 보았으나 안드레이는 번거롭다는 표정만 짓고 있을 뿐이었다.

그러더니 이내 그녀에게 시계 가게 상황을 보고하고 열쇠를 내밀었다.

"그리고 이건 함장님이 사장님께 드리는 타운하우스의 열쇠예요. 제가 재산 관리를 하고 있으니 함장님이 저에게 맡기셨던 겁니다."

"아, 그 쪽지에 적힌 주소?"

"뭔지 몰라도 그거겠죠? 아무튼 전 손님이니 좀 쉬다 가겠습니다."

안드레이가 제멋대로 말하고 제멋대로 저택으로 들어갔다. 아이작이 안드레이의 거처 역시 마련해 줬기 때문에, 그는 이곳을 제집처럼 드나들고 있었다.

안드레이가 귀찮아해 따라가진 못하고, 그의 상처를 걱정하던 스칼렛이 뒤늦게 제 손에 들린 열쇠를 확인했다.

"한 번 가 보긴 해야겠지……."

아이작이 있을 때는 잔소리 때문에 돌아다니기 힘드니, 이 주소지로 가 보려면 오늘이 기회였다.

스칼렛이 외출하겠다고 하니 또다시 과할 정도의 호위가 따라붙었다. 마차에 탄 스칼렛이 혼잣말했다.

"왕족도 이렇게까지는 호위하지 않을 텐데……."

빅토르의 명령 한마디로 이만큼의 인원이 움직일 때는, 그가 한 함대를 이끄는 사람이라는 사실이 실감났다.

주소지에 도착해 보니 7번가에서 왕성에 가장 가까운 곳이었다. 스칼렛은 계단에 서서 문이 닫힌 타운하우스를 올려다보았다.

시계 가게와는 자전거로 15분 정도가 걸리는 거리였다. 스칼렛은 무심코, 머릿속으로 출근길을 가늠했다.

"예쁘다……."

새하얗게 칠한 문을 열쇠로 열고 안으로 들어가 보니 이제 막 공사가 끝나 있었다.

"와……."

스칼렛이 바라던 집을 크게 늘려 놓은 듯한 곳이었다.

그녀는 연신 감탄하며 걸음을 옮겼다. 크다고는 해도 타운하우스라 감당할 수 없을 정도는 아니었다. 집을 한 바퀴 다 돌고 난 그녀는 문이 열려 있는 안뜰로 걸음을 옮겼다가 자리에 멈춰 섰다.

뒷짐을 지고 선 장신의 사내가 보였다. 뒷모습만으로도 알아볼 수 있는 그가.

"……빅토르."

그녀의 목소리에 문을 등지고 서 있던 빅토르가 돌아보았다.

그가 스칼렛을 한동안 바라보더니 입을 열었다.

"건네."

"응. 충분히 나았으니까 뭐라고 하지 마. 이미 잔소리 많이 들었어."

스칼렛이 선수를 치자 빅토르가 픽 웃었다.

스칼렛이 그에게 다가가며 물었다.

"당신이야말로, 눈은 좀 어때?"

"이미 전달받지 않았나. 회복했다고."

"……참 말 예쁘게 하네."

"그런 편이지."

그가 말하고 어깨를 으쓱였다.

그런 그가 편안해 보여, 스칼렛이 저도 모르게 미소를 지었다. 여느 때와 다름없는 모습을 보니 마음이 놓였다.

빅토르가 타운하우스를 턱짓하며 물었다.

"집은 마음에 들어? 아이 키우기 좋을 것 같은데."

그의 말에 스칼렛이 서둘러 입을 열었다.

"그거 말인데……."

"이제 됐어. 거짓말 안 해 줘도 돼."

"……."

그가 말을 잘라 버리자, 스칼렛이 멈칫했다.

빅토르가 여느 때처럼 무심한 얼굴로 말을 이었다.

"이제 충분해."

그를 만나면 물어볼 생각이었다. 왜 임신에 대한 거짓말이 계속되기를 바란 건지. 원하는 게 도대체 뭔지.

그러나 그가 충분하다고 잘라 말하는 바람에 그녀는 질문할 기회를 놓쳤다.

스칼렛이 고개를 돌려 시선을 피하며 말했다.

"잘됐네. 그럼 이 집은 당신이 다시 가져가."

"그건 안 되겠는데."

"왜?"

"당신이 아이를 키울 곳이라 생각하며 지은 집이야. 어떻게 지낼지 상상하는 게 재미있었어."

"……."

"당신과 같이 살 수 있으리라 생각한 건 아니었어. 가끔 들를 계획은 있었지만."

그의 말에 스칼렛은 뭐라 할 말이 생각나지 않아 머뭇거리다 가까스로 목소리를 냈다.

"미안해."

"말했잖아, 재미있었다고. 그거면 충분해."

"……."

빅토르는 스칼렛에게 걸음을 옮겨 더욱 가까이에서 불편할 정도로 그녀를 주시하며 말을 이었다.

"당분간은 만날 일이 많을 거야. 싫어도 참아."

"왜 그래야 해?"

"평화협상을 받아 내고 나면 당신 부모님 사고 관련자들을 찾아내서 전부 죽일 테니까."

그의 말에 스칼렛의 어깨가 흠칫 떨렸다. 그러나 이내 평정을 되찾고, 미소를 지으며 고개를 끄덕였다.

"응."

그 미소에 빅토르가 실소했다.

"당신은 정말로 정의로운 사람인데, 가끔은 폭력으로 대응하는 것을 즐거워해."

"이에는 이, 눈에는 눈."

스칼렛의 농담조에 빅토르가 이번엔 아예 소리를 내어 홍소했다.

"맞는 말이군."

"수도에 돌아온 건, 평화협상 때문이야?"

"응. 왕실과 상원의원들에게 맡겨 놓을 수 없으니, 내가 직접 하원의원들에게 힘을 실어 줘야지."

스칼렛이 고개를 끄덕였다.

"다행이네, 이 나라에 당신이 있어서."

그렇게 말하고 나자, 잠시 침묵이 흘렀다.

"그 이후에는 만날 일 없는 거지?"

한동안 시간이 흐른 후 그녀가 묻자 빅토르가 딱 잘라 대답했다.

"없어."

"믿을 수가 있어야지."

"이번엔 정말이야."

그러자 스칼렛이 새끼손가락을 내밀었다.

"약속해."

그런 그녀의 행동에 빅토르가 인상을 쓰더니 손을 내밀어 어쩌라는 거냐는 듯이 보고만 있었다. 그러자 스칼렛이 그의 새끼손가락을 펴서 고리를 걸며 말했다.

"이런 것도 안 해 봤어?"

"당신 빼고는 이런 걸 요구하는 사람이 없었지."

"약속한 거야. 단단하게."

"그래. 약속해."

그가 손가락을 그대로 둔 상태로 말을 이었다.

"별개로 부탁할 것이 하나 있어."

그의 말에 스칼렛이 고개를 들어 올려다보자 빅토르가 말했다.

"초콜릿. 당신이 좋아하는 순서대로 바꿔서 보내 줘. 가끔 생각날 때. 우리가 만나지 않게 되더라도."

"그건…… 왜?"

"내 부하들 덕분에 최근에 알았거든. 당신이 나한테 준 상자의 초콜릿 순서를 바꿔 놓은 걸."

"내가 한 건 어떻게 알았어?"

"내 물건을 함부로 만지는 사람 세상에 당신밖에 없어."

"……"

"부탁이지, 강요하는 건 아니야."

"그게 왜 필요해?"

"재미있어 보여서."

그가 왜 그런 부탁을 하는지 알 수가 없었다. 게다가 오늘따라 왜 재미 타령인지.

스칼렛은 의구심이 들었으나 초콜릿 순서를 바꾸는 건 어려운 일도 아니라고 생각해 고개를 끄덕였다.

집을 조금 더 구경하다가 두 사람은 타운하우스를 나왔다. 다행히 빅토르는 아무런 이상도 없어 보여, 스칼렛은 그동안 괜한 초조함을 느꼈다고 생각했다.

스칼렛이 바로 마차로 가려는데 빅토르가 말을 건넸다.

"잠깐 산책하자. 꽃도 많이 피었던데."

그녀가 정색하는데도 빅토르는 입꼬리를 늘렸다.

"왜. 방금도 말했잖아. 당분간은 자주 보게 될 거라고."

이래서야 나중에 나타나지 않을 거라는 말도 믿을 수가 없었다. 스칼렛이 고개를 저었다.

"싫어."

"이 근처 한 바퀴도 싫어? 30분도 안 걸려."

"가 볼게. 다음에 봐."

그녀는 단호하게 말하고 돌아서서 마차로 향했다.

그리고 마차에 올라탄 후에 공연히 가슴이 따끔거려 창문 밖으로 빅토르를 살폈다. 그는 자리에 서 있었고, 스칼렛은 저도 모르게 그를 가만히 바라보았다.

눈이 마주치면 다시 마차 쪽으로 올 줄 알았는데, 그는 마차 쪽으로 잠깐 고개를 돌렸는데도 가까이 오지 않았다. 그냥 석고 조각처럼 서서 마차를 바라보고 있을 뿐이었다.

생각해 보면 원래 그는 떠나는 사람을 잡는 사람이 아니었다. 이 근처 한 바퀴도 싫으냐고 묻는 것만으로도, 그에게는 놀라운 변화였다.

그 생각을 하니 괜히 좀 기특해서 내릴까, 하는 망설임이 들었다. 그러나 그 고민이 너무 길어져 마차가 그대로 출발했다.

--- ◆ ---

스칼렛이 떠난 후 빅토르는 문 앞에 서서 한동안 마차가 떠난 곳을 바라보았다.

한참이 지나서야 타운하우스 앞에 남아 있던, 빅토르가 타고 온 마차에서 누군가가 내렸다. 스칼렛이 도착한 후부터 그곳에 숨어 있던 아이작 크림슨이었다.

빅토르는 그가 있는 방향으로 몸을 돌리며 말했다.

"산책까지 준비할 필요는 없었군."

그러자 아이작이 입을 열었다.

"저도 괜한 염려를 한 것 같네요."

스칼렛의 곁에 있는 동안만큼은 그녀를 속일 수 있게 모든 준비를 할 생각이었다.

수도에 도착해 눈에 관해서는 가장 명의라는 의사를 불러 진찰을 받았다. 그 의사는 회생이 불가하다며 그나마 실명을 늦출 수 있는 것은 휴식을 취하고, 눈에 아무것도 하지 않는 것뿐이라는 말만 반복했다.

그러나 이렇게 시력이 떨어진 상태로는 그가 원하는 것을 이룰 수 없었다. 어쩌면 평화협상을 하고, 그녀의 복수를 대신해 주는 것이 스칼렛을 볼 수 있는 마지막일지도 모른다고 생각했다.

그래서 그는 막대한 돈을 들여 합법적인 경로의, 그러나 해적들이 사용하는 것보다는 한참 질이 떨어지는 약을 얻어냈다. 의사는 이 약이 잠깐은 앞을 잘 보이게 할지 몰라도 실명하는 시기를 앞당길 뿐이라며 극구 반대했으나, 그는 약을 사용했다.

그러나 의사가 그럼 최소한이라도 지켜 달라고 한 복용 정량으로는 스칼렛이 자기 앞에 나타나지 말라며 새끼손가락을 내밀고 있다는 것조차 알아볼 수 없었다.

그래서 미리부터 아이작에게 그녀를 속일 수 있게 도와 달라고 부탁했다. 다행히 그는 빅토르를 돕기로 했다.

빅토르는 자신이 시력을 잃어 간다는 것을 스칼렛에게 영원히 숨길 작정이었고, 그렇다면 그가 실명한 후에는 스칼렛 앞에 나타나지 않으리란 사실이 아이작의 마음에 들었던 것이다.

아이작은 빅토르처럼 자기 잘난 맛에 살던 이 사내에게는 그 선택이 어울린다고 생각했다.

아이작이 낮게 한숨 쉬었다.

"그나저나 내가 없는 날 곧바로 외출을 하다니……. 제가 스칼렛을 너무 옥죈 모양이네요."

그의 말에 빅토르가 인상을 썼다.

"그걸 이제 알았소?"

"……."

"많이 심한 편이지."

빅토르의 핀잔에 아이작이 멋쩍은 표정을 지었다.

아무튼 아이작이 보기에 빅토르는 도무지 시력을 잃어 가는 사람 같지가 않았다. 지나치게 무덤덤해서, 마치 애초부터 이런 일이 생기길 바라던 사람 같았다.

아이작이 물었다.

"우울하지 않으십니까?"

그러자 빅토르가 그의 쪽으로 고개를 기울여, 아이작이 말을 이었다.

"이제 아무것도 보이지 않을 겁니다."

아이작이 말하는 것만으로도 고통스러워하며 말을 이었다.

"이미 지금껏 눈으로 판단하던 것이 얼마나 많았는지 알아 가고 있지 않습니까?"

"그건 그렇지."

"그런데 어떻게 그리 태연하시냐, 이 말입니다."

어느 날 갑자기 앞을 볼 수 없게 되었던 순간을 아이작은 기억했다. 그래서 지금 빅토르도 그때의 제 심정보다 딱히 낫지 않을 것이라 생각했다.

빅토르가 대답했다.

"믿을 만한 사람은 곁에 많으니, 백작처럼 고립될 일은 없을 거요."

"말을 참……."

"예쁘게 한다던데, 스칼렛이."

빅토르가 농담조로 말했다.

어떻게 이 상황에 태연할 수 있단 말인가. 아이작은 빅토르의 태도에 위화감을 느꼈다.

시력을 잃어 간다고 해도 본인이 원래 가지고 있던 예민한 감각은 사라지지 않아, 빅토르는 그런 그의 시선을 느낀 듯 다시 입을 열었다.

"전장에서 장교로 있다 보면, 가끔 죽을 자리에 내 사람들을 보내기도 하지."

"……."

"그런 놈이 고작 눈을 아까워하면 안 되지 않겠소?"

그런 그를 말없이 바라보던 아이작이 이내 말했다.

"……그렇군요. 그럼 저는 가 보겠습니다."

빅토르는 고개를 까딱이고, 계단을 느긋한 걸음으로 걸어 내려갔다. 그리고 수도에 온 이후 줄곧 연습한 산책 길을 천천히 걷기 시작했다.

시간이 늦어 길에는 사람이 적었다.

그가 걸음을 옮기자 며칠째 밤마다 울어 눈가가 빨갛게 된 블라이트가 달려왔다.

"어두우면 더 분간이 안 되지 않습니까. 너무 위험합니다."

"어두운 것에 익숙해져야지."

"도련님……"

"염려 마. 눈이 완전히 멀게 되면 덤펠트가 밖으로 나갈 일도 없을 테니."

그는 말하며 성큼성큼 걸음을 옮겼다. 여러 날 길을 외우고 연습한 그의 걸음걸이는 자연스러웠다. 망망대해에서 배를 오래 타서인지 방향 감각도 좋고, 거리 분간도 꽤 잘하는 편이었다. 무엇보다 그는 혹독한 훈련에 익숙해, 똑같은 길을 걷는 것을 무한히 반복해도 지치거나, 질려 하지 않았다.

그는 잠시 자리에 서서 나무를 올려다보았다가 이내 땅으로 시선을 내렸다. 한쪽 무릎을 꿇고 앉아 손을 뻗어 보니 노란 꽃 한 송이가 그의 손가락을 스쳤다.

빅토르는 산책 길에 혹시 마게리아 꽃이 피었느냐고 물었다. 생명력이 강한 살란티에의 들꽃, 마게리아는 아주 추운 계절만 끝나면 기다렸다는 듯이 하나씩 피어 순식간에 살란티에 전역을 화사한 노란 빛으로 물들였다. 그것이 살란티에의 봄이었다.

블라이트가 마게리아가 핀 곳을 발견해 위치를 알려 주니 빅토르는 거기서 몇 번이고 멈추는 연습을 했다. 결국 스칼렛에게 꽃을 보여 주지 못했다는 게, 블라이트는 쓸쓸했다.

빅토르가 몸을 일으켰다.

"공관으로 가지."

"예? 저택으로 가서 쉬시지 않고······."

그가 염려하자 빅토르가 핀잔했다.

"백작이 안 그래도 그러더군. 곧 주변 사람들이 죄다 날 아무것도 못 하는 어린애로 알게 될 테니 익숙해지라고."

"······죄송합니다."

그의 말뜻을 알아들은 블라이트가 얼른 사과했으나, 못 참고 마차에 탄 빅토르에게 다시 말을 걸었다.

"의사가 준 약을 확인하면 안 되겠습니까? 얼마나 남았는지 확인해 보고 싶습니다."

그의 말에 빅토르가 블라이트 쪽을 보았다. 시력이 떨어졌다고 해도 그의 눈빛이 서늘한 것은 변함이 없었다.

그러나 빅토르의 곁을 오래 지키며 어느 정도 그에게 익숙해진 블라이트가 두려움을 누르고 말했다.

"보여 주세요. 아무 말도 안 하겠습니다."

"······."

그러자 빅토르가 주머니에서 알약통을 꺼냈다.

어두워진 데다 약 기운이 떨어지기 시작하자 거의 아무것도 보이지 않는 듯 그가 멈칫했다.

블라이트는 떨리는 손을 뻗어 약통을 받아 들었다. 그리고 알약 개수를 센 후 말했다.

"이런 속도로 드시면······."

"아무 말도 안 한다며."

"그래도 3년은 버틸 수 있다고 했습니다."

"고작 빛 정도 분간하는 상태로 전쟁을 일으키려는 놈들과 어떻게 타협하란 거지?"

"그것 때문이 아니잖습니까!"

블라이트가 결국 버럭 소리쳤다.

"아가씨께서……. 아가씨께서 아실까 봐 그러시는 거잖아요."

그러자 빅토르가 손을 뻗었다.

약통을 뺏으려 한 듯했으나 그의 손이 허공을 쥐었다가 그대로 멈췄다.

블라이트는 그런 그의 행동이 가여워 별수 없이 약통을 다시 쥐여 주었다. 그러자 빅토르가 약통을 주머니에 넣으며 무덤덤한 얼굴로 말했다.

"가혹하잖아. 스칼렛에게."

"……."

"뭐, 백작이 눈이 멀 때만큼 슬퍼하지야 않겠지만은."

그가 농담하듯 말했다.

블라이트는 그녀가 온다는 소식에 잠깐이라도 더 함께 있고 싶어 무리할 만큼 약을 먹고, 산책 길을 연습하고, 그녀가 좋아하는 꽃이 피었는지 묻던 것을 떠올리고 이를 꾹 물었다. 그리고 입을 열었다.

"많이 슬퍼하실 겁니다."

"다행이군. 모를 테니."

그는 태연히 말하고 문을 닫으라고 손짓했다.

블라이트가 문을 닫고, 이내 마차가 공관으로 출발했다. 1,430명의 포로와 남부 바다의 제해권을 둔 협상의 준비가 시작되었다.

군의관은 분명 빅토르의 눈이 회복되었다고 말했고, 아까 본 그의 눈에도 아무 이상이 없어 보였다.

정말 회복되었구나.

스칼렛은 안심하며 두 손으로 얼굴을 감쌌다.

걸음을 옮길 때에도 아무 문제가 없었고, 가까이에서 볼 때 눈을 찌푸리거나 하지도 않았다.

그런데도 스칼렛은 이상하게 자꾸만 속이 울렁거려 그 상태로 몇 번을 심호흡했다.

"역시, 그런 일이 두 번은 안 일어나. 설마 나한테, 두 번이나. 그런 일이 일어날 리 없지."

그녀는 스스로를 다독였다.

아이작에게는 미안하지만, 신께서 긴 시간 그를 돌본 저에게 빅토르의 눈까지 앗아 가는 건 가혹하다 생각하셨으리라 여겼다.

그를 지켜 달라고 그토록 오래 빌었는데, 단 하루 기도하지 않았다고 신이 자신에게 그럴 리 없었다.

가슴을 쓸어내린 그녀는 억지로라도 미소를 지었다.

"괜찮다잖아. 왜 거짓말을 하겠어."

괜찮아. 괜찮아.

스칼렛은 스스로를 거듭 달랜 후 고개를 들어 몸을 바로 하고 앉았다.

그런데 자꾸만 머릿속이 어지럽고, 빅토르의 행동이 머릿속에 박혔다. 제가 새끼손가락을 내밀었을 때 손을 내밀던 그를 떠올렸다.
 그녀는 고개를 흔들었다. 그리고 창밖을 바라보았다.
 "집은 정말 어떡하지."
 그는 돌려받지 않겠다고 말했지만, 스칼렛의 입장에서는 받고 그냥 넘어갈 수 있는 문제가 아니었다. 임신을 했다는 제 거짓말 때문에 마련한 것 아닌가.
 그는 그 집에 가끔 들를 생각이었다고 말했다. 같이 살기를 바란 것이 아니었다고.
 거짓말이 재미있었다며, 초콜릿을 보내 달라고 했다. 그것도 재미있을 거라고. 순서를 바꿔서.
 스칼렛은 크게 다시 한번 심호흡하고, 경쾌하게 말했다.
 "그럴 리 없어."
 그럴 리가.
 그렇게 강한 사람이, 모든 것을 가진 그가 다쳤을 리 없다. 그가 다친다면 이 전장 속에 남으라고 붙잡은 자신은 뭐가 된단 말인가.
 그녀는 모든 게 다 해결되었다는 듯이 자꾸만 억지로라도 웃으려 애썼다. 그러지 않으면 자꾸만 심장 어귀가 아프고, 초조함에 손끝이 떨리고, 눈가가 아려왔다.
 밉고도 미운 남자.
 2년을 옆에서 지내면서도 속 한 번 열어 주지 않고, 아무리 사랑을 퍼부어도 흐르는 비에 씻기듯이, 거대한 파도에 막히듯이 좌절하게 만들던 빅토르 덤펠트.
 그러니 그는 여전히 강하기를 바랐다. 그렇지 않으면 어떻게 그를 마음껏 미워할 수 있단 말인가.

그는 지독히 이기적인 사내이나 신사이니, 그를 실컷 미워할 수 있게는 해 줄 것이라, 그녀는 스스로를 다독였다.

―――・◈・―――

빅토르를 만나고 온 이후부터 계속 밤잠을 설쳤다.

스칼렛은 밤새 뒤척이다가 알람 소리에 눈을 떴다. 내내 연구하느라 바쁘다가 모처럼 시간 압박 없이 잠들었는데 그걸 아깝게 날렸다.

억울한 마음으로 일어나 보니 테이블 위에 하녀가 가져다준 신문이 놓여 있었다. 7번가에 있을 때 줄리가 신문 배달을 해 주며 그날의 하이라이트를 미리 말해 주는 것이 소소한 재미였다. 그러고 나서 서로 창문을 열어 놓고 옆 건물에 사는 리브와 수다를 떠는 것은 또 얼마나 소중한 일이었는지. 그때는 그 일상의 소중함을 몰랐었다.

스칼렛은 7번가로 어서 돌아가고 싶다는 생각을 하며 신문을 펼쳤다.

격전지의 상황은 폭풍전야였다. 양측 전선은 계속 몸집만 불려 가고 있었다. 신문 1면에 현왕의 서신이 실려 있었다. 군인들을 응원하고, 시민들에게 두려워하지 말라고 전하는 상투적인 내용이었다.

뒷장으로 넘기니 거기 빅토르의 사진이 있었다. 이번 목요일에 있을 평화협정에 관한 기사였다.

"……이게 1면에 있어야 하는 거 아냐?"

스칼렛이 꿍얼거리며 기사를 찬찬히 읽었다.

다음 주 목요일, 빅토르 덤펠트는 다시 베스티나 남부 점령지로 이동해 직접 1,430명의 포로와 전쟁에 관한 협정을 시작하게 되었다.

스칼렛은 입으로 '목요일'이라는 말을 따라 읽었다.

평화협상 전에, 살란티에 공군은 반드시 3호기를 격전지에 선보여야 했다. 비행선을 격추시킬 능력이 있는지 없는지가 이 평화협상에 지대한 영향을 미칠 것이다.

비행선을 격추시키려면 3호기에 무기를 실어야 하는데, 그 짐이 많아지면 3호기의 최대 고도가 낮아졌다. 그러나 더는 시간이 없었다. 이제부터는 사실상 파일럿의 개인 능력과 패기에 달려 있다고 봐도 과언이 아니었다.

그리고 신문 다음 장에 빅토르의 탈영 의혹에 대한 기사가 적혀 있었다. 스칼렛은 요즈음 신문에 연일 실리는 이 탈영 의혹에 대해 신경이 곤두서 있었다.

요는 빅토르가 유프호에 타던 시절, 전장에 나가기 전에 탈영한 의혹이 있다는 것이었다. 스칼렛은 이것이 왕실의 모함이라고 확신하고 있었다.

"빅토르가 이기적이긴 해도 동료를 버릴 사람은 절대 아닌데."

스칼렛이 중얼거리고는 신문을 다시 덮고, 괜히 마음에 안 들어서 1면에 적힌 왕의 서신 부분을 손으로 탁 때렸다. 무의미한 짓이라는 걸 알아도 기분이 좀 풀렸다.

그때 문이 벌컥 열리고, 에이샤가 경쾌한 발소리를 내며 들어왔다.

"다녀왔어, 스칼렛!"

그러자 스칼렛이 신문에서 눈을 떼고 그녀 쪽을 보았다. 그리고 에이샤가 휙 던져 주는 주머니를 두 손으로 받아 들었다. 주머니를 열어 보니 물약이 두 개 들어 있었다.

에이샤가 말했다.

"네가 부탁한 그대로, 하나는 네가 쓴 거랑 같은 해독제. 또 하나는 너희 오빠의 눈에 쓴 것과 똑같은 약이야."

"아, 고마워."

스칼렛이 약을 확인하고 인사하자 에이샤가 어깨를 으쓱였다.

"돈 받고 파는 건데 고마울 게 뭐 있어. 그나저나 돈을 한 번에 이렇게 많이 써도 되는 거야?"

"그게, 내가 받은 포도밭에서 수익이 좀 들어왔거든. 그걸로 샀어."

거기다 원래 덤펠트 가문의 재산관리를 했던 안드레이가 그녀의 자산을 관리하며 내 주는 수익도 있었다. 그는 스칼렛의 성향에 맞게 지극히 안정적인 투자를 했으므로 큰 수익이 나는 건 아니었지만, 꽤 쏠쏠했다.

스칼렛은 에이샤에게 준 금액이 처음 아이작의 눈을 위해 약을 구할 때의 20분의 1도 안 되는 가격이라는 걸 생각하며 웃었다.

"내부에 아는 사람이 있는 게 금액 차이가 크구나."

"왜? 얼마나 비싸게 샀는데?"

"20배 정도."

"뭐? 어휴, 거머리가 몇 마리가 꼬인 거야. 왕실경찰 놈들도 중간에 엄청 해먹었겠지."

"지금 생각해 보니까 그렇겠다. 왕실경찰이 알려 준 경로였으니까."

어쩐지 그 비싼 약값에 비해 해적들이 쪼들리는 게 이상하다 싶었다. 해적이 수도에서 유통경로를 얻기가 힘드니 중간에 떼먹힌 수수료가 많았던 모양이라고 생각하며 스칼렛은 약을 잘 챙겨 넣었다.

빅토르의 부상이 크지 않다는 건 알았지만, 괜한 초조함이 이 약을 사게 만들었다. 에이샤가 물었다.

"그 눈에 쓰는 약은 왜? 너희 오빠는 이제 앞이 잘 보이잖아."

"그냥……. 아, 이거 있는 대로 다 구해다 줄래?"

"그래. 구하기 쉬운 약은 아니지만 스칼렛이 원한다면."

에이샤가 자신만만하게 말했다.

바쁜 그녀가 다시 떠난 사이, 스칼렛은 해군 공관에 가기 위해 나갈 준비를 시작했다.

이제 햇볕이 꽤 강해져 모처럼 양산을 썼다. 이혼 이후에 몇 번 덤펠트 가문에서 그녀가 쓰던 짐을 보내 주었고, 이 양산도 그중 하나였다.

캐노피가 크림색 레이스로 되어 있고, 검은색 봉에 손잡이 부분은 은장식이 된 최고급품이었다. 이 양산 하나만으로도 신분과 재력이 드러났다.

거리로 나가 보니 여전히 한산했다. 트램도 더 이상 다니지 않았다. 단수가 된 집이 대부분이라 호수에 나와서 물을 떠 가는 사람들만큼은 제법 있었다. 수도에 늘 충분한 담수가 있다는 것은 필연적인 일이라고 생각했다. 담수가 없는 도시들이 걱정이었다.

그나마 날씨가 풀려 다행이지, 겨울이었으면 얼어 죽는 사람들이 수두룩했을지도 몰랐다.

호수 주변은 이 어두운 시국과 어울리지 않게 온갖 꽃나무로 가득했으나, 그것을 즐기며 호수 주변을 산책해야 할, 잘 차려입은 부유층들은 눈에 띄지 않았다.

공관에 도착하니 해군들이 그녀를 반갑게 맞았다.

"스칼렛 양! 함장님을 뵈러 오신 겁니까?"

"오늘은 빅토르를 보러 온 게 아니에요. 셜리라는 사람이 어디에 있는지 아세요? 아마 술에 취해 있을 텐데……"

"아, 그 술주정뱅이 말씀이시군요."

술에 취해 있으리라는 정보면 충분했는지, 해군이 그녀를 공관 안에 있는 카페테리아로 안내했다.

"셜리!"

식사 시간이 아니라서, 아직 비어 있는 카페테리아에 들어가 해군이 소리치자 어딘가에서 우당탕 소리가 들리더니 셜리가 벌떡 일어났다.

스칼렛과 같은 약을 먹고 실험을 당했던 셜리는 지나치게 뛰어난 기억력 때문에 괴로워 깨어 있는 시간 대부분을 취해서 보냈다. 해군이 말했다.

"신기하게 저렇게 취해 있어도 모르는 게 없습니다. 특히 여기서 주류 관리를 시작했는데, 공관 드나드는 사람들의 주류 취향을 전부 알고 있다니까요?"

그렇게 이야기하고 난 해군이 떠나기 전, 스칼렛이 상자 하나를 내밀었다.

"미안하지만 이걸 빅토르에게 전해 줄래요? 초콜릿인데."

"아, 예. 알겠습니다."

해군이 그것을 받아 들고 카페테리아를 나갔다.

셜리는 빈민가에서 끊임없는 기억에 고통스러워하며 뛰어다니고 소리 지를 때에 비하면 아주 편안해 보였다. 헝클어진 상태로 놔뒀던 머리칼을 단정하게 잘랐고 옷도 멀쑥했다.

셜리가 냉큼 달려와서 말했다.

"안 그래도 어떻게 만나나 고민했는데……. 스칼렛 양 사는 곳을 아무도 안 가르쳐 주더라구요. 제가 위험인물이래요. 말이 돼요? 나처럼 안전한 사람을?"

"그러게요."

"아유, 말씀 낮추세요."

"그럼 셜리도."

스칼렛의 말에 셜리가 멋쩍어하더니 이내 히히 웃었다. 그러더니 허리를 꾸벅 숙여 인사했다.

"비교적 사람답게 살게 해 줘서 정말 감사합니다. 자, 경어는 이걸로 끝."

셜리의 말에 스칼렛이 웃으며 고개를 끄덕였다. 그리고 주머니를 열며 말했다.

"내가 먹은 해독제를 가져왔어. 이걸 먹으니까 잃어버린 기억이 완전히 돌아오더라구."

"……진짜?"

셜리의 눈이 휘둥그레졌다. 그리고 스칼렛에게 약을 건네받자마자 말릴 틈도 없이 병을 열어 약을 전부 들이켜 버렸다.

스칼렛이 기겁을 해서 말했다.

"의, 의심 좀 해! 그렇게 막 먹어 버리면 어떡해?"

"의심할 사람이 따로 있지. 게다가 이 상태에서 벗어날 수만 있으면 난 뭐든 할 수 있어!"

"원래 사기는 믿어서 당하는 거야. 게다가 셜리는 아직 술도 안 깼잖아. 무슨 약이든 술과 같이 먹으면 안 좋은 거 아냐?"

"몰라, 몰라, 몰라."

셜리가 생각하기도 싫다는 듯 고개를 빠르게 저었다.

"간경화가 와도 지금보다는 낫겠지."

그렇게 이야기하더니 셜리가 카페테리아 내부의 바로 향하며 말했다.

"나에게 약을 먹이던 당일이 떠올랐으면 좋겠어. 다 기억이 나는데 그것만큼은 기억이 안 난다니까? 억울해 미치겠다고."

"이해해."

바 안으로 들어간 셜리는 빠른 손동작으로 묻지도 않고 무언가를 만들기 시작했다. 그녀는 순식간에 커피를 섞은 음료를 만들어 내주었고, 스칼렛이 난처하게 물었다.

"내가 뭘 좋아하는지 어떻게 알고 만든 거야?"

"항공대 사람들에게 주워 듣는 걸로."

셜리가 맞았다.

스칼렛은 음료를 한 모금 먹고 감탄을 금치 못했다. 그녀의 입에 딱 맞는 음료였다.

그것을 마시며 잠시 쉬고 있는 사이, 셜리는 옆에서 쉼 없이 무언가를 떠들어댔다. 다른 건 다 재미가 없었지만, 해군 내에서 일어나는 세력 다툼 같은 것들은 재미가 있었다.

그리고 셜리는 빅토르와 왕세손의 관계에 대해서도 이야기도 했다.

"사관학교 시절부터 왕세손이랑 그렇게 사이가 안 좋았다더라고. 특히 살란티에는 산맥이 보호해 주니까 그나마 해군이 강한 편이었잖아? 물론 해군도 해적들이 나타나기 전까지는 체계가 없었지만……. 아무튼 왕위 후계자들이 대대로 해군의 수장이었는데, 해군들의 정신적인 수장이 루비드호 함장님이 되어 버리니 왕세손의 눈이 뒤집히는…….”

그렇게 신이 나서 스칼렛을 붙잡고 세 시간이 넘게 이야기하던 셜리가 고개를 갸우뚱했다. 그러더니 몸을 일으켜 보았다. 그녀가 시계를 확인하고 사람이 저렇게 행복해할 수 있나 싶을 함박웃음을 지었다.

"세 시간 동안 술 생각을 안 하다니!"

"대단한 거야?"

"당연하지! 술을 안 마셨는데도 술 마셨을 때만큼 머릿속이 흐릿해!"

"……좋은 거 맞아?"

"엄청나게 좋은 거지! 오, 갑자기 엄청나게 똑똑해진 기분이야."

머릿속이 흐릿하다면 반대 아닌가?

스칼렛은 의아해했지만, 펄쩍펄쩍 뛰며 행복해하는 사람에게 초 치는 소리를 하고 싶지 않았다.

신이 나서 바닥을 데굴데굴 구르며 좋아하던 셜리가 갑자기 행동을 멈췄다. 그러더니 몸을 일으켰다.

"……진짜로 취조하던 날이 생각나는데?"

"아, 약효가 있나 봐."

"어…… 어?"

셜리가 무슨 기억 때문인지, 심하게 표정을 구겼다. 그러더니 갑자기 스칼렛의 뺨을 때리고, 맞은 사람보다 더 놀라서 말했다.

"미안해, 미안해! 갑자기…….”

"왜, 왜 그래…….”

"아니, 너는 귀한 몸이라 나한테 실험한다는 걸 듣고 스칼렛 덤펠트 부인을 미워하던 게 갑자기 생각나서……. 진짜 미안해."

 스칼렛은 놀라고 아파서 눈이 동그래져 있었지만 이해한다는 듯이 고개를 끄덕이고, 뺨을 손으로 감쌌다. 얼떨결에 그녀를 때린 셜리는 얼굴이 파래져서 쩔쩔매다가 또 다른 대화를 떠올리고 멈칫했다.

 셜리의 표정이 점점 복잡해졌다. 그녀는 분을 도저히 못 참겠는지, 곧 손을 뻗어 스칼렛의 목을 움켜쥐었다.

 "널 위해서 내가. 네가 귀부인이어서 너에게 상처를 낼 수 없으니까 내가 대신 실험당했어……."

 "셔, 셜리!"

 셜리는 그러지 않으려고 애썼으나 그때 당시의 분노에 휩쓸려 스스로를 제어하지 못했다.

 셜리가 스칼렛의 목을 놓으려고 힘쓰는 것이 느껴졌다.

 "내가 왜 이러는지 모르겠어. 네가 온전한 피해자라는 걸 아는데 왜 화가 나지?"

 스칼렛이 조금이라도 소리를 치면 밖에서 해군들이 달려올 테지만, 그렇게 되면 셜리는 곧바로 이곳에서 쫓겨날 것이 분명했다.

 스칼렛은 기억이 돌아오던 날, 자신이 느끼던 빅토르에 대한 원망을 기억했다. 그래서 셜리의 행동을 조금은 이해했다.

 셜리는 한꺼번에 쏟아지는 분노에 온몸을 떨었다. 본인 스스로도 떼려 애썼고, 스칼렛도 힘껏 밀쳤기 때문에 셜리가 비틀거리며 물러났다.

 셜리가 벽에 기대 웅크려 앉아 중얼거렸다.

 "여덟, 여덟, 하나, 둘, 다섯, 하나, 아홉……. 총 서른아홉 자리야. 빠뜨리면 안 돼. 다음은 셋, 하나, 일곱, 넷……."

셜리가 계속 뜬금없는 소리만 반복하다가 손으로 답답해 죽겠다는 듯이 자기 이마를 퍽퍽 때렸다.

스칼렛은 그런 그녀의 과격한 행동들을 보며, 제가 막 약을 먹고 취조 당시에 대한 기억을 잃었을 때 주변 사람들이 자신을 미친 사람처럼 보던 것을 떠올렸다. 기억이 안 난다고 우기던 자신이 제정신으로는 보이지 않았으리란 것을, 셜리를 보면 느껴졌다.

그 답답함을 알고 있기 때문에 스칼렛은 더더욱 셜리에게 마음이 갔다.

셜리는 이제 슬슬 상대가 자신을 미친 사람 취급할 때라고 생각했는지 언제 그렇게 떠들었냐는 듯이 입을 다물었다. 그러자 스칼렛이 그녀 앞에 앉았다. 그리고 벽에 머리를 기대고 셜리를 보며 말했다.

"답답해 죽겠지? 나보다 더할 거야."

그러자 셜리가 말없이 고개를 끄덕거렸다.

스칼렛이 달래듯이 말을 이었다.

"걱정하지 마. 네 말을 무작정 다 믿을 생각은 없지만, 헛소리라고도 생각하지 않을 거야."

"……."

"말하다 울어도 네가 너무 감정적인 사람이라서 그런다고 생각하지 않을 거고, 갑자기 뛰어다니는 게 네 말의 신뢰를 떨어뜨린다고도 생각하지 않을 거야."

그녀의 말이 끝나자 셜리가 정말로 미친 사람처럼 히히거리고 웃었다.

"그다음은 일흔네 자리였어."

"그다음이라니 언제?"

"네 번째 실험을 할 때. 왕실경찰들이 나에게 약을 먹이고, 먹기 전에 외운 일흔네 자리 숫자를 기억하라고 했어."

"……네 번째라고?"

"그런데 그건 못 외웠어. 기억이 지워졌거든. 그리고 며칠 지나서 날 또 데려갔는데 그때는 백한 자리를 외우라고 했어. 그때는 전부 외웠지. 그리고 일곱 번째에서 또 기억이 지워졌어. 그다음은 한 번에 기억이 지워졌어. 그 실험을 스물한 번 반복한 후에는 더 이상 왕실경찰 본청에 간 적이 없어. 이제 얼마나 약을 먹어야 기억이 지워지는지 안 거야."

스칼렛의 입술이 떨렸다.

그녀는 고개를 끄덕이고 셜리를 꼭 끌어안았다. 그러자 셜리가 스칼렛의 등을 짝 소리가 나게 때렸다.

"방금 널 때린 사람을 안아 주면 안 돼."

"오늘만 봐줄게."

스칼렛이 말하고 셜리를 토닥였다.

셜리는 그녀의 따듯한 손길에 울던 아이가 진정하듯 차차 마음을 진정했다. 그리고 스칼렛의 품에 얼굴을 묻으며 말했다.

"나보다 어린 사람한테 이렇게 위로를 받으니 쑥스럽네."

그러더니 천천히 그녀에게서 몸을 뗐다. 그리고 오랜만에 아주 맑은 눈으로 그녀를 보며 물었다.

"혹시 그 약 어디서 구하는지도 알아? 해독제 말고, 우리가 먹은 약."

"해적들에게서 구하면 될 거야. 구하기는 어려워도……."

"아."

셜리가 아주 오랜만에 청량한 미소를 지었다.

"그 약을 구하고 싶은데."

"아주 비쌀 텐데?"

"나는 지금 상태에서 벗어날 방법을 찾아보려고 받은 돈 하나도 안 쓰고 다 모아 놨어."

그러고 나서도 그날 일을 찬찬히 생각하던 셜리가 입을 열었다.

"전부 기억이 나네. 왜 하필 나를 데려갔는지."

"왜 데려갔는지?"

"응."

셜리가 고개를 끄덕이고는 말을 이었다.

"내가 열다섯 살 때였어. 나는 그때 어떤 가문의 하녀로 일하고 있었어. 하녀라기보다는 사실 심부름꾼이었는데, 매일 새벽마다 시장에 가서 신선한 식재료를 사 오는 일을 했어. 그런데 그날……."

그렇게 말하던 셜리가 멈칫하고 스칼렛에게 물었다.

"함장님이 다음 주 목요일에 평화협상을 위해서 베스티나로 가신다고 했지?"

"응. 왜?"

"함장님이 수도에 없는 사이에 탈영을 확정지어 버리면 어떡해?"

"빅토르는 그럴 사람이 아니야."

스칼렛이 말도 안 되는 소리 말라는 듯 일축했다. 그러자 셜리가 고개를 세차게 저었다.

"분명히…… 그러니까!"

셜리는 뭔가 말하고 싶은 듯했으나 말하지 못하고 있었다.

셜리가 스칼렛의 두 팔을 꽉 붙잡았다.

"그날! 그날 말이야!"

"그날?"

"그래!"

셜리는 이 말을 타인에게 해도 되는지 결정하지 못한 듯 답답해하다가 몸을 벌떡 일으켰다. 그리고 갑자기 달리기 시작해, 스칼렛이 얼떨결에 그녀를 따라 나가 보니 셜리는 빅토르의 집무실을 향해 달리고 있었다. 스칼렛과 함께 있으니 아무도 막지 않아 단숨에 집무실에 도착한 셜리가 문을 마구 두들겼다.

"함장님! 중요한 것이 생각났어요!"

그러자 곧 문이 열렸다.

문을 연 것은 에번 라이트였는데, 어두운 표정을 짓고 있던 그가 문 뒤에 선 스칼렛을 발견하고 이내 미소를 지어 보였다.

"스칼렛 양?"

"셜리가 갑자기 여기에 오자고 해서……."

그녀의 말이 끝나기도 전에 셜리가 말했다.

"나한테 스칼렛에게 쓴 약을 실험하던 때가 생각났어요. 전부 다! 아니, 사실 완벽하게 기억나는 건 아니지만, 아무튼 그날 무슨 말을 들었는지도 다 생각이 나요."

그러자 집무실 책상에 앉아 있던 빅토르가 가까이 오라는 듯 손을 까딱였다.

그런 그의 행동에 에번이 셜리와 스칼렛을 집무실 안으로 들여보낸 후, 그곳을 나가며 문을 닫았다.

스칼렛은 빅토르 쪽을 보았다. 그의 책상 위에 스칼렛이 아까 전달한 초콜릿 상자가 놓여 있었다.

그때 셜리가 입을 열었다.

"나한테 그놈들이 물어봤단 말입니다. 내가 열다섯 살에 발견한 남매들에 대해서!"

"스칼렛."

빅토르가 담배를 비벼 끄며 말했다.

"중요한 이야기 같으니 나가 있지."

그러자 스칼렛이 고개를 젓고 셜리를 보았다.

"무슨 남매를 발견했다는 건데?"

"그러니까, 한 열두어 살쯤 되어 보이는 남자애랑 여자애. 언덕에 쓰러져 있더라고. 남자애는 눈을 다쳤고, 여자애는 기절해 있었어."

그때 빅토르가 몸을 일으켰다. 그리고 천천히 걸음을 옮겼.

그는 스칼렛의 팔을 감싸 쥐고 그녀를 문 쪽으로 데려갔다. 그가 쫓아내려 하자 스칼렛이 안간힘을 써 버티며 물었다.

"못 들었어? 나랑 아이작 이야기일지도 모르잖아. 그런데 왜 나가라는 거야?"

"해군 기밀이야."

"웃기지 마."

스칼렛이 단호하게 말을 이었다.

"난 안 나가. 셜리, 계속 말해 줘."

그러자 셜리가 난처해하며 두 사람을 번갈아 보았다. 빅토르가 숙녀에게 이 이상의 무력을 써 끌어낼 수는 없다고 생각했는지, 계속 하라고 셜리에게 손짓했다. 그녀가 이내 헛기침하고 말을 이었다.

"그때 나는 놀라서 소리를 치고 주변에 있던 사람들을 불러 모았지. 곧 사람들이 오더라고. 그래서 사람들과 같이 남매를 병원에 데려다

줬어."

스칼렛이 빅토르의 팔을 뿌리치고 달리듯이 셜리에게 가서 물었다.

"혹시 그때 그 애들이 뭐 입고 있었는지 기억나?"

"당연하지. 나는 모든 걸 기억해. 둘 다 아주 귀엽고 비싼 옷을 입고 있었어. 특히 여자애는 등허리에 청록색 리본을 달고 있었는데 엄청 컸어. 자기 몸만 하더라고."

그러자 스칼렛이 희미하게 미소 지으며 말했다.

"응. 내가 열두 살에 리본에 푹 빠져 있었거든. 크면 클수록 좋은 건 줄 알았어."

그녀가 힘겹게 울음을 삼키며 말을 이었다.

"엄마가 마지막에 내 청록색 리본을 묶어 준 기억이 나."

그날 기억을 자꾸만 떠올렸다.

그때 나가지 말자고 할걸.

왜 그 청록색 리본이 마음에 들었던 걸까.

자꾸만 투정 부리고, 다른 것도 묶어 보다가, 다 마음에 안 들어서 못 나가겠다고 울면서 주저앉아 버릴걸.

그때 그 청록색 리본을 싫다고 할걸.

스칼렛은 울음이 날 것 같아 이를 힘주어 물었다.

그리고 어느 정도 진정을 한 후에야 다시 입을 열었다.

"그날 셜리가 우릴 도와줬구나."

스칼렛이 중얼거리며 빅토르 쪽을 보았다.

그녀는 빅토르가 왜 이것을 자신이 듣지 못하도록 내쫓으려 했는지 알 수 없었다.

그러다 저도 모르게 제 목을 손으로 어루만졌다.

그를 이렇게 바라보고 있으니, 셜리가 뺨을 때리고 목을 졸라 상처가 남아 있을 텐데도 빅토르가 물어보지 않았다는 것이 순간 떠올랐다.

"빅토르."

그녀가 부르자 빅토르가 그녀를 보았다. 그와 눈이 마주친 상태로 스칼렛이 손을 내렸다. 그러니 분명 손자국이 보였을 텐데, 그는 여전히 반응이 없었다.

그녀가 말이 없으니 빅토르가 물었다.

"왜 불렀어?"

글쎄. 왜 불렀다고 해야 하나. 스칼렛이 뒤늦게 난처해하는데, 다행히 초조해하며 자꾸만 집무실 여기저기를 걸어 다니던 셜리가 말을 이었다.

"그런데 어느 날 경찰이 와서 그날 일을 묻는 거야. 혹시 남매를 누가 그 언덕에 데려다 놨는지 봤느냐고. 난 기억이 안 난다고 했지. 그리고 다시 왕실경찰들이 날 데려간 후에 똑같은 걸 묻기 시작했어. 그날 혹시 해군을 못 봤냐고. 그런데 잘 생각해 보니까…… 뒷모습을 본 것도 같은 거야. 그 당시에는 그 지역이 워낙 해군이 많이 돌아다니는 곳이라 신경 쓰지 않았지만."

빅토르가 천천히 그녀를 돌아보았다.

셜리는 생각에 잠겨 있어 그가 자신을 바라보는 것을 느끼지 못하고 말을 이었다.

"그래서 본 것도 같다고 했어. 그러니까 그때부터."

셜리가 빅토르 덤펠트를 가리키며 말했다.

"그게 빅토르 덤펠트였느냐고 묻더라고."

그녀의 말에 스칼렛이 빅토르 쪽을 보았다.

그녀가 멍한 얼굴로 물었다.

"……무슨 의미야?"

그러자 빅토르가 대신 입을 열었다.

"그날 내가 타고 있던 유프호가 전날 밤에 출항했으니, 만약 그 시간에 내가 거기 있었다고 한다면 탈영이 될 테지."

그러자 셜리가 맞장구쳤다.

"맞아, 그래서 내가 그날 함장님을 봤다고 우기라는 거야. 증거라곤 하나도 없는데!"

그들의 말을 듣고 있는 스칼렛은 여전히 무중에 선 얼굴이었다.

그녀는 아까 셜리가 한 말을 떠올렸다. 왕위 후계자들이 대대로 해군의 수장이었는데, 해군들의 정신적인 수장이 빅토르가 되어 버려 왕세손 눈이 뒤집혔다는 말.

그러니 왕세손 율리 이렌이 어떻게든 빅토르의 명예를 훼손하려 들고 있다고 생각해도 이상할 것 없었다.

스칼렛이 일단 고개를 끄덕였다. 셜리가 말을 이었다.

"그 이후에도 계속 약을 먹어서 그날 기억을 떠올려 봤는데……. 어떻게 되었더라?"

셜리가 아직 약 기운이 다 퍼지지 않아서인지 인상을 쓰고, 잘 기억이 나지 않는 듯 손으로 자기 이마를 때리려 했다. 스칼렛이 얼른 그녀의 팔을 붙잡았다가 셜리의 힘에 비틀거렸다.

셜리가 미안해하며 말했다.

"스칼렛, 나한테서 좀 떨어져 있어. 내가 또 때리면 어떡해?"

그녀의 말에 스칼렛이 멈칫하더니 빅토르를 돌아보았다. 그러나 그는 반응이 없었다.

스칼렛은 오히려 그의 무반응에 안심했다.

'상처가 안 보인 게 아니라, 관심이 없는 거였나?'

그녀는 생각하고 오히려 더 경쾌한 목소리로 말했다.

"괜찮다니까."

"미안, 난 배은망덕한 놈이야."

셜리가 그렇게 말하고 또 자기 머리를 때리려 들어 스칼렛은 그녀의 팔을 붙잡느라 이리저리 끌려 다녔다.

어느 정도 진정한 셜리가 중얼거렸다.

"술을 한 잔만 더 마시면 다 생각날 것 같은데."

"그렇게 술에 의존하면 안 돼, 셜리."

"함장님도 나만큼은 마셔."

셜리가 이르듯이 말했다.

"내가 공관의 주류 반입은 전부 확인하니까 아는데, 보통 사람이 저렇게 마셨으면 옛날에 죽었어."

그녀의 말에 스칼렛이 빅토르를 돌아보았다. 그는 대수롭지 않다는 듯 무시하고 술이 놓인 콘솔테이블로 향했다. 그리고 셜리 쪽으로 손가락을 까딱이고, 크리스털 잔에 얼음과 위스키를 따라 그녀에게 건넸다.

그런 그의 동작들이 지극히 자연스러워 스칼렛은 다시금 제가 괜한 염려를 했다고 스스로를 달랬다.

셜리는 설렘에 떨리는 손으로 그것을 받아 들었다.

잔을 받는 손이 하도 덜덜거려 빅토르가 말했다.

"알콜 중독이군."

"진짜로 함장님께만은 듣고 싶지 않은 말입니다."

셜리가 말하더니 술을 한 번에 쭉 들이켰다. 그리고 자기도 모르게 '와' 하고 탄성을 질렀다.

"이렇게 좋은 술을 부자들만 마시다니. 세상이 불공평하네요."

"인류가 멸망할 때까지 그렇겠지."

"절망적이네요. 당장 죽고 싶어져요."

셜리는 그렇게 말했지만 술을 한잔하고 나니 어느 정도 머리가 돌아가는 모양이었다.

그녀가 한결 편안해진 얼굴로 말을 이었다.

"왕세손도 만났습니다. 아마도요. 한 잔만 더 주시면 다 기억날 것 같은데."

셜리가 입맛을 다시며 말하는데 밖에서 노크 소리가 들렸다.

그리고 에번이 다시 들어오며 말했다.

"폐하께서 연락하셨습니다."

그러자 빅토르가 기다렸다는 듯이 스칼렛과 셜리에게 말했다.

"그럼 이 이야기는 다음에 하지. 에번, 스칼렛 양을 배웅해."

"예."

빅토르가 바로 전화실로 떠났다. 스칼렛은 더 이야기를 듣고 싶었으나, 대화를 중단하기에 왕의 연락보다 더 확실한 이유는 없었다.

스칼렛이 셜리 쪽을 보며 말했다.

"나가서 커피라도 마시면서 더 얘기하자."

그러자 에번이 불쑥 끼어들었다.

"죄송하지만, 중요한 이야기라면 공관 안에서 하시는 게 좋겠습니다. 밖은 어디라도 듣는 귀가 있으니까요."

"아, 그러네요."

스칼렛이 고개를 끄덕였다. 겉으로는 수긍했으나, 속으로는 쫓겨나는 것 같다는 생각이 들었다.

결국 집무실을 나서며 셜리가 힐끔 에번의 눈치를 보고 스칼렛에게 귓속말했다.

"스칼렛, 해독제 더 없어? 부족한가 봐."

"아, 그러네. 셜리는 나보다 더 많은 해독제가 필요하겠구나……."

"그냥 나한테 그 해적 친구 좀 알려 줘."

"내가 구해다 줄게."

"내가 직접 하고 싶어. 겸사겸사."

그녀의 말에 스칼렛이 잠시 고민하다 이내 고개를 끄덕였다.

"내가 그 친구에게 물어볼게. 크림슨가로 전화하거나 찾아와."

"고마워! 그리고 빚은 갚을게."

"혹시 약값이면, 그건 선물이야. 갚을 필요 없어."

스칼렛이 말했으나, 셜리는 이미 흥이 나서 다시 일을 하러 카페테리아로 달려가고 있었다.

"들은 건가……."

스칼렛은 중얼거리며 한숨을 쉬었으나 어차피 갚겠다고 찾아와도 안 받으면 그만이려니 생각했다.

그녀는 에번의 에스코트를 받아 공관을 나섰다. 막 문을 나선 후 에번이 챙겨 온 스카프를 그녀에게 건넸다.

"목에 두르시는 것이 좋을 것 같습니다."

에번이 스칼렛의 상처를 보고 바로 부하를 시켜 사 왔는지, 새것이었다.

스칼렛이 스카프를 두르며 말했다.

"신경 써 줘서 고마워요."

"그리고 저 주정뱅이는 안됐지만…… 해고될 겁니다. 어쩔 수 없는 일입니다. 해군 공관에 살란티에 시민에게 상해를 입힌 자를 둘 수는 없으니까요."

스칼렛의 성정을 생각하면 셜리가 해고되는 걸 마음 아파할 거라 생각해, 에번은 사유까지 덧붙여 설명했다.

예상외로 스칼렛이 담담하게 고개를 끄덕였다.

"네. 듣고 보니 합당하네요."

"그렇습니까?"

"네."

사실, 안 그래도 스칼렛은 자신이 받은 포도밭을 떠올리며 그곳에서 와인을 개발하는 일에 셜리를 보내면 좋겠다는 생각을 하고 있었다.

셜리가 정말 남매를 발견해 병원에 데려가 주었고, 그 사실 때문에 실험의 표적이 된 것이라면. 그녀에게 정말로 큰 빚을 진 것은 자신이었다.

와인 개발은 그녀의 적성에 딱 맞는 일일 것 같았다. 매일 술을 마시며 연구할 수 있을 테니. 게다가 그곳은 풍경도 근사했다.

셜리가 해고되면 바로 스카우트해 봐야겠다고 생각하며 스칼렛은 마차에 올랐다.

크림슨가로 돌아가는 길에 그녀는 스카프를 만지작거리다, 작은 거울을 꺼내 얼굴을 살펴보았다. 뺨은 좀 빨간 정도였지만 목은 멍이 들 것 같았다.

그녀는 자신을 보면서도 왜 불렀냐고 묻기만 하던 빅토르를 떠올렸다.

"관심이 없어서 그래."

그녀가 중얼거리곤 잠시 눈을 감고 마차 벽에 머리를 기댔다. 머리가 무거웠다.

스칼렛이 오후 중에 크림슨가로 돌아오니, 에이샤도 돌아와 있었다. 스칼렛은 에이샤와 함께 그녀가 궁금해하던 트리하우스로 향했다. 에이샤가 트리하우스로 향하는 길을 두리번거리며 말했다.

"덤펠트가도 이렇게 부자야?"

"크림슨가와는 비교할 수 없을 정도로."

"진짜? 상상이 안 가네. 아, 해독제는 주고 왔어? 잘 들어?"

"응. 아주 잘 들어. 그런데 그 사람이 해독제가 부족하다고, 너와 직접 연락하고 싶다는데 괜찮아?"

"당연히 좋지."

에이샤가 낄낄거리며 말을 이었다.

"이렇게 직거래 루트를 늘려 가서 언젠가는 내가 해적 출신 사람들을 이끌 거야. 더 이상 나쁜 짓 안 하고, 정착해서 살 수 있도록."

"에이샤 멋있다……."

스칼렛의 감탄에 에이샤가 멋쩍은지 목덜미를 긁적거렸다. 그리고 말을 이었다.

"스칼렛을 보면 왠지 나쁜 짓 하면 안 될 것 같은 생각이 든단 말이야."

"그래? 왜?"

"그냥. 네가 싫어할 게 뻔하잖아. 나까지 싫어하게 될 것 같아서."

에이샤가 쑥스러워하더니 얼른 트리하우스 쪽으로 달려갔다.

"저거구나. 멋지네!"

"그렇지?"

스칼렛도 느린 걸음으로 걸어가 트리하우스에 도착해 보니, 먼저 와서 엎드려 두꺼운 연구서적을 읽고 있던 커스틴이 일어났다. 스칼렛은 두 사람이 놀라지 않게 스카프를 더욱 단단히 여몄다.

세 사람은 모처럼 트리하우스에 모여서 깔깔거리며 웃고 떠들었다. 한참 이야기하고 있으니 동생이 친구들과 모여 놀고 있다는 소식을 들은 아이작이 마실 것과 간식들을 가져다주었다.

그렇게 즐겁게 놀다가도 중간중간 스칼렛은 딴생각에 잠겼고, 그때마다 자꾸만 스카프를 만지작거렸다.

———·◈·———

빅토르는 공관을 나선 후, 가지고 있던 약병의 약을 보았다.

의사의 권장은 사흘에 한 알.

내내 세상이 뿌옇다가, 한 알을 먹으면 네댓 시간 정도 사람을 분간할 수 있게 되었다.

그는 세 알을 꺼내 손바닥 위에 놓고 한참 바라보았다. 그리고 그것을 한 입에 털어 넣었다.

마차가 크림슨가를 향해 달리는 사이 약 기운이 돌았다. 그리고 크림슨 저택에 도착했을 즈음, 그의 시야는 상당히 밝아져 있었다. 그는 마차에서 내려 천천히 걸음을 옮겼다.

빅토르는 스칼렛이 자신을 부르고, 목에 가져갔던 손을 내리던 것을 떠올렸다. 제가 상처에 반응하지 않으니 떠본 것임을 나중에 알았다.

셜리가 스칼렛을 때렸다는 말을 듣고 나서, 나중에 에번에게 물어보니 스칼렛의 뺨과 목이 붉다고 했다.

평소 같았으면 진작 귀띔해 줬을 테지만, 요즈음 에번은 빅토르에게 크게 화가 나 있었다. 다 나았다고 거짓말을 하고 출정해 눈을 아주 못 쓰게 만들어 버렸다는 걸 뒤늦게 알았기 때문이었다.

어린애도 아니고. 자신이 기분을 풀어 줄 이유는 없다고 생각해 그냥 놔두었다.

아무튼 아이작과 긴 시간 생활해 온 그녀를 속이는 게 쉬운 일은 아니었다.

빅토르를 발견한 집사가 인사를 하고, 스칼렛을 부르기 위해 안으로 들어갔다.

그녀를 기다리며, 그는 스칼렛이 나오지 않을 수도 있다는 생각을 했다.

오늘 그녀가 공관에 왔다는 소식을 들은 직후 약을 먹었을 때에도 스칼렛이 저를 찾아올 가능성이 높지는 않다고 생각했다. 초콜릿 상자를 받았을 때의 기쁨은 그래서 더 컸지만.

짐작으로 약을 먹으려니 소모 속도가 더욱 빨랐다.

그래도 별수 있을까.

그녀를 속이는 것은 정말로 어려운 일이었다.

셜리와 간단하게 전화를 하고 난 에이샤가 집을 나가려 하자 스칼렛이 말했다.

"셜리가 해독제 달라고 해?"

"아니. 그건 필요없다는데?"

"……그래? 그럼?"

스칼렛이 묻자 에이샤가 말했다.

"사실 손님 구매 정보는 비밀이야. 스칼렛에게만 말하는 거니까 비밀로 해 줘. 왕실경찰 놈들이 너랑 그 친구에게 쓴 약 있잖아. 그거 구해 달래. 돈 되는 만큼 최대한 많이."

'최대한 많이'라는 말에 스칼렛은 셜리가 원하는 바를 어느 정도 짐작했다.

만약 셜리가 원하는 것이 복수라면 말릴 생각은 없었다. 그저 그녀가 더 이상 다치지 않기만을 바랄 뿐이었다. 스칼렛이 고개를 끄덕였다.

"알았어. 말해 줘서 고마워."

"응. 아무튼 난 약 구하러 다시 가 볼게."

"응. 조심해서 가."

스칼렛이 에이샤를 배웅한 후 다시 연구를 하기 위해 머리칼을 높이 올려 묶었다. 그리고 작업을 시작하려는데 아이작이 노크를 하고 말했다.

"스칼렛, 빅토르 경께서 오셨다는데 어떻게 할까?"

"……왜 왔대?"

"그건 잘 모르겠어."

아이작이 고개를 저으며 말하자 스칼렛이 잠시 고민한 후 대답했다.

"내가 볼게. 아, 그보다."

그녀의 말에 아이작이 언제나처럼 다정한 미소를 짓고 고개를 갸우뚱하며 스칼렛을 보았다.

"그보다?"

"혹시…… 그날 기억나? 사고가 나던 날."

"……"

남매는 사고가 나던 날에 대해 한 번도 이야기해 본 적이 없었다. 두 사람 다 떠올리고 싶지 않은 기억이었고, 입 밖에 내고 싶지 않은 기억이었기 때문이다.

스칼렛의 조심스러운 질문에 아이작의 얼굴이 어두워졌다.

스칼렛이 말을 이었다.

"그때 우리를 발견해서 병원에 갈 수 있게 해 준 사람은 누군지 알았어."

"그래? 고마운 사람이네. 사례해야겠다."

"응. 그러려구. 그건 그렇고……. 그날 우리, 사고가 난 곳과 꽤 멀리 떨어진 곳에서 발견됐잖아. 그날 기억 없어?"

"음……"

아이작이 생각하려다 머리가 아파 손으로 이마를 감쌌다. 그리고 미안한 표정으로 말했다.

"그날 일…… 일부러 생각하지 않으려고 애써서 그런지 잘은 기억이 안 나."

"그렇지……."

그래도 동생이 바라는 것이니 그날의 기억이 주는 아픔을 견디며 성실하게 고민하던 아이작이 입을 열었다.

"바다에 빠졌던 것 같아."

"바다?"

"응. 염분 때문인지 눈이 정말 아팠던 기억이 나. 그리고, 누가…… 미안하다고 하면서 내 입을 막았어."

"……."

"그것밖에 모르겠어. 혹시 그 사람이 범인인가?"

아이작이 묻자 스칼렛이 고개를 저었다.

"그건 아닐 것 같아. 범인들이 우릴 봤다면 죽였겠지?"

"하긴……."

"누군가가 우리를 도와줬나 봐."

아이작이 고개를 끄덕였다.

떠올리기 싫은 기억을 떠올리고 나니 긴 침묵이 흘렀다.

아이작이 무겁던 침묵을 깨고 밝은 목소리로 물었다.

"차를 준비해 놓을까?"

"응. 고마워."

스칼렛이 고개를 끄덕이고, 아이작이 나가자 뒤늦게 멈칫했다.

아이작은 눈이 보이기 시작한 이후로 스칼렛이 필요한 걸 옆에서 전부 챙겨 주었다. 꼭 어미 새가 아기 새 돌보듯이 해서, 솔직히 편하다가도 종종 이래도 되는 건가 신경 쓰일 때가 있었다.

밖으로 나가 보니 빅토르가 서 있었다.

스칼렛이 포치에 서서 물었다.

"왜?"

그러자 빅토르가 그녀 쪽으로 걸어왔다. 그리고 손을 뻗어 목이 아프다는 핑계를 대고 하루 종일 매고 있던 스카프를 건드리자 스칼렛이 움찔했다.

빅토르가 그녀의 스카프를 끌어 내리고 말했다.

"치료는."

"……자고 일어나면 없어져."

스칼렛이 말하고는 빅토르를 밀어냈다. 그녀가 스카프를 다시 올리며 물었다.

"그거 확인하러 왔어?"

그러자 빅토르가 손을 물려 뒷짐을 지며 말했다.

"응. 그거 확인하러 왔어."

스칼렛이 고개를 들어 빤히 빅토르의 눈을 바라보며 말했다.

"온 김에 차 한잔할래?"

"그럼 고맙지."

스칼렛이 집안으로 향하자 빅토르가 그녀를 따라 걸어갔다.

응접실에 앉아 빅토르는 차를 마시고, 스칼렛은 잠자리에 들 생각이라 따듯한 우유를 한 잔 마셨다.

스칼렛이 입을 열었다.

"대책을 마련해야 할 것 같아."

"무슨 대책."

"왕세손이 자꾸 당신을 탈영한 거로 몰아가려 한다면, 대책이 있어야지. 그때 당신이 배에 탔다는 증언이 있는데도 그래?"

"유프호와 지원을 왔던 슈텔란호의 모든 사람이 그렇게 증언했는데도 그러는군."

"그럼 어떻게 해야 해?"

스칼렛이 묻자 고아한 태도로 찻잔을 들던 빅토르가 되물었다.

"왜. 걱정돼?"

"걱정이라기 보다는, 당신처럼 해군에 모든 걸 바친 사람을 불명예스럽게 쫓아내려 한다는 게 화가 나. 당신은 죽을 때까지 해군으로 살 거잖아."

그녀의 말에 빅토르가 저도 모르게 웃었다.

그 웃음에 스칼렛이 멈칫했다.

"왜 웃어?"

"이번 일이 끝나면 나는 배에서 내릴 거야."

"……뭐?"

그녀가 놀라서 동작을 멈추고 빅토르를 보았다.

그러자 그가 대답했다.

"바다가 지긋지긋해."

"거짓말하지 마."

"내가 그런 거짓말을 할 이유가 있나?"

빅토르가 여전히 미소가 남은 얼굴로 물었다. 언제나처럼 서늘한 미소였다. 스칼렛이 되물었다.

"왕세손 때문이야?"

"전혀. 이 협상을 끝내고 돌아오면 율리 이렌은 내 손으로 끌어내릴 거야."

"……."

왕세손 때문도 아니라면 도대체 왜.

스칼렛은 빅토르가 퇴역하려는 이유를 찾아보려 애썼으나 아무것도 떠오르지 않았다.

빅토르 덤펠트는 해군이었다. 그래야만 했다. 이것은 자신이 시계공 가문의 딸인 것만큼이나 당연하고, 지속되어야 하는 일이었다.

스칼렛이 몸을 일으켰다. 그리고 빅토르 쪽으로 가서 서자 그가 고개를 들어 스칼렛을 보았다.

"왜."

그가 묻자 스칼렛이 몸을 숙이고 빅토르의 눈을 살폈다.

가까이에서 살피고 있으니 빅토르가 다시 입을 열었다.

"잘 보여. 쓸데없는 짓 하지 마."

그런 그의 말에 스칼렛이 한숨을 쉬더니 손가락을 하나 들었다.

"몇 개야?"

"한 개."

"이건?"

"다섯 개."

"세 개인데?"

그녀가 속이려 하자 빅토르가 스칼렛의 손을 깍지 껴 잡고 말했다.

"다섯 개잖아."

그런 그의 행동에 당황한 스칼렛이 얼른 손을 빼냈다.

"……진짜 보이네."

"회복되었다는데 왜 안 믿지?"

"그냥……."

"외상 후 스트레스 장애같은 건가."

그가 몸을 일으키더니 가볍게 스칼렛을 안고 테이블 위에 앉혔다. 그런 그의 행동에 긴장한 그녀의 턱을 조금 들어 눈높이를 맞췄다. 그리고 그녀의 몸 양옆을 손으로 짚은 후 닿을 듯이 가까이에서 스칼렛의 얼굴을 보았다.

"그러고 보니, 안 보이는 것도 같군."

그의 말에 스칼렛이 눈을 깜빡깜빡하더니 말했다.

"보이잖아."

"확실해?"

저렇게 자기 눈을 가지고 장난치는 걸 보니 스칼렛은 오히려 마음이 놓여 저도 모르게 웃고 말았다.

그녀는 아이작이 열세 살이던 해에 겪었던 기나긴 우울을 떠올렸다. 물론 동시에 부모님이 돌아가셨으니 열세 살 아이가 어떻게 감당할 수 있었겠냐만은, 어느 날 갑자기 눈이 보이지 않게 된 사람의 마음이 어떤지는 어느 정도 알았다.

"응. 확실해."

스칼렛은 그렇게 대답하면서도, 빅토르의 얼굴을 다시 살폈다.

그는 2년을 함께 살았어도 여전히 적응할 수 없는 아름다운 얼굴을 가지고 있었다.

그녀는 거기에 또 다시 홀리지 않도록 경계하며 눈을 살폈다. 그러다 빅토르의 손이 그녀의 얼굴에 닿자, 스칼렛의 어깨가 흠칫 떨렸다.

그녀는 밀어내야 한다고 생각했으나, 응접실에 켜둔 수많은 촛불 속에 보이는 빅토르의 눈빛이 너무 쓸쓸해 그러지 못했다.

그는 스칼렛의 눈과 코, 입술을 하나씩 만져 보며 말했다.

"아쉽네. 내가 눈이 멀었다면 가여워서, 당신이 옆에 있어 줬을 텐데."

"내가 왜 당신을 가여워할 거라고 생각해?"

스칼렛이 묻자 빅토르가 실소하며 물었다.

"가엽지도 않을 정도로 정이 떨어졌나?"

"……."

"저런."

빅토르는 그가 일평생 지었던 것처럼 나쁜 사람 같지도, 좋은 사람 같지도 않은 미소를 짓고 있었다.

그 표정이 그의 전부라서, 그것이 그가 느끼는 감정의 전부처럼 느껴지곤 했다.

그러나 그는 살아가며 자신이 사랑한다고 말한 사람이 그녀 하나였다고 말했다. 그리고 스칼렛의 기억을 확인할 때, 그는 자신을 사랑하냐고 물었다. 그는 그녀를 자신을 사랑하던 스칼렛 덤펠트와 사랑하지 않는 스칼렛 크림슨으로 구분하는 듯했다.

그러나 누구의 마음이 그렇게 확실한 경계를 가지는가.

스칼렛은 스스로도 자신의 마음을 몰랐고, 그의 마음도 몰랐다.

스칼렛이 말했다.

"그래도 아직 당신의 눈이 필요한 곳이 많으니까, 어떻게든 낫게 할 거야. 눈."

"아직 이용 가치가 있다니 기쁜 일이군."

그의 말이 빈정거리는 것처럼 들려, 스칼렛이 인상을 썼다.

"이용 가치 같은 소리 하지 마. 당신은 모르잖아. 아이작이 얼마나 힘들어했는지."

"그리고 당신도 힘들게 했지."

그가 말하며 다시 스칼렛의 얼굴을 손으로 감쌌다.

스칼렛이 고개를 돌리자 빅토르가 말했다.

"나중엔 못 보잖아. 잠깐만 더 얼굴 보여 줘."

"무슨……."

그녀가 말하며 다시 빅토르 쪽을 보는데, 그의 손이 스칼렛의 입술에 닿았다. 그는 한동안 말없이 그렇게 있다가 손을 뗐다.

그런 그의 손을 따라 무심코 시선을 옮기며, 스칼렛이 물었다.

"정말 상처 하나 확인하러 온 거야?"

"응. 시간이 너무 남아서."

빅토르의 농담 섞인 대답에 스칼렛이 어이가 없어 그를 툭 때렸다. 그리고 입을 열었다.

"아무튼, 아까 정신없어서 이야기하다 말았는데. 거짓말이어도 이렇게 자꾸 기사를 내고, 사람들 입에 오르내리면 당신 명예가 훼손되잖아."

"그건 그렇지."

"그리고……."

"그리고."

"셜리의 말대로 그날…… 누군가가 우릴 구해 준 거면. 그게 누군지 알고 싶어."

스칼렛은 그렇게 말하고, 빅토르를 보았다.

"혹시 당신은 그날 아무것도 못 봤어?"

"뭘."

"그날 출항했다며. 오래전 일이라 잘 기억나지 않겠지만…… 당신은 그날 밤에 아무것도 못 봤어?"

빅토르는 스칼렛을 물끄러미 바라보다가 천천히 뒤로 물러났다. 그는 뒷짐을 지고 서서 고개를 조금 기울이고 입을 열었다.

"어차피, 슬슬 알게 되긴 하겠군. 내가 말하지 않는다고 해도."

"뭘…… 말이야?"

스칼렛이 되물었으나 빅토르는 한동안 말이 없었다.

본 것이 없으면 없다, 있으면 있다. 대답할 것은 두 가지뿐이었는데 그는 침묵을 선택했다. 스칼렛은 그것을 긍정으로밖에 여길 수 없었다.

그의 긴 침묵에 스칼렛의 목소리가 조금 떨렸다.

"애초에 지금까지 사고 즈음에 배를 탔다는 말도 한 적 없잖아, 당신."

"그랬나."

"응. 한 적 없어. 그렇게 중요한 걸 듣고 잊어버릴 리가 있겠어?"

스칼렛은 이해가 안 된다는 듯 제 얼굴을 두 손으로 감쌌다가, 날카로운 목소리로 물었다.

"나한테 숨기는 게 있어?"

"글쎄."

빅토르가 말하며 몸을 숙여 시선을 맞췄다.

"숨기는 것이 있어 보이나?"

그가 가까워지는 순간, 스칼렛이 뒤로 물러나며 말했다.

"가까이 오지 마."

"왜?"

스칼렛이 인상을 썼다가, 고개를 조금 돌리며 말했다.

"미인계로 대화를 회피하지 마."

"……미인계?"

빅토르가 되묻더니 뒤로 물러났다. 그리고 신중히 고민하다 입을 열었다.

"그렇게 생각해 본 적은 없었는데."

"그냥 그렇게 잘생긴 얼굴 하고 있으면 여자들이 들어줬지? 그게 미인계야."

"……."

빅토르가 뒤늦게 과거에 있었던 일을 생각하더니 중얼거렸다.

"그랬던 것 같군."

"……쉽게도 인정하네."

빅토르가 태연히 어깨를 으쓱이더니 대답했다.

"수월했던 건 사실이라."

"아무튼…… 떨어져서 다시 얘기해 봐. 왜 지금까지 그날 출항한 걸 말하지 않았어?"

그녀가 추궁하자 빅토르가 여느 때와 다름없이 덤덤한 목소리로 대답했다.

"해군들이 공유한 비밀이었으니까."

"나도 해군 항공대에서 일을 하고 있잖아, 지금."

"그건 일리가 있군."

그 말을 마쳤을 때까지만 해도 빅토르는 마차 사고 당일에 있었던 일에 대해 스칼렛에게 말해 주려는 것처럼 보였다. 그런데 그가 이후에 더 이상 말이 없으니, 스칼렛이 테이블에서 내려선 뒤 그의 이름을 불렀다.

"빅토르."

"……."

"빅토르?"

따져 물으려던 스칼렛은 빅토르가 제자리에 서서 움직이지 않자 그에게로 걸어갔다.

그러자 빅토르가 돌아서서 입을 열었다.

"백작을 불러 줘. 가주에게 긴히 알려 줄 것이 있으니."

"그냥 나한테 말해."

"가주에게 말하겠다고 했을 텐데?"

그렇게 말하는 빅토르에게서 협상의 여지가 느껴지지 않아, 스칼렛은 별수 없다는 듯 아이작을 부르기 위해 그곳을 나갔다.

그녀의 발소리가 멀어진 후, 자리에 선 빅토르는 손으로 제 얼굴을 감쌌다.

스칼렛과 대화하던 도중부터 갑자기 아무것도 보이지 않았다. 흐릿하던 때가 감사하게 느껴질 정도로, 지금은 빛조차 사라졌다.

그의 시력을 억지로 끌어올려 주던 약기운은 그가 바라던 것보다 훨씬 빨리 떨어졌고, 비교적 선명하던 세상이 사라지자 어둠이 더욱 깊게 느껴졌다.

빅토르는 스칼렛이 없는 것을 확인하기 위해 입을 열었다.

"스칼렛."

응접실은 조용했고 대답이 돌아오지 않았다.

빅토르는 그제야 어둠 속에서 무엇이라도 확인하기 위해 손을 뻗었다. 그러나 한동안 아무것도 잡히지 않았다.

그는 머릿속의 짐작대로 걸음을 옮겼다. 문으로 향하고 있는 줄 알았는데 아니었는지, 테이블에 몸을 부딪쳤다. 손을 아래로 내려 테이블을 짚었다가, 찻잔이 쏟아져 흐른 뜨거운 찻물을 만지고 다시 손을 뗐다. 그러더니 어이가 없어 자조적으로 웃었다.

그는 손수건을 꺼내 손을 닦고 다시 걸음을 옮겼다.

이번에는 유리가 만져졌다. 창문으로 온 듯했다.

덤펠트가에서도, 해군 공관에서도, 7번가의 새로 지은 집에서도 훈련을 반복해 어둠 속에서 걸어다닐 수 있게 되었지만 스칼렛의 집은 낯선 공간이었다.

그는 창문을 더듬거리다가 숨이 가쁜 기분이 들어 손으로 가슴을 꽉 눌렀다.

빨리 이곳을 나가야 한다는 생각이 들었다.

스칼렛에게 들킬 수도 있고, 더 나쁜 경우, 크림슨가의 사용인이 알아차려 세상에 제가 시력을 잃었다는 게 알려질 수도 있었다. 그렇게 되면 제해권을 뺏겨 잠시 주춤하던 베스티나가 다시 총력전을 시작할 테니, 스칼렛이 바라는 것조차 이루어 주기 어려워질 것이 아닌가.

그가 창문을 더듬어 여는데 뒤에서 다급하게 달려오는 소리가 들렸다.

"뭐 하시는 겁니까?"

아이작 크림슨의 목소리가 들리자 빅토르가 소리 나는 쪽으로 돌아보았다.

아이작이 창문을 다시 닫았다.

"아예 안 보이시는 겁니까?"

"그런 것 같군."

"어느 정도로요? 빛은 분간이 가십니까?"

"전혀."

그의 대답에 아이작은 나쁜 기억들이 주는 두려움을 쫓아내려 이를 악물었다.

아이작이 힘겹게 다시 입을 열었다.

"당분간은 괜찮으실 줄 알았는데요."

"약을 오용해서 그런 모양이오."

막 시력을 잃은 빅토르는 한 걸음 떼는 것도 타인의 도움이 필요했다.

과거 스칼렛은 입조차 열지 않는 아이작을 돌보았고, 저택 안에서나마 돌아다닐 수 있게 도왔다. 고작 열두 살이던 스칼렛을 생각하니 아이작은 억장이 무너지는 기분이 들었다.

생각에 잠긴 아이작이 말이 없으니 빅토르가 입을 열었다.

"소리를 내 줬으면 좋겠소. 여기 있는 건지 알 수가 없으니."

"아, 죄송합니다."

아이작이 서둘러 입을 열었다가 이내 씁쓸하게 중얼거렸다.

"아. 그래서……."

"그래서?"

"스칼렛이 옆에 있으면 늘…… 산만하게 느껴질 정도로 소리를 내곤 했습니다."

그러자 빅토르가 무덤덤하게 대답했다.

"결혼하고 나서도 한동안 그러더군."

"그게 이상하게 보였을 수도 있겠군요. 그 애도, 많은 인간관계를 거쳤던 것은 아니어서……. 일단. 오늘 밤은 여기서 묵으시지요."

"돌아가는 것이 나을 것 같소."

"……그럼 최소한, 잠시 소파에서 쉬고 가시기라도 하십시오."

아이작이 빅토르보다 한 발 앞장서 걸어 소파를 두들겨 소리를 냈다. 그것은 언제나 스칼렛이 하던 방식이었다.

빅토르가 소파에 앉은 후 입을 열었다.

"백작에게 전할 말이 있다는 건 사실이오. 왕실이며 언론이 이렇게 집적거리는 걸 보니 조만간 알려질 것 같아서, 스칼렛에게 먼저 말해 주려고 했는데, 일이 이렇게 되어 버렸군."

아이작은 저것이 대귀족의 화법인지, 아니면 그냥 빅토르 덤펠트의 성정인지 궁금해졌다.

갑자기 앞이 보이지 않게 되었다는 걸 저렇게 별일 아니라는 듯이 표현하는 것도 재주라고 생각했다.

빅토르가 말을 이었다.

"다만, 그 말을 하기 전에 비밀을 지키겠다는 각서가 필요한데."

"무슨 내용인지 모르겠지만 쓰겠습니다."

아이작이 수락하자, 잠시 후 저택 안으로 빅토르의 사용인과 해군들이 들어섰다.

다행히 눈이 완전히 안 보이게 된 것은 일시적인 부작용이었는지 곧 서서히 빛이 구분되기 시작했다. 이어서 사물이 큰 덩어리진 형태로나마 보이기 시작했다.

해군 하나가 지금부터 나눌 대화를 비밀로 해야 한다는 내용의 각서를 가져왔고, 아이작의 서명을 받았다. 모든 절차가 마무리되자, 그제야 빅토르가 입을 열었다.

"아마, 백작의 눈을 망가뜨린 게 나일 거요."

그의 말에 아이작이 멈칫했다.

"……그게 무슨 의미입니까?"

아이작이 묻자 빅토르가 제 시력에 어느 정도 적응한 듯, 느긋해진 목소리로 말했다.

"크림슨 선대 가주 부부의 마차 사고가 있던 날, 당시에 내가 부함장으로 있던 유프호가 출항했소. 나는 내가 타야 할 배에 타지 않고 대신 부부가 구해 달라고 부탁한 아이들을 사고가 난 마차에서 데리고 나왔소. 아마 크림슨 선대 가주 부부는 본인들이 거기서 죽지 않으면 아이들까지 추적해 죽이리라 생각했던 모양이지. 무조건, 그곳에서 멀리 가 달라고 하더군."

그의 이야기를 듣는 아이작의 표정이 복잡했다. 빅토르가 말을 이었다.

"나는 아이 둘을 데리고 계선주에 매어 놨던 보트에 밤새도록 숨어 있었소. 백작께서 실명했던 건 그때 바로 조치를 취하지 않았던 탓일 거요."

"……그건 경의 탓이 아니지 않습니까."

그렇게 말하는 아이작의 목소리가 떨렸다.

그는 이내 두 손으로 얼굴을 감싸고 물었다.

"그걸 왜…… 왜 이제 말하시는 겁니까?"

"해군은 그날 일을 함구하고 있고, 이 사실이 새어 나가면 왕세손은 무슨 수를 써서라도 나를 끌어내리려 들 거요. 이 비밀을 지키는 것은 날 위한 것이기도 하지만 그날 일을 함구한, 그날 그 자리에 있었던 나머지 해군들의 명예가 걸린 일이기도 했지."

"아무리 그래도⋯⋯ 저희 남매에게는 말씀해 주실 수 있었잖습니까."

그러자 빅토르가 미소 지으며 말했다.

"내 아내를 믿지 못해서 이혼을 했는데도 모르겠소? 내가 믿는 사람은 적고, 백작은 그 안에 들어 있지 않소. 스칼렛도 요즘에 와서야 믿게 되었지."

"⋯⋯."

"그게 다요. 전할 말은."

그의 덤덤한 말에 아이작이 헛웃음 지었다. 그리고 이제야 이해가 간다는 듯이 말했다.

"제가 실명한 게 경의 탓이라고 하셨지요? 어쩐지, 지나치게 담담하신 게 이상하다고 생각했습니다. 그게 주고받는 선물이라도 되는 줄 아시나 봅니다. 이제 본인 차례라고 생각하신 거죠?"

아이작의 말에 빅토르가 웃었다.

"남매는 남매라, 스칼렛이 할 거라 예상한 말과 똑같군."

그가 말하고 몸을 일으켰다.

"그럼, 이만 돌아가지."

"스칼렛이 배웅을 하러 나갈 겁니다."

"그렇다면 백작께서 그 사람의 시선을 돌려주면 고맙겠군. 아까 약을 많이 먹어 두어 스칼렛 양께서 직접 검안까지 하셨으니, 잠깐은 속일 수 있을 테지."

아이작은 그 방을 나가기 전, 몇 가지 더 그날 일에 관해 물었고, 빅토르는 더 이상 숨기지 않고 이야기해 주었다.

아이작은 빅토르가 더 이상 제 눈에 가망이 없다고 생각하고 있기 때문에 이렇게 모든 질문에 대답을 해 주는 것이라 생각했다. 더 이상 스칼렛의 앞에 나타나지 않을 테니 그 전에 모든 것을 다 털어놓을 생각인 모양이었다.

그런 의미에서, 빅토르 덤펠트는 긴 시간 다락방에서 살아온 자신보다도 인간관계에 대해선 영 맹문이었다. 이런 이야기를 던져 놓고 떠나 버릴 생각을 하는 이기적인 사내가 어디 있단 말인가.

아이작은 빅토르의 시력이 떨어지고 있는 것을 숨기기 위해 크림슨 저택의 모든 사용인들을 돌려보냈다. 출퇴근을 하는 사용인들은 돌아가고, 숙식을 하는 이들은 각자의 방으로 돌아갔다. 그리고 그는 스칼렛을 찾았다.

아이작이 빅토르와 이야기하는 사이, 스칼렛은 로비를 초조하게 걸어 다니고 있었다.

"무슨 얘기를 하는데 나를 쫓아낸 거야."

그래도 마음 한편으로는 안심이 되어, 투덜거릴 기운이 생겼다.

제가 괜히 겁을 먹었던 것이지, 빅토르의 눈은 아주 말짱하기 그지없었다. 그녀는 안심해 웃음까지 나왔다.

그렇게 로비 소파에 앉아 있을 때 가벼운 발걸음으로 에이샤가 나타났다. 그녀는 스칼렛의 얼굴만 봐도 신이 나는지 아이처럼 웃으며 다가와 옆에 풀썩 앉았다. 그러더니 종이로 잘 포장해 종이끈으로 묶어 놓은 상자를 들어 보였다.

"그 셜리라는 친구가 부탁한 약이야."

"그렇게 금방 구했어?"

"다행히 우리 대장이 꽤 만들어 놨더라고. 말은 안 해도 보나마나 왕실경찰에게 팔려던 것 같은데, 그쪽 대장이 잡혀가서 더 이상 안 사 갔나 봐."

"휴건 한터 말이구나. 내가 할 말은 아니지만 그래도 도급을 맡겼으면 사 가야지."

스칼렛의 말에 에이샤가 멈칫했다.

"미안."

"약이 나쁜 건 아니잖아. 부작용이 있는 걸 알면서 나쁜 방법으로 쓴 게 문제지."

"그래도 인간이면 화가 나잖아."

"응. 화가 나지. 왕실경찰에게는. 그리고 그걸 알면서도 왕실경찰과 거래하면 에이샤네 대장에게도 화가 날 거야."

"난 안 해. 그리고 이제 내가 못 하게 할게."

에이샤가 자기만 믿으라는 듯 주먹으로 가슴팍을 쿵쿵 두들겼다. 그리고 얼른 말을 이었다.

"안 그래도 왕실경찰은 완전히 신뢰를 잃었어. 기껏 돈 들여서 만들어 놨더니 뒤통수 맞아서 다들 우울해 있었는데, 다른 거래처가 생겨서 신났지 뭐."

"그 정도로 큰돈이야?"

"응, 엄청. 이렇게 불안한 시기에 그만큼 돈을 빌릴 수 있다는 게 놀랍다니까. 해군 공관에서 일한다는 게 엄청 큰 신용인가 봐."

"대, 대출을 했어?"

"응. 평생 갚아야 될 만큼 했던데."

"곧 해고된다던데 어떻게 하려고 그러는 거야……."

스칼렛이 한숨을 푹 쉬고 몸을 에이샤 쪽으로 돌리고 앉아, 머리를 소파에 기댔다.

"그만큼, 화가 난 거겠지."

"그냥 미친 사람 같던데."

그 말에 스칼렛이 멈칫하는데 에이샤가 말을 이었다.

"그게 재밌더라고."

"재미있어?"

"응. 솔직히, 스칼렛 너도 좀 제정신은 아니잖아. 이렇게 위험한 시기에 어떻게든 전쟁 막아 보겠다고 비행기를 만들어 내는 걸 보면. 어중간한 사람은 그렇게 못 해. 한쪽으로 확 돌아 버린 사람들이 그러지."

에이샤가 말하고 깔깔거리고 웃었다.

스칼렛은 자기 손으로 아버지를 죽인 사람이 저더러 제정신이 아니라고 하는 게 좀 황당했지만, 에이샤가 말하는 '미쳤다'는 의미는 스칼렛이 두려워하던 의미와 완전히 다른, 오히려 상반되기까지 한 의미인지라 되레 미소가 나왔다.

에이샤는 잠깐 이야기를 한 후 몸을 일으켰다.

"그럼 나는 약 전달해 주러 해군 공관으로 갈게."

"공관에서 만나는데 여기까지 왔어?"

"응. 너한테 알려 주고 가려고. 왠지 허락 받고 가야 될 것 같은 기분이 든단 말이지……."

에이샤는 제가 한 말에 제가 고개를 갸우뚱했다. 어쨌든 스칼렛이 웃었기 때문에, 그녀는 따라서 히히 웃고 크림슨가를 나섰다.

곧 해군 공관 인근에 도착한 에이샤가 밖에 나와 있는 셜리에게 휙 달려가 약 상자를 내밀었다.

"자, 부탁한 약."

셜리가 에이샤가 건넨 다량의 물약을 받아 들었다. 그녀의 눈이 반짝거리고 있었다.

에이샤가 물었다.

"해독제는 필요 없어?"

"응. 더 이상 구할 수 있는 돈도 없고."

셜리는 흐뭇한 얼굴로 물약을 자기 가방에 챙겼다. 저 많은 약을 다 어디에 쓰려는 건지 에이샤는 약간 궁금했지만, 어차피 합법적인 물건도 아닌데 팔고 나면 관심 끄라는 어른들의 말을 떠올려 그냥 돌아섰다. 그러나 왕실경찰과 거래하면 화를 낼 거라는 스칼렛의 말을 떠올리고, 에이샤가 다시 몸을 돌려 셜리에게 물었다.

"어디다 쓸 건지 물어봐도 돼?"

"응."

셜리가 고개를 끄덕였다.

"날 이렇게 만든 놈한테 먹일 거야. 휴건 한터에게."

에이샤는 되레 씩 웃었다.

"어, 좋은 생각이네."

"그래?"

"응. 스칼렛도 좋아할걸."

그녀의 말에 셜리가 대꾸했다.

"스칼렛의 복수이기도 해."

"그건 좋지만, 어떻게 하게? 그놈을 만날 수 있어야 그걸 먹일 것 아냐."

"다 방법이 있어."

셜리가 말하더니 자기 머리를 검지로 톡톡 두들겼다.

"이 꼴이 되고 나서 유일하게 생긴 좋은 점이 기억력이 무지하게 좋아졌다는 거거든."

그러더니 인사도 없이 휙 돌아섰다.

취한 상태인지 휘청휘청하며 걸어가는 뒷모습에 에이샤가 호탕하게 웃었다.

"웃기는 사람이야."

———•◆•———

에이샤가 떠난 후, 스칼렛은 셜리의 행적에 관하여 생각하고 있었다.

셜리는 지금 아무런 안전장치도 없이 위험한 외줄 위를 아슬아슬 걷고 있었다.

그녀의 복수는 스칼렛의 복수이기도 했다. 스칼렛은 자신이 그녀의 안전장치가 되어 주어야겠다는 생각을 했다. 그러려면 셜리의 계획을 미리 알아야 했다. 그리고 그런 것을 파악하는 일에 안드레이만큼 유용한 인재가 없었다.

안드레이는 어차피 퇴근하면 여기 크림슨 저택으로 올 테니, 잠시만 기다리고 있으면 될 문제였다. 그렇게 정리가 되고 나니, 스칼렛의 관심은 다시 빅토르에게로 향했다.

"무슨 이야기를 이렇게 오래 하는 거야?"

그나마 에이샤가 잠깐 들렀다 갔으니 다행이지, 마냥 기다리고 있었으면 초조해져서 문을 무작정 열고 들어갔을지도 몰랐다. 다행히 그녀가 그러기 전에 아이작이 계단을 내려왔다.

그가 쓸쓸해 보이는 얼굴로 스칼렛에게 다가왔다.

"스칼렛."

그런 그의 표정에서 약간의 불안함을 느낀 스칼렛이 서둘러 물었다.

"무슨 이야기를 했어?"

스칼렛이 묻자 아이작이 머뭇거렸다. 그러더니 다정한 미소를 지으며 말했다.

"빅토르 경께서…… 전달해 주신 내용이 있는데."

"왜 나한테 직접 말하지 않고?"

"나에게 미안한 마음이 있는 모양이더라고."

아이작이 곤란한 표정을 지었다.

스칼렛은 그가 전해 줄 말이 궁금했으나, 현관 쪽에서 부산한 소리가 들리자 그쪽으로 우선 고개를 돌렸다.

"금방 빅토르 배웅하고 올게. 그다음에 이야기하자."

"이야기 먼저 들어 줘, 스칼렛."

아이작이 현관으로 가려는 스칼렛의 손을 조심스럽게 붙잡아 후원으로 데려갔다. 그리고 눈을 감고 한숨을 쉬었다. 그러나 그것도 잠시뿐, 그는 지체하지 않고 입을 열었다.

"마차 사고 당일에 우리를 구해 준 사람. 빅토르 덤펠트 경이었어."

그의 말에 현관 쪽으로 신경이 갈라져 있던 스칼렛이 아이작을 바라보았다. 그러다 한참이 지나서야 되물었다.

"······뭐?"

아이작은 형언할 수 없는 스칼렛의 표정이 안쓰러웠으나, 동생의 성향상 이 이야기를 지금 꼭 해 줘야 한다고 생각해 두 손으로 그녀의 얼굴을 감싸며 말을 이었다.

"그날, 덤펠트 경이 배에 타지 않았던 거, 사실이었어. 출항을 하러 가다가 마차 사고가 난 걸 발견했나 봐. 그때 부모님이 본인들이 도망치면 너와 나까지 위험해질 테니까, 우리를 데리고 멀리 가 달라고 부탁하셨대."

"······."

"바닷물에 빠졌던 건 경께서 우리를 데리고 숨어 있을 보트까지 가느라······ 스, 스칼렛!"

스칼렛은 부상이 다 낫지 않아 빠르게 걷는 것조차 힘겨워했으나, 어디서 그런 힘이 나왔는지 저택을 가로질러 달리기 시작했다.

오로지 의지로 달리긴 했으나 여전히 상처가 깊어, 고작 후문에서 정문으로 가는 사이에 스칼렛의 얼굴은 땀범벅이 되었다.

막 마차에 타려던 빅토르를 발견한 스칼렛이 그의 팔을 움켜쥐었다.

"어디 가?"

그러자 빅토르가 멈춰 섰다.

그는 제 팔을 움켜쥔 스칼렛의 손을 놓게 했다.

"아직 달리면 안 돼."

"어디 가냐고 묻잖아."

"3호기 공장. 3호기의 접적 비행이 성공하는 걸 확인한 후, 베스티나 남부로 간다면 최상이겠지."

그가 담배를 꺼내며 말했다.

"뒤로 가. 담배 냄새 싫어하잖아."

"상관없어."

스칼렛이 고개를 세차게 저었다.

빅토르는 혀를 차고 입에 담배를 문 후 손가락을 까딱였다. 그러자 근처에 있던 그의 하인 하나가 달려와 불을 붙여 주었다.

스칼렛은 제 쪽을 보지 않고 담배를 피우는 빅토르를 노려보았다. 이 연기로 그녀를 쫓아 버리려는 걸 알았으므로, 그녀는 오히려 그에게 한 걸음 더 다가갔다.

"이야기 좀 해."

"잠깐 시간이 나서 들른 거지, 시간이 남아도는 게 아니야."

"그럼 같이 가."

"너 아직 몸 안 나았어. 사람 써서 가둬 놓기 전에 들어가."

"그따위로 말하지 마."

"내가 그따위로밖에 말 못 하는 거 몰랐어?"

빅토르는 그녀를 돌려보내기 위해 싸늘하게 말해 보았으나, 스칼렛은 그와 사는 동안 그런 태도에 이골이 나 있었다.

스칼렛이 다시 빅토르의 팔을 움켜쥐었다.

"정말이야? 정말로……."

남들이 듣는 곳에서 할 말은 아니었기 때문에, 스칼렛은 감정이 격한 상태에서도 주변을 둘러보았다.

그녀가 금방이라도 쓰러질 것처럼 식은땀을 흘려 옆에서 염려하던 블라이트가 말했다.

"들어가시는 게 좋겠습니다. 얼굴이 하얗게 질리셨어요, 아가씨."

"괜찮아."

"괜찮긴요, 이러다 쓰러지시겠어요!"

그런 그의 말에 다시 괜찮다고 말하려던 스칼렛이 멈칫했다. 그리고 다시 빅토르를 올려다보았다.

그는 그녀를 보고 있지 않았다.

"빅토르."

그녀가 뒤로 물러났다. 복잡한 마음에 출렁이던 그녀의 숨소리가 일순, 잔잔한 수면처럼 고요해졌다.

"지금 나 안 보이지?"

"……."

빅토르는 대답이 없었고, 언제나처럼 표정에도 변화가 없었다.

스칼렛이 그를 바라보며 말을 이었다.

"나 아파. 이번에도 모르겠어?"

그렇게 묻는 스칼렛의 얼굴에 허망함이 감돌았다. 그에게서는 여전히 그녀가 원하는 대답이 돌아오지 않아, 스칼렛이 주먹을 쥐어 힘없이 빅토르의 팔을 툭 때렸다. 그녀의 숨소리가 다시 떨리기 시작했다.

빅토르에게는 스칼렛의 숨소리만이 그녀의 감정을 판단할 유일한 정보였다.

그러나 그것은 파도만을 보고 바다를 알려 하는 것과 다름없어서, 아픈 건지, 화가 난 건지, 우는 건지 제대로 판단할 수가 없었다.

제가 좀 고분고분한 사람이라 의사 말을 잘 들었다면 그녀를 속일 수 있었을까.

아니면 애초에, 스칼렛을 속이겠다는 계획 자체가 오만한 것이었나.

"당신이 아픈 것에 관심이 없을 거라는 생각은 안 해?"

그가 묻자 스칼렛이 기가 차서 말했다.

"나 다친 거 확인하러 여기까지 왔다며."

맞는 말이었다. 약 기운이 판단력까지 떨어뜨렸는지 어폐가 생겼다. 빅토르는 안주머니에서 약통을 꺼내 보였다.

"일시적인 거야. 약 먹으면 다시 보여. 아까처럼."

그는 보이지 않는 여자의 표정이며 숨소리가 지독히 신경 쓰였다. 그런데도 그녀의 인생에서 영영 사라져 줄 수 있을까. 술에 취하면 스칼렛을 찾아올지 모르니 술도 끊어야 할 지경이다.

그가 꺼낸 약통을 채 간 스칼렛이 잠시 조용하더니, 웃음을 터트렸다. 쓸쓸한 소리였다.

"당신 바보야? 내가 눈에 관한 약 중에 모르는 게 있을 것 같아?"

그녀의 말에 빅토르가 자조적인 표정을 지었다.

스칼렛이 약통을 그의 손에 쥐여 주며 말했다.

"나에게 아이작이 쓴 것과 같은 약이 있어. 가져다줄게. 그걸 써."

빅토르는 제 손에 닿았다 떨어지려는 스칼렛의 손을 붙잡았다.

"당신뿐만 아니라 많은 부하가 해적의 사술을 사용하고자 했어. 하지만 그것을 불명예로 여겨 사용하지 않았지."

"……"

"나는 나만을 예외로 만들 수 없어."

그녀는 손을 빼 소리 없이 흐르던 눈물을 닦아 낸 후 중얼거렸다.

"못됐다, 당신."

"……"

"정말, 너무하다……."

빅토르는 그런 그녀의 목소리를 뒤로 하고 블라이트와 마부의 도움을 받아 마차에 올라탔다. 마차가 출발하고, 그는 뒤로 기대 눈을 감았다.

그녀가 남의 말을 듣고 자기 생각을 꺾을 사람이 아니란 걸 이제는 알았다. 스칼렛 크림슨이 어지간한 고집불통이라는 사실이 염려스러웠다.

그녀는 지금 아마도, 누구도 꺾을 수 없을, 타는 듯한 붉은 빛의 눈으로 자신을 노려보고 있으리라.

그 생각을 하니 괜히 목이 탔다.

그 눈을 보고 싶었다.

스칼렛은 제 침대 위에 웅크렸다. 말로 표현할 수 없는 복잡한 감정이 휘몰아쳐 수십 번 욕을 해도 기분이 풀리지 않았다.

"도대체 뭐야."

머릿속으로 이야기를 연결해 보려 애썼지만 아무것도 연결되지 않았다.

얼마 지나지 않아 퇴근한 안드레이가 저택에 도착했다. 스칼렛은 바닥이 끌어당기는 것처럼 무거운 몸을 이끌고 침실 문을 열어 안드레이에게 손짓했다. 그러자 안드레이가 심술 맞은 표정으로 물었다.

"설마 이 밤에 시키실 일이 있고 그런 건 아니시죠?"

"있어서 불렀어."

"아, 피곤한데."

안드레이는 뒷골이 당겨 손으로 목덜미를 감쌌다.

"필요하신 게 뭡니까?"

"셜리 기억하지?"

"예, 알코올 중독자요."

그녀를 아는 모든 사람이 셜리를 알코올 중독자로 기억하고 있었다. 스칼렛이 고개를 끄덕이며 말했다.

"그 사람이 내가 먹은, 기억을 지우는 약을…… 엄청 많이 사갔어. 빚까지 져 가면서. 혹시…… 셜리가 무슨 계획을 세우고 있는지 알아봐 줄 수 있어?"

"그건 어렵지 않습니다만, 그보다 얼굴은 또 왜 그러십니까?"

스칼렛이 한 손으로 제 뺨을 감쌌다. 그리고 피곤한 표정으로 중얼거렸다.

"뛰어서 그래."

"의사가 기절하겠네요. 백작께서도요."

"……."

스칼렛은 빅토르의 눈에 대해서도, 마차 사고 날에 관해서도 더 자세히 듣지 못했다는 사실이 답답하게 느껴졌다.

그녀는 본인의 강한 의지와 달리 허약해진 몸이 비틀거리자 문고리를 손으로 붙잡고, 몸에 힘을 주려 애썼다.

"……신이 참 모질어."

그녀의 말에 대답하는 대신 안드레이가 핀잔했다.

"괜히 돌아다니지 마시고 들어가서 쉬세요. 그 친구에 대해서는 곧 알아볼 테니까요."

"응. 고마워."

스칼렛은 고개를 끄덕였다. 속이 울렁거리고, 화가 나서 견딜 수가 없었다.

그녀가 안드레이의 옷깃을 잡으며 물었다.

"빅토르의 탈영에 대해서 얼마나 알아?"

그녀의 질문에 안드레이가 멈칫했다.

스칼렛이 고개를 들어 그를 보며 재차 물었다.

"응? 얼마나 알아?"

그렇게 묻는 스칼렛의 얼굴에 생기가 사라진 것처럼 보여 안드레이의 표정이 찌푸려졌다.

방금 그녀가 한 말처럼, 스칼렛은 신에 대한 신뢰가 깨져 세상에 대한 기대가 사라진 사람처럼 보였다. 안드레이는 처음으로 스칼렛을 차갑다고 느끼며 입을 열었다.

"최소한 신문에 실리는 추문 따위보다는 자세히 알 겁니다."

"말해 봐. 얼마나 아는지."

스칼렛이 말하자 안드레이가 마지못해 대답했다.

"그날 두 분을 숨기기 위해 타신 보트의 주인을 알고 있습니다. 함장님을 존경해 모든 사실을 함구하고 계셨어요."

"그리고?"

"……그리고요?"

"아는 거 전부."

스칼렛의 추궁에 안드레이는 헛웃음이 나왔다. 지금껏 정보를 목숨처럼 여겼는데, 이상하게 스칼렛이 묻는 말에는 대답하게 되었다.

그녀에 대한 신뢰 때문이었다.

"사장님이 왕실경찰의 취조를 받던 일주일 동안, 함장님은 아담 이렌 전하의 취조를 받으셨습니다. 왕세자 전하께서는 함장님이 그날 유프호에 타지 않았다는 걸 밝혀 내고 싶어 하셨거든요."

"……."

"해군의 비밀이라 그것 역시 함구하셨을 겁니다, 함장님께서는. 이 비밀에 본인뿐만 아니라 그날 일을 함구해 준 다른 해군들의 명예까지 걸려 있으니까요."

그의 말에 스칼렛이 잠시 침묵하다, 이내 고개를 끄덕였다.

"그랬구나."

"……아무래도 쉬셔야겠습니다. 얼굴이 너무 창백합니다."

"응. 그래야지."

스칼렛이 대답하고 몸을 돌렸다.

그녀가 무슨 생각을 하고 있는지는 알 수 없었으나, 인사를 할 정신조차 없다는 것은 분명해 보였다.

───── ※ ─────

손님이 많은 파티에서는 일손을 하나하나 확인하기 어려웠다.

왕세손의 연인이자, 왕실경찰인 휴건의 동생 니나 한터는 군수품을 위한 모금 파티를 열었다.

그것은 다른 귀족들의 필요에도 부합했다. 이들 중에는 정말로 살란티에 도움이 되고자 이 자리를 찾은 사람도 있었지만, 파티에 참여한 대부분이 전쟁이 시작되기도 전에 휴가를 핑계로 살란티를 빠져 나가려던 이들이었다.

생각 외로 살란티에가 쉽게 무너지지 않아서인지, 도망갔다고 소문이 났던 귀족들도 파티에 참여해 상당한 양의 후원금을 내놓았다. 본인이 나라를 등지고 도망쳤던 것을 돈으로 무마하기 위함이었다.

니나 한터가 파티를 여는 호텔에서는 상시보다 열 명 정도의 일꾼을 더 고용했고, 셜리는 해군이 만들어 준 새 신분으로 파티에 참여했다. 몇 가지 질문을 받았으나 그녀는 자신이 일시적으로 사용하는 이 신분에 대한 구체적인 이야기를 꾸며 내 기억하고 있었다.

후원금은 가파르게 상승하고 있었고, 오랜만에 열린 파티는 성황이었다.

파티에는 휴건 한터도 있었다. 그는 긴 시간 해군 공관에 붙잡혀 있다가, 한터 가문의 힘으로 가까스로 풀려난 이후 어떻게든 빅토르 덤펠트에게 복수하려 이를 갈고 있었다.

누가 누구에게 복수를 하겠다는 건지 셜리 입장에서는 알 수 없었지만 어쨌든 남의 복수의 정당함까지 자신이 알 필요는 없었다.

휴건은 유니폼을 입고 자연스럽게 분장까지 한 셜리와 한 번 스쳤을 때는 그녀를 알아보지 못했다. 심지어 빅토르를 깎아 내리는 이야기에 바빠 그녀가 가져다 준 식전주를 의심 없이 마셨다.

그사이 왕세손은 니나의 손을 잡아 입을 맞추고 몸을 일으켰다.

"모금을 시작한 직후에 이미 후원금이 예상을 웃돌고 있습니다. 우선, 여러분의 애국심에 경애를 표합니다. 또한 이런 행사를 기획한 나의 연인에게 찬사를 보내지 않을 수 없군요. 이것이 상류층의 도리겠지요."

정작 격전지에서 부상을 감수하고 싸우는 이들은 따로 있었다. 왕세손의 뻔뻔한 말에 셜리는 하마터면 접시를 집어 던질 뻔했다. 그러나 휴, 심호흡하고 다시 접시를 날랐다.

그녀가 두 번째로 휴건에게 음식을 서빙했을 때는 무언가 문제를 느끼는 듯했다. 휴건은 술에 곁들여 먹던 과일 조림을 한 입 먹고 인상을 썼다. 그리고 부하를 손짓해 부르더니 무언가를 지시했다.

그 순간 셜리가 도망쳐 나가려 했으나 휴건의 부하들이 더 빠르게 그녀를 붙잡아 끌고 나갔다.

휴건은 왕세손의 발언이 끝날 때까지 일어날 수 없어 자리에 앉아 있다가, 기나긴 연설이 끝난 후에야 호텔을 나왔다.

휴건이 셜리의 얼굴을 확인하고 혀를 찼다.

"어디서 봤다, 했지."

그는 어쨌든 경찰로 살며 생긴 눈썰미로 그녀를 알아보았다.

"해군 공관에서 살고 있었지?"

"어, 그랬지. 네놈이 망가뜨려 놓은 공권력의 신뢰를 해군이 다시 쌓아 놓고 있거든."

그렇게 말하더니, 셜리가 깔깔거리고 웃기 시작했다. 그 웃음소리에 호텔을 드나드는 파티의 손님들이 웅성거리기 시작했다.

휴건은 시선을 피해 셜리를 인적이 드문 뒷골목으로 끌고 나오게 한 후 기가 찬다는 듯이 말했다.

"이 파티에서 나를 해할 수 있을 거라고 생각했나?"

"물론이지!"

셜리는 지나치게 신이 나 있어, 대화가 통하고 있다는 게 신기할 정도였다.

휴건의 부하가 물었다.

"본청으로 데려갈까요?"

"……."

휴건은 해군 공관에서 제 목에 칼을 들이밀던 셜리를 떠올리며 말했다.

"바다에 던져."

"예, 경무관님."

부하가 고개를 끄덕였다.

셜리의 입을 틀어막고 마차로 끌고 가려는데, 골목 초입에 누군가가 서 있는 것이 보였다.

휴건은 그녀를 발견하고 황당한 표정을 숨기지 못했다.

"……스칼렛 양이시군요?"

"모처럼 뵙습니다."

그녀 쪽으로 다가가던 휴건이 멈칫했다.

스칼렛은 결혼 생활 동안 지었던 은은한 미소 대신, 싸늘한 무표정으로 그를 주시하고 있었다. 그 표정이 함교에 서 있는 빅토르 덤펠트를 떠올리게 했다.

두 사람의 관계가 어찌 되었든 부부는 닮는 모양이라고, 휴건은 무심코 생각했다.

휴건이 특유의 여유로운 말투로 물었다.

"무슨 일로 오셨습니까."

"셜리를 데려가야겠어요."

"한터 가문은 침입자를 그냥 보내 줄 정도로 녹록하지 않습니다. 더군다나 왕세손 전하를 모신 자리였어요."

"침입자라니요? 정당하게 호텔에서 근무 중이었습니다."

휴건은 인상을 쓰며 스칼렛을 노려보았다.

스칼렛은 담담한 얼굴로 말했다.

"그 친구는 놔두고, 모처럼 뵈었으니 차라도 한 잔 마시죠. 본청에서처럼."

휴건은 스칼렛이 취조의 일을 확실하게 기억해 낸 것을 그제야 알아차렸다.

휴건이 난처하다는 듯이 말했다.

"저에게 차를 청하신 건 사교계의 추문이 될 겁니다."

"제가 추문이 무서울 이유가 있을까요. 미쳤다는 소문이 가득한데."

"미쳤다니요. 요즈음 스칼렛 양의 업적에 관하여 칭찬이 자자합니다."

휴건이 뻔뻔한 얼굴로 말을 이었다.

"게다가 오늘은 아는 사람들끼리 작은 파티를 하고 있습니다. 죄송하게도 초대장이 없으시면 들어오실 수가 없겠군요."

니나 한터가 여는 파티 중 작은 파티는 없었다. 지금도 수없이 많은 손님들이 그곳을 드나들고 있었다.

스칼렛이 호텔 방향을 돌아보며 말했다.

"겸손하시네요. 마차가 저렇게 많이 서 있는데 작다니."

휴건은 여차하면 스칼렛에게 무력을 행사해야겠다는 생각을 하고 있었다. 그때 휴건의 뒤에서 누군가가 불쑥 나타났다. 경찰인 휴건과 그 부하들조차 느끼지 못할 만큼 인기척을 죽인 안드레이 해밀턴이었다.

"하, 하이럼?"

안드레이가 드물게 놀라는 휴건의 앞에 초대장을 흔들어 보였다.

"니나 양께서 옛정을 생각하셔서 보내 주셨더라구요. 하기야, 제가 나름 또 경무관님의 심복 아니었겠습니까? 그럼 좀 놀다 가겠습니다."

그가 말하더니, 스칼렛을 에스코트하며 호텔 정문으로 향했다.

휴건의 표정이 심하게 구겨졌다. 돌아보니 그의 부하들이 어느새 쓰러져 있었고, 셜리는 사라진 후였다.

스칼렛이 안드레이와 호텔 정문에 도착해 보니 골목길을 이리저리 달려온 셜리가 먼저 도착해 있었다.

스칼렛을 발견한 셜리가 서둘러 그녀에게 달려오자 안드레이가 막아섰다.

"기껏 차려입으셨는데 달려들진 마시구요."

셜리가 멀대같이 큰 안드레이의 뒤쪽에 있어 잘 보이지 않는 스칼렛을 보려 고개를 이리저리 움직이며 말했다.

"어떻게 안 거야? 나 구해 주러 왔어? 정말이야?"

"응. 안드레이가 네가 있는 곳을 찾아 줘서."

"……어떻게?"

"나도 모르겠어."

그러자 안드레이가 대답했다.

"저처럼 별 볼 일 없는 가문 출신이 2급 왕실경찰까지 올라가려면 그 정도 능력은 있어야 됩니다. 아무튼 그게 문제가 아니구요. 파티가 망하는 꼴을 구경하고 싶으니 셜리 씨는 저리 가시구요, 사장님은 들어가시죠."

"오늘 스칼렛 진짜 예쁘다. 하늘에서 내려온 것 같아."

셜리가 구경하느라 여유를 부리는데 스칼렛이 가져온 주소를 그녀에게 쥐여 주었다.

"여기 가 있어."

"뭔데, 뭔데."

"포도밭 별장. 네가 갈 거라고 미리 말해 놨어. 거기 양조장에서 일하면서 당분간 몸을 숨기고 있어."

"……스칼렛 포도밭 있어?"

"응, 위자료처럼 받았어."

"포도밭도 있는 사람이 왜 이렇게 힘들게 사는지 모르겠네. 저기 파티 가서 놀기나 하지."

셜리가 고개를 갸우뚱하자 안드레이가 핀잔했다.

"구해 줬으니 빨리 좀 가시죠."

"예, 예."

셜리가 대답하더니 신이 나서 기차역이 있는 방향으로 달려갔다.

셜리가 떠나고 안드레이가 언제나처럼 쌀쌀맞은 얼굴로 스칼렛을 에스코트하며 말했다.

"들어가시죠, 사장님."

스칼렛이 고개를 끄덕이고 안드레이에게 소곤거렸다.

"안드레이도 꾸미니까 은근…… 사람들이 구경하네."

"나 참, 그냥 보기 좋다고 하시죠. 뭘 그렇게 돌려 말하십니까."

"……안드레이 잘생긴 편이었구나, 오늘 알았어."

스칼렛이 혼잣말하듯 말했다.

드나드는 사람들은 파티에서 볼 일이 없던 안드레이를 힐끔거리며 확인했다. 피트 가문이 별 볼 일 없다고 안드레이는 늘 말해도, 왕실 경찰로 들어갈 수 있는 가문이면 아주 한미하다고도 볼 수 없었다. 게다가 외모도 출중했다.

스칼렛은 입을 꽉 다물고 파티장 안을 보았다. 격전지의 긴장감 따위는 모른다는 듯이 모금을 이유로 파티를 하고 있었다.

스칼렛이 들어서자 사람들마다 그녀에게 말을 걸기 위해 애썼다.

"어머, 스칼렛 양!"

"세상에 이런 곳에서 만나게 될 줄이야!"

예상과 다른 환대였다. 스칼렛은 여기서 여유롭게 이야기하고 있을 마음이 없었다. 그때 안드레이의 성격이 도움이 되었다.

"저희 사장님이 사교계를 떠난 지 오래되셔서 적응 중이십니다."

"예?"

"급한 일 아니면 말 걸지 말란 뜻이죠."

안드레이가 딱 잘라 말하는 것에 스칼렛은 매번 놀라워했다. 참 평판 같은 건 신경 안 쓰는 사람이었다.

하지만 그 와중에도 고객을 유치하는 일에는 적극적이라 시계 관련된 내용으로 말을 걸면 그 까칠하던 사람이 언제 그랬냐는 듯이 세계에서 제일 친절한 사람이 되어 능숙하게 판촉을 이어 갔다.

스칼렛은 호의적인 사람들의 시선 속에서도 그녀를 '이혼한 것을 잊어버렸던 미친 여자'라 부르며 우스워하는 이들이 있음을 알고 있었다. 그러나 오늘은 전혀 그런 것이 신경 쓰이지 않았다.

그녀는 그곳에서 왕세손 율리 이렌과 눈이 마주쳤다. 내내 굳은 표정을 짓고 있던 그녀는 그제야, 긴 시간 빅토르 덤펠트의 아내로 살아오며 지었던 미소를 지었다. 그러자 율리 역시 미소를 지어 보였다.

그러자 안드레이가 소곤거렸다.

"진짜 뻔뻔한 놈이네요."

그의 말에 스칼렛이 고개를 끄덕였다.

그녀는 좋은 레이스로 만든 장갑을 끼고 있었고, 겉은 희고 안감이 짙은 붉은 색인 드레스를 입고 있었다. 비록 드레스는 이혼 이전의 것들이었으나, 그사이 그렇게 크게 유행이 바뀐 것은 아니었고, 애초에 워낙 많은 돈을 들여 만든 것이라 조금의 부족함도 없었다.

오히려 전시상황이라는 생각에 화려함을 죽인 파티의 참석자들 사이에 있으니 스칼렛의 차림새는 화려함의 극치로 보였다.

그러나 그녀가 이 전쟁을 막는 일에 얼마나 많은 기여를 했는지 알고 있는 사람들로서는 감히 그 화려함을 사치라 비난할 수 없었다.

그때, 휴건 헌터가 있는 곳으로부터 웅성거리는 소리가 들렸다. 휴건이 들고 있던 잔을 떨어뜨리고 머리를 움켜쥐었다.

스칼렛이 휴건 쪽으로 걸음을 옮겼다. 셜리에게 직접적으로 말을 들은 것은 아니지만 그녀가 무엇을 하려는 건지 모를 수가 없었다.

놀란 헌터 가문의 가주 부부가 소리쳤다.

"휴건!"

"의사! 당장 의사를 불러!"

눈에는 눈, 이에는 이.

스칼렛은 벌떡 일어서는 휴건 헌터를 바라보았다.

잠시 후, 셜리가 왜 와 있었는지를 이제야 이해한 휴건이 스칼렛 쪽으로 걸어왔다.

"그 계집, 셜리 홈은 어디 있습니까?"

그러나 분노한 휴건이 채 스칼렛에게 다가오기 전에 그녀 옆에 앉아 있던 안드레이가 일어나 막아섰다.

"죄송한데요, 경무관님. 우리 사장님이 경무관님 싫어하시는 거 아시잖아요."

"비켜."

"저얼대 안 되겠는데요."

"하이럼 피트!"

"저한테 함부로 하시면 안 될 텐데요."

안드레이가 고개를 불손하게 기울이고 말을 이었다.

"제가 보지 않았습니까? 경무관님께서 스칼렛 덤펠트 부인을 왕실경찰 본청에 감금하고 고문하던 것을요."

그의 말에 파티장 내의 사람들이 모두 조용해졌다.

다만 악단은 어떻게 해야 하는지 몰라 음악을 계속 연주해, 아이러니하게도 사랑스러운 음악이 연회장에 울리고 있었다.

분노한 휴건의 표정이 일그러졌다.

"그게 무슨 소리야. 그때까진 고작 3급 왕실경찰이던 자네가 뭘 안다고 그런 모함을 하지?"

"제가 왜 2급으로 승진했는지 잊으신 건 아니죠?"

"입 닥쳐."

"덤펠트 가문의 첩자로 살던 저에게, 빅토르 덤펠트 경을 언제든 해할 수 있다는 위협을 스칼렛 크림슨 양에게 전하라고 말씀하셨지요."

휴건이 안드레이의 입을 막기 위해 주먹을 날리려 했으나 안드레이가 먼저 팔을 쳐내고 곧바로 그의 목을 손으로 움켜쥐었다. 그리고 가까이로 당기며 이해가 안 간다는 듯이 물었다.

"아직도 제가 경무관님을 모시는 줄 아십니까?"

그렇게 소란이 있는 동안 스칼렛은 조용히 차를 마시고 있었다. 이전에 휴건 한터가 왕실경찰 본청에서 내준 것만큼이나 좋은 홍차였다.

힐끔 스칼렛을 돌아본 안드레이가 흐뭇한 표정을 지었다.

"이제는 저쪽 분을 모시고 있어서요. 충직하게."

"당장 놓지 못해!"

"사장님에게 덤벼드는 괴한을 두고 볼 수는 없지요."

안드레이가 다른 한 손으로 제 셔츠를 들춰 총상을 보이며 말했다.

"보이십니까? 경무관님 부하들이 그랬죠."

그러곤 휴건을 못마땅하게 보며 말을 이었다.

"충성하던 사냥개를 죽이려 했으면, 물릴 각오도 했어야지."

안드레이의 손에 힘이 들어갔다.

휴건은 그 강한 악력이 주는 두려움과 셜리가 나타난 이유를 알게 되었다는 사실에 몰려 이성을 잃어 갔다.

모든 것이 떠올랐다.

살면서 겪어 온 모든 것.

그러자 세상이 여러 겹의 잔상을 가진 복잡한 공간으로 느껴지기 시작했다.

휴건의 몸에 힘이 풀린 것을 안 안드레이가 손을 놓았다. 휴건은 스칼렛에게 덤벼들기는커녕 자기 머리를 움켜쥐고 비틀거리기만 했다.

그런 그의 모습에 질색하던 안드레이가 스칼렛에게 작게 물었다.

"셜리 씨가 그 약을 도대체 얼마나 사다 먹인 겁니까?"

"에이샤 말로는, 본인이 먹은 것보다도 많이 사들인 것 같다는데. 얼마나 먹였는지는 모르겠네."

"그렇군요."

"아, 그리고……."

스칼렛이 바닥에 쓰러지는 휴건을 힐끔 보고 말을 이었다.

"셜리는 여러 번 실험에 나눠 먹었는데, 저분은 한 번에 먹었으니 어떻게 될지 모르겠어."

"뭐, 미리 실험까지 할 정도로 그 약에 대해 궁금해했으니 경무관님껜 잘된 일이네요. 본인 몸으로 약효를 확인하게 되었으니까요."

"응."

스칼렛은 말하며 홍차에 꿀을 듬뿍 넣었다. 복잡한 마음에 그녀의 손이 떨렸으나, 휴건을 염려하지는 않았다. 그런 그녀의 태도에 안드레이가 흐뭇한 표정을 지었다.

―――◈◈◈―――

휴건이 들것에 실려 떠난 후, 얼었던 파티장은 이전보다도 소란스러워졌다. 파티의 주최자이자 제 파트너인 니나가 휴건을 따라 떠나자, 율리 이렌이 몸을 일으켜 스칼렛이 있는 테이블로 와 앉았다. 그의 의사를 알았는지 테이블에 앉아 있던 다른 귀족들이 슬그머니 그곳을 떠났다.

율리가 맞은편에 앉자 스칼렛이 찻잔을 내려놓았다.

율리가 태연한 얼굴로 말했다.

"이야기는 많이 들었어요. 큰일을 해 주고 계시다고. 나에게도 스칼렛 양의 능력을 이롭게 쓰려는 계획이 있었는데, 빅토르 경께서 스칼렛 양을 내주지 않아 무산되었네요."

스칼렛이 대답 대신 미소를 지었다.

율리가 넌지시 말을 이었다.

"정말 대단한 인연 아닌가요, 스칼렛 양?"

그의 말에 스칼렛이 율리를 주시했다.

"어떤 인연 말이신가요?"

"어려서의 인연 말입니다. 십여 년 전에, 빅토르가 출정을 해야 함에도 불구하고 배에서 내려 스칼렛 양과 오라버니를 구했다지요? 두 분에게는 천운이었지만, 군인으로서 빅토르는 전장에 나가야 하는 배에서 내리는 큰 죄를 저질렀죠. 그 유프호의 함장이었던 분은 그 바람에 목숨을 잃으셨습니다."

스칼렛은 그가 자신을 떠보고 있다는 사실을 알고 신경을 바짝 곤두세웠다.

율리가 술을 한 모금 마셔 목을 축이고 말을 이었다.

"뭐, 확실한 증거는 없습니다만. 아마 두 분의 기억이 증거가 되겠지요?"

"그렇군요."

스칼렛이 담담한 얼굴로 말을 이었다.

"만약 그게 사실이라면, 빅토르는 우리 남매를 무엇으로부터 구한 거죠?"

그녀가 묻자 율리가 멈칫한 후, 빠르게 표정을 관리했다.

"글쎄요."

"글쎄요, 라니요. 이 사건에 대하여 그렇게 많이 조사를 하셨는데, 아직도 거기에 대한 답이 없나요?"

그녀의 말에 율리가 일그러지려는 표정을 애써 관리하며 말했다.

"중요한 일을 분간하지 못하시는 것 같습니다."

"저에게 이혼한 남편이 과거 뭘 했었는지가 제 부모님의 죽음에 대한 진실보다 중요할 거라는 말씀인가요?"

아닌 척 해도 근처의 사람들은 두 사람의 대화에 귀를 기울이고 있었다. 그녀가 인상을 쓰며 말을 이었다.

"그리고 중요성에 대해 말씀하시니 하는 말이지만. 그렇게 따지면, 지금 빅토르가 그날 뭘 했는지가 그렇게 중요한가요?"

그녀의 말에 율리가 고개를 기울이며 물었다.

"무슨 말씀이신지?"

"만에 하나, 말씀해 주신 것처럼 빅토르가 배에서 내린 것이 군인으로서는 잘못이 되는 건지도 모르겠지만…… 그 사실이 바다에서 공을 세우고, 평화협정을 위해서 한시도 못 쉬고 다시 떠난 사람의 명예를 갉아먹을 정도로 중요하냐는 말입니다."

"탈영을 한 자가 수장이라면 해군의 사기가."

"해군의 사기를 떨어뜨리고 있는 건 명확한 증거도 없으면서 끊임없이 신문에 실리는 기사예요."

어려서부터 감정을 감추는 법을 배워 온 율리와 달리, 스칼렛은 그녀가 가진 감정을 남들이 알아볼 정도로 드러냈다.

"그것부터 막아 주세요. 그리고 꼭, 저희 부모님의 사고에 대해서도 자세히 확인해 주시면 좋겠습니다."

"지금 그럴 시간이 없습니다."

"그럼, 번거로우시지 않게 제가 직접 찾겠습니다."

왕실경찰 본청에서 겁에 질려 있던 스칼렛만을 보아 온 율리는 그런 그녀의 태도를 매우 낯설게 여겼다.

스칼렛의 어두운 표정과 분노에 찬 목소리는 화려한 차림새와 대비되어 보는 사람이 묘한 감정을 느끼게 했다.

이야기가 끝났다고 생각했는지 스칼렛이 자리에서 몸을 일으켰다.

율리는 분노를 억누르고 그녀에게 잘 가라는 인사를 건넬 뿐, 더 이상의 대화는 시도하지 않았다.

안드레이는 스칼렛을 에스코트해 호텔에서 나오며 속닥거렸다.

"여기도 격전지네요."

"……좀 지치긴 해."

스칼렛이 동의하며 마차에 타려 할 때였다.

휴건의 상태를 확인하고 난 니나 한터가 그들에게 다가왔다. 그녀가 혼란스러움과 분노가 뒤섞인 얼굴로 스칼렛에게 말했다.

"스칼렛 양. 잠깐 시간 있어요?"

스칼렛이 니나 쪽을 보자, 그녀가 말을 이었다.

"오빠가 스칼렛 양을 찾아서요. 누워 있으라고 하는데도 지금 굳이 내려오겠다네요."

그녀의 말이 다 끝나기도 전에, 저 멀리서 휴건이 부축을 받으며 그들에게로 걸어왔다.

안드레이가 스칼렛에게 한 걸음 붙어 서며 휴건에게 물었다.

"무슨 일이십니까, 경무관님?"

"빨리. 빨리 덤펠트 부인께 물어봐야겠어요."

'덤펠트 부인'이라는 호칭에 니나가 당황해 옆에서 말했다.

"이혼했잖아. 덤펠트 부인이라고 하면 안 되지."

"그랬나?"

휴건이 인상을 쓰며 무언가 생각에 잠기더니, 이내 하얗게 질린 얼굴로 스칼렛에게 말했다.

"기억이 안 납니다. 모든 게 기억이 나다가, 아무것도 기억이 안 나요. 기억이…… 젠장!"

휴건이 횡설수설하더니 욕설을 퍼부었다. 그렇게 혼란스러워하더니, 이번엔 기억이 전부 돌아왔는지 그녀에게 다급하게 매달렸다.

"부인께서는 해독제를 쓴 거지요? 해적들에게 구한 겁니까?"

그러자 스칼렛이 무덤덤하게 대답했다.

"무슨 말씀이신지."

"내가 부인께 쓴 약 말입니다. 그걸 내가 먹은 것 같아요. 그러니 해독제가!"

"무슨 약이요?"

"제가 취조할 때 쓴 약 말입니다!"

"너무 흥분하셨네요. 진정하세요."

스칼렛이 부드럽게 말을 이었다.

"무엇보다, 제 취조는 경께서 하신 게 아니잖아요. 본인 입으로 말씀하신 건데."

그녀의 말에 휴건이 멈칫했다.

그는 이전에, 니나와 함께 덤펠트 저택에서 차를 마셨던 것을 떠올렸다. 스칼렛은 미친 사람처럼 행동하며 자신을 취조한 사람이 휴건한테라고 지목했으나, 그는 거짓말로 일축했다.

휴건이 떨리는 목소리로 말했다.

"제가 거짓말을 한 겁니다. 그때는…… 제가 취조한 게 맞아요. 분명히요!"

그가 애원하듯 말했으나 스칼렛의 표정에는 아무런 변화가 일어나지 않았다. 그녀가 말했다.

"저는 그날 일을 기억하지 못해요. 다들 알고 있는 사실일 텐데."

그녀가 말하고 휴건을 밀어내려 하자 안드레이가 그제야 움직여 스칼렛에게 닿은 손을 떼어 내고, 그를 밀쳐 냈다.

휴건의 부하들 역시 안드레이의 무력에 대해 알고 있었으므로 곧바로 덤벼들 수 없었다. 스칼렛이 안드레이의 손에 제 손을 올리고 마차에 탔다.

곧이어 두 사람이 탄 마차가 출발하고, 뒤에서 휴건이 비명을 지르는 것이 들렸다.

안드레이가 힐끔 창밖으로 뒤를 돌아보더니 늘 부정적이던 성격답지 않게 모처럼 호탕한 웃음을 터트렸다. 그러나 스칼렛은 따라 웃거나, 입을 열지 않고 가만히 창밖을 바라보고 있을 뿐이었다.

안드레이는 스칼렛이 없을 때 아이작의 얼굴에서 보이던 차가움이 그녀의 얼굴에도 있었다는 사실에 놀라움을 느꼈다.

평소 냉철하고 도도한 이성을 이상형으로 여기던 안드레이는 빨리 창문으로 고개를 돌렸다. 그는 잠깐이라도 부주의하게 마음을 놓았다가 평생 직장을 잃고 싶진 않았다. 그녀가 빨리 평소의 다정다감한 스칼렛 크림슨으로 돌아오기를 바랐다.

───※───

스칼렛은 집으로 돌아오자마자 피곤함을 느낄 틈도 없이 짐을 챙기기 시작했다.

빅토르는 3호기를 제작 중인 공장에 머무는 중이었다. 그가 베스티나로 출발하기 전에, 그를 만날 생각이었다.

그에게 물어봐야 할 것이 너무나 많았다.

그녀가 곧바로 격전지로 향하리라는 소식에 아이작이 다급하게 스칼렛의 방으로 달려왔다.

"스칼렛, 너……."

스칼렛이 짐을 챙기던 손을 잠시 멈추고 아이작 쪽을 보았다. 그녀는 격앙되어 있는 아이작의 얼굴을 보며 말했다.

"어차피 한 번은 공장에 가서 확인해 볼 생각이었어. 내가 만든 비행체야. 제대로 날고 있는지 내 눈으로 봐야지."

"너 아직 그렇게 장거리를 이동할 만큼 건강하지 않아!"

아이작이 걱정을 못 이겨 소리쳤다.

그러자 스칼렛이 들고 있던 장갑을 가방에 던져 버리고, 떨리는 목소리로 말했다.

"너무 화가 나서 가만히 못 있겠어."

"스칼렛……."

"어떻게 그렇게. 어떻게 사람이…… 그런 것들을 숨겨? 어떻게 그러고 떠나?"

스칼렛이 떨리는 숨을 내뱉고, 에이샤에게 구한 약을 서랍에서 꺼내 들었다.

그녀가 그것을 제 옷 주머니에 챙겨 넣으며 말을 이었다.

"그 눈. 고쳐 놓지 않으면 난 그 사람을 미워할 수가 없어."

"……."

"이렇게는 내가 답답해서 못 살아. 자기가 뭔데……."

함께 살아온 시간 내내, 그는 자신을 보며 무슨 생각을 했을까.

해군의 비밀이라는 이유로 아내인 자신에게 그녀의 부모가 세상을 떠나던 날 그 자리에 있었다는 것을 말하지 않았다니.

그 일주일 동안 어디 갔었느냐고 물었을 때, 제 마음을 조금이라도 헤아렸다면 자기가 뭘 했는지 말해 줬어야 하지 않나?

하다못해 듣기 좋고 그럴싸한 변명조차도 할 줄 모르는, 그렇게 나쁜 사내가 세상에 어디 있나.

세상에서 명예가 가장 중요한 것처럼 살아 놓고, 그의 명예에 생긴 가장 큰 상흔을 제가 낸 것이라는 걸 어떻게 단 한 번도 말해 준 적이 없는 건지.

아이작은 그런 그녀를 바라보며 서서히 마음을 가라앉히고, 금방이라도 울음이 터질 것 같은 스칼렛에게 다가가 조심스럽게 끌어안았다.

그러더니 이내 힘없이 웃었다.

"너에게는 안 된다는 말이 나오질 않네."

그러자 스칼렛이 아이작의 등을 토닥이며 말했다.

"미안해. 다녀오면, 이제 속 안 썩일게. 절대로."

"뭐라는 거야, 이 거짓말쟁이가."

아이작의 장난스러운 말에 스칼렛이 그제야 처음, 진심으로 웃었다.

이번에야말로 명예가 훼손되었다고 생각해, 그가 자신을 증오하게 된다고 해도 상관없었다.

결혼 생활 중일 때 스칼렛 덤펠트는 남편을 너무나 사랑해 그의 무언가를 바꾸겠다는 생각을 해 본 적이 없었다. 그러나 지금, 그녀는 그가 원하지 않더라도 눈을 낮게 하겠다고 마음먹었다.

다음 날 새벽, 스칼렛은 군수 공장으로 향하는 기차에 탔다.

그녀의 시선이 내내 창밖을 향해 있었다. 스칼렛은 그 제멋대로인 사내의 계획을 몽땅 망가뜨리러 가고 있다는 사실이 제법 마음에 들었다.

기차가 달리는 동안 스칼렛은 생각에 잠겼다. 격전이 있을 때마다 세상의 풍경은 바뀌었다. 점점 더 허허해져 사람도 거의 보이지 않았다. 한창 바빠야 할 밀밭이 방치되어 있었으므로, 전쟁의 향방이 어떻든 올겨울 식량도 걱정이었다.

스칼렛은 그런 밀밭을 바라보며 왕실을 떠올렸다. 그들이 하는 일이라고는 '살란티에인이라면 이겨 낼 수 있다'라며 응원을 하든지, '왕이 매일 슬퍼했다'라며 감정에 호소하는 일뿐이었다. 결론적으로는 완전히 손을 놓고 아무것도 하지 않고 있었다. 대부분의 실용적인 일들은 의회에서 처리했고, 그중에서도 더욱 실무적인 것들은 하원에서 해결했다. 문제는 결국 모든 결재가 왕실을 통해야 한다는 사실이었다.

스칼렛은 왕이 없는 세상을 상상해 보려 했으나, 잘 되지 않았다. 대부분의 그럭저럭 괜찮은 가문에서 태어난 여자아이들은 어려서 한 번쯤, 같은 세대인 왕세손과의 사랑을 꿈꾸었다. 다행히 그 환상만큼은 왕세손을 실제로 만난 직후에 깨졌다.

그녀는 잠시 밀밭에서 시선을 떼고, 자신이 어릴 때 꿈꾸던 연애가 어떤 것이었는지를 되짚어 보았다. 함께 왕성을 걷고, 마주 보고 웃는 것이 대부분이었다.

어린아이에게 사랑이란 게 아마 그런 것이었던 듯했다. 웃음이 나오면, 그게 사랑이라고 생각했다.

 반면에 빅토르를 떠올리면 그냥 밉고, 서럽기만 했다.

 어른들은 원래 다 이렇게 사랑을 하는 건지, 사랑이 아닌 건지, 그것도 아니면 그저 모든 사랑의 형태가 다르기 때문인지. 불확실했지만 이제는 정확하게 알고 싶지도 않았다. 그냥 그에게 달려가서 마구 때리고 싶은 마음뿐인데, 앞이 안 보이는 사람을 맘껏 때릴 수는 없으니 그걸 고쳐 놓고 때리려는 것뿐이었다.

 스칼렛은 다시 밀밭을 바라보았다.

 그녀가 공장 지대로 향한다는 소식에 덤펠트가의 몇몇 사용인들도 따라 나섰다. 특히 빅토르가 해군의 일로 떠날 때면 늘 덤펠트가에 남아 있던 블라이트가 그녀를 보좌하겠다며 따라왔다.

 그는 도망자처럼 아무거나 걸치고 나온 스칼렛의 착장을 어떻게든 근사하게 만들어 주고 싶어 그녀가 입고 온 아마로 지은 드레스 위에 은은한 연보라색의 파시미나를 둘러 주고, 금장이 된 상아 브로치를 달았다.

 스칼렛이 브로치를 보며 중얼거렸다.

 "이건 처음 보는데……."

 혼자 중얼거리던 그녀는 곧 그것이 명목상의 가주인 마리나 덤펠트의 물건이라는 것을 깨달았다. 그녀가 처음 본다는 것은 이것이 마리나가 왕녀임을 드러내기 위해 착용하던 물건이라는 뜻이었고, 그것을 감춰 두었던 금고가 열렸다는 의미였다.

 스칼렛이 블라이트를 보며 물었다.

 "이걸 어떻게 꺼냈어?"

 "그게…… 도련님이 금고를 부숴 버리셨어요."

"뭐, 뭐어?"

"그날 얼마나 무서웠는지 몰라요."

블라이트가 그날 일을 설명하길, 왕실에서 빅토르를 회유해 보려고 마리나 덤펠트를 위한 파티를 열겠다고 했던 모양이다. 마리나는 거기 가고 싶다고 빅토르를 졸랐고, 그는 여유가 없다며 거절했다. 원하는 것을 얻지 못한 마리나는 분노해 잡히는 것마다 망가뜨린 것은 물론, 말리려고 다가오던 사용인에게까지 상해를 입혔다. 그날 그것을 보상하고 덤펠트가로 돌아온 빅토르는 어머니의 금고를 부숴 버렸다.

사용인들이 놀라서 나중에 마리나가 화를 낼 것이라며 말리자 빅토르가 대답했다.

"어차피 어머니는 평생 수도원에서 나오지 못할 텐데 무슨 상관이지?"

마리나가 왕녀이던 때의 추억이 담긴 금고는 산산조각이 났고, 그 안에서 쏟아진 진귀한 보물들에 빅토르는 어처구니가 없어 웃었다.

그도 그럴 것이, 아들이 덤펠트가의 이름을 드높이려 목숨을 걸고 싸우고 경매에 역사가 담긴 물건이 나오면 무슨 수를 써서든 사들여 온 것을 알면서도 마리나는 자신의 보물들을 아들에게조차 숨겨 왔던 것이다.

그 후 그 물건들은 사용인들이 이렇게 들고 나와 스칼렛에게 달아 줄 수 있을 정도로 방치되고 있었다.

블라이트가 기다렸다는 듯이 조심스럽게 목록을 내밀었다.

"이게 그 금고에서 나온 물건들인데, 도련님께서는 거들떠도 보지 않으십니다. 도난 위험도 있고 하니…… 아가씨께서 한 번만 더 확인해 주시면 안 될까요?"

블라이트가 너무나 미안한 표정을 짓고 있어, 스칼렛은 별수 없이 목록을 받아 들었다. 그리고 펜을 달라고 손을 내밀었다.

"내가 서명할게."

"정말 감사합니다……."

스칼렛이 서명을 했다는 것은 그녀가 이 목록을 관리하고 있다는 의미가 되었다.

이혼한 사이이기는 했지만 스칼렛은 덤펠트 가문 내의 모든 고가품들의 목록을 알고 있는 유일한 사람이었다. 사용인들끼리만 목록을 알고 있는 것은 나중에 문제가 생겼을 때 해결하기가 어려웠다. 특히 빅토르의 요즘 행동으로 봐서는 물건을 전부 도난당해도 그냥 놔두라고 할 것 같았다.

서명을 하기 전에 목록을 살피는데 저도 모르게 헛웃음이 나왔다.

"엄청나네……."

"예, 저희도 정말 놀랐습니다."

고작 엄청나다는 말로는 부족한 재산이었다.

살란티에의 귀족 여성들은 귀금속으로 재산을 형성하는 경우가 대부분이었는데, 마리나는 왕녀였으므로 그 양이 상상을 초월했다. 그렇다는 것은 왕실도 이 이상의 재산을 가지고 있으리라는 것이었다.

스칼렛은 목록을 보며 이제는 정말로 웃음을 터트리고 말았다.

"이렌의 태양이 여기에 있었네."

"예. 그게 제일 놀라웠습니다."

살란티에 역사상 가장 큰 진주라고 기록되어 있는 이렌의 태양으로 만든 목걸이가 목록에 있었다. 왕실의 가장 중요한 보물로 알려져 있는 이 이렌의 태양은 값어치를 따질 수 있는 물건이 아니었는데, 그것이 지금껏 덤펠트가에 숨겨져 있었던 것이다.

이렌의 태양을 포함한 73개의 진주와 네 개의 커다란 에메랄드로 된 목걸이의 행방은 사교계에서 종종 거론되는 이야기였다. 마리나가 가지고 있을 것이라는 이야기도 있었고, 그녀가 광증 때문에 잃어버렸으리라는 이야기도 있었다. 분명한 것은 니나 한터가 그 목걸이를 몹시도 가지고 싶어 한다는 사실이었다.

스칼렛이 말했다.

"실제로 보면 어때?"

"정말로 뭐라고 할까요……. 우아함이라는 말을 그 보석을 보고 만들어 낸 것 같은 형상입니다."

"한번 보고 싶네."

"이 목록 관리를 아가씨가 하시는데요, 당연히 보셔야죠."

스칼렛이 미소를 지으며 고개를 끄덕였다.

스칼렛의 몸이 좋지 않다고 아이작이 강조했기 때문에, 동행하는 이들은 마치 새의 깃털 하나를 이동시키는 듯이 그녀를 다루었다. 침대칸에 침구를 여러 겹 쌓았고, 쿠션도 여러 개 놓았으며 주기적으로 따뜻한 물을 가져와 목을 축이게 했다.

도중에 스칼렛이 지쳐서 그 정도로 중병은 아니니 그만 좀 하라고 한 소리 했을 지경이었다.

아무튼 덕분에 아이작의 우려와 달리 스칼렛은 모순되게도 불편한 안락함 속에서 공장 지대에 도착했다. 크림슨 가문의 공장이 있는 곳만 봐 왔기 때문에, 그녀는 수도에서 멀리 떨어진 공장 지대의 모습에 대해 잘 알지 못했다. 그곳은 계속되는 공장의 매연으로 시야가 뿌옇게 되어 있었고, 시궁창에서 안 좋은 냄새가 올라왔다. 게다가 기차역 곳곳에서 쥐가 돌아다녔다.

이곳에 오니 스칼렛의 차림새는 너무나 화려해 보여 그녀와 함께 온 사용인들조차 당황할 정도였다.

"이런 곳일 줄은 몰랐네요……."

"우리도 수도 밖으로 나올 일이 없으니까요."

뒤에서 소곤거리는 동행의 이야기를 들으며 스칼렛은 마차에 올랐다.

마차는 곧 빅토르가 머물고 있는 호텔로 향했다.

도시의 첫 인상이 워낙 나빴던 덕분에, 호텔이 상당히 호사스럽게 느껴졌다. 시궁창 냄새도 이 호텔 근처에서는 나지 않았다. 주변이 정원으로 둘러싸여 있기 때문이었다.

스칼렛을 발견한 에번이 반가워하며 달려왔다.

"여기까지 정말 오신 겁니까?"

"네, 빅토르에게는 비밀로 하셨죠?"

"그럼요. 꿈에도 모르고 계실 겁니다."

빅토르가 알면 또 그 부작용의 밑바닥을 알 수 없는 약을 남용할 테니, 스칼렛은 자신이 가는 것을 비밀로 해 달라고 말했다.

다치기 전의 빅토르를 속이는 것은 불가능했겠지만 지금은 가능했다. 에번은 그것을 지켜 주었고, 스칼렛이 눈에 쓰는 해적의 약을 가져오리라는 것을 알면서도 캐묻지 않았다.

빅토르가 있다는 객실로 향하며 스칼렛이 물었다.

"그나저나 베스티나 남부와 루비드호는 팔린 경계서 지키고 계시는 건가요? 에번 경께서 가지 않으시고."

"저는 정말로 대장을 할 성격이 못 됩니다. 저는 참모가 적성에 맞아요."

"제가 볼 때는 에번 경만큼 사람들을 잘 아우르는 사람도 없던데."

"예, 그게 참모의 일이죠."

에번이 농담조로 말하고 미소를 지었다.

"하지만 칭찬은 감사합니다."

그의 말에 스칼렛이 따라 웃다가 객실에 도착해 걸음도, 웃음도 멈추었다.

문이 열린 객실에 들어서자 발코니 쪽에 놓인 테이블 앞에 앉은 빅토르가 보였다. 그는 스칼렛이 지난번에 준 초콜릿 상자 위에 손을 올리고 있었다.

에번이 고개를 숙이고 스칼렛에게만 들리도록 소곤거렸다.

"그럼 나가 보겠습니다."

스칼렛이 고개를 끄덕이고, 에번이 그곳을 나갔다.

빅토르는 상자를 열어 초콜릿을 손가락으로 하나씩 쓸어 보았다. 그러다 스칼렛의 걸음이 가까워지자 빅토르가 손을 멈추고 소리 나는 쪽으로 고개를 돌렸다. 그는 거기 서 있는 것이 누군지 확신하지 못하고 인상을 썼다.

스칼렛은 인기척을 내지 않고 그를 바라보았다. 빅토르는 곧 몸을 일으켜 옆에 두었던 지팡이를 짚고 그녀 쪽으로 걸어왔다.

그는 스칼렛의 바로 앞까지 다가와 멈춰 섰고, 이내 손을 들어 그녀의 얼굴을 만졌다.

얼굴을 움켜쥘 것처럼 다가오던 빅토르의 큰 손은 그녀의 눈가에 닿은 직후에 그대로 멈췄다. 그가 입을 열었다.

"……아, 당신이군."

이렇게 빨리 알아차린 것이 믿기지 않아 저 '당신'이 제가 아닐지도 모른다고 스칼렛이 생각할 때, 빅토르가 말을 이었다.

"왜 말을 안 해. 백작은 당신이 옆에서 계속 말을 걸어 주었다고 하던데."

"……"

아무 말도 나오지 않아서, 스칼렛이 계속 입을 다물고 있으니 빅토르가 제 손이 닿은 곳까지 몸을 숙였다.

"스칼렛 크림슨. 왔으면 말 좀 하지? 왜 왔어?"

스칼렛이 지나치게 가까워진 그를 밀어내고, 고개를 들어 빅토르의 얼굴을 보았다. 그는 아마도 그녀가 제 쪽을 보고 있는지 모를 터였다.

그녀가 무겁게 입을 열었다.

"3호기 비행이 어떻게 되나, 나도 보려고."

"여기까지 올 만큼 건강하지도 않잖아."

"그만큼 보고 싶어. 내가 연구한 거잖아."

그녀의 목소리는 건조했고, 빅토르 역시 무감정하게 느껴지는 목소리로 물었다.

"객실은?"

"얻었어."

"늦었으니 가 봐. 내일 아침에 함께 출발하면 되겠군."

"차 한잔해."

그녀의 말에 빅토르에게서 바로 대답이 돌아오지 않아, 스칼렛이 재차 물었다.

"싫어?"

"아니, 차는 좋은데 사랑하는 여자에게 불쌍하게 보이는 건 내키지 않아서."

그의 말에 스칼렛이 손끝의 떨림을 감췄다. 그걸 느끼기라도 한 듯, 빅토르가 입꼬리를 올리며 놀리듯 물었다.

"내가 사랑하는 건 명예뿐이라고 대답할 건가?"

그러자 스칼렛이 고개를 저었다.

"아니, 그건 날 위해 저버렸잖아. 한 번."

"……."

"그러니까 명예는 내 다음이라고 생각해, 이제. 그게 사랑인지는 모르겠지만."

그녀의 말에 빅토르는 대답이 없었다.

스칼렛은 곧 이 대화에서 도망치듯 자리를 피해 차를 부탁했다. 잠시 후 테이블에 찻잔이 놓였다.

두 사람은 마주 보고 앉았고, 스칼렛은 티팟에 에이샤에게 얻은 수면제를 쏟아 넣었다. 호랑이도 잠재울 양이라고 했다.

빅토르가 맛을 잘 느끼지 못하는 것이 그에게 몰래 약을 먹일 때는 장점이 되었다. 힘으로 강제해 약을 먹이는 건 불가능할 테니.

스칼렛이 빅토르의 손을 당겨 찻잔을 찾아 준 후, 그가 찻잔을 입으로 가져갔다. 그녀는 차를 마시는 시늉만 하고 찻잔을 내렸고, 다행히 빅토르는 차 맛에 대해 아무 말도 없었다.

그녀가 안도하며 입을 열었다.

"아직도 약을 쓸 생각이 없어?"

"없어."

"해적섬의 약은 살란티에 시민들에게 도움이 될 거야. 관리만 잘 한다면."

"사술일 뿐이지. 그들이 얼마나 많은 것을 약탈했고, 거기서 죽은 민간인이 얼마나 많은지 생각하면 그들의 기술을 이용할 수 없어."

시력을 잃어 간다고 해서 그가 가진 냉정함이나 겨울 바다처럼 시리도록 서늘한 분위기가 사라지는 것은 아니었다.

스칼렛은 그런 그의 대답에 잠시 멈칫했으나, 이내 따지듯이 대답했다.

"그건 별개의 문제지."

"그게 도대체 왜 그런 효능을 가지는지도 의문이고."

"이해하지 못한다고 해서 사술이라고 말하는 건, 결국 내 부모님의 기술을 이해하지 못한다고 배척하던 사람들과 똑같은 거 아냐?"

"……"

그녀의 말에 빅토르가 찻잔을 내려놓았다.

무슨 생각을 하는지 그가 더 이상 대답이 없어 테이블 위가 조용해졌다.

잠시 후 스칼렛이 머뭇거리며 입을 열었다.

"그렇게 비교하면 안 됐어. 미안해. 하지만…… 당신과 결혼 생활 중에, 눈에 쓸 수 있는 약이란 약은 다 써 봤어, 아이작에게."

"그랬었지."

"희망이 있다는 걸 알았을 때 우리가 얼마나 날뛰었는지, 당신은 상상도 못해."

"나를 설득하려고 차를 마시자 했어?"

"응."

그리고 대화는 한동안 완전히 끊어졌다. 스칼렛은 그가 차를 충분히 마시게 해야 했으므로, 호텔 주방에서 급하게 만들어 온 디저트로 손을 가져갔다.

스칼렛이 작은 케이크를 한 입 먹고 충격받은 표정으로 중얼거렸다.

"맛없어."

그러더니 빅토르의 손을 당겨 그것을 쥐어 주며 말했다.

"당신이 먹어. 하나도 안 먹으면 만든 사람이 섭섭해할 수도 있잖아."

맛없다고 해 놓고 먹으라고 하니 빅토르는 혀를 찼으나, 봐준다는 듯이 그녀가 쥐어 준 것을 입에 넣었다. 그리고 놀랍다는 듯이 말했다.

"심지어 나도 맛없는 걸 알겠군."

얼굴을 찌푸린 그의 말에 스칼렛은 순간 걱정하던 것을 잊고 짧게 실소했다.

"대단하네. 당신에게 맛에 대한 반응을 끌어낼 정도면."

"꼭 먹어야 하나."

"응. 먹어. 그래도 만든 성의가 있잖아."

스칼렛의 재촉에 빅토르가 별수 없이 케이크를 입에 넣고, 퍽퍽함에 찻잔을 비웠다. 일부러 퍽퍽하게 해 달라고 하긴 했지만, 이 정도로 맛없는 케이크를 만들어 올 줄은 스칼렛도 예상하지 못했다. 그리고 자기가 재촉한다고 해서, 저 남자가 정말로 그 맛없는 케이크를 먹을 거라고도.

어찌 되었든 빅토르는 찻잔을 비웠고, 스칼렛은 가져온 약을 전부 그에게 먹였다.

 긴 시간 기차를 타고 낯선 도시에 도착하느라 그녀는 지칠 대로 지쳐 있었으나, 빅토르가 깊이 잠들었을 시간까지 스칼렛은 필사적으로 깨어 있었다.

 손목시계에서 자정을 알리는 맑은 소리가 들리자 그녀는 몸을 일으켰다. 그리고 조심스럽게 객실을 나와 빅토르의 객실로 걸어갔다.

 그녀가 지나가는 것을 호위들은 다 보았을 텐데도 말리는 사람이 없었다. 심지어 스칼렛의 손에 쥐어진 약병을 보고 반가워하는 사람도 있었다.

 그녀는 이 사실을 숨길 생각이 없었다. 빅토르가 아니라 자신이 벌인 일이라는 것을 분명히 해야 했기 때문이다. 그렇기 때문에 수면제를 먹이리라 이 호텔의 주방에도 소문 내듯이 말해 놓았다.

 침실에 들어서자 침대 위에 잠들어 있는 빅토르가 보였다. 열린 창문으로 들어온 봄바람이 커튼을 스치고, 그의 머리칼을 헝클었다. 달빛이 어린 그의 얼굴은 상아로 만든 보석 같아, 스칼렛은 심장이 쿵쿵 내려앉는 기분을 느꼈다.

 그의 옆에 걸터앉은 스칼렛이 빅토르의 새카만 머리칼을 쓸어 올렸다. 반듯한 이마에 고른 눈썹, 그리고 조용히 감긴 눈이 보였다.

 "……예쁘네."

 그녀가 저도 모르게 중얼거렸다. 미움과 별개로, 그는 여전히 아름다운 얼굴을 하고 있었다.

스칼렛은 조심스럽게 빅토르의 눈 위에 무명천을 덮고 그 위에 약을 떨어뜨렸다. 약은 순식간에 그의 눈에 흡수되었고, 무명천은 금방 바짝 말랐다.

솔직히, '사술'이라는 말에 걸맞은 모습이었다.

아이작 때의 20분의 1의 가격이라 넉넉히 사들였다. 그녀는 한 통을 과감하게 그의 눈에 전부 부어 버렸다. 전에 해적들에게 끌려갔을 때 이야기를 들어 보니, 약을 많이 쓰면 효과가 빨리 나타나는 모양이었다.

약을 다 쓰고 난 후, 그녀가 몸을 일으키려는데 신음이 들렸다. 스칼렛이 놀라서 그의 이마에 손을 올려 보니 수면제가 독해서인지, 미열이 느껴졌다.

그 사실이 미안해졌지만 별수 없는 일이라 침대를 벗어나려는데 빅토르의 손이 더듬거리는 게 느껴졌다. 그러더니 결국은 그녀의 팔이 붙잡혔다.

당기는 힘에 빅토르 쪽으로 몸이 쓰러져, 그녀가 다급하게 빅토르의 가슴팍을 손으로 짚고 상체를 일으켰다.

"깨, 깼어?"

"스칼렛."

다행히 호랑이도 재운다는 약이 맞았다. 그는 취해 있었다. 그렇지 않으면 그가 제 팔을 이렇게 아프게 움켜쥘 리가 없었다.

빅토르가 그녀를 제 품으로 끌어당기자 스칼렛이 놀라서 그를 밀어냈다.

"빅토르, 이거 놔."

그는 이 순간이 꿈이라고 생각하는 듯했다. 그의 손이 스칼렛의 몸을 더듬어 다리를 붙잡더니 끌어당겨 그녀를 제 배 위에 올려놓았다. 스칼렛은 제 허벅지를 움켜쥔 그의 손에서 벗어나 보려 했지만 꿈쩍도 하지 않았다.

벗어나려 할수록 그의 아귀힘은 점점 더 강해졌다.

스칼렛이 어쩔 줄 몰라 하며 중얼거렸다.

"이 인간 몸만 강철로 되어 있나……."

버둥거리던 그녀가 지쳐서 잠깐 쉬고 있으니, 그가 상체를 일으켰다.

그는 침대 헤드에 등을 기대고, 취한 목소리로 그녀에게 말했다.

"밀어내지 마. 나는 당신의 남편이잖아."

"아니야. 아니게 된 지 한참이 지났어."

그녀가 말하는 것이 들리는지, 들리지 않는지 알 수가 없었다. 빅토르는 그녀를 끌어안았고, 어깨에 얼굴을 묻었다. 다행히 그는 더 난폭해지지 않고, 그대로 다시 잠이 들었다. 힘이 빠지고 나니 그가 너무 무거웠다.

"못 살아, 정말."

스칼렛이 그를 밀어내려 했지만 허리를 안은 팔에서 여전히 벗어날 수가 없었다.

그녀는 결국 밖을 향해 말했다.

"밖에 누구 있으면 좀 도와줘요."

그녀의 목소리에 문 앞에 있던 해군 두 사람이 달려왔다.

스칼렛이 난처해하며 말했다.

"이대로 다시 잠들어서……."

"아, 예, 예! 알겠습니다!"

해군들의 얼굴이 하얗게 질렸다.

스칼렛이 잠옷 위에 걸치고 있던 실크로 된 나이트가운이 빅토르의 막무가내 때문에 벗겨져, 그녀의 몸 위에는 얇은 잠옷 한 벌밖에 남아 있지 않았다.

해군이 필사적으로 시선을 피하며 빅토르의 팔을 떼어 냈다. 그가 딱히 힘을 주고 있는 게 아닌데도 해군 둘에 스칼렛의 별 도움 안 되는 힘까지 더해져서야 겨우 그녀가 풀려났다.

서둘러 나이트가운을 끌어 올리는데 바닥으로 약병이 툭 떨어졌다. 스칼렛이 멈칫했다가 해군들을 보니 그들이 설레어하며 말했다.

"그, 그 약입니까? 눈에 쓰는……."

스칼렛이 옷을 여미며 고개를 끄덕이고 대답했다.

"하지만 꼭 낫는다고 장담할 수는 없대요. 증상이 다 다른 거니까."

"그래도, 희망이 있지 않습니까?"

해군들의 순수한 기대감에 울컥한 스칼렛이 잠든 빅토르의 어깨를 톡 때렸다.

"거봐, 바보야. 좋아하잖아……."

그런 그녀의 핀잔에 해군들이 슬쩍 웃었다.

겨우 빅토르에게서 벗어난 스칼렛은 곤히 잠든 그를 다시 살폈다. 팔을 억지로 떼어 내다가 보니 그의 옷도 헝클어져 가슴팍이 드러나 있어, 급하게 이불을 끌어다 덮어 주었다.

들고 온 램프를 들고 조용히 침실을 나가려는데, 밀어내지 말라고 말하던 빅토르의 얼굴이 떠올랐다. 그리고 힘. 건장한 청년 둘이서도 버거워하던 팔심과, 잠옷 속까지 느껴지던 그의 손가락 하나하나가 몸을 움찔거리게 했다.

"……덥네."

스칼렛이 중얼거리며 제 침실 화장대 앞에 앉아 헝클어진 머리칼을 정리하기 시작했다.

나의 아내가 아니라 당신의 남편. 그는 자신을 그녀의 것으로 표현했다. 그녀는 자신이 이렇게 소유하는 것에 희열을 느끼는 사람인 줄 처음 알았다.

그녀는 어깨에서 느껴지던 그의 더운 숨을 떠올리며 고개를 저었다.

"성욕이야. 그럴 수 있지. 충분히 그럴 수 있어."

그렇게 중얼거리며 머리칼을 빗질하고 침대에 누웠다. 자꾸만 그의 손이 닿았던 곳들이 화끈거렸다. 스칼렛은 유전자 타령을 하던 빌을 떠올렸다.

"아니면 유전자를 원하나 봐. 그건 더더욱 그럴 수 있지……."

그녀는 중얼거렸다. 과학적으로 생각하니 그래도 좀 안도가 되었다.

잠에서 깬 빅토르는 최근 들어 다시없는 개운함을 느끼며 천천히 상체를 일으켰다. 거의 분간되는 것이 없었지만 그의 침실에서 침대를 제외한 모든 물건을 치웠기 때문에 충돌할 위험은 없었다.

그는 침실에 붙어 있는 서재에 들어서 책을 펼치고 종을 흔들어 커피를 내오게 했다.

기다리는 동안 책의 점자를 익히기 시작했다. 글자는 금방 외웠는데, 그걸 연결한 문장을 읽으려니 까다로웠다. 무엇보다 손가락 감각만으로 점자에 집중하는 것이 여간 짜증 나고 피곤한 게 아니었다.

그러나 노후에 책도 읽을 수 없는 삶을 살고 싶지는 않았기 때문에, 그는 다시 정신을 집중해 쪼갠 시간 동안 책을 읽으며 가져다 준 커피와 비스킷으로 아침 식사를 대체했다.

그러던 중에, 그의 머릿속에 순간 제 손에 닿던 스칼렛의 몸이 떠올랐다.

빅토르가 멈칫하더니 제 손을 당겨 쥐어 보았다. 이번에는 놓으라고 말하던 스칼렛이 떠올랐다.

"……꿈이 아닌가."

점점 더 선명해지는 기억에 그는 인상을 썼다. 꿈이 아닐 수도 있었다. 그는 더 이상 자기 스스로를 믿지 않았다.

그녀에게서 사라져 주겠다 마음먹어 놓고, 얼마나 많은 밤 그녀에게 욕망하는 꿈을 꾸었던가. 그 꿈 속에서 스칼렛은 늘 울고 있었고, 자신은 그녀를 영원히 나올 수 없는 방에 가두고 열쇠를 부러뜨렸다. 문제는 눈을 뜬 후에, 그게 꿈이었다는 사실에 안도감만 드는 것은 아니라는 사실이었다.

안 그래도 안 읽히는 책에 집중까지 잘 되지 않아 비효율적인 아침을 보낸 후 약을 삼켰다. 어쨌든 빈속에 약을 먹으면 안 좋다는 잔소리를 하도 들어 복약 전에 비스킷이라도 먹게 되었다. 지금이야 젊고 건강하니 못 느껴도 나중에 고생하리라는 것이었다.

그는 여전히 식사를 잘 하지 않았지만, 그나마 비스킷이라도 먹는다는 것에 부하들은 그럭저럭 만족하는 듯했다.

약을 먹고 좀 더 책을 읽다 보니 서서히 시야가 밝아지기 시작했다. 오늘 한 알을 먹고, 또 사흘 뒤에 남부에서 회의를 하기 전에 한 알을 먹을 예정이었다.

여느 때와 비슷한 시간이 지나 약효가 돌기 시작했는데, 숙면을 취해서인지 시야가 꽤 밝았다. 덕분에 지팡이가 필요 없을 정도였다.

그는 곧장 스칼렛의 객실로 향했다. 자신보다 기상 시간이 빠른 스칼렛이라면 지금쯤 일어나 있으리라 생각했다.

그래서 그녀의 객실로 가 침실 문을 두드렸는데 대답이 없었다. 몇 번을 불러도 반응이 없자 빅토르는 갑자기 드는 불안감에 지배인을 불러 억지로 문을 열게 했다.

침실이 비어 있어 빅토르는 평정심을 순간 무너뜨리고 그녀를 찾았다.

"스칼렛."

그가 이름을 부르다가 잠깐 멈춰 섰다. 빅토르의 객실 구조와 동일하게, 침실에 붙은 서재의 문이 열려 있어 그쪽으로 가 보니 무언가에 몰두한 스칼렛이 보였다.

옆에서 부르는 것도 모르고 푹 빠져 있는 그녀에게 다가가 빅토르가 가까운 책상을 손가락으로 툭툭 두들겼다.

그제야 스칼렛이 화들짝 놀라며 고개를 들었다.

"남의 방에 함부로 들어오면 어떡해?"

"밖에서 몇 번을 불렀는지 알아?"

"……그랬어?"

"안 그래도 부상이 심한 사람이 여기까지 왔는데 아무리 불러도 대답을 안 하면 놀랄 것 아냐."

"……."

스칼렛이 눈을 깜빡이더니 민망해하며 말했다.

"그건 그러네."

"다행히 인정은 빠르군."

"정화조를 그리고 있었어. 크림슨 가문의 공장에는 다 설치가 되어 있거든. 부모님이 발명하신 거야."

그러자 빅토르가 스칼렛이 밤새도록 그린 설계도를 들어 보았다.

그는 오늘이 혹시 눈이 보이는 마지막 날인가 염려될 정도로 여느 때에 비해 시야가 괜찮은 편이었다. 그래도 설계도를 보는 것은 무리였는지, 밖으로 손짓해 안경을 가져오게 했다.

그가 안경을 쓰고 설계도를 확인하자, 스칼렛이 힐끔 그를 보았다.

"안경을 쓰면 잘 보여?"

"그럭저럭. 오늘따라 약효가 좋군."

"혹시 또……."

"정량만 먹었어."

빅토르가 잘라 대답하고 설계도를 주시했다.

스칼렛이 혼잣말하듯 중얼거렸다.

"안경 잘 어울려."

"다행이네."

그는 인사치레라고 생각해 대수롭지 않게 대답했다. 그리고 스칼렛의 주 관심사일 설계도를 찬찬히 확인해 보았다. 과연 그 뛰어난 기술로 작위를 받은 크림슨 가문에서도 천재라고 불리던 이들 다웠다.

빅토르가 중얼거렸다.

"크림슨 가문의 선대 가주 부부가 살아 있었다면 전쟁은 시작도 하지 않았을 텐데."

"왜?"

"베스티나가 감히 넘보지 못할 강한 기술력을 가지고 있었을 테니까."

그가 대답하자 스칼렛이 설계도를 손으로 잡아 끌어 내리고 말했다.

"우리 부모님 대단하지?"

"응."

"맞아. 진짜 대단해."

스칼렛이 말하더니 눈꼬리를 휘어가며 웃었다. 빅토르는 자신이 저토록 그녀를 기쁘게 한 것은 처음일지 모르겠다고 생각하며 다시 입을 열었다.

"마저 그려. 완성되면 공장으로 보낼 테니까. 마침 오늘 저녁에 공장장들이 회의가 있다더군."

"글쎄, 공장장들이 허락할까."

그녀가 난처해하자 빅토르가 대답했다.

"허락은 내가 하는 거지. 공장장이 아니라."

그의 말에 스칼렛이 허탈하게 실소했다.

잠시 잊고 있었다. 그는 무엇을 하든, 타인의 허락을 받을 필요가 있는 사람이 아니었다.

빅토르는 자신의 눈을 잃어 가며 이 전쟁의 향방을 바꾼 사람이었다. 공장을 총동원해 군수품을 뽑아내거나, 심지어 한 공장 지대 전체가 비행기를 만드는 일에 전념하게 명령하는 것도 지금 그에게는 어렵지 않았다.

전쟁은 그에게 왕조차 함부로 할 수 없을 무소불위의 권력을 부여했다.

 그러나 스칼렛은 이 혈통을 중시하는 사회가 시력을 잃은 제 오빠에게 얼마나 모질었는지를 잊지 않았다. 하자품 취급하며 세상 밖에 나오지도 못하게 했던 것이 살란티에 사회 아니었던가.
 빅토르가 아무리 뛰어난 공을 세운들, 마찬가지일 것이라는 걸 스칼렛은 알고 있었다. 아마 그것은 반쪽의 왕족 혈통인 빅토르가 몇 배로 더 잘 알고 있을 터였다.
 그는 제 어머니를 왕실에서 쫓겨나게 했다는 원죄를 안고 태어나 일평생 잣대 위를 걷는 삶을 살아왔다.
 그러니 빅토르 본인부터가 스스로를 하자품으로 여기고 있을 것임을 스칼렛은 알고 있었다. 그는 자기 자신에게 지나치게 모진 사내였다.
 지금 공장장이 그의 명령에 꼼짝하지 못하는 것도 그가 시력을 잃었다는 것을 모르기 때문일 것이 분명했다.
 빅토르가 옆에서 기다리는 사이 스칼렛은 설계도를 완성했다. 그가 옆에 있으니 마치 감시받는 기분이 들어서, 밤에는 여유롭게 그리던 것을 지금은 훨씬 더 집중해서 그리게 되었다.
 그녀가 설계도를 완성하자 어느새 덤펠트가의 사용인들이 도면통을 구해와 그것을 넣었다. 그 후 스칼렛은 비행장에 가기 위해 옷을 꺼내 입었다. 그녀가 가져온 옷들은 공장에서 일하는 여성들의 출퇴근 복장과 비슷했다.
 순식간에 나갈 준비를 끝낸 스칼렛은 머리칼을 높이 올려 묶었다. 봄바람이 그녀의 머리칼을 살랑거리며 스치고 지나갔다. 빅토르는 드러나 있는 그녀의 목덜미를 무심코 바라보았다.

그녀는 잠을 제대로 못 잔 탓에 아직도 비몽사몽한 상태였다. 게다가 기차까지 오래 탔으니 피곤해서 머리를 묶는 중에도 꾸벅꾸벅 졸았다. 그러다 퍼뜩 정신을 차린 그녀는 거울 너머에서 자신을 보고 있는 빅토르를 발견하고 인상을 썼다.

"뭘 그렇게 봐?"

그러자 빅토르가 입을 열었다.

"예뻐서."

"……."

그의 말에 스칼렛이 당황한 얼굴로 돌아보자 빅토르가 태연히 말했다.

"왜. 예쁘다는 말 듣고 싶어 했잖아?"

"그야……."

"본인이 허락했으니 괜찮은 것 아닌가?"

빅토르가 약점을 감추듯이 목덜미를 손으로 감추고 있는 스칼렛을 바라보며 말을 이었다.

"얼굴은 당연하고, 손도 예쁘고, 목선과 어깨도 예뻐."

그는 표정이 정확히 보이지 않아서인지, 스칼렛이 당황한 얼굴을 하고 있다는 것을 뒤늦게 알아차렸다.

"불편하다면 그만하지."

스칼렛은 적절한 말이 생각나지 않아 말없이 고개만 끄덕였다.

잠시 후 빅토르가 다시 입을 열었다.

"혹시 어제 내가 여기 왔어?"

그러자 스칼렛이 잠깐 손을 멈췄다가, 이내 말을 이었다.

"아니? 안 왔어. 왜?"

"그럼 당신이 온 건가?"

"무슨 소리야?"

"내가 붙잡았잖아, 새벽에."

그러자 스칼렛이 냉랭한 투로 말했다.

"꿈을 꾼 거 아냐? 내가 당신 방에 왜 가."

자신이 온 적도 없고, 그녀가 나타난 적도 없다니.

빅토르가 제 손을 보며 말했다.

"너무 생생한데."

"뭐가 생생해?"

"당신 몸. 폭격 때 생긴 상흔도 만져졌는데 이게 꿈이라고?"

"……"

그런 그의 말에 스칼렛이 애써 태연하게 말했다.

"당연히 꿈이지. 난 밤새도록 설계도를 그렸어."

그녀의 말에 그럭저럭 넘어간 듯, 빅토르가 고개를 끄덕였다.

"그런가. 하긴, 생각해 보니 꿈이 분명하군."

빅토르가 입을 다물자 스칼렛이 물었다.

"생각해 보니?"

"당신이 내 침대로 오고 잠결에 당신 목소리가 들리는 게."

"……"

"그럴 리 없으니 꿈이겠지. 그런 꿈을 꾸는 걸 보니 당신을 기다린 모양이군. 나도 모르게."

빅토르가 말하고, 대수롭게 여기지 말라는 듯 미소를 지은 후 돌아섰다. 스칼렛은 그런 그의 뒷모습을 바라보며 입을 열었다가 다시 다물었다.

두 사람은 곧 같은 마차를 타고 공장 지대의 중심지로 향했다.

빅토르가 형편없는 도시 풍경을 내다보며 말했다.

"밖이 잘 보이지 않아서 몰랐군."

"응. 나도 수도 밖에는 나올 일이 없어서, 수도에서 먼 공장 지대가 이럴 줄 몰랐어."

그나마 나무로 뒤덮여 있는 호텔에서는 공기가 괜찮았지만, 밖으로 나오니 나무 한 그루 없는 도시는 시야가 흐릴 정도로 매연이 심했다.

스칼렛은 정화조의 설계도를 다 그린 데다가 빅토르가 해결하겠다고 했으니 이제야 비교적 마음이 놓였다. 그녀는 밤을 새운 여파로 마차 벽에 머리를 기대자마자 잠이 들었다.

창밖을 보던 빅토르는 그녀가 잠든 것을 알고 픽 웃었다. 그는 같이 벽에 머리를 기대고, 그녀를 바라보았다. 그러다 안경이 잘 어울린다는 말이 떠올라 그가 약간 인상을 썼다.

"······얼굴을 가리고 다니라는 뜻인가?"

그는 지금껏 본인의 뛰어난 외모가 살아가는 데 방해가 되고 귀찮은 일만 일으킨다고 생각해 왔다. 그러다 오늘, 태어나서 처음으로 본인의 외모의 부족함에 대해 고민했다. 본인이 비교적 출중한 것을 모르는 건 아니지만, 스칼렛이 그렇게 생각하지 않는다면 분명 모자람이 있는 것이다.

마차가 멈춰 설 즈음 스칼렛이 잠에서 깼다. 그녀는 덮고 잠들었던 파시미나를 다시 어깨에 둘렀고, 빅토르는 쓰고 있던 안경을 벗었다.

사람들에게 시력에 대한 의심조차 받지 않기 위함이었다.

그런 그를 스칼렛이 빤히 보고 있었다. 빅토르는 안경을 안경함에 넣으며 그녀가 분명 안경을 쓰고 있는 게 더 낫다고 여기는 모양이라고 생각했다.

두 사람이 공장에 들어섰을 때, 내내 이곳 사람들의 기관지며 빅토르의 시력이며 온갖 것을 걱정하던 스칼렛의 표정은 달라졌다.

"크다……."

그녀는 태어나서 본 적 없는 공장의 규모에 감탄했다. 과연 비행기의 제작을 곧바로 맡겼을 만한 규모였다.

공장에는 수없이 많은 사람들이 바글거리고 있었다. 빅토르가 온다는 소식에 잠깐 공장이 멈추고, 사람들이 모조리 그를 구경하러 나왔다.

"세상에, 저분이 함장님이시라고?"

사람들의 시선이 그를 향하자 스칼렛이 한 걸음 물러나려 했다. 그러자 빅토르가 그녀의 팔을 붙잡아 제 옆으로 당기며 말했다.

"3호기를 확인하러 온 것 아닌가?"

"맞아."

"그럼 반대로 당신이 앞장서야지."

그의 말에 스칼렛이 머뭇거렸으나 이내 고개를 끄덕이고 공장을 돌아다니며 제작 과정을 확인했다.

공장 안의 노동자 대다수가 여성이었다. 공장에서 일하던 남자들이 격전지로 가고, 빈 자리는 가사를 하던 여성들이 채웠기 때문이었다.

다들 반갑게 맞아 준 덕에 편안한 마음으로 확인을 한 후, 공장 안 연구실에 들어서 보니 공과대학 학생들이 끊임없이 발생하는 문제들을 처리하고 있었다.

"오, 스칼렛……."

"반갑네요……."

"빨리 들어와. 이것 좀 봐 봐."

연구원들은 크게 환영해 줄 체력이 없었기 때문에 손 정도만 들어서 흔들고 재촉해 스칼렛을 데려다 앉혔다. 전화나 서면으로 계속해서 교류했지만, 그래도 그녀가 직접 와서 머리를 맞대고 논의하는 것만큼의 효율은 없었다.

스칼렛이 순식간에 연구에 빠져들자 문 밖에 선 에번이 그 안을 보고 있는 빅토르에게 말했다.

"어제 스칼렛 양께서 밤을 새우셨다고 하지 않았습니까?"

"마차에서 계속 졸더군."

그렇게 대답한 빅토르가 스칼렛을 불렀다.

"스칼렛, 이제 출발하지."

"응, 금방 갈게."

스칼렛은 대답만 하고 다시 연구에 몰입했다. 그래서 에번이 한 번 더 부르려 하자 빅토르가 말했다.

"놔둬. 마차에서 기다리지."

"약효에 시간이 있지 않습니까. 아침에도 설계도 때문에 늦어졌는데, 빨리 출발하셔야 합니다."

"스칼렛이 그 약에 대해선 우리보다 잘 알아."

"그럼……."

"잊어버린 것뿐이야."

자신보다 연구하는 일을 더 사랑하게 된 것뿐이다. 빅토르는 지금 그것을 더더욱 실감했다.

그에게는 언제나 자신이 스칼렛의 최우선이던 시기가 있었으므로, 그것은 더더욱 직접적으로 비교가 되었다.

그는 잠시 동안 만약 그녀가 시계 기술을 먼저 배웠어도 자신을 사랑하게 되었을까를 생각했다. 그랬다면 자신은 항상 그녀의 두 번째에 머물렀으리라 확신했다. 제가 회의적인 건지, 그저 그녀에 대해서 잘 알게 되어 그런 판단을 하게 되는 건지는 알 수 없지만.

그가 연구실을 나와 마차로 돌아가기 위해 공장을 가로지르자 공장의 직원들이 초조하게 기다리다 손수건으로 손을 한 번 더 닦았다.

그런 행동이 무색하지 않게, 빅토르는 그들에게 일일이 악수를 건넸다.

"어쩜 좋아. 이렇게 외간 남자한테 설레면 우리 남편 얼굴을 어떻게 봐?"

"냄새도 좋아……."

"아휴, 이 여자가 정말……. 진짜로 좋긴 하지만."

직원들이 모처럼 즐거워하며 깔깔거렸다.

빅토르가 공장을 막 나서자 에번이 옆에서 말했다.

"활력 제대로 주고 가시네요."

"타고난 걸로 도움이 됐다면 다행이군."

그의 말에 에번이 멈칫하고 기겁해서 말했다.

"저 함장님이 본인 잘생긴 거에 짜증 내지 않으시는 거 처음 보는 것 같습니다만?"

그러자 빅토르가 멈춰 서서 그에게 물었다.

"잘생긴 편이긴 한가?"

"편을 갈라야 잘생긴 축에 들어가는 게 아니라, 함장님을 중심으로……. 아니, 갑자기 왜 이러시는지 모르겠네요. 잘생긴 게 싫어서 다시 태어나야겠다던 분은 어디 가셨습니까?"

"내가 잘못 생각했어."

그가 말하고 마차에 탔다.

에번은 마차 문이 닫히자마자 감추었던 초조함을 드러냈다. 스칼렛이 빨리 돌아와야 하니 나오라고 재촉하면 좋을 텐데, 빅토르는 그마저도 하지 못하게 했다.

마차 앞에서, 에번이 함께 초조해하는 블라이트에게 물었다.

"그냥 함장님 몰래 가서 모셔 올까?"

"그럴까요……. 도련님이 안쓰러운데."

"안쓰러워?"

"스칼렛 아가씨께서 얼마나 오래 도련님을 잊고 계실지 알고 싶은 걸지도 모르겠다는 생각이 들어서요."

"……."

에번은 그제야 빅토르가 왜 스칼렛을 부르지 말라고 했는지를 알았다.

스칼렛이 기억을 잃어 갈 때, 해독제를 쓰지 않으려 들던 그가 마지막 순간에 결국 그녀에게 해독제를 준 이유는 그녀가 빅토르를 기억에서 지웠기 때문이었다.

그게 두려워 해독제를 건넸는데, 지금 스칼렛은 그저 제가 좋아하는 일에 빠져 빅토르에 대한 중요한 사실을 잊어버리고 있었다.

그는 스칼렛의 곁에 자신이 맴도는 것으로 더 이상 그녀의 마음을 돌릴 수 없다고 생각한 이후부터, 스칼렛이 제 옆으로 돌아와 주기를 기다리는 것만이 유일한 방법이라고 생각하고 있었다.

"스칼렛, 비행장 가야 하지 않아?"

"어? 어, 언제 시간이 이렇게 됐어?"

스칼렛이 놀라서 다급하게 짐을 챙기고 연구실을 뛰쳐나갔다. 그제야 그녀의 머릿속에 빅토르가 먹은 약의 지속 시간이 길지 않다는 것이 떠올랐다.

그녀가 급하게 달려가 마차에 도착했다. 스칼렛은 마차 문을 열어 주는 블라이트에게 말했다.

"미안. 나 때문에 늦었지?"

"아뇨, 3호기 쪽도 늦어지고 있어서 어차피 기다려야 했을 겁니다."

블라이트가 여느 때처럼 정중하고 다정한 투로 말했다. 그녀가 마차 안을 보니 빅토르가 읽고 있던 책을 덮고 있었다.

스칼렛이 마차에 올라타며 말했다.

"그 책, 아이작도 가지고 있어."

"그렇군."

스칼렛은 자리에 앉았고, 곧 마차가 출발했다.

그녀가 난처한 목소리로 말했다.

"오래 기다렸지? 이야기하다가 잊어버렸어. 정말 미안해. 계속 읽어. 방해 안 할게."

스칼렛이 한숨을 쉰 후, 그가 덮었던 책을 다시 집어 책갈피가 꽂힌 곳을 펼치며 말했다.

"눈은 어때?"

"약 먹었어. 곧 다시 보이겠지."

"……이번엔 내 탓이니까 뭐라고 할 수가 없네."

그녀는 방해하지 않겠다던 말과 달리, 미안한 마음에 자꾸만 이것저것 종알종알거리며 이야기를 했다.

"연구실에 가 보니까 여기 매연이 너무 심해서, 다들 박봉인데 그걸 모아서 공장 주변에 나무를 심겠다고 하더라구. 그래서 아이작에게 수도에서 좀 싸게 묘목을 구할 수 있겠느냐고 전화를 했어."

이것저것 떠들던 그녀는 뒤늦게 자신이 너무 떠들었다고 생각했는지 말을 멈췄다.

마차가 조용해지자 이번에는 빅토르가 입을 열었다.

"왜?"

"응?"

"왜 말을 하다 말아."

"아, 방해하지 않겠다고 했으니까."

"계속 말해."

"책 읽어야지."

그러자 빅토르가 책을 덮으며 말했다.

"당신 표정이 안 보이니까, 말을 안 하면 신경 쓰여. 그러니까 아무 말이나 계속해."

그런 그의 말에 스칼렛이 말문이 막혀 입술을 물었다가, 곧 언제나처럼 밝은 목소리를 꾸며 냈다.

"뭐야, 당신이 언제부터 남의 기분을 그렇게 신경 썼다고."

"그랬는데, 안 보이니까 신경이 쓰이네."

"……."

"장점이라고 생각해서, 나는 마음에 드는군."

스칼렛은 울렁거리는 감정을 짓누르고 입을 열었다.

"여기서는 매연 때문에 산맥이 안 보이네. 비행장에 도착하면 산맥이 그렇게 잘 보인다며?"

"아름답지."

"살란티에가 산맥으로 둘러싸여 있다는 건 아는데, 정작 그걸 제대로 본 적이 없는 것 같아. 거기에 호랑이가 많이 산다며? 사실상 산의 주인이라고."

그녀가 짐짓 경쾌하게 말을 이었다.

"수도는 산맥에서 머니까 잘 몰랐어."

"이 근처를 영역으로 하는 호랑이는 유령이라고 불린다던데."

"유령? 왜?"

"포효는 들리는데 아무도 실제로 본 적이 없어서. 그림자는 봤다는 사람이 있지만."

"와…… 보고 싶네."

"궁금하면 잡아다 줘?"

빅토르가 묻자 스칼렛이 질색했다.

"뭐?"

"호랑이 한 마리 잡아 오게 하는 거야 어렵지 않지. 훈련으로도 괜찮고."

"살아 있는 호랑이가 보고 싶은 거야."

"생포하라고 할게."

"그러니까, 자기 영역의 주인인 호랑이를 보고 싶은 거라구."

"뭐가 다른지 모르겠군. 살아 있는 호랑이인 건 똑같은데."

"예를 들면, 당신도 베스티나에서는 그 호랑이 같은 존재겠지?"

"뭐, 그렇겠지."

빅토르가 적당히 동의하자 스칼렛이 말을 이었다.

"그런데 당신이 포로로 잡힌 걸 구경하러 오는 거랑, 적선(敵船)에서 마주치는 거랑 마음이 똑같아?"

그녀의 말에 빅토르가 곰곰이 생각하다 대답했다.

"같진 않겠군."

"그러니까. 하지만 당신을 적으로 만나고 싶지 않은 것처럼, 호랑이도 진짜 마주치고 싶은 건 아냐. 그냥…… 궁금한 마음은 별개지."

"어린애도 당신만큼 궁금한 것이 많지는 않을 거야."

"유전이야, 그건."

스칼렛이 빠르게 답하자 빅토르가 픽 웃었다. 그가 웃고 나서야 스칼렛은 마음이 놓였다.

그의 눈에 몰래 약을 넣었으므로, 머지않아 그가 다시 앞을 볼 수 있게 될 거라 단단히 믿고 있었다.

그 바람에 아까도 그가 먹은 약의 약효가 짧다는 것을 잊고 연구에 몰두하고 말았다. 하지만 그걸 변명이랍시고 할 수는 없으니, 그저 미안하다는 말을 건넬 뿐이었다.

──◆──

잠시 후 마차가 비행장에 도착했다.

마차에서 내린 스칼렛은 멀리 보이는 설경에 감탄을 쏟아냈다.

"와……."

한낮의 햇살이 쏟아지는 만년설이 빛나고, 산기슭에는 봄꽃이 흐드러지게 피어 있었다. 스칼렛은 장엄하며 따뜻한 풍광에 감동해 눈시울이 붉어졌다.

"여행을 좀 더 다니면 좋겠어. 이걸 이제야 보다니……. 다음에는 아이작을 데려와야지."

그녀가 말하다, 빅토르를 돌아보며 물었다.

"당신은 세상을 많이 구경했지? 배를 타고 계속 돌아다녔으니까."

그러자 그녀 곁으로 다가온 빅토르가 말했다.

"비교적."

"더 가 보고 싶은 곳은 없어?"

그때 옆에 있던 에번이 끼어들었다.

"극지방에 가 보고 싶다고 하셨죠? 두어 번."

그러자 스칼렛이 호기심 가득한 눈으로 물었다.

"극지방에요?"

"예, 계속해서 북쪽으로 올라가 거기 뭐가 있는지 보고 싶다고 하시더군요."

"……위험한 곳을 가고 싶어 하네요."

"예. 그래서 안전주의자인 제가 오른팔로서 계속 방해할 예정입니다, 스칼렛 양."

에번의 유쾌한 말에 빅토르가 쯧 혀를 찼다. 스칼렛은 미소를 지었고, 곧 비행장의 격납고 문이 열렸다. 활주로 초입까지는 말과 사람이 바퀴를 밀고 당겨 3호기를 이동시켰다.

지금까지의 연구는 이 3호기를 위한 것과 다름없었다. 2호기까지의 비행체와는 차원이 다른 복잡한 구조의 복엽기였고, 어마어마한 돈이 들어갔다. 그런데도 비행의 결과는 장담할 수 없었다. 스칼렛이 지켜보는 사이, 파일럿과 엔지니어가 완료 수신호를 보냈다.

모든 준비가 끝나고, 3호기가 서서히 활주로를 달리기 시작했다. 그리고 덜컹덜컹 요란한 소리를 내며 지면을 박차고 떠올랐다.

스칼렛은 두 주먹을 꽉 움켜쥐고 3호기를 올려다보며 중얼거렸다.

"더 높이, 더 높이, 더 높이……."

그녀의 바람대로 비행기는 격전지가 있는 방향을 향해 멀리 날아갔다. 보이지 않을 정도로 비행기가 멀어진 후에도 관제탑 쪽에서 계속 깃발을 바꿔 달며 상황을 알렸다.

스칼렛이 지난번에 배운 것과는 다른 깃발들이었다. 에번이 빅토르의 옆에서 신호를 확인하며 그에게 조용히 신호를 알려 주고 있어, 스칼렛이 그들 쪽을 보자 에번이 말했다.

"아직 문제가 없습니다. 만약 기체에서 이상이 발견되면 검은색 동그라미가 그려진 깃발이……. 올라오는군요."

에번이 말하기 무섭게, 검은색 동그라미가 그려진 깃발이 올라왔다.

스칼렛의 심장이 철렁 내려앉았다. 그러나 얼마 지나지 않아 깃발이 내려가고, 노란색 깃발이 올라오자 에번이 말했다.

"3호기의 엔지니어가 수리가 가능하다는 신호를 보낸 모양입니다."

"정말 철렁하게 하네요……."

"예, 그렇습니다."

에번이 유쾌하게 웃어 보였다.

빅토르는 무심한 얼굴로 깃발 쪽을 보고 있었는데, 옆에서 무슨 말을 듣든지 큰 반응을 보이는 법이 없었다. 그러다 그가 불편한지 손으로 제 눈을 감쌌다.

스칼렛이 힐끔 그를 보았다. 회복 과정이 아이작과 같을지, 다를지는 알 수 없었다. 아이작은 양쪽 눈의 광각이 완전히 없는 상태였지만, 빅토르는 그 정도까지는 아니었다.

그녀는 드문드문, 빅토르의 경우에는 눈이 회복되지 않을 수도 있다는 공포에 휩싸였다. 그가 계속 시력을 잃은 상태라면, 왕세손은 결국 그의 생명을 앗아 가고 말 것이다.

그럴 때마다 그녀의 나쁜 습관도 함께 도졌다. 아무 일도 없는 척하며 상황도, 제 마음 속 불안감도 외면하는 것이었다.

그러다 스칼렛은 문득, 어쩌면 빅토르도 자신처럼, 스스로의 마음을 들여다보길 두려워하는 건지 모르겠다고 생각했다.

에번이 빅토르를 염려하며 물었다.

"왜 그러십니까?"

빅토르는 대답 없이 눈에서 손을 뗐다. 그리고 아무 일 없었다는 듯이 다시 정면을 보았다.

관제탑에서 더 이상 3호기가 보이지 않게 되어 교신이 끊겼음을 의미하는 보라색 깃발을 걸었다.

그로부터 긴 시간이 지나는 동안 스칼렛도, 빅토르도 깃발이 올라오기를 기다릴 뿐 무언가 말하거나 다른 것을 할 생각을 하지 않았다.

그 모습에 에번이 실소하며 말했다.

"두 분은…… 이런 말 죄송하지만, 부부로는 안 맞으셨을지 모르겠지만 동료로서는 잘 맞으시는 것 같습니다."

그러자 빅토르는 혀를 한 번 찼고, 스칼렛은 고개를 끄덕였다.

"그런 것 같아요."

"그렇습니까?"

그녀가 동의해 주자 에번은 즐거운 표정을 지었다.

초조함에 더욱 더디어진 시간이 흘렀다. 얼마 후, 관제탑에 다시 깃발이 걸렸다. 에번의 표정이 더욱 밝아졌다.

"적진을 확인한 모양이군요. 적기는 마주치지 않았습니다."

"아……."

"그리고…… 현재 귀환 중입니다."

에번의 말에 스칼렛이 안도해 고개를 끄덕였다. 그리고 활짝 웃으며 말했다.

"잘됐네요."

그렇게 말하고 나서 약 20분 정도가 지나, 멀리서부터 다시 3호기가 모습을 드러냈다. 그 순간 비행장에 있던 모든 사람들이 환호했으며, 무사히 착륙하자 기다렸다는 듯이 3호기로 달려갔다.

빅토르가 가까이에 있던 항공대 소속의 해군을 손짓해 불렀다. 해군이 달려오자 그가 수표 하나를 적어 주며 말했다.

"술과 고기를 돌려. 좋은 걸로."

"이, 이만큼…… 전부 말씀이십니까?"

그의 말에 빅토르가 고개를 까딱였다.

"감사합니다!"

해군이 들떠서 달려가자 에번이 유쾌하게 말했다.

"그럼 오늘 함장님도 여기서 한잔하실 겁니까?"

"나는 돌아가야지. 내일 아침에 기차로 출발해야 하니."

"그럼 저도……."

"자네는 여기 남고."

"……저 혼자 있는 거 진짜 못 하는 거 아시잖습니까. 데려가세요."

혼자 결정하는 것을 극도로 꺼리는 에번이 어떻게든 따라붙으려 하자 빅토르가 돌아보았다. 고운 소리는 안 나가리라 예상한 스칼렛이 대신 에번에게 말했다.

"그렇게 매번 결정권을 떠넘기기에는 너무 많이 진급하셨어요, 에번 경."

"그래도 함장님이 계시면 제가 결정할 필요가……."

그렇게 말하던 에번이 말을 멈췄다. 그리고 울컥해서 휙 돌아서더니 그냥 관제탑 쪽으로 가버렸다.

그 모습에 빅토르가 인상을 쓰자 스칼렛이 말했다.

"당신이 퇴역한다고 해서 그래. 섭섭하고 슬퍼서."

"원래도 알지 않았나?"

"지금 유난히 실감하게 했잖아, 당신이. 늘 느끼지만 해군들은 당신을 정말로, 정말로 좋아해."

그녀가 혼잣말하듯 중얼거렸다.

"그러니까 가능하면 오래 해군이었으면 좋겠어, 당신이."

―◆―

전날 밤을 새운 스칼렛은 호텔로 돌아가자마자 잠들었다가 자정이 되어서야 잠에서 깼다.

"너무 많이 잤네……."

그녀가 중얼거리며 가방을 열어 약병을 찾아 챙겼다. 그리고 침실을 나서는데 객실 문 쪽에서 노크 소리가 들려 움찔하며 문을 보았다.

다행히 곧바로 에번의 목소리가 들렸다.

"에번 라이트입니다, 스칼렛 양."

"아, 네."

스칼렛이 서둘러 나이트가운을 걸쳐 옷깃을 여미고 문을 열었다.

"무슨 일이에요?"

그녀가 묻자 에번이 단도직입적으로 말했다.

"약, 오늘도 사용하십니까?"

"아…… 네."

스칼렛이 말하며 물약을 들어 보였다. 그러자 에번이 말했다.

"함장님께서 최대한 빨리 회복하셔야 할 것 같습니다."

"아무리 그래도 베스티나 남부에 도착하기 전까지 낫는 건 불가능해요."

그러자 에번이 고개를 젓고, 비장하게까지 느껴지는 얼굴로 말했다.

"아뇨……. 왕실 쪽에서, 함장님께서 시력을 잃으신 것을 의심하는 것 같습니다."

에번의 말에 스칼렛의 정신이 번쩍 들었다.

그가 말을 이었다.

"조심하긴 했지만, 아무래도 보는 눈이 워낙 많았으니까요. 아직은 의심하는 정도지만, 만약 확신하게 된다면…… 스칼렛 양께서도 알고 계시겠지만, 왕세손께서 함장님을 집중적으로 공격할 겁니다. 그러지 않으면, 부역자인 본인의 목이 날아가게 되리란 걸 알 테니까요."

"……."

스칼렛이 제 손에 들린 약을 보았다. 그리고 고개를 끄덕인 후 말했다.

"빅토르 덤펠트는 곧 멀쩡한 눈으로, 역사에 남을 영웅이 되어 돌아갈 거예요."

그녀는 단호하려 애썼으나, 약효가 없을지 모른다는 생각에 두 손이 달달 떨리고 있었다.

에번은 그녀가 파일럿을 안심시키기 위해 두려움을 억누르고 강인한 태도로 비행을 주시하던 모습을 떠올렸다. 그러므로 지금도, 스칼렛 크림슨이 두려움을 온전히 자신이 감내하려 하고 있음을 알았다.

'좋은 분이셔.'

그러니 일생 명예만 바라보며 경주마처럼 달리던 빅토르 덤펠트가, 아내가 떠난 직후 길 중간에서 멈춰 서 버린 것이리라. 에번은 생각했다.

에번이 스칼렛의 마음을 조금이라도 편하게 해 주려 입을 열었다.

"극지방에 가려면, 쇄빙선이 필요합니다. 지금 기술로는 어림도 없지요."

그의 말에 스칼렛이 집중하자 에번이 싱긋 웃으며 말을 이었다.

"만약 함장님께서 극지방에 가 보고 싶으시다면, 스칼렛 양의 도움이 반드시 필요할 겁니다."

에번과의 대화를 마치고, 스칼렛은 조심스럽게 걸어가 빅토르의 침실로 향했다.

비행을 하는 동안에는 하늘이 도운 듯 그렇게 맑더니, 저녁부터 비가 쏟아지기 시작했다. 그녀는 빗소리가 제 발걸음 소리를 지워 주리라는 생각에 다소 방심하고 있었다.

그녀는 빅토르의 침실에 들어서서 조심스럽게 램프를 협탁에 내려놓았다. 그리고 한동안 빅토르의 얼굴을 바라보다 저도 모르게 그의 뺨에 손을 가져갔다.

그때 바람이 세차게 불어 창문이 열리더니 램프가 일렁거리다 불이 꺼졌다.

"아, 어떡해."

스칼렛이 당황해 성냥을 찾는데 침대를 짚고 있던 손이 감싸였다. 그리고 빅토르의 목소리가 들렸다.

"왜 왔어?"

스칼렛이 떨리는 숨을 애써 삼키며 그를 돌아보았다. 몰래 약을 쓰려던 걸 알면, 약통을 뺏길지도 모른다는 생각에 한참 망설이던 그녀가 입을 열었다.

"그냥. 잘 자고 있는지 보려고."

그녀의 말에 그는 한동안 대답이 없다가, 잡고 있던 그녀의 손을 제 얼굴로 당겼다.

"잘 왔어."

늘 무감정하게 느껴지던 그가 떨고 있는 것이 손에서 느껴지자, 스칼렛의 몸도 머릿속도 경직되었다.

이틀 연속으로 저녁에 차를 마시자고 하면 오해를 살 것 같아 물병에 수면제를 타 놨는데 물을 마시지 않은 모양이었다.

빅토르가 스칼렛을 제 쪽으로 당기고 스칼렛의 허리에 손을 가져갔다. 식어 있던 몸에 빅토르의 따듯한 손이 닿자 스칼렛의 눈이 질끈 감겼다.

빅토르가 입을 열었다.

"왜 거짓말했어? 어제도 왔었잖아."

"아니라니까."

그녀가 부정하자, 빅토르의 손이 상흔 위를 쓰다듬다가 허벅지에 닿자 멈췄다.

"그럼 여기부터 여기까지 상처가 있다는 걸 내가 어떻게 알겠어."

"보고를 받았겠지."

"왜 억지를 부려."

스칼렛이 그를 힐끔 보았다가 품에서 벗어나려는데 빅토르가 그보다 먼저 그녀의 몸을 끌어다 제 무릎 위에 앉혔다.

"분명히 당신이 여기 있었지."

"……."

그가 떨던 것은 착각이 아니어서, 이렇게 끌어안고 나니 더더욱 확연히 떨림이 느껴졌다. 스칼렛은 그가 원하지 않는 약을 사용하려 했다는 죄책감에 시달리고 있어 단번에 그를 밀어내지 못했다.

그녀가 밀어내지 않는 것에 무언가 확신을 얻었는지 빅토르가 스칼렛의 목덜미에 입술을 가져갔다. 그제야 놀란 스칼렛이 그의 입술을 손으로 틀어막았다.

다행히 그는 바로 동작을 멈추었고, 하얘지던 머릿속을 어느 정도 정리한 스칼렛이 입을 열었다.

"식사 안 했지?"

"수면제 때문에 묻는 건가?"

그의 질문에 스칼렛의 어깨가 흠칫 떨렸다. 그녀가 더 이상 말이 없으니 빅토르가 다시 입을 열었다.

"독하더군."

"……알면 왜 마셨어?"

"당신이 주니까."

"그거, 해적들이 쓰는 거야."

그 사실이 그리 중요하지 않거나, 혹은 예상을 하고 있었던 듯 빅토르가 덤덤히 물었다.

"왜 나에게 수면제를 먹였어?"

그러자 그녀가 벗어나려 그를 밀쳤다. 그러나 램프가 꺼졌으므로 스칼렛에게도 세상이 어두운 것은 마찬가지였고, 오히려 그 상황에서 더 예민한 것은 빅토르였다.

그는 스칼렛을 붙잡아 침대에 누르고, 양 손목을 한 손으로 움켜쥔 후 다른 손으로 그녀의 몸을 수색했다. 그리고 이내 나이트가운 주머니에서 약병을 찾아냈다.

빅토르는 제 귓가에서 약병을 흔들어 찰랑거리는 소리를 확인한 후 입을 열었다.

"쓰고 싶지 않다고 분명히 말했을 텐데."

그러자 스칼렛이 그를 노려보며 대답했다.

"당신이 그랬잖아. 살려서 이용하라며. 근데 당신이 시력을 잃으면, 이용 가치가 떨어져. 그래서 그래."

다른 자가 제 명예에 이만큼 큰 해악을 끼쳤다면 그 자리에서 목을 비틀어 버렸을지도 몰랐다. 그러나 빅토르는 그녀를 붙잡은 손에 힘을 주지 않고 그대로 있었다.
 불편한 침묵 속에서, 스칼렛이 걸릴 때를 대비해 준비했던 말을 꺼냈다.
 "게다가 당신도 썼잖아."
 "뭘."
 "내가 기억을 잃어 갈 때, 나에게 해독제를 사용했잖아."
 "그건 내가 아니라, 당신에게 필요한 거였으니까."
 "그것도 당신의 기준에서 벗어난 건 마찬가지 아냐?"
 "벗어났지, 아주 크게. 그런데 어쩌겠어. 당신이 나를 잊어 가는데."
 빅토르의 목소리가 가라앉았다. 그의 저음은 빗소리 속에서도 선명하게 들렸고, 알 수 없는 힘으로 스칼렛이 그의 품을 벗어나지 못하게 만들었다.
 스칼렛은 제 표정을 볼 수 없다는 걸 알면서도, 그에게 제가 가진 어떤 마음도 들키기 싫어 고개를 한쪽으로 돌린 후 입을 열었다.
 "잊도록 놔뒀어야지. 당신이 나에게 준 건 상처가 대부분인데."
 "……."
 "난 당신을 보면 서러워. 영원히 그럴 거야."
 그러자 빅토르의 손이 그녀의 얼굴을 붙잡았다.
 목소리가 들려오는 방향으로 그녀가 고개를 돌렸다는 걸 알았던 듯, 그는 제 쪽으로 스칼렛을 고개를 돌려놓고 몸을 숙여 물었다.
 "네가 원하는 게 뭐였는데. 내가 뭘 해 줬으면 덜 서러웠겠어?"
 "나는 유치하게……. 아주 유치하게 사랑하고 싶었어. 당신과 결혼 생활 동안 단 하루라도……. 당신이 보고 싶어서 당신의 침실을 찾아가는 밤이면, 당신이 내 방으로 돌아가려는 나를 붙잡고, 좀 더 같이 있고 싶다고 말해 주길 바랐어. 당신이 그럴 사람은 아니란 건 알아. 그렇다고 해도…… 그게 그렇게 욕심이야?"

"……."

"나에게 말하지 않은 건 또 왜 이렇게 많아. 부모님이 돌아가시던 날 거기 있었던 것도, 눈이 안 보인다는 것도 왜 나에게 숨겼어? 도대체 당신처럼 벽이 단단한 사람과 어떻게 사랑을 해?"

그의 목소리는 너무나 선명한데, 그녀의 목소리는 빗소리에 드문드문 뭉개졌다. 스칼렛은 평소에도 그랬을지 모르겠다고 생각했다. 제 목소리는 툭하면 눈물에 뭉개져서, 그에게 닿지 않았을지도.

그녀가 중얼거렸다.

"이혼하던 날뿐만 아니라 항상. 매일. 당신이 조금이라도 나를…… 한 번이라도 붙잡았으면."

한참 그녀의 말을 듣고 있던 빅토르가 물었다.

"지금 붙잡는 건 의미가 없나?"

그러자 스칼렛이 주먹을 꽉 쥐고, 애써 뚜렷한 목소리를 냈다.

"당신은 내가 바라는 걸 줄 수 없어."

그녀의 체념한 목소리에 빅토르가 곧 그녀를 놓아주고 몸을 바로 했다. 그리고 약병을 열며 물었다.

"어떻게 쓰면 돼?"

"……."

"이걸 사용하길 바라는 거라면 사용하지, 당신이 원하면. 그리고 그 다음에 당신이 바라는 걸 말해 봐."

"……싫다며."

"나는 당신이 나에게 바라는 게 남았기만 바랐어. 임신을 했다고 하든지, 아니면 나를 사랑한다는 거짓말이든지. 바라는 게 뭐 하나라도 있다면 해. 다 해 줄 테니까."

스칼렛은 천천히 어둠에 적응해 가는 눈으로 그를 보았다. 그러다 그의 표정이 보고 싶어져, 서랍을 찾아 성냥을 꺼내고 램프에 불을 붙였다. 그리고 그의 손에서 약병을 돌려받았다.

그녀는 떨리는 손으로 그를 밀어 침대에 눕게 했다. 함대를 호령하던 사내가 그녀의 손을 못 이겨 침대에 누웠다. 빅토르는 그녀 쪽을 보고 있었고, 스칼렛 역시 그의 눈을 주시했다. 그의 눈동자에는 겨울 바다처럼 시린 가운데 고독함이 있었다.

그가 외로운 사람이라는 걸 내심으로 알고 있었으니까, 곁을 내주기를 바랐다. 그의 외로움을 채워 주는 사람이 될 수 있기를.

스칼렛이 무명천을 그의 눈에 덮으려는데 빅토르가 물었다.

"무슨 생각 하는지 말해 봐."

"⋯⋯그냥. 당신이 앞을 봤으면 좋겠다는 생각밖에 안 해."

"지금 다른 생각 했잖아."

그는 시력을 잃어 가기 시작한 이후 이전에 비해 모든 감각이 둔해졌는데, 이상하게도 스칼렛의 기분을 알아차리는 것에서만큼은 이전보다 예민해졌다. 스칼렛은 아이작이 유일한 보호자이던 자신에게 보이던 태도를 떠올렸다. 그 역시 그녀의 기분을 파악하려 애썼었다. 아마 그런 것이리라 생각했다.

스칼렛이 입을 열었다.

"그냥."

"그냥 뭐."

"그러고 보니 이번에도 당신은 말없이 떠나 버리고, 결국 또 당신을 따라온 것은 나였구나, 싶어서. 당신을 알게 된 이후부터 줄곧 그랬듯이."

"……."

"이유가 어찌 되었든, 갑자기 좀 비참하게 느껴졌어."

그는 저에게 쫓기는 짐승이라도 된 것처럼 더 깊은 숲속으로 떠나버렸다.

"내가 당신에게 집착한 만큼 당신도 나에게 집착해 주기를 바랐어. 나도 외로웠어서."

스칼렛이 중얼거리며 그의 눈으로 약병을 가져갔다.

빅토르는 무심코 손을 휘저어 그녀의 손목을 움켜쥐었으나, 그녀가 움직이는 것을 방해하지는 않았다. 그에게 잡힌 손으로 천 위에 약을 떨어뜨렸다.

투약이 끝난 후, 스칼렛이 천을 치웠다. 그러자 빅토르가 눈을 떠 그녀 쪽을 보았다. 여전히 무엇이 제대로 보이지는 않을 테지만, 그의 눈빛이 또렷해 마치 그녀를 꿰뚫어 보고 있는 듯한 기분이 들었다.

그때 밖에서 다급하게 문을 두드리는 소리가 들렸다.

"함장님."

에번의 목소리였다.

스칼렛이 몸을 일으키며 말했다.

"내가 갈게."

"당신에게 보살핌 받는 건 이것만으로도 충분해."

빅토르가 말한 후 몸을 일으켰다. 그리고 꽤 능숙하게 문 쪽으로 걸어갔다.

스칼렛이 가운을 여미며 침대에 다시 앉았다. 문 너머로 보이는 에번의 표정이 즐거운 걸 보니 나쁜 소식은 아닌 듯했다.
빅토르가 먼저 에번에게 핀잔했다.
"비행장에 있으라고 하지 않았나?"
"하지만 이건 빨리 전해 드려야 할 소식이어서요."
에번이 스칼렛을 힐끔 보고, 비밀은 아니라는 듯이 그녀에게까지 들리는 크기의 목소리로 말했다.
"베스티나 쪽에서 회의를 일주일간 연기해 주기를 요청했습니다. 3호기를 확인했다는 내용도 함께요."
그의 보고를 들은 빅토르가 고개를 까딱이자, 에번이 곧바로 달려갔다.

잠시 후 응접실에 불이 켜지고, 회의 준비가 차례대로 시작되었다. 스칼렛이 잠깐 틈 들이는 사이에 격식을 완전히 갖춘 협상단 간부들이 들어섰다. 근엄한 이들 사이를 잠옷 차림으로 빠져나갈 자신이 사라진 스칼렛이 안절부절못하는 사이 빅토르가 돌아왔다. 그 역시 놀랄 정도로 빠르게 해군 정복으로 갈아입는 것을 얼떨떨하게 보고 있던 스칼렛이 다급하게 말했다.
"지금 나가면 이상하겠지?"
"내 침실에서 전부인이 잠옷 차림으로 나가면 당연히 이상하겠지. 협상단 전원이 네 계획을 알고 있는 게 아니라면."
"……전부는 아니야."
스칼렛이 이미 단단히 여몄던 옷을 연신 힘주어 틀어쥐었다.
순식간에 격식을 갖춘 빅토르가 스칼렛 쪽으로 돌아서서 침대로 걸어왔다.

"네 계획의 공범들은 나중에 징계할 테니 정확히 해 두고."

"뭐?"

"그럼 날 속이고 그냥 넘어갈 줄 알았어?"

그는 목소리가 들리던 곳까지 몸을 숙이고, 입을 열었다.

"표정이 짐작이 가는군."

"……무슨 표정?"

"냉혈한 보듯이 하고 있겠지."

"맞잖아, 냉혈한. 당신을 위해서 눈감아 준 거야."

"징계를 받을 줄 알고도 날 위해서 눈감아 준 거지."

"……"

스칼렛이 말문이 막혀 아랫입술을 물었다.

보이지도 않을 텐데 그걸 어떻게 알았는지, 빅토르가 손을 뻗어 그녀의 아랫입술을 눌렀다. 그러나 이내 가벼운 한숨을 쉬며 손을 뗐다.

그게 말 안 듣는 아이를 보는 듯해서 스칼렛이 인상을 썼다.

"왜 한숨이야?"

"뭐라고 하면 화낼 것 아냐. 고치지 말고 그냥 놔두라고."

"……이건 나도 고칠 생각인데 안 고쳐져."

"나도 알아. 못 고치는 거."

그가 말하고 몸을 바로 했다.

스칼렛이 소맷부리를 한 번 더 정리하는 그를 흘기며 물었다.

"뭘 안 다는 거야?"

"입술 깨무는 거, 손톱 물어뜯는 거."

"……"

"초조할 때 치마 만지작거리는 것…… 아."

빅토르가 어처구니가 없는지 실소하며 말을 이었다.

"새로 부채를 사면 부드럽게 펴질 때까지 끊임없이 폈다가 접었다가를 반복했었지."

"그래서…… 시끄러웠어?"

"귀여웠어. 어린애 같아서."

"……."

"왜 비참함을 느꼈는지 모르겠지만, 내가 당신에게 집착하지 않는 게 문제였다면…… 그것처럼 쉽게 해결될 문제는 없지."

평생 출항을 반복하며 급하게 준비하는 것이 몸에 익은 그는 앞이 안 보이는 사람이라고는 믿을 수 없을 정도로 완벽한 착장을 갖추었다.

그가 말을 이었다.

"그나저나 정 여기서 빠져나가고 싶다면 내 옷을 빌려줄 수는 있는데."

"그게 더 이상해. 그냥 여기 있을 테니까 가서 회의해."

"쉬고 있어."

빅토르가 말하고 몸을 바로한 후 침실을 나갔다.

그가 떠난 후 스칼렛은 푹 한숨을 쉬고 침대에 풀썩 누웠다. 침대 위에 떨어져 있는 빈 약병이 보였다.

둘만 있을 때 느끼던 팽팽한 긴장감이 사라지자 놀랐다가 안도한 것처럼 머릿속이 어지러웠다.

―◆―

회의는 두 시간이 넘게 이어졌다.

평소에 회의 내내 담배를 피우던 빅토르는 가까이에 스칼렛이 있는 데다가 담배 한 대 피울 때마다 부하들이 그가 당장 죽기라도 할 것처럼 울먹거리는 것이 거슬려 남이 보는 곳에서 담배를 피우지 않았다.

덕분에 회의가 더욱 더디게 느껴졌으나, 다행히 결론은 하나로 모아졌다. 불가.

"그 야비한 베스티나 놈들이 그 일주일 사이에 무슨 수작질을 부릴지 어떻게 압니까?"

"맞습니다. 무조건 밀고 나가야 됩니다. 3호기 때문에 겁먹은 거라면 더더욱 생각할 시간을 주지 말아야죠."

해적들과 싸워 온 해군들은 기본적으로 호전적이었고, 그러므로 싸움을 피하지 않았다. 그것은 현재 해군의 기조였고, 빅토르 역시 다르지 않았다. 해군을 제외한 협상단들의 의견은 몇 가지가 더 있었으나, 어차피 결론은 빅토르 덤펠트에게서 나왔다.

회의 내내 거의 듣고만 있던 그가 입을 열었다.

"예정대로 진행하지."

"예, 베스티나에 전달하겠습니다."

그의 결정 한마디로 회의가 종결되었다.

호기심을 못 견디고 문에 붙어서 그걸 엿듣고 있던 스칼렛은 빅토르가 걸어오는 소리가 들리자 서둘러 침대로 가 누웠다. 얼떨결에 한 행동이라 본인도 왜 누웠나 뒤늦게 후회했으나, 이미 침실 문이 열리고 있었다.

안으로 들어온 빅토르가 침대 쪽으로 걸어왔다. 그리고 침대 위를 손으로 더듬어 그녀를 찾아냈다. 그러더니 왠지 그가 웃는 소리가 들렸다.

그 바람에 긴장이 탁 풀린 스칼렛이 한숨을 내쉬었다.

"……왜 웃는 건데?"

"눈이 안 보이는 사람에게도 들킬 정도로 남 속이는 게 서툴구나, 싶어서."

"당신이 예민한 거야."

스칼렛이 말하며 상체를 일으켜 앉았다.

"그럼…… 가 볼게, 이제."

"곧 일어날 시간이야. 더 있어."

"피곤해. 내 방에 가서 잘래."

"여기서 자."

왜 안 하던 짓을 하나, 인상을 쓰던 스칼렛은 회의 전에 제가 한 말때문에 그가 자신을 붙잡고 있음을 알았다.

단 한 마디로 회의를 정리하던 남자가, 제 옆에 와서는 쓸데없이 말을 잘 들었다.

"이제 와서……. 내가 괜한 소리를 했네."

스칼렛이 중얼거리고, 빅토르가 다시 입을 열었다.

"베스티나에서 돌아와도 바로 수도로 가지 않을 생각이야."

"왜?"

"남부 별장에 잠시 머물면서, 수도에 돌아간 후에 어떻게 할지를 결정해야겠지. 율리 이렌과 내가 둘 다 생존할 수는 없을 것 같으니까."

"……."

"전쟁이 멈추면, 나에게 한 달만 줘."

그러자 스칼렛이 약간의 경계심이 느껴지는 목소리로 물었다.

"무슨…… 한 달?"

"당신과의 시간. 그 한 달 동안 당신이 시키는 건 무엇이든 하지. 무엇이든."

"……."

"죽으라면 죽고, 내가 가진 걸 전부 당신에게 주는 일에 서명하라면 그렇게 하지. 그러니까 한 달만 줘. 한 달 동안 배울 테니까. 그 유치한 사랑."

그의 말에 여전히 스칼렛은 대답이 없었다.

그러자 빅토르가 말을 이었다.

"당신 부모님의 마지막 부탁을 들어줬잖아."

"……."

"아이들을 데리고 멀리 가 달라는 부탁, 들어줬잖아."

스칼렛은 지금 빅토르가 하는 말이 얼마나 그의 자존심을 무너뜨리는지 알고 있었다. 과거에 스스로가 결정했던 일을 고려대상으로 넣어 달라고 말하기에, 그는 지나치게 고고했다.

부모님의 유언을 들어주었다는 건 분명 스칼렛에게 강한 힘을 발휘했다.

그녀가 아랫입술에 피가 나도록 깨물며 고민하느라 대답이 없으니, 그녀의 표정을 확인할 수 없는 빅토르는 스칼렛이 고려 중인지조차 확신할 수 없었던지 말을 이었다.

"그럼 열흘."

"……."

"아니면 일주일."

"……사흘."

"일주일은 줘야 뭐든 해 볼 것 같은데."

"…….".

"일주일."

"뭐…… 그럼 일주일."

그녀의 대답에 빅토르가 만족했는지 미소를 지었다. 그리고 그가 그대로 침대에 눕자 스칼렛이 뒤로 물러나며 말했다.

"옷 갈아입어."

그러자 빅토르가 그녀 쪽으로 고개를 두고 말했다.

"유치한 게 좋다며."

"그게 뭐가 유치해?"

"모르지. 그냥 안 하던 걸 해 봤어."

그가 눈을 감고 중얼거렸다.

"그거 알아? 당신은 무엇이든, 내 어머니가 원하던 것의 반대를 요구해."

"내가?"

"어머니는 다섯 살에도 어른스럽기를 바랐는데, 당신은 내가 여든이 되어도 유치한 짓을 해 주길 바라는 것처럼 보이는군. 그분은 내가 복중에서 죽기를 바랐는데, 당신은 살기를 바라고."

"…….".

"어머니는 내가 옆으로 오는 걸 싫어했는데, 당신은 떠나려 할 때마다 내가 잡았어야 했다니."

스칼렛은 그가 제 손을 잡고 싶어 찾고 있다는 걸 알았으나, 어찌할 바를 몰랐다. 자신이 무엇을 바라는지, 도무지 알 수가 없었으므로.

일주일.

부모님의 유언을 들어준 대가로 그와 일주일을 보내는 것이 나쁘지 않게 느껴졌다. 그가 전쟁을 끝내고, 무사히 돌아온 후에. 그리고 일주일.

그녀는 모든 것을 그때로 미루고 몸을 일으켰다.

"가 볼게."

그리고 빅토르가 붙잡을까 서둘러 침실을 나섰다. 그녀는 곧장 제 침실로 돌아와서, 침대에 웅크려 잠을 청했다. 여전히 비가 쏟아지고 있었다. 잠이 잘 오지 않았다.

―――◆―――

침대에 누운 후 채 두 시간도 지나지 않아 스칼렛은 알람 소리에 눈을 떴다.

몸이 무겁기 짝이 없었고, 손등을 이마에 대 보니 아마도 열이 나고 있었다. 하기야 여기 온 이후부터 계속 무리하기만 했으니 멀쩡할 리가 없었다.

스칼렛은 몸을 일으켰고, 힘겹게 나갈 준비를 마쳤다. 객실을 나와 보니 일행은 모두 출발 준비에 한창이었다.

스칼렛은 빅토르가 자신을 알아보지 못할 것이라는 생각에, 열두 살부터 줄곧 아이작에게 해 온 그대로 인기척을 내며 빅토르에게 걸어가 그를 불렀다.

"이제 출발해?"

"그래야지."

"나는 비행장에 한 번 더 들렀다 가려고. 조심해서 가."

그녀의 목소리를 듣고 있던 빅토르가 스칼렛 쪽을 보며 말했다.

"더 가까이 와."

"왜?"

"좀 더."

스칼렛이 그에게 한 걸음씩 더 가까이 갔다가 그의 손에 팔을 붙잡혔다.

그녀를 잡아챈 빅토르가 명령했다.

"의사 불러와."

"예, 함장님."

그가 지목하지 않아도 자기들끼리 눈치로 정해 한 명이 대답하고, 곧바로 의사를 부르러 달려갔다.

난처해진 스칼렛이 팔을 빼려 했으나 그가 웬일로 놓아주지 않은 채 입을 열었다.

"열이 심해졌잖아."

"진통제 있어. 먹으면 돼."

"의사가 봐준다면 더 좋겠지."

"알았으니까 당신은 출발해. 사람들이 기다리잖아."

"예정보다 일찍 도착하려고 했어. 당신 상태를 보고 간다고 안 늦어."

잠시 후 의사가 도착하고, 스칼렛을 진찰하는 동안 일행 전체가 그곳에서 대기했다.

스칼렛은 부담감과 죄책감에 고개를 못 들 지경이었고, 빅토르가 옆으로 다가오자 그의 팔을 툭 때렸다.

"제정신이야?"

"전혀. 제정신이었다면 출발했겠지."

스칼렛이 한숨을 쉬고 두 손으로 얼굴을 감쌌다.

"그냥 열이 좀 나는 걸로……"

"그런 경우가 있지. 집안에 환자가 있으면 간병하는 가족은 비교적 자기가 멀쩡하다고 생각해서 병을 키우는 경우가."

"……"

스칼렛은 빅토르를 흘겨보았으나 아무 소용 없다는 걸 깨닫고 곧 포기했다.

진료를 마친 후, 의사가 나가자 스칼렛이 침대에서 일어서며 빅토르에게 말했다.

"고작 쉬어야 된다는 말 들으려고 이 많은 사람 발을 묶어 놔?"

"고작? 나와 같은 말을 들은 게 맞나? 상처에 감염 위험이 있으니 침대 밖으로 나가지도 말라는 걸로 들리던데."

"그러니까, 고작 쉬라는 말이잖아."

"말 참 잘 듣네. 착하기도 하지."

"나는……"

"쓸데없는 말싸움으로 힘 빼지 마. 당신이 뭐라고 하든, 지금 당장 두꺼운 이불로 포장해서 수도로 돌려보낼 거니까."

빅토르의 말이 열 받긴 하지만 오늘만큼은 그의 말이 대부분 맞았다. 스칼렛이 투덜거렸다.

"……올 때도 그렇게 왔어. 두 번째에는 익숙하겠네."

"나더러 말을 예쁘게 한다고 했었나? 못지않군."

스칼렛이 그를 노려보다 체념해 한숨을 쉬었다.

출발 시간은 계획보다 세 시간 늦어졌고, 그가 남부에 도착하면 아마도 새벽일 터였다. 그들이 다시 호텔을 나서는데 그 앞에 마차가 섰다. 그리고 마차에서 비행장에 있던 해군이 이동장을 가지고 내렸다.

그 안에 든 것을 본 스칼렛이 놀라서 멈춰 섰다. 그 안에 황갈색 털을 가진 새끼 호랑이가 있었다.

스칼렛이 놀라서 보고 있으니 해군이 설명했다.

"어미가 물고 산을 내려왔습니다. 그게 오히려 새끼의 생존 확률이 높다고 생각한 모양입니다."

"어미가요?"

"예. 아마 이 지역에서 유령이라고 부르는 녀석 같습니다. 어미는 얼마 지나지 않아 죽었습니다만 새끼는 살아 있어서 데려왔습니다."

스칼렛이 이동장 안을 보니 겨우내 굶었는지 비쩍 마른 새끼 호랑이가 골골거리고 있었다. 그리고 해군이 뒤에 서 있던 빅토르에게 마저 보고했다.

"어미 호랑이의 몸에 파편이 박혀 있었습니다. 베스티나가 사용하는 폭약입니다."

"……"

빅토르가 보고하는 해군 쪽을 보았다.

옆에 있던 에번이 한숨을 쉬고 말했다.

"유령의 영역에 베스티나 군인이 숨어들었다는 건…… 그놈들이 이곳을 탈취하려는 거군요."

그 판단 직후 새끼를 물고 온 어미 호랑이가 이 지역을 영역으로 하는 호랑이가 맞는지에 대한 조사와 폭약에 대한 확인이 이루어졌다.

모든 것을 검증한 후, 빅토르는 완벽하게 갖춰진 매뉴얼이 있는 사람처럼 부하들에게 하나씩 지시를 내렸다.

"병력 보충을 요청해. 장교들도 최대한 많이."

"예, 함장님."

스칼렛은 순식간에 전시상황에 돌입한 협상단을 멍하니 바라보았다.

전쟁이 등 바로 뒤에서 따라오고 있었다.

혼란을 정리하는 과정에서 에번이 빅토르에게 물었다.

"함장님, 그럼 협상은 미루는 겁니까?"

"아니, 자네가 가야지."

"……예?"

"살란티에의 기술이 집약된 항공대를 지키는 것이 협상단보다 우선이니, 대행은 협상단 쪽으로 보내야겠지?"

에번은 끔찍하게 가기 싫은 표정을 짓고 있으면서도 곧바로 빅토르의 명령을 받아들였다. 이번에는 달리 도리가 없기 때문이었다.

남아 있는 가장 심각한 안건은 탈취당하면 살란티에에 심각한 피해를 줄 수 있는 공장의 처리 문제였다. 공장을 폭파할 것인지, 유지할 것인지에 대한 논의에 들어가기 전에 빅토르가 약통을 꺼내자 스칼렛이 다급하게 말했다.

"어제도 먹었잖아. 오늘은 안 돼. 어떻게 하려고 그렇게 남용을 해?"

빅토르가 주변을 향해 손짓하자 가까이에 있던 사람들이 전부 물러났다. 그는 손가락 감각으로 약의 개수를 세며 입을 열었다.

"나에게 일주일을 주기로 했지?"

"그러기로 했잖아. 그러니까……."

"그러니까. 일주일을 얻으려면 일단은 이곳을 지켜야지."

그의 말에 스칼렛이 떨리는 목소리로 말했다.

"내가 쓴 약만 해도 양이 많단 말이야. 이러다가 심각한 문제라도 생기면 어떡해?"

"걱정해 주니 좋네."

그가 말하고 블라이트를 불렀다.

"블라이트, 스칼렛을 수도로 데려가. 안전하게."

그러자 뒤에서 블라이트가 대답했다.

"예, 알겠습니다."

그리고 그가 달려와 스칼렛에게 말했다.

"가시죠. 여긴 곧 위험해질 겁니다."

스칼렛은 마지못해 고개를 끄덕이고, 블라이트를 따라 걸음을 옮겼다. 그리고 빅토르를 돌아보았으나, 그는 여느 때와 마찬가지로 그녀를 돌아보지 않았다.

스칼렛이 떠난 후, 공장의 처리 방향에 대한 논쟁이 계속되었다. 그 사이 함께 남부로 가려던 육군 항공대의 대장 왈도를 중심으로 한 육군들은 참호를 파기 시작했고, 해군들도 얼떨결에 같이 삽을 들었다.

왈도가 우쭐함이 느껴지는 태도로 말했다.

"항공대 생활 내내 왕족 혈통 도련님의 명령을 들었는데, 이제 좀 내가 나설 일이 생기는군요."

"명령을 내린 적은 없소."

"암묵적인 게 있잖아요."

"자격지심 같은데."

"말을 그렇게 하니까 그 얼굴을 가지고도 그렇게 착한 스칼렛 아가씨를 도망치게 만든 게죠."

두 사람의 밑바닥 없는 대화는 주먹이 오갈까 봐 주변 사람을 움찔거리게 했다. 그러나 적대적인 대화 내용과 달리 두 사람은 긴 시간 합을 맞춰 왔기 때문에 서로가 믿고 맡겨야 하는 부분에 대해 잘 알고 있었다.

그때 평야가 있는 쪽에서 폭파음이 들려와 빅토르가 그쪽을 보았다. 수도로 향하던 기차가 폭파되었다는 것을 알아차린 그는 잠깐 멈춰 섰다가, 평소처럼 냉철하게 판단하지 못하고 정신없이 달리기 시작했다.

훈련을 제외하면 그가 달리는 모습을 본 적이 없는 사람들이 대부분이었으나, 평소 그가 이혼한 아내에 대해 어떻게 생각하는지는 모두가 알고 있었다.

자리에 남은 왈도가 심각한 표정으로 중얼거렸다.

"여러모로 기계공 아가씨가 무사해야 할 텐데······."

기차역으로 향하는 마차에 탄 이후에도 스칼렛은 무거운 압박감을

느끼며 숨을 몰아쉬었다. 무슨 일이 일어나고 있는 건지, 머릿속으로 정리가 되지 않았다.

해군들은 갑작스러운 전투가 벌어지는 것에 대하여, 그것도 바다가 아닌 곳에서 벌어지는 것에 대하여 그다지 놀라지 않았다. 빅토르를 중심으로 한 해군들에게 바다는 그들이 해군이 되던 순간부터 지금까지 줄곧 전쟁터였기 때문이다.

수도로 향하는 기차를 기다리는 역으로 순식간에 피난민들이 몰려왔다.

블라이트가 서둘러 길을 만들며 말했다.

"스칼렛 아가씨! 이쪽으로 오세……."

블라이트는 결코 작은 체구가 아니었음에도 쏟아져 오는 피난민들의 생존 본능에 떠밀려 비틀거렸다. 스칼렛 역시 사람들에게 떠밀려 몇 번이나 넘어질 뻔했고, 기차표가 있거나 말거나 사람들이 모조리 기차에 올라타는 통에 되레 표가 있다는 이유로 안심한 그들이 기차에 타지 못했다.

블라이트가 역무원에게 따져 물었다.

"기차표는 우리에게 있는데 우리 자리부터 만들어 줘야 하는 것 아닙니까?"

"저 많은 사람들을 억지로 내리게 하는 건 불가능합니다!"

역무원 역시 혼란스러워하자 블라이트가 별수 없이 호위로 온 해군들과 기차 안의 사람들을 힘껏 밀며 자리를 만들기 시작했다.

그러나 그때 기관사가 창문 밖으로 소리쳤다.

"이렇게 무거워서는 기차가 출발할 수가 없어요!"

이미 기차 위까지 사람들이 올라가 있었다.

결국 사람들이 기차에서 내리기 시작했다. 아이를 데리고 있는 공장의 여성노동자들이 많아 그들을 먼저 태웠다.

비교적 젊은 사람들로 이루어진 덤펠트 가문의 사용인들과 해군들은 아이를 제치고 먼저 기차에 오를 마음이 없었고, 다행히 그들이 모시는 스칼렛의 성향도 그와 같다는 걸 알았다. 결국 서로의 대화가 오가지 않아도 스칼렛 일행은 기차에서 내려 다음 기차를 기다리게 되었다.

그로부터 한 시간 반 뒤에 다음 기차가 도착했으나, 사람이 꽉 차 있어서인지 기관사가 아예 정차도 하지 않고 역을 통과해 버렸다.

역무원은 뒤늦게 그들이 스칼렛 크림슨의 일행이라는 걸 알고 사색이 되어 말했다.

"수도에서 기차를 계속해서 보낼 겁니다. 조금만 더 기다리시면……."

그들이 이야기하고 있을 때.

평야를 가로질러 가던 기차가 덜컹거리더니 그 안에서 폭약이 터졌다. 기차역에서 기다리던 사람들이 비명을 지르며 주저앉았고, 스칼렛 역시 비틀거렸다.

남부에서부터 출발한 기차에 베스티나 군인이 타고 있었던 듯했다. 기차역에서 정차하지 않은 것은 아마 기관장이 그 사실을 알았기 때문인 모양이었다.

불붙은 기차에서 뛰어내린 사람들의 비명이 들렸다. 그 모습에 기차역에 있던 피난민 몇이 폭파된 기차를 향해 달리기 시작했다.

해군들이 놀라서 소리쳤다.

"위험하니 가까이 가시면 안 됩니다! 폭약이 더 설치되어 있을지도 모릅니다!"

"그러니까 더 가야지!"

그들이 부상자를 기차에서 꺼내 주기 위해 달려가자 덤펠트가 사용인들이 스칼렛의 눈치를 살폈다.

넋이 나가 있던 그녀가 억지로 정신을 다잡고 고개를 끄덕이자, 그들 역시 가져온 상비약을 챙겨 들고 그곳으로 향했다.

무력한 기분으로 서 있던 스칼렛이 맞은편을 보니, 협상단을 남부까지 태워 가기 위한 기차가 반대편 선로에서 기다리고 있었다.

출발 준비를 마치고 막 플랫폼에 들어서던 협상단 역시 폭파음에 그대로 얼었다. 그들의 가장 앞에 있던 에번이 폭파 현장으로 향하고 있었다.

그것을 발견한 스칼렛이 급하게 선로를 건넜다.

"아가씨!"

함께 남아 있던 사용인이 급하게 불렀으나 스칼렛은 구두까지 벗어 던지고 달려 에번을 막아섰다.

놀란 에번이 격하게 숨을 내쉬었다.

"아직 출발하지 않으셨군요."

"못 탔어요, 기차."

"예. 정말 다행입니다."

에번이 온갖 복잡한 심경에 자꾸 현장 쪽을 보았다. 민간인을 향한 공격을 보고 있는 그의 눈에 분노로 핏발이 서 있었다. 스칼렛이 남부로 향하는 기차를 가리켰다.

"빨리 가세요. 베스티나 남부로. 지금 출발하지 않으면 늦어요."

"일단 부상자부터……."

"아뇨. 경께서 하셔야 하는 건 조금이라도 빨리 평화협상을 얻어 내는 일이에요. 경께서 안 계셨다면 해적들과 지금만큼의 관계를 유지할 수 없었을 거란 거 알아요. 말로 사람의 마음을 바꿀 수 있는 분이시잖아요."

"……."

"빅토르가 가 봤자 겁이나 주겠죠. 그 사람이 가는 것보다 낫다고 생각해요, 나는."

그녀의 말에 에번이 허탈하게 실소했다.

스칼렛이 말을 이었다.

"그래서 빅토르도 여기 남겠다고 결정한 걸 거예요. 그러니 빨리 남부로 가세요. 가서 1초라도 빨리 평화를 얻어 내세요. 그 1초가 사람들을 구할 거예요. 이곳은 여기 남은 사람들이 어떻게든 할 테고."

에번은 발걸음이 떨어지지 않는 듯했으나 스칼렛의 단호한 눈빛에 이내 마음을 다잡고 고개를 끄덕였다.

"예, 알겠습니다."

"고마워요."

그는 해군식 경례를 한 후, 아수라장인 폭파 현장을 애써 외면하고, 군의관과 간호장교 세 사람만을 내리게 한 후 기차에 올랐다.

에번을 설득해서 떠나보낸 스칼렛은 다리 힘이 풀려 기둥을 붙잡고 휘청거렸다. 계속되는 비명에 마음이 참혹했다.

협상단이 남았다면 더 많은 사람을 구했을지도 모르는 일임을 알면서도 그들을 떠나보냈다. 어쩌면 제 손으로 몇 명의 생명을 끊어 버린 걸지도 몰랐다.

제 주제에. 제가 뭐라고.

먹은 것도 없는데 구토가 올라와 헛구역질을 했다. 그리고 일어나려다 힘이 없어 비틀거리는데 허리에 사내의 팔이 감겼다.

그녀가 놀라 고개를 들어 보니 빅토르가 있었다.

"빅토르?"

"……."

그는 스칼렛의 얼굴을 확인하고, 그녀를 끌어안은 후 욕설을 퍼부었다. 스칼렛은 그가 그렇게 험한 말을 퍼붓는 것이 낯설었으므로, 이런 상황 속에서도 당황하고야 말았다.

먼저 정신을 차린 스칼렛이 당혹스러워하며 물었다.

"왜 왔어? 미쳤어?"

"네가 저 기차에 타고 있었을까 봐."

"지금 그게 할 말이야? 저기 얼마나 많은 사람들이……."

"나와 조금도 상관없는 사람들이야."

빅토르는 단정적으로 말하고, 숨을 가다듬었다.

스칼렛은 그를 밀어내려다, 손에 닿은 그의 가슴팍에서 느껴지는 거친 심장 박동에 멈추고 말았다. 그가 이렇게 두려워하는 것도, 숨이 턱까지 차도록 달려 심장이 감당하지 못하는 것도 처음 보았다.

스칼렛은 머릿속으로는 많은 책임을 지고 있는 그가 여기서 이러고 있으면 안 된다고 생각했다. 그러나 동시에, 그녀 역시 제대로 서 있을 수 없을 정도로 충격을 받은 상태였으므로 이 아수라장 속에서 그녀를 단단하게 끌어안고 있는 빅토르의 품 안에서 안정감을 느꼈다.

이중적인 제 마음에 대한 죄책감이 들었다.

빅토르는 천천히 그녀를 놓고, 이마에 입을 맞췄다. 그리고 몸을 바로 한 뒤 선로 쪽으로 고개를 돌렸다. 이미 덤펠트가의 사용인들이 전부 그곳으로 달려가 있다는 걸 알아차린 그가 중얼거렸다.

"널 보호하라고 보냈을 텐데."

"덤펠트가에서 일하는 사람들이 저 상황을 보고 어떻게 그냥 지나칠 수 있었겠어."

"그게 무슨 상관이지?"

"루비드호의 함장을 위해서 일한다는 자부심이 있으니까, 다들."

스칼렛 역시 금방이라도 그곳으로 달려가고 싶었으나, 주먹을 꽉 쥐며 참아 냈다. 부상이 다 낫지 않은 제 힘으로는 저기서 큰 도움이 안 될 것인 데다, 혹시 모를 2차 폭파에 휘말려서도 안 되었다. 저에게 주어진 그 힘을 써야 할 다른 일들이 남아 있음을 알았기 때문이었다.

빅토르가 기차역 전화기를 사용하여 스칼렛을 돌려보낼 기차를 확인하고 돌아왔다.

"수도에서 오는 기차는 세 시간 뒤에 도착한다는군. 기차가 오면 바로 수도로 가."

그의 말에 진이 빠진 스칼렛이 고개를 끄덕였다. 그리고 다시 고개를 드는데 하늘로 3호기가 떠오르는 것이 보였.

3호기는 정찰을 위해 곧바로 산맥을 향해 날고 있었다. 그사이, 폭파 현장에서 해군들이 베스티나 군인 셋을 붙잡아 끌고 내렸다. 둘은 비교적 멀쩡했으나, 하나는 다리와 팔이 날아간 상태였다.

협상단 기차에 오르지 않은 간호장교 하나가 스칼렛에게 물었다.

"스칼렛 양, 혹시 리본이 있으시면 좀 주시겠어요?"

"아. 지금 만들게요."

스칼렛이 서둘러 사용인들이 두고 간 상자를 열어 드레스에서 리본들을 뜯었다. 빅토르는 그 모습을 바라보다 가지고 있던 단도를 꺼내 내주었고, 스칼렛이 그것을 받아 들었다.

드레스는 전부 찢어져 세 가지 색깔의 리본이 되었다. 간호장교는 그것을 가지고 가서 부상자들을 상태에 따라서 셋으로 나누어 리본을 묶었다.

가져온 옷이 전부 리본으로 바뀌었고, 스칼렛은 다 쓰고도 남을 양을 만들어 냈다.

스칼렛은 지친 상태로 옷상자 앞에 웅크려 앉아서 빅토르를 올려다보았다. 그리고 선로 쪽을 주시하고 있는 그에게 물었다.

"약 얼마나 먹었어?"

"세 개."

"지난번에 우리 집 왔을 때도 세 개였잖아. 그 후에 한동안 아예 안 보이지 않았어?"

"그때 다시 먹으면 돼."

"그러다 죽어, 당신."

그녀의 말에 빅토르가 스칼렛 쪽을 보았다.

"당신에게 그런 말을 들으니 우습군."

"우습긴 뭐가 우스워?"

"부상이 심해서 똑바로 서 있는 것도 힘들어하는 여자가 내 몸을 걱정하니."

그가 스칼렛 쪽을 내려다보며 말을 이었다.

"당신이나 살아서 약속 지켜. 나에게 주기로 했잖아, 일주일."

"그건 약속했잖아. 하지만 그걸 계기로 무언가 크게 바뀔 거라고 생각하지 마."

"어떻게든 해 봐야지."

그의 말에 스칼렛이 인상을 쓰자 빅토르가 농담을 하는 듯한 얼굴로 말했다.

"왜. 붙잡고 집착하라며."

"……이것저것 많이 이야기한 것 같은데 왜 그것만 남았어?"

"그게 가장 내 마음에 들어서."

빅토르의 태연한 대답이 어처구니없어 한 소리 더 하고 싶었지만 계속 리본을 만들어대느라 손가락 하나 까딱할 힘도 없었다.

그사이 수도로부터 군인 수송 기차가 도착했다. 기차 안을 본 스칼렛은 창문 안에서 손을 흔드는 에이샤를 발견하고 눈이 커졌다.

"스칼렛!"

에이샤가 기차 앞에 선 장교가 나눠 주는 보급품 탄환을 받아 들고 스칼렛에게 달려왔다.

스칼렛이 물었다.

"어떻게 왔어?"

"에번이 한 명이라도 더 많이 필요하다고, 올 생각이 있으면 오라고 해서."

수도에 있는 병력으로 부족했던 탓에 해적들까지 여기 오게 된 모양이었다. 그리고 이들이 여기 왔다는 것은 빅토르의 허락이 있었다는 의미였다.

에이샤가 말을 이었다.

"우리 중에는 해군에게 가족을 잃은 사람이 많아. 그래도 결국 상황이 이렇게 된 건 베스타 놈들이 우리가 살던 섬을 점령했기 때문이라고 생각해. 다들."

"그렇구나…….."

"한 놈이라도 죽이고 수도로 돌아갈 거야."

에이샤가 말하고 다른 해적들을 따라 달려갔다.

기차에서는 의수를 끼고 있는 아이스크림 가게의 주인, 니콜라우스 역시 내렸다. 원래 루비드호의 저격수이던 그는 빅토르가 있는 것을 알고 움찔해서 눈치를 살피며 말했다.

"제가 일당백 아닙니까."

"손이 멀쩡하던 때 이야기지."

"이제는 의수가 원래 있던 손보다 낫습니다."

니콜라우스가 말하며 두 손을 이리저리 움직여 보였다.

다행히 빅토르는 별말이 없는 데다, 오히려 니콜라우스가 온 것이 반가운 모양이었다.

그러나 수도로 향하는 선로는 쉽게 복구될 것 같지 않아 빅토르는 별수 없이 스칼렛을 공장으로 보냈다.

그녀가 들어선 뒤, 공장이 폐쇄되었다. 합판으로 공장 문을 막고 못질을 하는 소리가 실내에 울렸다.

작은 쪽문을 하나 남겨 두고, 창문 역시 각목으로 덧대 못질을 하자 연구실 창문 앞에 선 스칼렛이 중얼거렸다.

"기분이 엄청 이상하네……."

피난을 가지 않은 몇몇 사람이 함께 공장 안에 남아 있었다. 스칼렛은 창밖으로 지나가는 군인들을 바라보았다. 그러다 뒤에서 작은 짐승 우는 소리가 들려 돌아보니, 창고에 남은 사람들이 새끼 호랑이에게 물을 먹이고 있었다. 목이 많이 말랐는지 허겁지겁 물을 마시다가, 금방 또 울며 어미를 찾았다.

공장에 남은 사람들이 스칼렛에게 말했다.

"이 지역 사람들을 몇이나 물어 죽였는지 몰라요, 그 호랑이가. 그런데 이제 또 그 호랑이 덕에 저 산맥에 베스티나군이 숨어 있는 걸 알았네요."

"그러게요."

스칼렛은 고개를 끄덕이고 호랑이를 살폈다. 이를 드러내고 위협하는 소리를 내는 것을 보니 맹수는 맹수였다.

그러다 멀리서 폭파음과 총성이 들리자 호랑이가 펄쩍 뛰고 놀라다 공장 구석으로 숨었다.

밖에서 무슨 일이 벌어지고 있는 건지 알지 못하고, 멀리서 들려오는 소리만 듣고 있으려니 심장이 조여 왔다. 지금 상황에서 확신할 수 있는 것은 이 소도시의 소유권을 둔 전투가 시작되었다는 사실 하나였다.

병력은 밤이 되도록 계속해서 모여들었고, 그들은 기차에서 내리자마자 총을 받아 들고 전장으로 달려 들어갔다.

급조된 간이병원으로 부상자들이 실려 왔다. 공장이 멈추며 줄어든 악취를 피 냄새가 대신했다.

스칼렛이 쪽문으로 나가 보니 해가 졌는데도 전투가 계속되는지, 멀리서 불빛이 번쩍이는 것이 보였다.

그때 빅토르가 병원 근처에 내려섰다. 스칼렛이 그에게 다가가자 빅토르가 총을 꺼내 들었다. 스칼렛이 놀라서 멈춰 섰다.

"나야, 스칼렛."

"아."

달려온 것이 스칼렛이란 걸 안 빅토르가 총을 다시 넣었다.
 스칼렛이 그의 팔을 붙잡아 당기자 빅토르는 아무런 의심 없이 그녀를 따라 걸어갔다. 공장 옆에 바짝 붙어 선 스칼렛이 바닥으로 가라앉는 감정을 억지로 끌어올려, 애써 아무렇지 않은 목소리로 물었다.
 "다시 안 보이는 모양이지?"
 "……."
 빅토르가 눈을 감았다가 다시 뜨고 허리를 숙였다. 그러더니 그녀를 살피며 말했다.
 "오른쪽은 아예 안 보이지만, 왼쪽은 4분의 1 정도 부분이 보여."
 "아예 안 보이는 건 아니구나."
 "응."
 "몸 좀 더 숙여 줘."
 그녀의 부탁에 빅토르가 몸을 더욱 낮추자 스칼렛이 그의 눈을 살폈다.
 "아이작은 눈에 뭐가 생기던데."
 "……."
 "좀 더……."
 스칼렛이 키 차이 때문에 살피기가 힘든지 발꿈치를 들었다. 그러자 빅토르가 인상을 쓰고, 입을 열었다.
 "아예 안 보이는 건 아니라니까."
 "다행이긴 한데……."
 미열이 있는 스칼렛의 몸이 가까이에 닿자 빅토르가 낮게 한숨을 쉬었다.

그는 종종 자신이 전장에서 인간성을 완전히 상실하는 것 같다는 생각이 들곤 했다. 최대한 많은 적을 죽일 방법을 찾을 때, 그것을 위해서 아군을 희생시킬 때.

그는 방금까지 그렇게 많은 사람을 살해한 자신을 그녀가 어루만지는 것에 죄책감이 들었다. 이 하얀 손이 죄인을 만지게 한다는 것에, 그런 주제에 가까워지는 그녀의 몸에 누르기 힘들 정도로 강한 성욕을 느낀다는 것에.

그러나 그는 그녀를 떼어 내는 대신 손으로 제 뺨을 붙잡고 있는 스칼렛의 손 위를 덮었다.

그때, 해군 항공대의 파일럿 중 하나이자, 1호기에 올랐던 콜의 목소리가 들렸다.

"스칼렛 양! 어디 계십니까!"

부르는 소리에 스칼렛이 서둘러 대답했다.

"여기 있어요! 무슨 일이죠?"

그곳으로 달려온 콜은 거기 빅토르가 있는 걸 알고 경례를 한 후, 침울한 표정으로 말했다.

"정찰기가…… 정찰기가 피격되었습니다. 타고 있던 피어스와 구스타프 교수님이 추락하는 3호기가 민가에 떨어져 인명피해를 입힐까 봐 그대로 몰고 산맥으로 돌진했습니다."

그의 말에 스칼렛이 그대로 얼어붙었다.

콜이 말을 이었다.

"생존…… 가능성이 희박해 보입니다."

스칼렛은 자리에 멍하니 서 있었고, 그 와중에도 끊임없이 소란이 이어졌다. 비명과 재촉하는 소리 가운데에, 아직 완벽히 정해지지 않은 일감을 나누는 다툼 소리도 있었다.

앞서서 보고를 받았던 빅토르는 콜에게 가 보라고 턱짓했고, 그가 다시 경례하고 떠났다.

스칼렛이 벽을 손으로 짚었다.

"정말로…… 죽는구나, 사람들이."

그녀는 순간 묘하게도, 수도에서 있었던 파티를 떠올리고 있었다.

그녀는 빅토르가 자신을 부축해 안아 드는 것을 막을 힘도 없어 그냥 놔두고 입을 열었다.

"……돈은 받았어?"

"무슨 돈."

"수도에서 군수물자를 사는 데 쓸 돈을 모금하는 파티가 있었어. 거기서 돈을 많이 모금했는데……."

"이 와중에 파티를 했군."

"응."

스칼렛이 힘없이 웃었다.

"나도 어처구니없어."

빅토르는 약간의 시야를 가지고도 용케 걸음을 옮겼다.

그는 임시 거처로 사용하기로 한 민가에 들어섰다. 집주인은 노부부였는데, 공장 하나를 가지고 있었고, 딸과 사위가 수도로 피난 가자는 것을 집 놔두고 고생하느니 여기서 군인들을 돌보다 죽겠다고 고집을 부려 남아 있던 차였다.

스칼렛은 구스타프 교수가 사망했으리라는 소식에 넋이 나가 있었다.

그녀가 테이블 앞에 앉아 여전히 멍하니 앉아 있기만 하자 빅토르가 맞은편에 앉아 수프를 숟가락으로 떴다.

"스칼렛."

그가 부르는 소리에 스칼렛이 빅토르 쪽으로 고개를 돌렸다.

"일단 먹어."

"⋯⋯응."

스칼렛은 고개를 끄덕이고 뒤늦게 수프를 떠 입에 넣었다. 그러나 두어 숟갈 먹고 숟가락을 다시 내려놓았다.

멍한 상태로 어떻게 시간이 가는 줄 모르다가 침대에 누웠다. 그녀는 눈을 뜨고 멍하니 침실 테이블의 다리를 바라보고 있었다.

다들 목숨을 걸고 있다는 걸 알고 있었다. 구스타프 교수는 그녀가 부르지 않았다면 이곳에 없었을 사람이었다.

"좋은 분 소개해 주기로 했는데⋯⋯."

그렇게 중얼거리고 있으니, 불을 꺼 주고 나가려던 빅토르가 침대 옆에 무릎을 꿇고 그녀의 얼굴을 보았다.

"구스타프 교수에게?"

"응."

"연애를 잘할 것 같진 않던데. 내가 할 말은 아니지만."

그가 농담조로 건넨 말에 스칼렛이 힘없이 웃었다.

"그래도 좋은 사람이니까. 어떤 사람인지 알면 좋아해 줄 거야."

"글쎄."

빅토르가 부정적으로 대답하자 스칼렛이 살짝 인상을 썼다.

"뭐야. 당신은 얼마나 잘났다고."

"크게 모자라지는 않다고 생각하는데?"

"⋯⋯재수없어."

스칼렛이 핀잔하고 빅토르를 흘겼다.

그녀의 목소리에 약간이나마 생기가 돌아오자 빅토르가 몸을 일으켜 불을 끄고 침실을 나갔다.

다시 눈을 감고 억지로 잠들기 위해 애쓰다 보니 새벽이었다. 그녀는 세찬 바람 소리에 고개를 들었다. 이어서 보슨 파이프 소리가 들렸다.

"비행선이다!"

스칼렛이 서둘러 상체를 일으켰다. 집 밖으로 뛰쳐나가 보니 산맥 쪽에서 지금까지 본 적 없는 거대한 비행선이 이동하고 있었다.

베스티나의 국기가 걸린 비행선 안에 탄 사람들이 살란티에 참호 쪽으로 수류탄을 떨어뜨렸다. 근처에 소란을 만든 후에, 비행선은 이동하기 시작했다. 수도 방향이었다.

빅토르는 애초에 잠을 청하지 않았는지, 불이 켜져 있던 그의 침실 쪽에서 정복 차림으로 걸어 나왔다.

스칼렛이 비행선을 올려다보다가 빅토르에게 말했다.

"출고되지 않은 3호기가 한 대 더 있지?"

"안 돼. 아직 검사가 끝나지 않았잖아."

"문제가 생기면 내가 타서 수리하면 돼."

"안 된다는 말 안 들려?"

"저거 저대로 둘 거야? 어디까지 갈 줄 알고?"

"바로 어제 3호기가 피격으로 추락했어. 그것도 완벽하게 검사를 마친 기체가. 그런 상황에서 아직 출고도 안 된 비행기를 타겠다는 말이 어떻게 나와!"

빅토르의 언성이 커졌다.

그의 목소리가 커지는 것은 언제나 낯선 일이라, 급하게 뛰쳐나왔던 해군들 모두 자리에 경직되었다.

스칼렛이 턱을 들고 힘주어 대답했다.

"교수님을 여기로 부른 건 나야. 그러니 나도 위험을 감수해야 할 의무가 있어. 그리고 내가 여기 있는 누구보다 3호기에 대해 잘 알아. 생존 확률이 가장 높은 건 나야."

"당신 상처가 그만큼 못 버텨."

"이미 많이 나았어. 흉터가 남은 것뿐이야."

"애초에 그런 불안한 기체에 탈 파일럿은 없어."

그가 말하자 두 사람의 대화를 엿들으며 끼어들 기회만 노리던 콜이 앞으로 나섰다.

"제가 타게 해 주십시오, 함장님."

"……."

빅토르가 드물게 표정을 구기고 돌아보았다.

콜은 등골이 서늘해 얼굴이 순식간에 파랗게 질렸으나 그의 시선을 피해 허공을 보며 말했다.

"피어스는 제 가장 절친한 친우였습니다. 피어스가 못다 한 임무를 제가 완수하겠습니다."

빅토르는 스칼렛 쪽을 보았다. 잘 보이지 않았지만, 그녀의 뜻에 흔들림이 없으리라는 것도, 겁에 질려 달달 떨면서도 뻔뻔하게 아무렇지 않은 척하고 있을 것도 짐작이 갔다.

그는 그녀가 마치 금강석 같다는 생각을 했다. 그녀는 소름이 끼치도록 아름다운 얼굴로 반짝거리며, 제가 아무리 두들겨도 조금의 변형도 이루어 낼 수 없었다.

그와 함께 덤펠트가에서 2년을 살아왔음에도, 그녀의 존재에서 대부분을 차지하는 것은 여전히 크림슨가의 딸이라는 사실이었다.

그걸 알게 되었으면서도, 빅토르가 고개를 저었다.

"안 돼."

그가 잘라 말하자 감히 그에게 대들 수 없는 콜은 풀 죽은 얼굴로 물러났다.

그러나 스칼렛은 단호했다.

"베스티나의 저 비행선은 수도로 갈 거야."

"알아."

"나는 당신을 영원히 증오할 거고."

"그것도 알고, 상관없어."

빅토르의 서늘한 목소리에 스칼렛이 다시 비행선을 올려다보았다. 그리고 그를 보며 말했다.

"저게 수도로 가면 내가 사랑하는 사람들이 죽을 수도 있어. 나는 살리고 싶은 사람들이 많거든. 그 사람들이 세상을 떠나면 내가 어떻게 살아?"

"……."

"당신도 배에 탔잖아. 위험해도, 내가 기다려도 탔잖아. 그러니까 이번엔 기다려 봐. 기다리는 마음이 어떤 건지 당신도 느껴 봐. 당신도 예배당에 가서 내가 살아 오게 해 달라고 기도하며 울어. 그럼 내 마음을 알걸."

"스칼렛."

그가 잡으려 하자 스칼렛이 팔을 쳐 내며 단호하게 말했다.

"애초에 나는 군인이 아니야. 당신 명령을 따를 이유가 없어."

그녀가 말하고 3호기가 있는 공장 방향으로 향했다. 중간에 낀 콜은 어쩔 줄 몰라 하며 빅토르의 명령을 기다렸다. 그때 루비드호 저격수 출신의 니콜라우스가 총을 챙기며 말했다.

"참고로 저도 아이스크림 가게 주인이지 군인이 아닙니다, 함장님."

그리고 스칼렛을 따라 달려갔다.

그 모습에 쩔쩔매던 콜이 간절한 표정으로 빅토르를 보았다.

이윽고 빅토르가 콜에게 가라고 짧게 손짓했다. 그러자 콜이 안도하며 다급하게 스칼렛과 니콜라우스에게로 달려갔다.

공장에 들어선 스칼렛이 3호기를 올려다보았다.

"……크다."

그러자 니콜라우스가 물었다.

"처음 타 보십니까?"

"네. 처음이에요."

"의미 있네요. 아, 혹시 제 의수가 말썽 부리면 이것도 좀 부탁드립니다."

"당연하죠. 걱정하지 마세요."

스칼렛이 말하며 복엽기로 향했다. 콜이 에스코트하려 했지만 그녀는 미소로 거절하고 낑낑거리며 제 힘으로 복엽기에 올랐다.

니콜라우스는 복엽기 날개 위에 벨트로 몸을 고정하고 환호했다.

"이야, 사는 재미가 이거였죠!"

그 모습에 스칼렛이 사색이 되어 물었다.

"안 무서워요?"

"예! 전혀요!"

그가 소리치자 콜이 조종석에 앉으며 스칼렛에게 말했다.

"역시 전설의 저격수다우시네요."

"아이스크림 가게 사장님일 때와 성격이 다른 것 같아요……."

"총을 들고 나면 더 다르실 겁니다. 그럼 출발하겠습니다."

"네."

스칼렛 역시 벨트를 단단하게 맸다.

프로펠러가 돌아가고, 그들과 함께 온 연구원들이 창고 문을 열었다. 잠시 후 3호기가 활주하기 시작했다.

스칼렛은 두 손으로 벨트를 꽉 쥐었다. 그러다 3호기가 떠오르기 위해 흔들거리자 눈을 질끈 감았다.

"제발 떠라, 제발……."

그녀가 간절히 바라는 사이, 3호기가 일순간 떠올랐다. 그녀는 새벽하늘을 향하여 떠오르는 복엽기에 멍해졌다.

"떴다."

그리고 날개 위에서 니콜라우스의 환호성이 들렸다.

3호기는 선회하기 전, 산맥을 향해 날았다. 만년설이 쌓인 산맥 방향으로 나는 내내 스칼렛은 넋이 나간 얼굴이었다.

"선회하겠습니다. 기체가 많이 기울 겁니다."

콜이 말한 뒤 기체를 선회하자 3호기가 뒤집힐 정도로 기울어졌다.

스칼렛은 몸이 옆으로 기울자 겁에 질려 눈물을 글썽였다. 그러다 다시 니콜라우스의 목소리가 들려 정신을 차렸다.

"아예 한 바퀴 돌면 좋겠는데!"

"미쳤어요?"

스칼렛이 발끈해서 소리치자 니콜라우스가 말했다.

"어차피 목숨 걸고 나왔는데 그 정도는 해 볼 수 있잖습니까, 화끈하게!"

"곡예 하다가 죽으러 나온 건 아니에요!"

발끈한 스칼렛의 말에 니콜라우스와 콜이 동시에 웃음을 터트렸다.

비행기가 무사히 선회하고 스칼렛은 잠깐 땅을 내려다보았다. 의외로 빅토르가 쉽게 구분이 갔다. 그는 고개를 들어 비행기를 바라보고 있었다.

그사이 콜이 속도를 높이며 말했다.

"베스티나의 비행선을 따라잡으려면 기체에 무리가 갈 정도로 속도를 높여야 합니다."

"엔진 확인할게요!"

스칼렛이 말하고 엔진을 확인하기 위해 몸을 돌려 뒤를 보았다. 그러곤 너무 두려움이 커서인가, 되레 그녀는 웃고 말았다.

"해가 뜨네."

만년설 위에 해가 떠오르고 있었다.

빅토르는 스칼렛이 탄 3호기가 멀어지는 것을 바라보다 곧 정신을 차렸다. 그리고 여느 때와 다를 바 없이 덤덤한 태도로 부하들에게 말했다.

"비행선 이동 방향 계속 확인하면서 민간인들 대피시켜. 도시와 먼

마을까지 연락 닿을 수 있게 확인하고. 수도 방향으로 가고 있으니 경로를 추측하는 건 어렵지 않겠지."

"예, 함장님. 그리고 방금 보고가 들어왔는데, 이곳은 혼란만 만들려던 것뿐이었는지 피해가 크지 않습니다. 하지만 만약 비행선이 수도를 폭격한다면……."

"……."

빅토르는 잠시 생각에 잠겼다. 지금 당장 스칼렛을 따라 수도 방향으로 달려가고 싶었으나, 나중에 그녀의 원망을 들을 것이 분명했고, 애초에 현재 살란티에에는 저들을 따라잡을 수 있는 운송수단이 없었다. 그가 입을 열었다.

"동이 완전히 트기 전에 베스티나군에 전단을 뿌리지. 베스티나에서 너희들을 버린 거라고, 다시 베스티나로 데려갈 생각이 없으니 뒤가 산맥으로 가로막힌 여기서 개죽음당하게 될 거라고 전달해. 필요하다면 어떤 거짓말을 해서라도 사기를 떨어뜨려."

"거, 거짓말을요?"

니콜라우스처럼 어마어마한 실력으로 뚫고 올라오는 경우가 아주 없는 것은 아니지만, 살란티에도 베스티나도 여전히 어느 정도는 귀족의 피가 섞여야 장교 진급이 가능했다. 특히 해군의 경우는 그것이 더더욱 견고했다.

장교들은 대부분 본인 스스로를 신사라 여겼고, 거짓 전단을 뿌리는 비신사적인 행동은 생각하지도 않았다. 그러나 이 조용하던 도시로 밤사이 전사자들이 쏟아지고, 스칼렛이 위험을 감수하기 위해 떠난 지금 상황에서 빅토르에게는 '신사적'이라는 말이 가증스럽게 느껴졌다. 무슨 수를 써서든 이 전쟁을 빨리 끝내고 싶은 마음만이 그에게 남았다.

빅토르가 말을 이었다.

"그리고 혹시."

그러다 말이 끊어졌다.

잠시 후 그가 다시 입을 열었다.

"3호기도 추락할 수 있으니 발견 즉시 파일럿과 저격수, 그리고 엔지니어까지 구출 요청하고."

"예, 전달하겠습니다."

빅토르는 걸음을 옮기다 현기증을 느끼고 손으로 이마를 감쌌다.

사랑하는 이가 전투에 참여하는 것이 이렇게 두려운 일이었나.

그는 몸이 으스러질 것 같은 압박감에 숨쉬기가 어려워 잠그고 있던 셔츠 단추를 풀고 손으로 제 목을 문질렀다. 그러나 여전히 만족스럽게 숨을 쉴 수가 없었다.

폭발한 기차에 스칼렛이 타고 있을지 모른다고 생각하던 때 들었던 감정이, 지금 다시 들기 시작했다.

그는 제가 바다에서 돌아오면 늘 한껏 웃어 주던 스칼렛을 떠올렸다. 자신을 반겨 주는 그녀의 얼굴은 언제나, 언제나 수면 위에 뿌려진 햇살처럼 눈 부시기 그지없었다.

그 빛나는 수면 아래에는 눈물이 가득했으리라는 것을, 제게 웃어 주던 것이 얼마나 강인한 일이며 소중한 배려였는지를 빅토르는 지금에서야 깨달았다.

그는 자신을 할퀴는 두려움에서 벗어나려 애썼다. 지금 그가 할 수 있는 것이라고는 그녀가 무사히 돌아오게 해 달라 기도하는 것뿐이었다.

떠오른 3호기 위를 아침 해가 서서히 뒤덮었다. 스칼렛은 자신이 오늘을 위해 달려왔다는 생각을 했다. 부모님 역시 이런 순간을 위해, 생명의 위협을 받아 가며 비행 연구를 이어 갔으리라 생각하니 가슴이 뜨거워졌다. 3호기는 충분한 무게를 싣고자 하는 목적 덕에 세 명이 탑승하고도 상당히 빠른 속도로 날고 있었다.

그러나 엔진에 무리가 가는 것은 사실이라, 스칼렛이 끊임없이 엔진을 점검하는 사이 비행선에 가까워졌다.

그 즉시 니콜라우스가 비행선을 저격해 외피에 구멍을 냈지만 기낭까지 닿지 않았다. 그러다 비행선에 달린 문이 잠깐 열리고 3호기를 향해 기관총을 겨누었을 때, 니콜라우스가 먼저 상대 저격수를 쓰러뜨리자 문이 다시 닫혔다. 그 후 베스티나의 비행선은 더욱 속도를 내 수도로 향하기 시작했다.

비행선은 3호기에 비해 느렸지만, 체공 시간에 있어서는 비교 자체가 불필요할 정도로 길었다. 3호기의 연료는 수도에 도착하기 전에 먼저 소진될 것이고, 결국 비행선은 수도를 폭격할 것이 분명했다.

이 거대하고, 강하며, 처음 보는 상대는 스칼렛에게 난공불락으로 보였다. 그때 니콜라우스가 소리치는 것이 들렸다.

"아무리 나여도 이 상태로는 못 맞히겠는데!"

"맞힐 만한 곳이 있기는 해요?"

스칼렛이 묻자 니콜라우스가 대답했다.

"맞힐 만한 곳을 찾는 게 저격수의 일이죠. 제가 한 번 맞혔던 곳을 다시 맞히고 싶습니다, 스칼렛 아가씨!"

"예?"

저 작은 부위를 다시 맞히는 것이 가능한가.

스칼렛이 의문을 가지는 걸 알았는지, 콜이 말했다.

"전설 중의 전설이십니다. 도티르 선장의 해적선과의 전투에서 단번에 전세를 역전시키신 건 유명하죠. 그날 유프호의 부함장이셨던 빅토르 함장님이 지원군으로 온 슈텔란호 해군들에게 말한 작전이 그거였답니다. 무조건 니콜라우스 선배님에게 총을 쥐여 주라고. 선배님이 작전 그 자체셨던 겁니다!"

그 말에 스칼렛이 고개를 끄덕이고, 니콜라우스가 소리쳤다.

"안 들리니까 내 칭찬이면 크게 좀 말해 달라고! 그리고 비행선 가까이에서 잠깐이라도 멈출 수 있나? 1초라도 좋으니까!"

"멈추라니요?"

"아주 느리게 비행할 수 있냐고!"

"그야……."

콜이 곤란해하자 스칼렛이 대신 대답했다.

"역풍이 불면 이론상으론 엔진을 끄고도 체공할 수 있어요."

"에, 엔진을 꺼요?"

"네. 괜찮아요, 조종만 잘하면 낙하산과 비슷한 속도로 하강할 거예요. 매뉴얼에 쓰여 있잖아요?"

"실제로 하게 될 줄은 몰랐잖습니까! 저 혼자면 몰라도 어떻게 살란티에 최고의 엔지니어와 최고의 스나이퍼를 태우고!"

"경은 최고의 파일럿이니까 괜찮아요!"

스칼렛이 말하자 니콜라우스가 껄껄 웃으며 말했다.

"최고의 엘리트 팀이 완성됐습니다!"

정작 엔진을 꺼야 하는 콜은 사색이 되어 한숨을 쉬었다.

그는 망설였으나, 그 역시 수도가 폭격당하는 것을 막고 싶은 마음이 절실했다. 그렇다면 지금으로서는 스칼렛의 말대로 하는 것이 최선이었다.

스칼렛은 바람의 방향과 속도, 비행선과의 거리를 확인했고, 그 사이 3호기는 비행선의 주변을 원형으로 돌았다. 비행선은 3호기가 알아서 떨어져 나가리라 생각한 듯 결코 문을 열지 않았다. 니콜라우스가 계속해서 저격해 보았으나 기낭을 둘러싼 격벽이 너무 단단했다.

스칼렛은 빠르게 필요한 거리 계산을 마치고, 원하는 바람이 불 때를 기다렸다.

급격하게 줄어드는 연료를 확인한 콜이 초조하게 물었다.

"계산은 다 되어 가십니까?"

"다 됐어요! 좀 더 비행선에 가까이 붙여 주세요!"

"정말 두 분 다 위험한 것만 요구하시네요!"

말은 그렇게 해도, 콜은 제 한계까지 비행하는 것을 파일럿 교육생도 중 어느 누구보다 좋아하던 사람이었다.

그사이 스칼렛은 숨이 빠듯해지는 것을 느꼈다. 몸에 문제가 생기고 있다는 것이 느껴졌다. 그녀는 아득해지는 정신을 붙잡고 풍향계를 확인했다. 그리고 역풍이 부는 순간, 소리쳤다.

"역풍이 불어요!"

"선배님! 엔진을 끄겠습니다!"

콜이 말하고 엔진을 끄는 순간, 역풍에 3호기가 순간적으로 비행선과 나란히 체공했다.

 그 순간, 니콜라우스는 자신이 연달아 뚫어 놓았던 외피 안으로 탄알을 쏟아부었다.

 그 정밀한 저격을 견디지 못한 기낭이 드디어 찢어지고, 수소 가스를 저장한 탱크에 불이 붙으며 순식간에 비행선이 불길에 휩싸였다. 그리고 엔진이 꺼진 3호기도 추락하기 시작했다.

 비행선에서 날아온 불씨가 캔버스 천으로 된 날개에 붙었으나 니콜라우스가 상비된 모래주머니를 사용하며 화재가 진압되었다. 그럼에도 불구하고 낙하산과 비교하기에는 지나치게 빠른 속도로 3호기가 추락하고 있었다.

 콜이 정신을 바짝 차리고 조종간을 쥐었다.

 "스칼렛 양!"

 그가 불렀으나 대답이 없었다.

 콜은 욕설을 퍼부으면서도 조종간을 놓지 않았다. 비행선에서 파편이라도 날아왔는지 피가 흘러 뒷덜미가 뜨끈뜨끈했다.

 지면이 가까워지자 콜이 흔들리는 조종간을 더더욱 힘주어 잡았다. 땅에 들이박듯이 불시착한 3호기가 심하게 흔들렸다. 충돌하면 폭발하리라 생각한 콜은 강이 있는 방향으로 3호기의 조종간을 놓았고, 물 위를 어느 정도 미끄러지다 3호기가 멈췄다. 그리고 천천히 가라앉기 시작했다.

 벨트를 푼 콜이 안간힘을 써 돌아보자 스칼렛은 기절한 상태였다. 폭격으로 인한 그녀의 상처에서 피가 흐르고 있었다.

 "선배님, 스칼렛 양의 상처가 물에 닿으면 안 될 것 같은데……."

 콜이 니콜라우스를 찾았으나 날개에 몸을 묶고 있어 가장 충격이 컸을 그에게서는 대답이 돌아오지 않았다. 애초에 아직 날개에 매달려 있는지조차 확신할 수 없었다. 어디론가 날아가 버렸을지도.

콜은 어차피 엔진을 끄지 않았다고 해도, 가까이에서 비행선이 폭파된 여파로 3호기의 엔진 일부분이 날아가 차라리 꺼 버린 것이 안전했다는 사실을 알아차렸다.

비행기는 가라앉기 시작했고, 순식간에 콜과 스칼렛의 몸의 절반이 물에 잠겼다.

콜이 눈을 감으며 스칼렛을 향해 중얼거렸다.

"살란티에의 입장에서 스칼렛 양은 행운의 여신이시네요. 승리의 여신이거나……. 어쨌든 이런 데서 죽을 분은 아니실 겁니다."

그는 정신을 잃는 순간까지 그녀를 깨워 보려 말을 걸었다. 그리고 완전히 정신을 잃기 직전, 사람들의 우렁찬 목소리를 들었다.

"저, 저기 나머지 두 사람이 있습니다!"

멀리서부터 달려온 시민들이 물속으로 달려들었다. 그리고 3호기 안에서 정신을 잃은 파일럿과 엔지니어를 건졌다.

숨을 확인한 사람들이 희미하게 숨을 쉬는 파일럿을 먼저 인근 도시의 병원으로 데려가고, 심장이 멈춘 엔지니어에게 심폐소생술을 시작했다.

이미 근처 모든 소도시들은 물론, 인근 마을까지도 군으로부터 연락을 받은 후였다. 연락을 받고 3호기 탑승자들을 찾아낸 작은 마을의 사람들이 돌아가며 심폐소생술을 이어간 지 얼마 지나지 않아, 엔지니어의 심장이 다시 뛰기 시작했다.

"수, 숨을 쉽니다!"

"얼른 마차에 태워요!"

스칼렛 역시 마차에 태우자, 어떻게든 두 사람이 살아 있는 걸 보고 가겠다고 고집부리며 마차 벽에 기대앉아 있던 니콜라우스가 그들 셋을 구한 마을 사람들에게 말했다.

"수도에 오면 아이스크림을······."

"실컷 먹게 해 준다고요. 알았어요, 알았어."

심각한 골절상을 입어 진통제를 투여한 니콜라우스는 벌써 골백 번 똑같은 말을 하고 있었다. 그래도 나머지 두 사람이 살아 있다는 걸 확인한 후부터는 동료들을 찾아 달라는 말만큼은 더 이상 하지 않았다.

마차는 곧바로 마을과 가까운 소도시의 병원으로 향했다.

빅토르가 첫 번째로 받은 보고는 베스티나의 비행선과 함께 3호기가 추락했다는 소식이었다.

"관측된 바로는 비행선 폭발에 휩쓸린 후부터 3호기가 추락하기 시작한 모양입니다."

그는 옆에서 보고를 이어 가는 내내 한동안 말이 없다가, 보고가 끝나고 한참이 지나서 입을 열었다.

"어디에 추락했는지 위치는 확인했나?"

"아니요. 아직 정확한 확인은······."

"아직이라니. 어떻게 아직도 확인이 안 돼."

빅토르의 목소리는 가라앉아 있어 보고하는 군인들을 떨게 했다. 그는 평소에 비해 감정적이었지만, 그렇다고 해야 할 일을 놓칠 정도는 아니었다. 보고를 받은 직후 추락한 비행선의 잔해를 그리게 했고, 그것을 제판소에서 수없이 많이 인쇄하게 했다. 그것의 일부는 기차에 실려 협상이 시작될 남부로 향했고, 정찰기로 사용하는 2호기를 통해 많은 격전지에 뿌려졌다.

[베스티나 비행선은 실패했다!]
[살란티에의 국경을 넘는 모든 비행선은 격침될 것. 이미 살란티에에 숨어 들어온 베스티나 군인들이 귀국할 방법은 오로지 투항뿐.]

잠시 후 전화가 울리자 빅토르가 직접 전화를 받았다.
상대가 빅토르 덤펠트라는 걸 안 상대 군인이 경직된 목소리로 말했다.
—베스티나의 비행선 탑승자는 전원 사망했습니다.
"3호기는 찾았나?"
—아직 수색 중입니다. 아무래도 모든 마을에 전화선이 깔려 있는 건 아니라서 사람이 직접 전해야 하니, 전달이 늦어질 뿐 이미 세 분을 찾았을지도 모릅니다. 전달받는 즉시 보고드리겠습니다.
빅토르는 전화를 끊고도 자리에서 꼼짝을 못하고 서 있었다. 그러다 벽을 손으로 짚었다.
"젠장."
조금은 보이는 듯 싶더니, 다시 약을 남용한 뒤 도로 시야가 어두워져 걷기가 힘들었다. 그는 집무실로 걸음을 옮겼고, 잠시 후 그를 담당하는 군의관 체이스가 들어섰다.
빅토르의 눈을 확인한 체이스가 무겁게 입을 열었다.

"아예 안 보이시는 겁니까?"

빅토르가 침묵으로 대답을 대신했다.

체이스가 눈앞에서 움직이는 손가락을 그의 눈동자가 전혀 따라가지 않았다. 체이스는 감정을 추스르려 했지만 목소리가 떨리는 것을 감추지 못했다.

빅토르가 입을 열었다.

"사내가 우는 건 별로 보기 안 좋아."

"……치료는 이제 의미가 없어 보입니다."

체이스는 그렇게 말하며 빅토르의 표정을 살폈다.

그는 제 눈에 관하여 그렇게 크게 관심을 두고 있지 않았다. 그의 관심은 오로지 전화에만 있었다. 3호기 생존자, 그중에서도 스칼렛 크림슨을 찾았다는 전화가 오기만을, 빅토르는 전화실 방향으로 고개를 두고 기다리고 있었다.

체이스가 참다못해 말을 이었다.

"함장님, 본인의 몸에 신경을 쓰십시오."

"……"

"제발 최소한의 휴식이라도……."

"하루도 못 견디겠어. 스칼렛이 떠나고 한나절도 채 지나지 않았는데."

"……"

"귀관의 연인도 그러던가?"

그가 묻자 체이스가 다소 퉁명스럽게 대답했다.

"제가 전쟁통에 있는 건 나중에 신문으로 알 겁니다. 남부로 향하는 줄 알고 있을 테니."

"저런."

"저는 군의관이니, 아무래도 다른 사람들보다야 덜 걱정을 끼치는 편입니다만. 그런데도 떠나는 날이면 밤새도록 울고, 눈이 빨개져서 저를 배웅해 줍니다."

빅토르는 제가 언제 출항할지 몰라 늘 옷에 그를 지켜 주리라 믿는 물건들을 달거나, 넣어 두던 스칼렛을 떠올렸다. 자신도 막 생각부터 하기 전에 그녀를 지켜 줄 물건을 뭐 하나라도 쥐여 줬어야 했다. 늘 스칼렛의 마음이 담긴 푸른 물건을 받아 왔으면서, 그녀에게 줄 생각은 못했단 말인가.

비행선이 수도에 도착하지 못하고 추락했다는 소식은 확실히 베스티나 군인들의 사기를 떨어뜨렸다.

안전하게 고국으로 돌아갈 수단이라고 믿었던 비행선이 격침당했다는 사실은 그들에게 큰 충격이었고, 하루 사이에 다섯 곳의 격전지에서 투항 소식이 전달되었다.

저녁부터 베스티나 남부에서 평화협상에 들어가는 협상단 역시, 비행선 추락 이전과는 완전히 다른 태도로 협상에 임하게 되었다.

모든 공적은 빅토르의 것이 되어 그의 발아래 쌓이고 있었으나, 정작 그가 원하는 연락은 오지 않았다.

그는 간이병원으로 이용하도록 건물을 전부 내준 성당의, 안식을 위해 유일하게 남겨 둔 작은 예배당에서 그대로 죽은 사람처럼 시간을 보냈다.

여명이 밝아 올 때 사라진 스칼렛은 다음 날 일출이 가깝도록 연락이 없었다. 빅토르는 밤을 새우고 그녀가 돌아오기만을 기다렸다.

세상은 태양이 사라진 것만 같아서, 빛이 먼저 사라졌고, 그녀가 남겨 두었던 온기마저 서서히 사라져 시리기 그지없었다.

연락이 늦어질수록 사망 확률은 커졌다. 그는 두 손을 모아 무릎 위에 두었다. 언제나 자신을 맞아 주던 스칼렛을 떠올리며, 자신도 그녀를 만나면 웃어야겠다고 생각했다.

그녀가 그랬듯이, 웃으며 안심시키리라. 이 세상이 마치 고통 없이 만들어진 공간인 것처럼 웃어 주리라.

그가 생각하고 있을 때, 예배당으로 해군 하나가 달려 들어왔다.

"세 분을 찾았다는 연락이 왔습니다!"

그러자 빅토르가 몸을 일으켰다.

스칼렛이 살아 있는지에 관하여 가장 먼저 묻고 싶었지만, 그 말이 입 밖으로 나오지 않았다.

"바로 출발하지."

"예, 함장님."

보고한 해군이 준비를 위해 달려 나가고, 이어서 빅토르도 예배당을 나서려 했으나 문을 나서기가 어려웠다.

이 문을 나서면 제 모든 바람이 가루가 되어 날아갈 것만 같았다. 그는 호흡을 가다듬고, 힘겹게 예배당을 나섰다.

예배당 바로 앞에 멈춘 마차를 타고, 그대로 세 사람이 있다는 병원으로 향했다.

그가 있던 곳에서 45마일 정도 떨어진 소도시의 병원으로, 인근의 작은 마을에서 옮겨온 참이라고 했다.

스칼렛이 있는 병실에 들어선 그는 함께 들어온 체이스에게 물었다.

"상태는?"

"저……."

체이스가 차마 말하지 못하고 말끝을 흐린 후, 우선 빅토르를 스칼렛이 있는 곳까지 부축해 주었다.

침대 옆에 앉은 빅토르가 말했다.

"내가 실수할 것 같으면 멈추게 해."

그는 혹시 제가 그녀를 다치게 할까, 조심스럽게 손을 뻗어 보았다. 그는 스칼렛의 손목을 잡아 맥박이 뛰는 것을 확인했다. 그녀의 생명력이 너무 희미해 잘 느껴지지 않아서, 그가 말을 이었다.

"내 앞에서 죽어 가도 나는 알아차리지 못하겠군."

"……."

"의사에게 계속해서 들어와 확인하게 하고, 나가서 해롤드를 불러오게."

"해롤드요? 그, 해적 우두머리 말씀이십니까?"

"그래."

"예, 알겠습니다."

체이스가 저도 몰래 희망이 번진 얼굴로 인사하고 그곳을 떠났다.

빅토르는 그가 떠난 후, 혹시라도 그녀의 맥박을 놓칠까 제 손에 쥔 그녀의 손목에 집중했다. 맥박이 너무 약하여 중간중간 멈춘 것은 아닐까 싶을 때마다 무저갱으로 떨어지는 듯한 두려움이 느껴졌다.

———◆———

스칼렛은 아주 잠깐 정신이 돌아와 눈을 떴다. 그 순간, 온몸에 쏟아지는 고통에 몸부림치며 흐느꼈다.

목소리조차 나오지 않는 것이 두려워 그녀는 제 손을 잡고 있는 누군가의 손을 비틀 듯이 움켜쥐었다. 다행히 그녀가 깬 것을 바로 알아차린 빅토르가 소리쳤다.

"의사!"

목소리를 듣고서야 스칼렛은 제가 잡은 것이 빅토르의 손이라는 것을 알았다.

거의 곧바로 의사가 달려 들어와 스칼렛의 상태를 확인했다. 의사는 곧바로 스칼렛에게 마약성 진통제를 투여했고 얼마 지나지 않아 그녀의 비명이 멈췄다.

진통이 조금이나마 가라앉으니, 그녀의 흐느낌이 조금씩 잦아들었다.

그러다 다시 정신을 잃기 직전 그녀는 반쯤 감긴 눈으로 침대 옆에 서 있는 빅토르를 올려다보았다. 의사에게 설명을 듣는 중의 빅토르가, 처음 보는 표정을 짓고 있다는 생각을 잠깐 했다. 신기하게도, 슬퍼 보였다.

'당신도 울 때가 있을까……'

그녀가 생각하며 다시 눈을 감았다. 그리고 빅토르의 목소리가 들렸다.

"곧 백작이 도착할 거야, 스칼렛."

그는 옆에 앉아 스칼렛의 정신이 돌아왔다가, 끊어졌다가 하는 사이 계속해서 말을 걸었다. 그러나 진통제가 독해서인지 단어들이 머릿속에서 정리되지 않고 흩어져 이해할 수 없었다.

스칼렛은 한 번 정도 더 눈을 떠서 그렇게 말하는 빅토르를 보았지만 그는 그녀 쪽을 보고 있지 않았다. 그러나 오늘만큼은 그가 제 손을 단단히 쥐고 있어, 그리 섭섭하지 않았다.

그녀가 다시 눈을 감은 후, 그 마음을 알았는지 빅토르가 말했다.

"눈은 잘 보여. 아주. 당신 덕이야. 당신이 맞았어. 항상 그랬지."

스칼렛은 그의 말의 진위를 파악하려 애썼지만 아무것도 판단이 되지 않았다. 눈이 다 나았다면서 왜 저와 눈을 마주치지 못하는 건지만 좀 궁금했다.

"당신도 살 거야. 분명히 살 거야."

그의 목소리가 이어지는 사이, 스칼렛은 다시 깊은 잠에 빠져들었다.

그녀가 잠든 후, 빅토르는 여전히 스칼렛의 손을 쥐고, 침대 아래 무릎을 꿇었다.

약의 부작용 때문인지, 아무것도 보이지 않았다. 그녀가 비명을 지르는데도 해 줄 수 있는 것이 아무것도 없다는 것이 끔찍했다.

그녀의 상처를 건드릴까 봐 안아 주거나, 쓰다듬어 주는 것조차 할 수 없었다.

그는 그저 스칼렛이 고통을 견디려 할퀸 상처가 남은 두 손으로, 그녀의 한 손을 감싸 쥐었다. 그리고 그녀가 비행을 떠난 이후부터 줄곧 찾았던 신에게 기도했다.

"무엇이든 드릴 테니……."

그는 사는 동안 신은커녕, 제 목을 조르던 어머니에게조차 애원해 본 적이 없었다. 그러나 지금은 그의 모든 기도가 애원이었다.

신이시여, 무엇이든 드릴 테니.

제가 어떻게든 값을 치를 테니.

부디. 제발.

그는 기도하는 중에도 그녀가 세상을 떠나는 것을 혀에 올리지 못했다. 그 덕에 말하는 법을 절반은 잊어버린 사람처럼, 그는 부디, 제발. 무엇이든 드릴 테니, 하고 정신 나간 사람처럼 반복했다.

빅토르가 불렀다는 소식에 달려온 해적 무리 중 하나의 우두머리, 해롤드는 해군들이 지키고 있는 병실 앞에서 멈칫하며 침을 꿀꺽 삼켰다. 병원의 분위기는 삼엄하기 짝이 없었다.

파일럿과 저격수, 엔지니어 모두 대체할 수 없는 중요한 경험을 한 사람들이었기 때문에 혹시 모를 사고에 대비해 세 명이 모두 다른 병원에 입원해 있었다.

해롤드는 호위들이 주는 압박감에 여전히 자신을 조금도 신뢰하지 않는다는 것을 알았으나 그것에 불만을 가지지는 않았다.

잠시 후 빅토르가 입을 열었다.

"심정지가 있었다는군."

"예, 예에?"

"스칼렛에게 쓸 수 있는 약이 있나?"

그의 말에 해롤드가 스칼렛을 보았다. 온몸에 멍이 있는 것을 보니 3호기가 추락할 때 충격이 컸던 듯했다.

해롤드가 심각한 얼굴로 대답했다.

"보장은 할 수 없지만 기력을 회복하는 약이 있긴 하죠."

"눈은."

그가 말하며 턱을 들어, 해롤드는 가까이 오라는 것으로 눈치껏 알아듣고 그에게 걸어갔다. 해군들이 혹여 허튼수작을 부릴까 노려보는 것이 느껴졌다.

해롤드는 빅토르의 눈을 살피고, 군의관으로부터 상태에 대한 내용도 전달받았다.

해롤드가 입을 열었다.

"지금 저희가 가지고 있는 약으로는 부족할 것 같습니다."

"돌려 말하지 말고 조건을 말해."

"저 그럼…… 공식적인 유통 경로를 마련해 주십시오. 그럼 왕실경찰과의 거래를 완전히 끊겠습니다."

지금도 에이샤가 왕실경찰과 거래하면 가만두지 않겠다고 으름장을 놓고 있었다. 그녀 몰래 거래하는 위험한 짓을 할 거라면 등 뒤에서 칼 맞을 각오도 해야 했고, 그런 긴장 속에서 살기에 해롤드는 너무 지쳐 있었다.

그의 예상과 달리, 빅토르는 고민조차 하지 않고 대답했다.

"그러지."

"……예?"

"그럼 가서 약을 가져와."

해롤드는 그 말에 되묻고 싶은 것이 너무나 많았으나, 빅토르가 설명해 줄 것 같지 않았다. 그는 저도 모르게 침대에 죽은 듯이 누워 있는 여자를 바라보았다.

해적들에 대하여 죽는 순간까지 강경할 것 같던 빅토르 덤펠트가 바뀐 이유는 그의 전부인을 위해서라고밖에 설명이 되지 않았다.

모처럼 병원을 나가서 산 꽃을 들고, 아이작이 병실에 들어섰다. 그는 스칼렛의 병실 근처에서 돌아다니는 크림슨 가문과 덤펠트 가문의 사용인들이며, 해군들의 지나친 머릿수에 한숨을 푹 쉬었다. 다행히 덕분에 꽃을 사러 갈 때도 마음 놓고 나갈 수 있다는 장점은 있지만…….

아이작은 스칼렛이 좋아하는 것들로 하나하나 골라 만든 꽃다발을 풀어 화병에 정리하고, 스칼렛의 머리칼을 쓸어 이마에 입을 맞췄다.

"네가 깨어 있었다면 불편하다고 다 쫓아냈을 텐데. 그렇지?"

스칼렛은 지난 보름 사이에 여러 번 위급한 상황에 빠졌다. 도중에 해적이 가져온 약을 투여한 적이 있었는데, 그때 순간 기력을 회복하지 못했다면 그녀는 그대로 깨어나지 못했을지도 몰랐다.

빅토르는 고비를 넘겼다는 의사의 장담을 듣고 난 후 다시 비행장이 있는 격전지로 돌아갔다. 평화협상은 보름째 이어지고 있었고, 그 사이 전투는 암묵적으로 대부분 중지되었다.

드물게 전투가 벌어질 때도 있었지만 전사자는 나오지 않고 베스티나 군은 전부 포로로 붙잡힌 것으로 보아 양측 지휘관 사이의 밀담이 있지 않았나 추측할 수 있었다.

고비를 넘겼다고는 해도, 부상이 워낙 심했기 때문에 스칼렛에게는 강한 진통제를 투여해야 했다. 덕분에 그녀는 하루의 대부분을 잠들어 있다가, 간혹 눈을 뜨면 옆에 아이작이 있다는 사실에 기뻐하면서도 조금은 아쉬운 표정을 지었다.

그게 빅토르가 없기 때문이라는 걸 알면서도 아이작은 그가 어떤 표정을 지으며 비행장으로 떠났는지 말하지 않았다. 그녀가 자기 입으로 그를 찾기 전까지는 아무 말도 하지 않을 생각이었다.

꽃을 바꿔 주고 나서 그는 스칼렛을 조금이라도 움직이게 하기 위해 그녀를 깨웠다.

길던 잠에서 깬 스칼렛이 눈을 떴다. 그녀는 약 기운 때문에 멍한 눈으로 아이작을 보더니 이내 아이처럼 웃었다.

후두의 상처가 낫지 않아 말하는 것도 금지된 상태로 자신을 보며 웃는 스칼렛을 본 아이작의 표정이 굳었다. 그의 표정이 어두워지자 스칼렛이 멈칫해 웃음을 그치고 아이작을 살폈다.

아이작이 입을 열었다.

"더 이상 날 위해서 억지로 웃지 않아도 돼."

그의 말에 스칼렛이 다시 배시시 웃었다. 아이작이 그녀의 손을 쥐며 고개를 떨궜다.

"지금 웃을 상황이 아니잖아. 네가 지난 보름 동안 몇 번이나 죽을 고비를 넘겼는지 알아? 얼마나 자주 고열이 났는데. 그사이에, 널 사랑하는 사람은 아무도 못 웃었어. 그런데 네가 왜 웃어. 제일 힘든 건 넌데, 네가 왜……."

아이작이 힘겹게 말하자 스칼렛이 가까스로 손을 들어 그의 어깨를 토닥였다. 그리고 옆에 가져다준 펜을 들어 종이에 적었다.

[억지로 웃는 거 아니야.]

그녀는 손에 힘이 없어 영 날려서 쓴 글씨라 아이작이 못 알아볼까 봐 알아들었냐는 듯 눈을 마주쳤다. 그리고 그 아래 글자를 더 적어 넣었다.

[내가 웃으면 아이작도 웃으니까 웃고.
웃고 나면 좋은 일이 생길 것 같아서 웃어.]

그러자 아이작이 힘없이 중얼거렸다.
"그래도. 꼭 아픈 일은 없었던 것처럼……."
그의 말에 스칼렛이 고개를 끄덕이고 씩 웃었다.

[그게 좋아.
아픈 일이 없었던 것처럼 웃는 게
나는 좋아.]

그녀가 들어 보인 종이를 보며 아이작이 이내 실소했다. 그러더니 곧 눈물 고인 눈으로 활짝 웃었다.
"응. 알아들었어. 그럼 이제, 네가 웃으면 그냥 나도 웃을게."
그의 말에 스칼렛이 기쁜 표정을 지었다. 그러더니 이어서 종이에 끊임없이 무언가를 적기 시작했다.
아이작은 그녀가 적는 것이 시계 기술에 관한 것임을 알았다. 꼼짝 못 하고 누워 있는 내내 저것만 생각하며 버텨 왔던 모양이었다.
그렇게 아파하던 스칼렛이 그동안 생각한 시계에 관한 내용을 바지런히 적고 있으니 아이작이 이번엔 정말로 웃음이 터졌다.
"하여튼, 누가 크림슨 가문 핏줄 아니랄까 봐."

그는 장난스레 말하고서, 그녀가 필기를 하기 좋게 낮은 상을 가져다 침대에 놓았다. 스칼렛이 금방 힘이 빠져 손을 달달 떠는 걸 마음 아파 하면서도, 그녀를 말리지는 않았다. 이게 그녀가 가장 행복한 순간이라는 걸 알고 있기 때문이었다. 아이작은 그사이 흘러내린 스칼렛의 머리칼을 빗질해, 방해되지 않도록 묶어 주었다.

그때 노크 소리가 들려 남매가 고개를 들어 문 쪽을 보았다. 스칼렛의 입이 절로 열렸다. 문 앞에 목발을 짚은 3호기의 저격수 니콜라우스와 목에 붕대를 감고 있기는 해도 비교적 멀쩡해 보이는 파일럿 콜이 있었다.

스칼렛이 반가워하자 두 사람 모두 남매에게 해군식 경례를 하며 들어섰다.

니콜라우스가 유쾌한 목소리로 말했다.

"비행장으로 돌아가기 전에 들렀습니다, 스칼렛 아가씨. 우리 팀의 무용담이 사기진작에 도움이 될 거라나, 뭐라나."

그의 말에 콜이 자랑스러움이 가득한 얼굴로 맞장구쳤다.

"저도 도움이 될 거라고 생각합니다. 그리고 무엇보다…… 스칼렛 양께서 도대체 3호기를 얼마나 완벽하게 설계하셨으면 그 거대한 비행선을 상대로 승리하고도 우리 세 명이 모두 살아남을 수 있었겠습니까?"

"맞는 말이야. 3호기도 완벽했고, 누가 조종했는지 아주 대단했어."

"정말이십니까? 비행선을 격추한 전설의 저격수님께 들으니 더욱 감격스럽습니다."

고작 두 사람이 들어왔는데, 서로 농담조로 공치사를 하느라 순식간에 병실이 떠들썩해졌다. 스칼렛도 옆에서 부지런히 이것저것 적어

가며 이야기를 나누었다.

[비행장에 돌아가면 비행선이 가까이서 봤을 때 얼마나 컸는지 꼭 말해 주세요.]

"그건 정말 걱정하실 것 없습니다. 흥분해서 실제 크기보다 더 크게 묘사할까 봐 그게 걱정이죠, 아가씨."

[외피와 기낭 구조도.]

"아! 덕분에 생각났는데 여기 정비부사관분들이 베스티나 비행선의 잔해를 보고 적은 연구보고서가 있습니다. 스칼렛 양께서 보충해 주실 부분이 있으면, 적어 주십시오. 함장님께 보고 드리겠습니다."
콜이 그렇게 말하며 보고서를 내밀고, 아이작에게 조심스럽게 말했다.
"죄송합니다, 백작님. 저……."
"아, 기밀이겠군요. 네. 신경 쓰지 말아요."
아이작이 미소를 짓고 말한 후 병실을 나갔다. 그러자 콜이 말했다.
"다정한 분이시네요."
"예전에 봤을 땐 훨씬 날이 서 있었는데 말이지."
중얼거리던 니콜라우스는 스칼렛의 의아한 표정을 발견하고 말을 이었다.
"두 분 결혼 생활 중에 두어 번 뵈었는데, 야생성이 남아 있는 것 같아 보였다고 하나……. 하지만 지금 보니 그건 방어기제 같은 거였구나, 싶습니다."

 그의 말에 스칼렛이 고개를 끄덕였다. 가끔 보이는 아이작의 난폭함이 걱정스러웠는데, 니콜라우스의 말을 들으니 좀 마음이 놓였다.

 스칼렛은 찬찬히 보고서를 읽고 새로 알게 된 부분을 보충한 후 콜에게 돌려주었다.

 그들이 떠나기 전, 스칼렛이 한참 망설이다 제 눈가를 톡톡 두들겼다. 빅토르의 시력에 대하여 묻고 있다는 것을 두 사람은 바로 알아차렸으나, 그 말 많던 사람들이 순간 말이 없었다. 그러다 콜이 서둘러 말했다.

 "지금 가서 확인해 보고 말씀드리겠습니다."

 "예, 그렇죠. 얼른 확인해 보고 오겠습니다. 잠시만 기다려 주십쇼."

 그러더니 서둘러 병실을 나갔다.

 살란티에와 베스티나의 협상은 보름이 넘도록 이어지고 있었다. 양측 협상단은 목소리를 높여 싸우다가도, 어느 순간에는 입을 다물고 침묵하며 기 싸움을 이어 갔다.

 또다시 길게 침묵하며 담배만 끊임없이 피우던 에번은 남부 점령지에 주둔하던 지휘관 팔린이 가져온 보고서를 넘겨받았다.

 원래 그들이 가지고 있던 연구보고서 위에 구동 중인 비행선의 모습, 탈출하기 위해 베스티나 군인들이 문을 열었을 때 보이던 수소 탱크와 엔진의 작동에 대해 스칼렛이 아주 세밀하게 보충해 놓은 보고서였다.

에번이 혼잣말했다.

"원래도 느꼈지만, 우리 아가씨께선 정말 담이 크시군."

추락이 예정된 비행기 안에서 이것을 관찰하고 있었다는 것이 믿기지 않았다.

그가 침묵을 깨고 베스티나 협상단을 향해 특유의 능청스러운 말투로 말했다.

"이건 우리 측 최선임 엔지니어의 비행선 연구보고서입니다. 보시다시피 완벽하죠, 뭐. 그분이 멀쩡하게 깨어나신 이상, 공중전은 해 볼 것도 없이 살란티에의 압승이라는 전제하에 협상을 이어 가야 하지 않겠습니까?"

에번의 말에 베스티나 협상단이 웅성거렸다. 그들은 스칼렛 크림슨의 보고서를 확인한 후 욕설을 퍼부었다. 그들의 기술이 끔찍할 정도로 자세히 유출되어 있었다.

베스티나 협상단 중 하나이자 육군 장교인 바실리는 처음 자신과 함께 공부한 친우, 빅토르 덤펠트 대신 저 사교적인 모습 뒤에 음흉함을 감추고 있는 에번 라이트가 도착했을 때부터 골치 아파 했다.

베스티나는 살란티에의 점령을 시작으로 대륙 전체를 손아귀에 넣을 계획을 오랫동안 세워 왔다. 그 계획이 수립된 이면에는 살란티에 왕의 멍청하기 짝이 없는 발언이 있었다.

그는 비행기가 제 머리 위를 나는 것이 싫다고 말했다.

그것은 세상에 역행하는 발언임은 물론이고, 왕이 할 말도 아니었다. 게다가 그 손자는 베스티나의 국방력을 한 번 보고 간 후, 살란티에가 절대로 이길 수 없다고 판단해 부역자가 되었다.

율리 이렌을 포함한 첩자들의 말로는 해적을 상대하느라 해군력은 약화되었고, 공군은 없는 것과 다름없다고 했다.

그 여자. 그 스칼렛 크림슨이 아니었다면 살란티에는 비행선에 속수무책으로 당했을 것이고, 동시에 빅토르 덤펠트는 여전히 왕실에 충성했을 것이다. 게다가 바실리가 알고 있는 빅토르 덤펠트라면 충분히 베스티나 쪽으로 회유할 수 있는 가능성이 있었다.

베스티나 입장에서 스칼렛 크림슨은 끔찍한 존재였다. 그녀를 베스티나로 납치해 오려고 수없이 시도했으나, 번번이 빅토르 덤펠트에게 틀어막혔다.

그녀를 베스티나로 끌고 오려 시도한 자들만큼은 전부 그 남자의 손에 죽었다. 첩자가 전달한 바에 의하면, 그는 제 손으로 그들을 끔찍하게 고문한 후 눈을 똑바로 바라보며 날카로운 칼로 목을 벤다고 했다.

그 소식이 전해진 후부터는 스칼렛 크림슨과 관여한 일에서 모두가 뒷짐을 지고 물러나 버렸다. 그녀가 그냥 엔지니어로서 활동하기만 해도 치명적인데, 적군에서 가장 무서운 존재인 빅토르 덤펠트의 목줄까지 잡고 있으니 무엇을 해 볼 도리가 없었다.

전쟁을 처음 시작할 때부터, 베스티나의 정치인들은 군인들의 의견에 관심이 없었고, 바실리가 반대를 했어도 결국은 그대로 진행이 되었다. 다행히 그는 왕실의 일원이라 협상단에 참가할 수 있음은 물론이고, 이 자리에 왕이 있지 않은 이상 자기 마음대로 결정을 내릴 재량도 있었다. 스칼렛 크림슨이 깨어났다면 더 이상 승산이 없다고 판단한 바실리가 입을 열었다.

"이전에 제시한 협상 내용을 바꾸지 않는다면, 협상에 응하겠소."

그의 말에 베스티나 협상단의 정치인과 나머지 군인들의 눈이 휘둥그레졌다. 그들이 번갈아 귓속말로 바실리를 막으려 했으나 그는 꿈쩍하지 않았다.

이번에는 에번이 살란티에 협상단을 들썩이게 했다.

"이건 스칼렛 양이 위태로웠을 때 이야기고, 이제 멀쩡히 깨어나서 보고서를 적을 정도가 되셨으니…… 배상금 이야기를 하는 게 좋겠지요?"

"말했듯이, 이전에 제시한 협상 내용 그대로 진행해야 응할 거요."

"그럼 우리도 응할 수 없습니다."

에번이 태연히 말하고 뒤로 기대앉았다.

잠시 후 바실리가 다시 입을 열었다.

"빅토르가 시력을 잃어 간다고 들었는데."

"예, 그럴 뻔했습니다."

에번이 대수롭지 않게 말했다.

"하지만 스칼렛 양께서 해적들이 사용하는 약을 가져오셔서."

"빅토르라면 안 쓸 텐데."

"스칼렛 양의 말은 듣습니다. 함장님께서 얼마나 스칼렛 양을 소중히 여기시는지 알고 계시지 않습니까? 보내신 부하들을 많이 잃으셨을 테니."

에번의 말에 바실리가 헛웃음을 흘리고 손짓했다. 그러자 에번이 배상금을 적어 그들에게 내밀었다.

배상금은 약간의 피해 보상 정도로, 염려스러울 정도로 많지 않았다. 금액을 보니 빅토르 덤펠트가 시력을 잃은 것은 사실인 듯했다. 율리 이렌에게 전달받은 내용으로도 빅토르는 거의 시력을 잃은 상태였다. 그러나 그는 율리 이렌을 믿지 않았다. 바실리가 판단하기에, 그는 비열한 데다 멍청하기 짝이 없었다.

애초에 베스티나군이 살란티에를 점령한 후 점령지의 왕을 어떻게 취급할지에 대해 전혀 감을 잡지 못하고 있었다.

그런 한심한 작자를 믿고 전쟁을 벌인 베스티나의 정치인들이 적군보다 더 증오스러웠다. 게다가 제해권도 빼앗긴 상황에서, 어떻게 저 험준한 산맥을 넘어 살란티에를 공격한단 말인가.

바실리는 협상에 응하고 서명을 적어 넣었다.

"바실리 경!"

"이게 무슨 짓입니까!"

옆에서 정치인들이 소리쳤으나, 왕족인 바실리의 서명이 들어간 이상 이미 끝난 일이었다. 바실리는 그대로 일어나 협상이 이루어지던 회의실을 나가 버렸고, 베스티나의 나머지 협상단도 다급하게 그를 따라나섰다.

회의실은 잠시 조용했다가, 순식간에 살란티에 협상단의 환호 소리로 뒤덮였다.

전쟁이 끝났다.

베스티나의 패전이었다.

해롤드는 마련해 온 약을 들고 빅토르 덤펠트가 있는 예배당으로 향했다.

시력을 완전히 잃은 이후 그는 거의 이곳에서 지내고 있는 듯했다.

위험해질 일이 없으니 그의 부하들은 안심하는 모양이었지만, 이전에 사용한 약이 어떤 것인지 아는 해롤드 입장에서는 그가 제자리에 앉아 있다는 사실만으로도 기함할 노릇이었다.

해롤드가 왔다는 것을 부하에게 전해 들은 빅토르가 손짓했다. 해롤드가 그와 조금 떨어진 곳에 앉아 약병을 건네주었다.

"이겁니다."

그러자 빅토르가 몇 번 헛손질을 한 후 잡은 약병을 귀 옆으로 가져가 흔들어 보았다.

해롤드가 신중하게 말을 이었다.

"이전에 사용하던 약은 말 그대로 눈을 재생하는 약입니다. 하지만 함장님의 눈은 약을 남용하며 생긴 혈전 때문에 보이지 않는 것이지요."

"그렇군."

"지금 드린 약이 혈전 문제를 해결해 줄 겁니다. 이 경우는 눈을 재생하는 것과는 완전히 달라서, 함장님처럼 건강하신 경우에는 약을 사용하고 반나절도 지나지 않아 앞이 보이게 될 겁니다."

빅토르는 곧바로 약통을 열어 제 양쪽 눈에 각각 물약을 넣었다. 어차피 완전히 실명된 상태니, 검증할 것도 없는 듯했다.

해롤드가 믿기지 않는다는 듯이 말했다.

"함장님의 눈에 재생하는 약을 썼다면, 끔찍하게 고통스러우셨을 텐데요."

"알면서 일부러 스칼렛에게 그 약을 준 건가?"

그의 말에 해롤드가 서둘러 말했다.

"저는 그 약이 정답이 아닐 수도 있다고 어느 정도 짐작을 했습니다만, 에이샤는 몰랐습니다. 조금도요. 그 녀석은 몸 쓰는 일에는 소질이 있지만 머리 쓰는 일에는 영…….”

스칼렛을 납치했던 건으로 그의 아들은 선고를 기다리고 있었다. 처형될지 모른다고, 해롤드는 이미 마음을 내려놓았다.

스칼렛이 죄책감을 느끼지 않게 하려 덤덤한 얼굴로 고문을 견디고 있는 것을 보니, 주동자를 제외한 이들을 가만히 놔둔 것만으로도 고마웠다.

요즈음 해롤드는 더더욱 에이샤 남매를 친자식처럼 여기게 되었다. 물론 가끔 제 아버지를 살해한 에이샤가 욱할 때 괜히 제 목이 간질간질거릴 때가 있지만.

해롤드가 급하게 에이샤를 감싸는 것을 듣던 빅토르가 말했다.

"곧 장교로 임관할 예정이네."

"……예?"

"에이샤 룰스. 큰 공을 세웠어. 적 참호에 들어가서 말 그대로 격멸시켰지."

"…….”

"문제가 있나?"

"해적선 선장의 딸입니다, 에이샤는."

"그 해적선 선장을 죽인 공을 세우기도 했지."

해롤드는 순식간에 눈이 붉어져 두 손으로 입을 감쌌다.

"감사합니다."

"네놈이 왜."

빅토르는 무슨 소리냐는 듯 말하고, 나가라는 듯 손짓했다.

해롤드가 예배당을 나간 후, 빅토르는 에번으로부터 전화가 걸려

왔다는 소식에 전화실로 향했다.

그가 전화를 받자마자, 에번이 말했다.

─함장님. 협상이 끝났습니다.

"……"

─살란티에가 승리했습니다. 함장님. 함장님…….

늘 경쾌하던 에번의 목소리가 떨렸다.

빅토르는 자리에 그대로 서서 에번의 목소리를 듣고 있었다.

잠시 후, 그는 여느 때와 다름없는 건조한 목소리로 물었다.

"왕실에는 보고했나?"

─아니요. 해야 합니까?

에번이 그 와중에 농담조로 말하고 자기 말에 자기가 웃었다.

빅토르가 말했다.

"내가 보고하지. 스칼렛에게 먼저 말해 주고."

─예. 제 생각에도 그 순서가 맞습니다.

빅토르는 그 후 점령지에 관련한 몇 가지 지시를 내리고, 부하들에게 명령해 모든 격전지에 종전 사실을 전달하게 했다. 그리고 그는 곧바로 마차를 타고 스칼렛이 있는 소도시로 향했다.

내내 조용하던 소도시는 수많은 사람이 들락거리며 전에 없이 활기를 띠고 있었다. 주민들에게는 3호기의 영웅들을 구했다는 자부심이 있었고, 의도한 건 아니지만 그로 인해 드나들게 된 방문객들이 창출하는 수익까지 생겨 더할 나위 없이 표정이 밝았다.

빅토르는 곧바로 스칼렛이 있는 병실로 향했다.

스칼렛은 침대 헤드에 기대앉아 아이작과 필담을 나누다가 문 쪽으로 고개를 돌렸다. 그녀는 지팡이를 짚고 서 있는 그가 완전히 실명했다는 것을 바로 알아차리고 표정이 일그러졌다.

아이작이 물었다.

"스칼렛, 잠깐 자리 비워 줄까?"

그가 묻자 스칼렛이 한참 망설이다 고개를 끄덕였다.

아이작이 침대 쪽을 두드려 빅토르에게 위치를 알려 준 후 병실을 나가고, 빅토르는 헤매는 듯하면서도 그녀 곁으로 다가왔다.

빅토르가 침대를 찾아내고 지팡이를 내려놓은 후 그 앞에 무릎을 꿇었다.

"스칼렛."

"……."

"전쟁이 멈췄어."

그는 스칼렛이 무슨 표정을 짓는지, 무슨 말을 하고 싶은지 전혀 알지 못하는 상태로 말을 이었다.

"처음부터 에번이 허세를 부렸어. 3호기는 제작이 쉬워서 우리가 수많은 비행기를 뽑아 낼 수 있다고. 비행선으로 수도를 폭격하는 건 불가능할 거라고 했지. 결국 그 혀로 배상금까지 얻어 냈더군."

"……."

"협상 자리에 세 시간을 늦게 들어갔다던데. 나라의 운명을 짊어지고도 그렇게 능청을 떨 수 있는 건 에번뿐일 것 같더군. 그리고……."

늘 무뚝뚝하던 빅토르가 계속 말을 잇는 것을 스칼렛은 물끄러미 바라보고 있었다.

빅토르가 다시 입을 열었다.

"그리고, 당신이 나에 대해 궁금해하지 않아서, 이번에는 내가 왔어."

"……."

"당신이 날 찾아올 필요 없어. 항상 내가 올 거야. 당신이 싫다고, 날 죽이겠다고 해도 올 거야. 당신이 너무 싫어하면 일 년에 한 번, 십 년에 한 번이라도. 나는 꾸준히 당신을 만나러 올 거야."

"……."

"당신이 깨면 이 말부터 하고 싶었어."

빅토르는 그렇게 이야기하고, 고개를 들었다. 그리고 그대로 행동을 멈추었다.

해롤드의 말대로였다.

벌써부터 아주 조금씩이나마, 스칼렛의 얼굴이 보이기 시작했다.

그는 제가 시력을 되찾고 있다는 생각보다도 먼저, 스칼렛의 눈이 무척이나 아름답다는 생각을 했다.

그러다 더더욱 시야가 선명해지자, 빅토르의 표정이 되레 심하게 구겨졌다. 그는 제 눈으로 스칼렛의 상태를 처음 보았기 때문에, 그녀가 얼굴을 포함한 온몸에 타박상을 입었다는 것을 이제야 알았다.

스칼렛은 그의 표정에 답답해하다가 손을 뻗어 빅토르의 손을 잡았다. 그리고 그 위에 무언가 쓰려 하자 빅토르가 말했다.

"종이에 적어. 읽을 수 있으니까."

그렇게 말해도 스칼렛이 믿지 못하는 표정이라, 빅토르가 낮게 한숨을 쉬고 스칼렛 가까이에 앉아, 말을 이었다.

"보인다니까. 너 예쁜 것도."

"……."

그의 말에 스칼렛이 흠칫거렸으나 빅토르는 신경 쓰지 않고 말을 이었다.

"참고로 의사가 말하지 말라고 권고한 건 오늘까지였어. 다음 주가 아니라."

"……뭐?"

그렇게 말하고 나니, 목소리가 꽤 잘 나왔다.

스칼렛이 정색하며 빅토르를 노려보자 그가 태연히 말했다.

"그렇다고 막 떠들어도 된다는 건 아니니까 아직 말하지 말고. 정확한 날짜를 알려 주면 당신이 그 전에 독단적으로 말을 해도 된다고 판단할 것 같더군. 상시 남의 말을 조금도 안 듣는 분이라."

스칼렛은 이제 말을 해도 된다는 걸 알아차렸지만, 뭐라고 말해야 할지 몰라 어쨌든 마음에 안 든다는 듯 휙 고개를 돌렸다. 그러고 한동안 조용해 스칼렛은 다시 빅토르를 보았다.

눈이 마주친 후에야 그가 말했다.

"많이도 다쳤네."

"……"

"이번에 결과가 좋았지만 또 이런 위험한 일을 할까 봐 미리 말하는데. 지금은 당신이 살아 돌아왔으니 다행이지, 당신이 거기서……."

빅토르는 말을 잇지 못하고 잠시 입을 다물었다.

수많은 죽음을 보아 왔고, 제 손으로도 그만큼의 생명을 거두었다. 그럼에도 여전히, 그녀의 죽음에 대한 가정은 입에 담기가 힘들었다.

그가 스칼렛의 손목을 잡아 맥박을 확인하며 말을 이었다.

"당신이 돌아오지 않았으면, 나도 따라 죽었어."

"……"

"그럼 협상의 결과도 안 좋았겠지."

"……"

"내가 당신 사랑하는 거, 이제 충분히 알아들었잖아. 그래서 못 가게 했던 것도 이제는 알잖아. 그러니까 다시는 이러지 마."

스칼렛은 그의 얼굴을 복잡한 표정으로 바라보았다.

방금 전까지는 앞이 전혀 안 보이는 것처럼 지팡이를 짚고 들어왔는데, 지금은 정말로 잘 보이는 것 같았다.

그녀는 그게 너무 이상한데, 빅토르는 본인의 눈에 관심이 없고 그저 스칼렛의 상태에만 충격을 받은 듯했으며, 지금은 그의 몸이 심하게 떨리고 있었다.

한동안 말을 하지 않아서인가, 스칼렛은 그에게 할 수 있는 말이 아무것도 떠오르지 않았다. 그래서 그냥, 그가 눈이 보이게 되면 하려던 행동을 했다.

스칼렛이 주먹을 쥐어 그의 어깨를 쿵 때리자 빅토르가 실소했다.

"왜."

그가 물었지만 스칼렛은 말없이 다른 손도 주먹을 쥐어서 그를 때렸다. 그러자 빅토르가 그녀의 손목을 붙잡으며 말했다.

"손 다쳐."

"내가 왜 당신한테 해적의 약을 가져왔는지 알아?"

"전쟁에서 이기게 하려고."

"아니야. 때리려고. 당신한테 화가 많이 나서 꼭 때려야겠는데, 환자는 못 때리니까."

그녀의 쉬어 버린 목소리에 별수 없이 빅토르가 손을 놓아주며 말했다.

"때리게 해 줄 테니까 그만 말해."

그렇게 놓아주자마자, 그녀가 다시 빅토르를 때리기 시작했다. 근력이 바닥나 힘껏 때리기는커녕, 휘두르는 것도 힘들어하면서도 안간힘을 써 아득바득 그를 때리고, 쓰러지려는 것을 빅토르가 급하게 팔로 감싸 제 품으로 기대게 했다.

스칼렛이 지쳐서 숨을 몰아쉬며 쉬어 버린 목소리로 말했다.

"나쁜 새끼."

"나중에 해."

"거짓말쟁이. 쓰레기 같은 자식."

"괜한 말을 했네, 내가."

그는 스칼렛이 더 이상 말하지 못하게 손으로 그녀의 입을 틀어막았다. 그리고 손을 뻗어 종을 흔들어 의사를 불렀다.

진통제로 인해 그녀는 다시 잠들고, 병실에 들어온 아이작이 염려스러워하며 말했다.

"뭘 하신 겁니까?"

"나를 때리고 싶었다던데."

"아……."

아이작은 어처구니없었지만, 좀 이해가 간다는 듯 고개를 끄덕였다.

빅토르는 스칼렛을 다시 침대에 눕힌 후, 그녀에게 말했다.

"속 시원히 때린 것 같지 않으니, 깨면 다시 맞아 주러 오지."

"그런데……."

아이작이 인상을 쓰고 제 얼굴을 보자, 빅토르가 말했다.

"스칼렛이 준 약이 이제야 효과가 있는 모양이군."

그런 그의 말에 아이작이 안도의 한숨을 내쉬며 두 손으로 제 얼굴을 감쌌다.

"다행입니다. 경계서 영영 안 보이게 되시면 스칼렛의 마음이……."

"다행히 크게 도움이 되었소."

"예. 스칼렛에게 전해 주겠습니다."

아이작의 행복한 표정을 보니, 그가 스칼렛이 상처 받을까 얼마나 두려워했는지가 느껴졌다. 빅토르는 스칼렛의 얼굴을 한 번 더 바라보고 몸을 일으켰다.

그는 병실을 나서다, 쉼 없이 병실을 오가며 필요한 것을 가져오던 블라이트와 마주쳤다.

"아, 도련님. 지팡이를 병실에 두고……."

급하게 병실로 돌아가려던 블라이트가 멈춰 섰다. 그리고 다시 빅토르를 보았다가 들고 있던 스칼렛의 옷이 든 상자를 떨어뜨렸다.

그가 서둘러 다시 상자를 집어 들자 빅토르가 그것을 손짓했다.

"스칼렛에게 줄 옷인가?"

"아, 예. 도련님이 말씀하신 대로 스칼렛 아가씨께서 퇴원하실 때 입으실 편안한 옷을……."

블라이트가 얼른 상자를 열어, 스칼렛이 평소에 입는 일상복을 보여 주었다. 그녀가 즐겨 입는 옷 그대로에 소재만 좋은 것을 사용했다. 그걸 보여 주는 내내 블라이트의 눈시울이 붉어져 있어 빅토르는 블라이트의 어깨를 툭 두들긴 후 병원을 나섰다.

최근 그와 거의 일거수일투족을 함께하던 체이스가 기다리다 빅토르와 같은 마차에 올랐다. 그 역시 한발 늦게 빅토르가 앞을 볼 수 있다는 사실을 알아차렸다.

체이스 역시 금방 울 것 같은 표정을 짓자 빅토르가 지친 얼굴로 말했다.

"그 표정을 여러 번 볼 생각을 하니 벌써 지겹군."

"죄, 죄송합니다."

체이스가 정중히 사과하고 서둘러 검안을 시작했다. 그의 시력이 완벽히 돌아온 것을 확인한 체이스가 울음을 참느라 부들부들 떨리는 목소리로 말했다.

"아주…… 아주 좋습니다. 하지만 관리는 잘 하셔야 할 겁니다."

"그래야지. 아, 그리고."

"예, 함장님."

"내 눈이 보이는 건 비밀로 하지."

"예?"

"그래야 왕실에서 나를 얕볼 테니."

"아. 예!"

하도 잘 울어서 심약한 줄 알았더니, 정작 왕실이 먼저 선공하게 두자는 빅토르의 말에는 떨림이 멈췄다. 오히려 신이 나는지 히히 웃기까지 했다.

좀 이상한 사람들이 해군에 들어오는 건지, 해군이 사람을 저렇게 만드는 건지 모를 일이라고, 빅토르는 생각하게 되었다.

그는 지루한 이동 시간을 견디려, 잠시 눈을 감고 스칼렛의 모습을 떠올렸다.

자꾸 다쳐 있는 모습만이 떠올랐다.

―――― ✦ ――――

아무리 기다려도 왕실에는 평화협상이 끝났다는 소식이 도착하지 않았다. 오히려 전장에 있던 기자들이 낸 호외가 먼저 거리에 뿌려졌고, 온 나라가 환희에 휩싸였다.

호외로 종전 사실을 알게 된 왕실은 왕성 밖과 달리 고요하기 짝이 없었다. 왕은 이 사실에 충격 받아 숨이 넘어가기 직전이었고, 종전에 대한 연설을 취재하러 온 기자들은 왕성에 들어가지도 못하고 저희들끼리 상황을 추측하고 있었다.

왕세손, 율리 이렌이 한자리에 모인 왕족들에게 말했다.

"일단 연설을 해야 하는 것 아닙니까? 아버지, 살란티에 국민들에게 왕족들의 축하와 격려가 필요합니다."

"협상단으로부터 연락이 없는데, 어떻게 연설을 한다는 게냐."

"뭐 별것 있겠습니까? 그냥 종전을 했다는 사실에 대해서만 말씀하시면……."

"율리."

아담 이렌이 아들에게 말했다.

"네가 빅토르에게 우선 연락을 하거라."

"어떻게 왕실에서 먼저……."

"지금은 먼저 연락해 보는 것 말고 달리 방법이 없지 않니."

그의 말에 율리는 수치심마저 느꼈으나, 달리 방법이 없는 것은 사실이었다.

그는 이를 으득 갈며 전화실로 향했다. 무슨 말을 해야 할지, 그의 머릿속이 복잡했다.

빅토르는 수도에 들어서는 순간부터, 자신을 베스티나의 첩자로서 공식적으로 처벌하려 들 것이 분명했다.

제가 먼저 그를 잡아들여야만 했다. 어떻게 해야 할 것인가, 아무리 생각해도 답이 나오지 않아 피가 마르는 기분이었다.

그나마 위로가 되는 것은 그가 앞을 전혀 보지 못한다는 보고였다.

그는 일단 빅토르가 있는 곳에 전화를 연결하게 했다. 한참이 지난 후에야 빅토르가 전화를 받았다.

"빅토르."

-율리.

그의 목소리에서는 조금도 승전의 흥분을 찾아볼 수 없었다.

율리 역시 초조함을 감추고 입을 열었다.

"협상 결과에 대한 보고가 왜 늦어지는 거지?"

지금 기선을 제압하리라.

율리는 그렇게 생각하며 말을 이었다.

"가장 먼저 폐하께 말씀드리는 것이 당연한 일 아닌가? 협상단의 대표 대행인 에번 경이 자네 때문에 처벌을 받아도 괜찮아?"

-평화협상에 배상금까지 받아 낸 에번을 처벌하겠다고?

"왕실에 종전을 보고하지 않은 건 큰 죄야."

-이미 나에게 했는데.

"그러니 자네가 보고했어야지. 자네는 어디까지나 해군이고, 해군의 수장은 내 아버지야. 상황을 보고하지 않은 건 하극상이 아닌가?"

율리는 강경하게 말했고, 잠시 대답이 없던 빅토르가 입을 열었다.

-자네가 잘 모르는 것 같아 하는 말이지만, 우리 해군은 일평생 배에 오르지 않는 사람을 해군이라고 생각하지 않아.

"……뭐?"

-우리 살란티아 해군에게는 강한 자부심과 동료애가 있네.

"……"

-마찬가지로 너도. 평화협상이 끝나고 베스티나로부터 네가 베스티나군에 정보를 제공했다는 자료를 충분히 넘겨받았어. 그런 놈을 왕

세손이라 인정할 수는 없는 노릇이지.

그의 말에 율리가 아무 말도 하지 못하자, 빅토르가 말을 이었다.

─뭐, 국가 기밀을 팔아먹을 생각을 한 그 용맹함은 칭찬해 주지.

율리 이렌은 어느새 분노나 수치심 대신, 생명의 위협만을 느끼고 있었다.

빅토르와의 전화를 끊고 난 율리의 머릿속에는 줄행랑을 치고 싶다는 생각이 가득했다. 그는 곧바로 한터 가문으로 향했다.

자신의 오른팔 노릇을 하던 휴건 한터의 상태가 조금이라도 호전되었기를 바라며 찾아간 한터 가문에서, 그는 사용인들의 부축을 받으며 응접실로 나온 휴건을 보고 표정을 찌푸렸다.

그는 심각한 두통에 시달리는 듯 손으로 제 머리를 감싸고 있으며 계속해서 무언가를 중얼중얼거리고 있었다.

휴건의 형이자 가문의 후계자인 장남이 가문에서 나쁜 소리가 나갈까 동생을 적당히 가둬 놓고 있는 모양이었다.

"휴건."

율리가 불러도 집중하지 못하자 가문의 장남이 정중하게 사과했다.

"죄송합니다. 이런 추태를 보이게 되어……."

그가 손짓해 하인들에게 휴건을 끌고 나가게 한 후 말을 이었다.

"도대체 무슨 일이 있었던 건지."

휴건이 왕세손의 도움으로 권력을 잡은 이후, 후계자 자리까지도 뺏길까 겁을 내던 장남은 이 상황에서 분명 이득을 얻었다.

그러나 그는 짐짓 침통한 표정을 지으며 말했다.

"그럼 오셨으니 니나와 시간을 보내십시오, 왕세손 전하."

장남이 인사하고 떠난 후, 니나가 응접실로 들어섰다.

드디어 제 불안감을 해소하는 데 조금이라도 도움이 될 사람을 만나 반색하는 율리와 달리, 니나가 피곤해하며 그에게 종이를 건넸다.

"휴건이 저렇게 되고 나서 해독제를 찾으려던 유통 경로야. 당신이 좀 도와줘."

그러자 율리가 그것을 받아 바로 함께 온 호위에게 넘겼다. 안 그래도 지금 그는 휴건의 도움이 절실히 필요했다.

니나가 초조하게 말했다.

"그런데 사실이야? 빅토르가 눈이 보이지 않게 되었다는 거."

그녀의 말에 율리가 인상을 쓰며 니나를 보았다.

언제나 그는 연인의 마음에 확신이 없었다. 자신을 여전히 빅토르 덤펠트의 대체품으로 여기고 있다는 생각이 사라지지 않았기 때문이다.

"사실이면 찾아가 보기라도 하게?"

율리가 삐딱하게 묻자 니나가 대답했다.

"가엾잖아."

그런 그녀의 말에 율리는 좀 전에 빅토르의 전화를 받았을 때 이상의 분노를 느꼈다. 눈을 빌미로 찾아가려 한다는 그녀의 말에서 미련이 뚝뚝 흘렀다.

율리는 복합적인 질투심에 휩싸여 억지 미소를 지어 보였다.

"빅토르 덤펠트는 남의 동정을 즐기는 사내가 아니야. 당신이 더 잘 알지 않나?"

"……알아. 하지만 이번엔 다르잖아. 힘들어하고 있을 거야."

니나가 안쓰럽다는 듯이 말했다.

율리는 당장에라도 그녀의 목을 비틀 것 같아 휙 돌아서 버렸다.

어떻게든, 빅토르 덤펠트를 어떻게든 잡아 죽이겠다는 생각만 머릿속에 가득했다.

빅토르는 드문드문 제 눈을 손으로 감쌌다가 다시 앞을 보았다.

세상은 여전히 선명했다. 눈이 보이지 않을 때는 스칼렛이 자신을 가엾게 여길까 두려웠는데, 지금은 그녀가 자신을 가엾게 여겨 주지 않을 것이 두려웠다. 인간의 한심함에는 바닥이 없다고, 그는 생각했다.

전쟁이 휩쓸고 간 자리에는 누군가 해결해야 하는 문제들이 남아 있었다. 도시를 재건해야 하는 건 물론이고, 군인들이 집으로 돌아가게 된다는 것도 문제였다.

해군들은 모두 첫 전투가 남기는 상처를 경험해 왔다. 가장 안전하다고 믿었던 항로에 안개가 덮이는 순간, 시야가 확보되지 않는 바다에서 민간어선인지 해적선인지 구분되지 않는 배를 발견할 때.

해군이기 때문에 결코 먼저 공격하지 못했고, 그렇다고 민간어선들처럼 도망칠 수도 없었다. 그러다 어느새 코앞까지 다가온 해적기를 마주쳤을 때의 공포감. 정신을 차려 보니 방금까지 이야기하던 동료가 옆에서 죽어 있을 때의 무력감.

해군들은 전쟁 전에 이미 그것을 경험하다 못해 익숙해져 있기까지 했기 때문에, 오히려 전쟁이 발발한 이후에도 태평하게 웃고 떠들기까지 했다. 그게, 해군의 장점이자 심각한 문제점이었다.

곧 베스티나 남부에 있던 협상단이 돌아왔고, 군인들은 각자 집으로 돌아가는 기차에 올랐다. 도시와 비행장의 재건도 즉시 시작되었다.

며칠 후, 수도로 향하는 기차 시간이 얼마 남지 않았을 때 빅토르의 걸음이 기차역이 아닌 다른 곳으로 향하자 에번이 따라와 물었다.

"함장님, 어디 가십니까?"

"예배당."

빅토르가 부상당한 군인들을 아직 진료 중인 성당 쪽을 턱짓하자 에번이 따라 걸으며 말했다.

"웬일이십니까? 예전에는 그렇게 다녀오시라고 해도 안 가더니."

"마음이 편하더군."

에번이 다른 1급함의 함장이 될 수 있을 만큼 진급했음에도 루비드호에 남은 가장 큰 이유는 해적들과 마주쳤을 때, 빅토르처럼 딱 잘라 최대 다수의 생명을 구하기 위한 선택을 내릴 수 없기 때문이었다.

사람을 좋아하는 그는 스스로가 해적들이 인질을 앞세울 때마다 판단력이 흐려져 아군을 위험에 처하게 할 지휘관이라는 것을 인지하고 있었다. 그런 의미에서 빅토르는 루비드호에 탄 모든 해군에게 태산 같은 안정감을 주는 존재였다.

아직까지 살란티에는 전쟁 트라우마에 대한 대책이 거의 마련되어 있지 않았다. 유일하게 대책이랄 수 있는 게 종교라, 에번은 매번 누군가가 죽는 선택을 해 온 빅토르에게 종교에 의지할 것을 권유했으나 그는 듣지 않았다. 그랬던 그가 제 발로 예배당에 간다는 것이 에번은 신기하고도 안도가 되었다.

예배당에 들어선 빅토르가 주임 사제를 찾았다. 그리고 해적 문제를 해결한 공로로 왕에게 받은 이후 줄곧 들고 다니던 권총을 꺼내 사제에게 건넸다.

그러자 사제가 놀란 듯 물었다.

"이, 이걸⋯⋯ 기증하시는 건가요?"

그 사제보다 놀란 에번의 눈이 휘둥그레졌다.

은과 다이아몬드로 만들어진 이 보물은 수도의 대성당에서도 안달할 성물이었다. 이런 소도시의 작은 성당이 가지고 있다면 앞으로 이것 하나를 보기 위해 방문하는 사제들의 발걸음이 끊이지 않을 것이다.

앞으로 덤펠트 가문의 명예를 상징하게 되었을지도 모르는 물건을 내준 빅토르가 성화 쪽을 바라보며 말했다.

"신께서 내 바람을 들어주셨으니."

"그러셨군요."

사제 역시 성화 쪽을 보고 미소를 지었다.

"사정은 모르겠지만, 안도하셨다니 기쁩니다."

빅토르는 대답 대신 미소를 지은 후 사제가 감사의 인사를 할 기회도 주지 않고 돌아서 예배당을 나섰다.

마차에 오르기 전, 그는 자신이 신뢰하는 루비드호의 해군들에게만 시력을 되찾게 되었음을 밝혔다.

그리고 그가 탄 마차가 출발하자, 뒤에서 해군들이 환호하는 소리가 들렸다. 빅토르는 자신이 해적의 약을 사용했음에도 예상과 달리 너무도 기뻐하는 해군들의 반응에 혀를 찼다.

이틀이 지나서야 일어난 스칼렛은 손을 움직일 힘이 생기자마자 시계 부품의 연구를 시작했다.

크림슨 가문이 가진 시계 기술의 정수, 크림슨 부품 개발의 목적은 결국, 이 세상 어디를 가더라도 정확한 시간을 확인하는 것에 있었다.

크림슨가의 선대 가주 부부는 극지방에서 시계가 중력의 변화에 의한 오차를 보이리란 것을 확신했다. 그들은 그 오차를 줄이는 데 필요한 부품을 만들어 내려 했으나, 그 전에 세상을 떠났다. 스칼렛이 지금 연구하고 있는 것이 그것이었다.

일부러 그러려던 건 아니지만, 극지방을 가고 싶다는 빅토르의 말이 아주 조금은 영향이 있었으리라 스칼렛도 인정했다.

그녀는 그렇게 좋아하는 시계를 연구하다가도, 드문드문 그 남자를 떠올렸다. 지팡이를 짚고 병실에 들어서던 빅토르의 모습이 좀처럼 잊히질 않았다.

그가 다녀간 후 다시 일주일이 지났고, 오늘 드디어 퇴원이 확정되었다. 공중전 이후 거의 한 달 만의 퇴원이었다.

병실에는 그동안 사람들이 가져다준 선물이 가득해, 아이작이 짐을 챙기는 데 많은 시간이 걸렸다. 그동안 스칼렛은 다시 부품 연구에 빠져 있었다.

그때 병실 문이 열렸다. 아이작인 줄 알고 고개를 들었던 스칼렛은 안으로 들어서는 빅토르를 발견했다.

스칼렛이 그를 힐끔 보았다가, 적고 있던 두꺼운 노트를 덮었다.

"기밀이야, 시계."

그러자 빅토르가 오히려 잘 되었다는 듯 노트를 한쪽으로 치워 버리며 말했다.

"언제부터 시작할까?"

"뭘?"

"일주일. 나와 같이 있기로 했잖아."

그의 말에 스칼렛이 난처해하면서도, 고개를 들고 빅토르의 눈을 주시했다.

이제부터 자기가 먼저 찾아오겠다고 말했을 때는 그가 좀 뜨겁게 느껴졌는데, 지금 보이는 푸른 눈은 여전히 얼음 같았다.

그녀가 바로 대답이 없으니 빅토르가 잠시 뜸을 들이다 말을 이었다.

"지금 당장 날짜를 정하기 힘들면, 차차 결정해. 기다릴 테니까."

"……응."

"그리고 그때 당신 부모님 사고 연관자들을 같이 찾도록 하지."

그의 말에 스칼렛이 고개를 끄덕였다.

"알겠어. 그럼 나는 일단 수도로 가서…… 시계 가게를 다시 열 준비를 해야겠다."

"안 그래도 수도의 시민들이 당신이 돌아오기를 기다리고 있다더군."

"나를?"

스칼렛이 의아해하자 빅토르가 혀를 차며 말했다.

"잊었어? 당신이 수도를 폭격에서 구했잖아."

"그야…… 그러네."

스칼렛이 다소 민망해하며 수긍했다.

빅토르가 다시 입을 열었다.

"사람들에게 손을 흔들어 주는 연습은 했어?"

"……어떻게 해야 할지 모르겠어. 당신은 사는 내내 영웅이었으니까 잘 알 테지만 나는 처음이라."

"하고 싶은 대로 해. 당신이 뭘 하든 시민들은 기뻐할 테니까."

스칼렛은 쓸쓸한 미소를 지으며 고개를 끄덕였다. 마냥 기뻐할 수가 없었다.

공군 기지에서 친해진 사람들이 여럿 세상을 떠났다. 그녀는 구스타프 교수에 대하여 묻고 싶었으나, 죽었다는 말이 돌아오는 것이 무서워 입을 열지 않았다.

다른 생각을 하느라 주의하지 못해, 바닥을 딛고 서려던 스칼렛이 힘없이 비틀거렸다. 그러자 빅토르가 곧바로 그녀를 인형 들 듯이 달랑 안아 들었다.

스칼렛이 놀라서 그의 옷깃을 움켜쥐며 말했다.

"걸을 수 있어."

"나중에 걸어."

"무슨 나중……."

"나 없을 때."

그가 대답하곤 사용인들에게 턱짓해 그녀의 남은 짐까지 챙기게 하고 걸음을 옮겼다.

스칼렛은 당혹감에 얼굴이 화끈거리는 것을 느끼며 푹 한숨을 쉬었다.

―・◆・―

그녀를 마차에 앉힌 빅토르가 아이작에게로 향하더니 그에게 무언가를 전달했다. 그러자 아이작이 미소를 지은 후 스칼렛에게 달려왔다.

그는 문이 열린 마차 안으로 상체를 밀어 넣고, 스칼렛에게 말했다.

"나는 마차로 수도에 가 있을 테니까, 군인들과 같은 기차를 타고 와."

"뭐? 왜? 같이 가."

"정비부사관들이 다 같은 칸에 타고 간다는데, 다 같이 가면 재미있을 것 같아."

"혼자 안 심심하겠어?"

"으이구, 아직도 날 어린애로 알아?"

아이작이 해맑게 웃으며 말하고는 스칼렛의 손을 부드럽게 감싸 손바닥에 입을 맞추고 손을 흔들며 물러났다.

잠시 후 빅토르가 돌아와 앉은 후 마차가 출발했다.

어느 정도 달려, 그나마 스칼렛이 있던 소도시와 가까운 기차역에서 마차가 멈췄다.

그곳에서 30분 정도를 기다리자 비행장에서 출발한 정비부사관들과 해군들이 탄 기차가 도착했다.

그녀를 발견하고 기차에서 우르르 내린 정비부사관들이 스칼렛을 둘러쌌다. 제일 먼저 달려온 커스틴이 손으로 그녀의 눈을 가리며 말했다.

"잠깐만 눈 감아 봐, 스칼렛."

"왜?"

"잠깐이면 돼!"

옆에서 떠드는 소리에 스칼렛이 의아한 표정을 지었다.

일단 눈을 꼭 감고 있는데 주변이 조용해졌다.

"이제 눈 떠도 돼."

커스틴의 말에 스칼렛이 눈을 떴다가, 곧 두 손으로 제 입을 틀어막았다.

기차로 오르는 계단에 지팡이에 몸을 의지한, 무척 핼쑥해 보이는 동시에 멋쩍어 어쩔 줄 몰라 하는 남자가 서 있었다. 구스타프 교수였다.

"그게 있잖아, 스칼렛. 피어스 경도, 나도 운이 엄청 좋았지, 뭐니."

구스타프 교수의 민망해하는 목소리에 한동안 멍해져 있던 스칼렛이 주저앉아 울음을 터트렸다.

"어떻게…… 어떻게 여기……."

스칼렛이 말을 제대로 못 잇고 있으니, 이미 다 울고 침착해진 커스틴이 옆에서 말했다.

"포로로 잡혀 있다가 오셨대."

"뭐, 뭐어?"

스칼렛의 눈이 휘둥그레졌다.

수도로 향하는 기차 앞에서, 의자를 마주 보게 돌리고 앉은 구스타프 교수가 스칼렛에게 상황을 이야기해 주는 사이 다른 학생들도 모여서 함께 들었다.

사정을 들어 보니, 엔지니어인 구스타프 교수와 파일럿 피어스가 탄 3호기는 해발 2,000m 지점, 쌓여 있는 눈 위에 불시착했다는 모

양이다.

설원 위에 나뒹군 덕에 두 사람 다 큰 부상이 없었고, 피어스는 비상시를 대비해 3호기에 싣고 있던 폭약을 터트리기 전에 중대한 결정을 필요로 했다.

이 산에 여전히 베스티나 군인들이 숨어 있을 확률이 크기 때문에, 3호기가 발각될 경우 기술 유출의 우려가 있었다. 그러므로 3호기를 폭파시켜야 하는데, 그럼 폭발음과 불길이 되레 베스티나 군인들을 이곳으로 불러들일 것이 분명했다.

파일럿과 엔지니어, 둘 다 포로가 된다면 살란티에게 어떤 피해가 갈지 몰랐다.

그것을 잘 알고 있는 피어스는 비행 전에 보급받은 권총을 꺼내며 구스타프 교수에게 말했다.

"교수님. 우리는 이곳에서 정리를 하는 것이 좋겠습니다."

구스타프 교수는 겁에 질려 있었으나, 그 역시 두 사람이 포로가 되면 위험하다는 것을 이해하고 있었다.

평화협상을 시작했다고 해도, 이름처럼 평화롭게 끝날 확률은 현저히 낮았다. 높은 확률로 결렬되어 전쟁이 계속될 것이고, 식량도 없이 여기 계속 고립되어 있을 수만은 없었다. 그렇다고 이 비행기를 두고 두 사람만 산을 내려가는 것은 더더욱 안 될 일이었다.

구스타프 교수가 고개를 끄덕이자 피어스가 말했다.

"교수님이 대신 해 주시면 좋겠습니다."

구스타프 교수는 자신과 달리 마지막까지 조종간을 잡고 있던 피어스의 팔이 성치 않다는 걸 알고 있었다. 어떻게든 베스티나군이 찾지 못할 만큼 높은 곳까지 3호기를 몰고 오느라, 두 손의 뼈가 골절되고 살이 죄 찢어져 피가 얼어붙어 있었다.
 구스타프 교수는 떨리는 손으로 총을 받아 들었다. 그리고 피어스가 3호기를 먼저 폭파시키라고 가리킨 폭약 쪽을 보았다.
 그런 그의 시선에, 3호기 날개의 캔버스 천 위에 적힌 글자가 보였다.
 루비드호에 고대어로 '바다를 두려워하라'라고 적혀 있는 것을 보고, 정비부사관들도 3호기에 무언가를 적어야겠다고 생각했다.
 그래서 스칼렛에게 정하라고 하니 직관적이기 짝이 없는 문구를 가져왔다.

 [더 높이, 더 멀리, 더 오래]

 멋이 없다며 실컷 놀리고서 그래도 나름 엔지니어들의 대장이라고 그녀가 가져온 것을 그대로 써주기로 했다. 그들은 왕족 혈통이라 고대어를 가장 정확하게 알고 있는 빅토르에게 번역을 부탁해 날개에 적었다.
 그것을 읽고 난 구스타프 교수가 말했다.
 "며칠만 버텨 봅시다."
 "……예?"
 산소가 부족하고 춥기까지 하니 죽음의 안락이 달콤해 보였다. 그러나 날개를 보고 있으니, 구스타프 교수의 마음이 비교적 단단해졌다.
 "평화협상이 잘 마무리되면, 혹시 포로가 되어도 송환될 가능성이 높잖아요."

"……."

"조금만 버팁시다, 우리."

피어스는 스스로의 손을 바라보다 고개를 끄덕였다.

그렇게 두 사람은 눈 속에서 마른 식량을 아껴 먹으며 일주일이나 버텼고, 비행기를 폭파시킨 후 발각되어 포로로 붙잡혔다.

다행히 그때는 이미 스칼렛이 탄 3호기가 비행선을 격추시키고, 죽음의 고비를 넘긴 후라 평화협상이 상당 부분 진행되고 있었다. 그 덕분에 두 사람은 심한 고문은 받지 않았고, 배상금 협상과 포로 교환을 통해 살란티에로 돌아왔다.

구스타프 교수가 자신을 동경의 눈으로 바라보는 학생들이 민망해 헛기침을 하고 말을 이었다.

"아무튼 솔직히 말해서……. 그 영하의 눈 속에서 굶주리다가 포로로 잡혀서 산을 내려가니까 오히려 살겠다, 싶더라고."

그렇게 이야기하고 나니 다들 감탄하는 와중에 눈물이 그렁그렁 거리고 있었다.

구스타프 교수가 멋쩍은 마음에 농담하듯 스칼렛에게 말했다.

"그, 저……. 7번가에 계신다는 그분은 내가 죽은 줄 알고 마음이 바뀌었을라나?"

그러자 스칼렛이 울음을 짓누르고 씩씩한 목소리로 말했다.

"아뇨. 아직 그런 얘기 안 했어요. 교수님이 살아 돌아올 수도 있으니까."

그 대답에 구스타프 교수의 얼굴에 화색이 돌았다.

정비부사관들뿐만 아니라, 해군들도 무사히 돌아온 피어스를 환영하느라 수도로 향하는 내내 기차 안이 시끌벅적했다.

그렇게 수도에 도착해 기차에서 내린 그들은 기차역까지 모여든 인파에 얼떨떨한 얼굴을 했다. 개선식이 있을 거라는 건 알았지만, 이렇게 엄청난 인원이 모여 있을 거라고는 생각하지 못한 탓이었다.

환호하는 사람들 사이를 이동하며 처음에는 개선식이던 것이, 나중에는 여기저기 뒤섞여 축제가 되었다. 동료나 가족을 잃은 군인과 시민들도 잠시나마 승전을 기뻐했다.

스칼렛은 그곳을 빠져나올 준비를 했다. 이미 체력이 바닥난 데다가 비까지 한 방울씩 떨어지고 있었다.

사람들에 둘러싸여 있어 어떻게 빠져나가나 난처해하고 있을 때 빅토르가 다가와 그녀의 어깨를 팔로 감쌌다.

눈이 보인다는 사실을 숨기기 위해 개선식에서 내내 보이지 않던 그가 체구가 작아 이리저리 밀리던 스칼렛을 끌어안고 있었다. 그의 팔 안에서 보호받는 동안, 세상 전체가 조용해진 것만 같은 기분이 들었다.

그는 스칼렛을 데려다 마차에 태워 주고, 자신도 마차에 올라탔다. 그리고 출발하라고 문을 툭 치자 마차가 출발했다.

스칼렛이 지친 얼굴로 중얼거렸다.

"전쟁이 끝나긴 했네. 사람들이 웃는 걸 보니."

그렇게 말하며 웃기까지 해 놓고, 몸은 제대로 가누지 못하자 빅토르가 몸을 일으키더니 그녀의 옆에 앉아 팔로 스칼렛을 끌어안아 제품에 기대게 하며 물었다.

"비 맞았어?"

"한두 방울."

스칼렛이 대답하자 빅토르가 그녀의 머리칼에서 빗방울을 찾아내려는 것처럼 손으로 쓰다듬었다.

그의 손길에 자꾸 몸이 움찔거려, 스칼렛이 품에서 벗어났다. 그러고는 손을 들어 빅토르의 턱을 잡아 제 쪽으로 당겼다. 그런 그녀의 행동에 빅토르가 실소하며 몸을 숙여 주고 물었다.

"왜."

"진짜 잘 보여?"

"누가 고집부린 덕에, 아주 잘 보여."

"……."

스칼렛의 눈빛에는 여전히 신뢰가 없었다.

빅토르는 스칼렛이 가끔 아이작을 이렇게 가까이에서 주의 깊게 살피던 것을 떠올렸다. 한동안 눈이 보이지 않았으니, 자기 얼굴을 볼 거라 생각 못 하고 아이 다루듯 살피던 것이 습관이 된 것이었다.

"보기에는 괜찮지만……."

그렇게 중얼거리던 스칼렛은 뒤늦게 그의 눈을 바라보던 시선으로 빅토르의 얼굴 전체를 보았다.

그가 낮게 한숨을 쉬고 있었다.

찌푸린 표정에서 드러나는 욕망이 그녀에게까지 느껴졌으나, 스칼렛은 그를 향한 시선을 거두지 않았다.

정작 빅토르의 머리칼이 약간 젖어 있었고, 비 냄새가 났다.

"비는 당신이 맞았네."

그렇게 중얼거리며 그의 머리칼에 손을 가져가니 빅토르의 표정이

더욱 일그러졌다. 그러다 그녀가 손을 떼려 하자 빅토르가 팔을 붙잡았다. 그리고 그녀의 손을 끌어다 입을 맞췄다.

아이작도 자주 하는 행동인데, 그 감각이 너무나 달랐다.

손가락 하나하나에 입을 맞춘 그가 그녀의 눈을 바라보았다.

그는 자신을 주시하는 스칼렛에게 닿을 만큼 가까이 몸을 숙였다. 그가 너무 가까워, 더 피할 곳도 없어 벽에 바짝 등을 붙인 스칼렛의 가슴팍이 거칠어진 호흡으로 달싹였다.

빅토르가 그녀의 목덜미에 입술을 대려 하자 스칼렛이 그를 밀어냈다. 그녀가 떨리는 목소리로 물었다.

"왜 그래?"

그러자 그가 밀려나 주는 대신, 손으로 그녀의 허벅지를 틀어쥐며 말을 이었다.

"내가 멈춰야 한다고 생각하는 것보다 한 걸음씩 더 가려고."

"……."

"당신이 싫다고 때려도 이제는 바로 안 물러나."

스칼렛이 고개를 들어 다시 그를 보았다.

빅토르가 말을 이었다.

"지금 내가 당신이 가져온 이혼 서류를 받았다면 찢어 버릴 거고, 떠나겠다고 말하면 무릎 꿇고 붙잡겠어."

"……."

"당신이 언젠가 그랬지. 결혼 생활 동안 당신이 나를 사랑하는 걸 기뻐하는 연기라도 했어야 한다고."

그의 말에 스칼렛이 고개를 끄덕였다.

그러자 빅토르가 말을 이었다.

"나는 그때 도대체 뭘 기뻐하라는 건지 이해가 되지 않았어. 기뻐할 만큼 충분하지 않은데 뭘 기뻐하라는 건지."

"……."

"나에게 당신의 사랑은 한 번도 많았던 적이 없어. 그때도 부족했는데 이제는 당신을 시계에 뺏겼으니 영원히 충족되지 않겠지."

몸을 휘감는 듯한 그의 목소리와 그녀의 허벅지를 움켜쥐는 크고 강한 손이 주는 긴장감에서 벗어나고 싶은 마음에 그게 농담이었기를 바랐으나, 빅토르의 표정을 보니 전혀 그렇지 않았다.

스칼렛이 떨리는 목소리로 말했다.

"이기적이야. 그게 어떻게 부족…… 해."

그의 손은 허벅지 위에서 조금도 움직이지 않았다. 그저 단단히 붙잡고 있는 것뿐인데도 그 열이 몸속을 파고들어 머릿속까지 뜨거워지는 기분이었다.

"당신 말대로 이기적이라서."

"……."

"그래도. 그런데도 이번에는. 부족하면 부족하니 채워 달라 애원해 보려고."

비가 마차를 두들겼다.

스칼렛은 그가 자신의 말을 꽤 잘 이해했다는 생각을 했다.

그녀는 늘 그렇게 사랑하고 싶었다.

서로가 없으면 금방이라도 미쳐 버리는, 사랑과 집착의 선이 불분명한 사랑.

빅토르 덤펠트가 싫어하는 그 끈적거림을 그녀는 원했다.

스칼렛은 빅토르가 그녀가 원하는 것을 신중하게 생각했으리라는 부분이 마음에 들었다. 적어도 이전처럼 그에게 무슨 말을 해도 통하지 않으리라는 답답함은 더 이상 느껴지지 않았다.

대신 이전에는 없던 긴장감에 몸이 살짝살짝 떨렸다. 다행히 마차가 흔들려 그 떨림을 감출 수 있는 것에 스칼렛은 안도했다.

마차는 빗길을 조심하느라 천천히 움직였는데도 바퀴가 조금씩 미끄러질 때가 있었고, 스칼렛은 어릴 때 겪은 사고의 기억과 비행기 추락이 겹쳐 흠칫 몸을 떨었다. 그러자 빅토르가 아예 그녀를 끌고 와서 제 무릎에 앉히고, 어린아이에게 하듯이 머리를 쓰다듬었다.

스칼렛은 놓으라고 말하려다가, 마차가 돌부리에 걸려 흔들리자 놀라서 그의 품으로 얼굴을 묻고 스스로에게 다짐하듯 중얼거렸다.

"오늘만 이용하는 거야. 오늘은, 좀 무서우니까……."

그러자 빅토르가 그녀의 떨리는 어깨를 끌어안으며 달래듯이 말했다.

"괜찮아, 사고가 나도 이렇게 안고 있을 테니까."

"……."

"적어도 당신은 안 다쳐."

스칼렛은 눈을 감고 고개를 끄덕였다.

그의 말을 듣고 나니, 빅토르가 부모님의 마지막 부탁을 들어준 남자라는 것이 떠올랐다. 그녀는 기절해 버린 탓에 조금도 기억나지 않는 마차 사고 당일을 생각해 보았다. 부모님은 사고 현장으로 달려온 해군을 보며 어떤 기분이었을까.

절망 끝에, 안도를 본 기분이었을까.

"……부모님 표정 어땠어?"

"응?"

빅토르가 고개를 비스듬히 기울여 그녀의 얼굴을 보자 스칼렛이 다시 물었다.

"나랑 아이작을 구해 달라고 할 때. 당신이 그러겠다고 했을 때. 부모님 표정이 어땠어?"

"글쎄."

빅토르가 잠시 생각하다 입을 열었다.

"안도하신 것 같았는데."

"응……."

스칼렛이 다시 눈을 감고 말을 이었다.

"우리 부모님이라면 그랬을 거야."

이상하게 더 이상 빗소리도, 빗길에 조금씩 미끄러지는 바퀴도 무섭지 않게 느껴졌다. 그의 말처럼 사고가 나더라도, 그가 지켜 줄 것 같다는 생각이 들었기 때문이다. 어릴 때 한 번, 그랬던 것처럼.

빅토르는 그녀를 크림슨 가문에 데려다주고 집으로 돌아갔다.

모처럼 집에서 먹고 자며 푹 쉬고, 딱 일주일이 지난 후 새벽, 스칼렛은 7번가로 향할 준비를 마쳤다.

그녀가 나가는 길에 잠이 덜 깬 아이작이 따라 나오며 투덜거렸다.

"집에도 작업실이 있는데 벌써 시계 가게에 가야 해?"

"너무 오래 비워 뒀단 말이야."

아이작은 푹 한숨을 쉬면서도 별수 없다는 듯이 자전거를 끌고 나왔다.

스칼렛은 큰 안장이 있는 자전거를 발견하고 웃음을 터트렸다.

그녀가 사고 이후 한 달을 넘게 쉬었는데도 걱정이 되어, 아이작이 직접 푹신한 안장을 만들어 달아 놓은 참이었다. 거기다 안장만 새것이면 조화롭지 않다고 생각했는지, 자전거의 파이프도 새로 칠하고 앞에 달린 바구니도 깨끗한 것을 달아 놓았다.

스칼렛이 자전거에 타 보니 그 외에도 여기저기 손봐 두어 페달을 밟을 때 힘이 덜 들어가고, 바퀴에도 안정감이 있었다.

"와, 엄청 편하다."

스칼렛이 신이 나서 자전거를 타고 아이작 근처를 빙빙 돌자, 그가 웃음을 터트렸다.

스칼렛은 한 손을 흔들어 그에게 인사한 뒤 7번가를 향해 출발했다. 그녀의 긴 머리칼이 따뜻한 봄바람에 휘날렸다.

"아, 날씨 좋다……."

모처럼 7번가에 들어서자 서서히 가게 열 준비를 하던 사람들이 화들짝 놀라 달려왔다.

"스칼렛 아가씨! 세상에 이게 얼마 만이야!"

"더 쉬어야 하는 거 아니에요? 벌써 가게에 가요?"

"그래도 안드레이 씨가 한결 편하겠네! 아, 이거 가져가요!"

그들은 가게로 가려는 스칼렛의 자전거를 멈춰 세우고 바구니에 이것저것 선물을 담아 주었다.

수도를 폭격에서 구하기는 했지만, 그렇다고 전쟁이 휩쓸고 지나간 상흔이 없는 것은 아니었다. 7번가에도 전장에 배치되어 크게 다친 사람들이 적잖이 있었고, 식료품 가게는 아직 물건이 다 들어오지 않았다.

그런 상황인데도 이렇게 선물을 챙겨 주는 사람들 덕에 스칼렛이 울컥해서 말했다.

"전 선물 못 사 왔는데……."

"아니, 전장에서 무슨 선물을 사 와요, 이 아가씨가?"

스노우볼 가게 사장인 엘리자베스가 말하자 스칼렛이 서둘러 그녀의 팔을 붙잡으며 말했다.

"아, 사장님. 안드레이 씨한테 이야기 들었죠? 우리 교수님 소개해 준다구."

"응? 못 들었는데?"

"……이 사람이 진짜. 편지에 강조해서 썼는데."

"안드레이 씨가 그런 사적인 부탁을 들어줄 사람이에요? 믿을 사람을 믿어야지."

엘리자베스가 가게 쪽을 보며 핀잔했다.

구스타프 교수를 그녀의 스노우볼 가게로 보내기로 이야기를 마친 후, 가게 앞에서 리브를 만나 서로 부둥켜안고 울고 웃다가 점심 약속을 한 후 시계 가게로 돌아왔다.

가게 2층의 작업실은 안드레이가 워낙 관리를 잘해 놓아서 스칼렛이 원래 쓰던 때보다 훨씬 깨끗했다. 거기에 그녀가 올 것을 알아서인지 웬일로 그 매출 외에는 관심 없던 남자가 화병에 꽃까지 가득 장식해 두고 퇴근해, 싱그러운 꽃향기가 가득했다.

스칼렛이 꽃향기를 맡고 나서 그동안 정리한 노트를 꺼내 작업대에 놓은 후 긴 머리칼을 묶고 자리에 앉아 모처럼 생각에 잠겼다.

병원에서는 너무 많은 사람이 오갔고, 더더군다나 아이작은 잠시도 그녀를 혼자 두지 않으려 했다. 그래서 생각할 시간이 없었다.

일을 시작하기에 앞서, 그녀는 머릿속을 어지럽히는 문제부터 풀어 답안을 알아내기로 마음먹었다.

빅토르와의 일주일을 보내는 것에는 큰 마음의 준비가 필요했다. 거기다가 그 영악한 남자는 함께하는 일주일 동안 부모님의 마차 사고 연관자를 찾아내자는 미끼까지 걸어 계속 회피하고 있을 수만은 없게 만들었다.

그녀는 책상 아래 붙여 놓았던 열쇠를 꺼내 서랍 하나를 열었다. 그 안에서 상자를 꺼내 열자 빅토르가 돌려준 것과 그녀 자신의 결혼반지가 나란히 놓여 있었다.

그녀는 제 몫의 반지를 제 손에 끼워 보았다.

"내가 당신 사랑하는 거, 이제 충분히 알아들었잖아."

그녀는 좀 더 빠르게 시계에 집중할 수 있는 방향으로 결정을 내렸다. 일단, 부딪혀 보기로.

제가 그를 지금 당장 어떻게 여기는지 여기 앉아서는 알 수가 없었다.

그는 생각보다 자주 그녀의 머릿속에 떠올랐다. 그러니 그와 마주 보고 소리치고 싸우고, 울고, 마음을 쏟아 내 볼 생각이었다. 그래야 그 사내를 마음 안에 두든, 밖에 내놓든 선택할 수 있을 테니까.

그렇게 결정하고 나니 스칼렛은 비교적 편안한 마음으로 일에 집중할 수 있었다. 그러고 나서 점심 시간이 되어 리브를 만나기 위해 1층으로 내려갔다.

안드레이는 마치 어제도 그랬던 것처럼 태연하게 가게 문을 열고 일하는 중이었다.

스칼렛이 웃음이 터져 말했다.

"오랜만에 봤는데, 왔으면서 어떻게 인사도 안 해?"

"……원래 안 했잖습니까?"

안드레이가 이해가 안 된다는 듯이 인상 쓰며 되물었다.

스칼렛은 어이가 없어서 웃음을 터트리고 안드레이는 여전히 그녀가 왜 웃는지 모르겠다는 표정이었다.

스칼렛이 말했다.

"리브랑 점심 먹고 올게."

"식사만 하고 오세요. 신상이 나온 지가 도대체 언제……."

"자."

스칼렛이 안드레이의 잔소리를 막기 위해 내내 연구한 자료를 내밀어 보였다.

"새로운 크림슨 부품을 만들고 있어. 부모님이 만드신 게 버전6이니까, 이건 버전7."

"……."

"이게 완성되면 이제, 여기가 크림슨 시계의 본점이야."

"……비행기 따위나 만들고 계신 줄 알았더니."

안드레이의 중얼거림에 스칼렛이 황당해하며 말을 이었다.

"비행기 따위라니……. 아무튼 크림슨 가문은 어디까지나 시계를 만드는 가문이야. 우리가 가진, 개발하는 모든 기술은 본질적으로 더 좋은 시계를 만들기 위한 거잖아. 그러니까 버전7을……. 아, 안드레이, 웃는 거야?"

늘 쌀쌀맞던 안드레이의 입술이 기쁨으로 씰룩거렸다. 그러더니 심지어는, 이내 소리까지 내며 웃기 시작했다.

"역시 제가 사장님을 잘 골랐습니다!"

"직원이 사장을 고르다니 좀 이상한데, 틀린 말은 아니니까 넘어갈게."

"특별히 오늘은 종일 나가서 노셔도 잔소리 안 할게요."

"진짜?"

직원의 허락을 받고 놀아야 하는 게 좀 이상하긴 하지만 잔소리를 안 들을 수 있다는 사실에 스칼렛은 만족했다. 애초에 안드레이는 보통 직원이 아니라, 잔소리할 자격이 있을 정도로 쉬지 않고 일을 하는 직원이었다.

그녀가 가게를 나서며 돌아보니, 안드레이는 부품7의 개발 진행 내용이 적힌 노트를 꿀 떨어지는 눈빛으로 보고 있었다. 스칼렛은 진짜로 시계에 미친 사람은 자기가 아니라 안드레이가 아닐까, 진지하게 생각했다.

도시에는 슬픔과 환희가 함께 감돌고 있었다.

가게며 집집마다 루비드호와 3호기가 그려진 깃발이 걸려 있고, 아이들은 인사하고 싶은 마음과 일상을 방해하면 안 된다는 부모님의 잔소리가 무서운 마음이 섞여 간절한 얼굴로 멀찍이서 스칼렛을 바라보았다. 어른들도 딱히 다르지 않았다.

리브가 데려간 레스토랑은 호수 바로 앞에 테라스를 둔 곳이었다. 레스토랑은 종전의 여유를 즐기러 나온 손님들로 북적거리고 있었다.

대기자 명단이 길었는데, 사장이 스칼렛을 발견하자마자 다급하게 자리를 만들어 낸 후 달려가 소리쳤다.

"스칼렛 크림슨 아가씨께서 오셨으니, 먼저 자리를 내드리겠습니다!"

"예? 아, 안 그러셔도!"

스칼렛이 얼굴이 새빨개져 거절하려 했으나, 오히려 손님들이 나서서 등을 떠밀었다.

"귀한 분을 이런 곳에서 시간 쓰게 할 순 없죠."

"맞아요, 스칼렛 양. 세상에, 어쩜 이렇게 가냘픈 몸으로 그 큰 비행선을 격추시켰을까."

"그러니까 격추시킨 건 제가 아니라……."

"이쪽으로 오십시오!"

사장이 가게에서 가장 좋은 자리를 내주었다.

부담스러워서 음식이 안 내킬 줄 알았는데, 생각 이상으로 모든 것이 맛있어 도중부터는 즐겁게 식사를 했다.

식사를 마치고 나오는 중에도 사장이 스칼렛의 돈은 절대로 받으려 하지 않아 옥신각신 다투느라 시간을 썼다.

실컷 식사를 하고 리브와 호수 주위를 한 바퀴 돌며 시간 가는 줄 모르고 못다 한 이야기를 나누었다. 그러고 나서 리브를 빵집으로 돌려보낸 후 스칼렛은 우체국으로 향했다.

편지를 부치기 전에 그녀는 몇 번을 돌아서서 우체국을 나갔다가, 다시 들어오기를 반복했다.

그와 일주일을 보내는 것을 허락하는 것만으로도, 그녀 입장에서는 사실상 어느 정도 마음을 열어 놓은 셈이었다.

그 문을 열었다가 닫았다가, 다시 열었다가 닫았다. 그에 대한 마음이 이제는 다 타고 재가 되어 바람에 날아갈 일만 남았다고 생각했는데. 아직도 그를 보면 여전히 그 속에서 불씨가 반짝였다.

그렇게 큰 미움이, 이렇게 작은 사랑을 끌 수 없다는 게 정말로 이상했다.

———— · ❖ · ————

빅토르의 지시로 왕실을 찾은 에번 라이트는 왕세자 아담 이렌을 알현하는 자리에서, 정중한 태도로 입을 열었다.

"함장님께서 율리 이렌 전하께서 항공대의 기지 위치를 팔았으니, 1함대 내의 해군 군사법원에서 1심을 하게 될 거라고 말씀하셨습니다."

"뭐…… 뭐라고?"

"곧 군사법원으로부터 연락을 받게 되실 테니, 미리 말씀드리러 왔습니다."

에번은 침울한 표정을 지으려 애썼다.

원래대로라면 조금이라도 더 혈통이 좋은 팔린이 왕실을 찾았어야 하지만, 그였다면 이 자리에서 이미 웃음을 터트리고 말았을 것이라 에번이 대신 왕실을 찾은 터였다.

에번이 얼굴이 하얗게 질린 아담 이렌에게 편지를 건넸다.

"이건 비서관이 함장님께서 하신 말씀을 그대로 받아 적은 편지입니다."

에번의 부드러운 말씨와 달리 빅토르의 말을 그대로 옮겼다는 편지는 거칠었고, 배려라고는 조금도 찾아볼 수 없었다.

아담은 부하를 보내 미리 율리의 재판 소식을 알려 준 것은 배려가 아니라, 압박일 뿐이라는 것을 알아차렸다. 편지와 함께 동봉된 것은 그동안 율리 이렌이 저지른 매국 행위에 대한 자료들이었다.

[혈연을 이유로 감싸신다면 그것 또한 죄가 된다는 것을 아시리라 생각합니다.]

아담은 빅토르가 이 자리에 없음에도, 그가 주는 압박감에 짓눌렸다.
에번이 전달을 마치고 나설 때는 아담이 율리를 불러냈는지 호통치는 소리가 그가 있는 곳까지 들렸다.

그렇게 왕성에서 돌아온 지 채 하루도 지나기 전에, 공관으로 공문 하나가 도착했다. 에번은 공문을 챙겨 곧바로 덤펠트 가문으로 향했다.
빅토르가 있는 집무실에 들어선 에번이 왕세자 아담 이렌의 서명이 적힌 공문을 흔들며 유쾌하게 말했다.
"머리를 좀 쓴 것 같습니다만, 그래도 그렇지 너무 속 보이는 것 아닙니까?"
공문은 해군 장교들의 건강검진을 강제하는 것으로 시력 검사가 포함되어 있었다. 또한 결과가 지나치게 좋지 않다면 퇴역을 하게 되리라는 암시가 적혀 있었다.
그동안 빅토르의 앞으로 연일 사교 행사의 초대장이 전달되었으나, 그는 덤펠트가에 틀어박혀 모습을 드러내지 않았다. 원래도 빅토르가 사교 행사에 협조적이었던 것은 아니지만, 이 정도로 모습을 비치지 않은 건 처음이었다. 그가 눈이 보이지 않는다는 의혹은 어느새 확신으로 바뀌어 있었다.

드러내고 빅토르를 저격한 공문에 에번이 웃느라 정신을 차리지 못했다.

옆에서 보고 있던 팔린은 반면 분통을 터트렸다.

"감사의 인사는 보내지 못할망정 이게 말이 되냔 말입니다. 싹 다 밀어 버려야 합니다, 왕실을."

그의 말에 에번이 가까스로 웃음을 그치고 말했다.

"왕실도 압박이 있겠지. 재판이 예정된 데다가, 함장님이 드러내 놓고 마차 사고에 연루된 자들을 찾고 있으니까."

에번의 말대로 왕실에서 큰 압박을 느낀 것만은 분명했다.

왕족, 그중에서도 왕세손인 율리를 재판에 세우기까지 일이 일사천리로 진행된 것은 빅토르가 해군의 권력을 틀어쥐고 있기 때문이었다. 그러므로 빅토르의 건강을 트집 잡아 그 권력을 놓게 하려는 것이었다.

내내 씩씩거리던 팔린이 이것 하나만은 마음에 든다는 듯이 말했다.

"그래도 건강검진이 소용없다는 걸 알게 될 걸 생각하면 좀 기분이 좋아지네요."

"오, 웬일로 나랑 마음이 통했네."

에번이 맞장구쳤다.

빅토르는 눈이 보이지 않았던 즈음 부하들의 지독한 잔소리 때문에 잠시 끊었던 담배를 다시 입에 물었다.

에번도, 팔린도 해적의 약을 완전히 믿지는 않아, 그가 언제고 다시 눈이 보이지 않게 될 가능성이 있다고 은연중에 생각한 터라, 그가 담배를 입에 물자마자 염려스러운 표정을 지었다.

빅토르는 공문을 읽으며 천천히 담배 한 대를 피우다 애타는 네 개의 눈동자를 발견하고 혀를 찼다.

"담배 한 대도 눈치 보며 피우게 하는군."

"죄송합니다."

"그래도 건강에는 안 좋……."

에번이 사과하고, 옆에서 팔린이 한 소리 더 하려 하자 옆구리를 쿡 찔렀다.

그때 집무실로 블라이트가 들어섰다. 그의 손에 들린 것이 파티 초대장이란 걸 안 빅토르가 귀찮아하며 이전에 온 초대장이 쌓여 있는 상자를 턱짓했다. 그러자 블라이트는 초대장을 거기 두고, 그 사이에 낀 것이 믿기지 않을 정도로 볼품없는 편지 한 통을 꺼내 빅토르에게 가져왔다.

"이건 읽으셔야 할 것 같습니다. 스칼렛 아가씨가 보내신 거라서요."

그의 말에 빅토르가 담배를 비벼 껐다. 그리고 공문을 밀어 놓고 손을 내밀었다.

편지와 둘만의 시간을 줘야 한다는 것을 짐작한 에번이 팔린의 등을 먼저 떠밀며 말했다.

"그럼 저희는 나가 보겠습니다."

에번의 도움으로 집무실이 조용해진 후에 빅토르는 편지 봉투를 찬찬히 살폈다.

우체국에서 산 봉투에 우표도 아무거나 붙여서, 여느 때였다면 블라이트에게 걸러져 그의 손에 들어오지도 않았을 편지였다.

그러나 그 편지의 발신자가 스칼렛 크림슨이었으므로, 그것은 어떤 편지보다 먼저 빅토르에게 전달되었다.

밋밋한 봉투 안에서 노트를 뜯어 적은 편지를 발견한 빅토르는 어처구니가 없어 실소했다.

저기 외면당하는 초대장 중에는 글자를 좋은 천 위에 직접 수놓아서 보낸 것도 있었다. 그렇지 않더라도 수놓는 것만큼의 노고를 그림으로 그려 넣은 초대장이 대부분이었다.

아무튼, 태어나서 받아 본 편지 중 가장 성의 없는 편지였는데 그 내용은 받아 본 것 중 가장 좋았다.

[부품 개발로 바빠서 포도밭 별장에서 여유 부릴 시간이 없어. 7번가의 타운하우스에서 만나. 일주일 동안 나는 계속 일을 할 거야. 그래도 괜찮다면 다음 주 금요일에 데리러 와.]

빅토르는 집무실 의자에 기대앉아 다시 한번 편지를 확인했다.

[다음 주 금요일에 데리러 와.]

그 짧은 문장에 세상을 다 가진 듯한 기분이었다.

그는 저도 모르게 웃다가, 노트 위에 휘갈겨 쓴 글자들을 손으로 쓰다듬었다.

그는 편지를 안주머니에 챙겨 넣고 집무실을 나와 마차에 올랐다. 그가 탄 마차는 곧바로 7번가의 타운하우스로 향했다.

평년보다 늦게 시작한 사교 시즌은 종전의 기쁨과 섞여 더욱 호화로웠다. 타운하우스 앞 거리는 해 질 녘이 되자 사교 행사에 가려는 사람들로 붐볐다. 빅토르는 그런 소란을 뒤로하고 마차에서 내려 타운하우스 안으로 들어섰다.

자신은 이곳에서 지낼 마음이 없는데, 스칼렛도 안 받겠다고 딱 잘라 거절했다. 영영 못 쓰게 되었다고 생각했는데, 이제 쓸모가 생겼다.

안뜰에는 5월의 장미가 가득 피어 있었는데, 쌓아 둔 낮은 돌담 아래 여기저기 피어 있는 들꽃들도 그대로 두었다. 빅토르의 명령이었다.

빅토르는 누가 심지도 않았는데 드문드문 힘 있게 꽃을 피워낸 노란 마게리아들을 잠시 바라보았다. 그는 얼마 머물지 않고 그곳을 나섰다. 그리고 마차를 타고 곧장 스칼렛의 시계 가게로 향했다.

도착해 보니 영업이 끝나 문이 닫혀 있었다. 그러나 2층은 불이 켜져 있는 것으로 보아, 아직 스칼렛이 작업 중인 것 같았다.

빅토르가 문을 두드리자 얼마 지나지 않아 스칼렛이 닫아두었던 커튼을 조금 열어 밖을 확인하고, 문을 열었다. 그녀가 고운 미간을 좁히며 물었다.

"……왜 왔어?"

"당신이 보낸 편지를 받았어. 금요일에 데리러 올게."

"답장을 하든지, 사람을 보내지. 왜 직접 왔어?"

"보고 싶어서."

빅토르의 대답에 스칼렛의 시선이 그의 두 눈을 향했다. 빅토르가 마주 보며 말을 이었다.

"갑자기 당신이 죽을 만큼 보고 싶어서 왔어."

결혼 생활 중에 스칼렛은 빅토르 덤펠트가 갑자기 아내가 보고 싶어서 달려오는 일은 없을 거라고 체념하게 되었다.

그는 그럴 성격도 아니고, 그만큼 아내를 보고 싶어 하지도 않는다. 그는 아내를 사랑하지 않았다. 그런데 오늘, 스칼렛은 자신이 죽을 만큼 보고 싶었다고 말하는 빅토르를 바라보고 있었다.

그녀가 놀란 얼굴로 바라보기만 할 뿐 말이 없어, 빅토르가 다시 입을 열었다.

"타운하우스 상황을 보려고, 일주일간 지내려면 어떤지 알아야해서 가 보니 당신이 좋아하는 꽃이 피었더군."

"……그래서 내 생각이 났어?"

"당신 생각은 항상 해. 보고 싶어진 거지."

"……"

"밤새워 연구하려는 모양이지?"

"응. 그러려구."

정작 보고 싶다는 말에 머리가 복잡해져 한동안 대답을 못 하던 스칼렛이 이번에는 고개까지 끄덕이며 대답했다.

왔으니까 차라도 한잔 내줘야 하나.

스칼렛이 망설이는데 멀리서부터 술 취한 무리의 목소리가 들렸다. 아마 사교 행사에서 만난 마음 맞는 또래들끼리 한잔 더 하려 술집을 찾고 있는 듯했다.

빅토르는 힐끔 그쪽을 보았다가 문을 열고 스칼렛을 끌고 들어가, 바로 문을 닫았다.

닫힌 문에 기댄 스칼렛이 빅토르에게 핀잔했다.

"누가 들어오래?"

"시력이 돌아온 게 비밀이라 사람들에게 들킬까 봐."

그런 거면…… 봐줘야 하나?

스칼렛이 순진하게 납득하는 사이, 빅토르는 커튼을 열고 밖을 잠시 보았다가, 그녀 쪽으로 고개를 숙이며 말했다.

"사람들이 완전히 지나가면 나가지."

스칼렛이 결국 고개를 끄덕였다.

열 시가 넘은 시간인데도, 그들을 시작으로 행인들은 오히려 점점 더 많아졌다.

밖에서 들려오는 사람들의 유쾌한 목소리에 스칼렛이 입을 열었다.

"엄청…… 즐거운가 봐."

"부러워?"

"조금."

"안 좋아하지 않았나, 사교 행사."

"우리는 늘 재미없는 곳만 갔잖아. 당신 진급과 상관이 있거나, 인맥을 쌓을 만한 곳들."

스칼렛이 솔직하게 말하고 나서 고개를 들어 그를 올려다보았다.

"뭐, 저 사람들도 파티가 지루해서 나왔겠지만……."

자신을 바라보는 그녀의 말간 눈빛에 빅토르의 표정이 굳고, 그의 한 손이 스칼렛의 허리를 감쌌다.

그의 손이 좀 뜨겁게 느껴져 스칼렛의 어깨가 흠칫 떨렸다.

빅토르는 그런 그녀의 예민한 반응에 손을 등허리로 천천히 움직였다.

그의 큰 손에 스칼렛의 몸이 감겨 들어왔다. 당황한 스칼렛의 더운 숨이 조금씩 거칠어지며 빅토르를 자극했다.

그녀는 빅토르의 몸에 힘이 들어가는 것을 곧 알아차릴 수 있었다. 스칼렛의 손이 그의 팔에 올라갔다. 힘이 단단히 들어가 마치 벽돌 같았다.

"궁금한 게 있는데."

"뭔데."

"일주일 동안, 잠자리도 해?"

"……."

빅토르의 시선이 제 팔에 올려진 스칼렛의 손에 닿았다.

그가 되물었다.

"하고 싶어?"

그가 묻자 스칼렛이 잠시 생각하다 대답했다.

"싫지는 않아."

"……."

"……솔직히, 결혼 생활에서 제일 좋은 부분 중 하나였어."

스칼렛이 좀 민망해져서 혼잣말하듯 말하고, 그를 다시 올려다보았다.

어두워 표정이 잘 보이지 않았으므로 그녀는 솔직해졌다.

"그때는…… 당신이 날 안아 주는 걸 좋아했어."

그렇게 말하는 사이 밖이 조용해졌다.

스칼렛이 문으로 손을 가져가는데, 빅토르가 먼저 문고리를 붙잡았다.

그리고 스칼렛의 턱을 들어 시선을 맞추며 말했다.

"그러고 보니, 당신은 이혼한 후에도 기억을 잃은 척하고 잠자리를 했었지."

그의 눈에는 스칼렛의 얼굴에 놀란 표정이 빤히 드러났다. 빅토르가 고개를 기울이며 물었다.

"내가 그렇게 미운데, 잠자리는 할 수 있겠어?"

"……뭐, 당신은 미워도 얼굴은 여전히 좋아하니까."

"얼굴?"

"응. 얼굴만."

그건 부정할 이유가 없다는 듯, 그녀가 고개까지 끄덕이자 빅토르가 어처구니없다는 듯 중얼거렸다.

"살면서 내 부모에게 감사할 일이 생긴 건 처음이군."

"그 부분만큼은 고마워해야 돼."

그녀의 말에 실소한 빅토르가 몸을 좀 더 숙여, 그녀의 뺨에 입을 맞췄다.

스칼렛이 당황해 눈을 질끈 감은 사이, 그의 입술이 목에 닿았다.

스칼렛은 피해야 하는지, 이대로 있어도 좋을지 알 수가 없어 그저 쥐고 있는 빅토르의 팔을 손톱자국이 남도록 움켜쥘 뿐이었다.

빅토르는 그런 것에 신경도 쓰지 않고, 그 손으로 스칼렛의 골반을 감싸며 그녀의 목과 입고 있던 블라우스 위에 입을 맞췄다.

스칼렛은 온몸이 긴장감과 성욕에 휘말리는 기분이었고, 이러다 그를 끌어안고 제가 먼저 입을 맞출 것 같아 결국 그를 밀어내며 말했다.

"누, 누가 지금 당장 하자고 했어?"

빅토르가 물러난 후, 자신을 흘기는 스칼렛의 풀린 블라우스 단추를 잠가 주며 말했다.

"그 일주일 동안, 당신이 시키는 건 무엇이든 하겠다고 했잖아. 당신 마음대로 해. 이용할 것이 있으면 이용하고, 거들떠도 보기 싫으면 일주일 중 언제든 내쫓아."

"아직 다 못 때렸으면?"

스칼렛이 묻자 빅토르가 픽 웃었다.

"그럼 더 때려. 당신이 다치지 않을 정도로만."

"사과도 했으면 좋겠어. 날 안 믿었으니까. 미안하다고 해."

그녀는 아랫입술을 잘근잘근 물었다가 말을 이었다.

"나를 속인 것도. 그리고…… 아, 도대체 몇 번을 속인 거야."

생각하니 다시 울 것 같아서, 그녀는 고개를 젖히고 크게 심호흡했다. 그리고 한 소리 더 하려는데, 빅토르가 오른손을 그의 왼쪽 가슴에 얹고, 왕에게 하듯이 몸을 숙여 인사했다.

순간 스칼렛이 얼어서 동그랗게 눈을 뜨고 그를 바라보았다. 그 사이 몸을 바로 한 빅토르가 입을 열었다.

"미안해. 당신 못 믿은 거. 당신이 원하면 몇 번이라도 사과하지."

그의 정중한 목소리에 스칼렛은 다시, 입술을 잘근잘근 깨물었다. 잠시 후 그녀가 고개를 끄덕이고, 빅토르의 등을 떠밀었다.

"됐으니까 이제 가. 나 내일 일찍 일어나야 돼."

스칼렛은 제가 긴장하고 있다는 것을 들키고 싶지 않아서 묻지도 않은 말을 재잘재잘 떠들었다.

"그나저나 정비부사관이었던 사람들이랑 공과대학 건물을 남쪽으로 옮겨 달라고 건의해 보려구. 공과대학은 11월이면 벌써 폭설 때문에 꼼짝을 못 해서……."

그녀의 말을 듣고 있던 빅토르가 입을 열었다.

"세금과 후원금으로 운영되면서, 당신 앞에 있는 사람 말이면 무엇이든 해 줄 학교가 있을 텐데?"

"어디……. 아, 사관학교."

스칼렛이 고개를 끄덕이고 말을 이었다.

"거기도 빈 건물이 있다고 해서 생각해 보긴 했는데, 해군사관학교는 옛 왕성을 쓰고 있는 만큼 왕실 직속이나 다름없잖아. 왕실에서 그렇게 기술자들을 싫어하는데, 받아 주겠어?"

"내가 연락해 두지."

"아무리 그래도……."

"군인들이잖아. 위에서 시키면 해."

그러니까 그 '위'가 문제였다.

빅토르의 명령과 왕실의 눈치 사이에 끼어, 사관학교 입장이 아주 곤란해질 것이 뻔했다. 스칼렛은 난처한 표정을 지었다.

"생각은 해 볼게."

그렇게 말하고 나서, 스칼렛이 빨리 나가라는 듯 그의 등을 떠밀어 밖으로 내쫓았다. 그리고 문을 잠가 버린 후, 거기 등을 기대고 미끄러져 앉았다.

빅토르가 입을 맞출 때 가빠진 호흡이 아직도 진정되지 않았다.

그 순간에는, 그를 침대로 끌고 가고 싶은 마음을 참기가 쉽지 않았다.

열이 잘 식지 않아 손부채질을 하고 냉수라도 마시려고 2층으로 올라가 물을 찾았다. 그리고 살짝 창문을 열어 보니, 빅토르가 바로 떠나지 않고 앞에 서 있었다.

표정은 무덤덤했는데, 그 역시 오른 열이 식지 않아 고생 중인 건 마찬가지인 듯했다. 스칼렛은 한참 후 마차가 떠나는 것을 바라보다 물잔을 들고 다시 작업대에 앉았다.

"……방해돼."

그렇게 혼잣말을 하고 다시 연필을 쥐었으나 여전히 일이 되지 않았다.

어찌나 머릿속을 헤집어 놓고 갔는지, 나중에 피해 보상이라도 요구해야 할 지경이었다.

덤펠트가로 돌아가자마자 빅토르는 차가운 물로 여러 번 열을 식혔고, 그 후에도 잠을 설치고 새벽녘에 일어나 몸을 단련했다.

그렇게 체력이 좋은 빅토르가 지칠 정도로 운동을 하고 돌아오자 블라이트가 기겁을 해서 물었다.

"무슨 땀을 그렇게 흘리셨어요?"

안 그래도 운동하는 빅토르를 보며 사용인들끼리 건강검진에서 인간이 아니라는 판정이라도 받고 싶은 건가, 이야기하던 중이었다.

빅토르는 대답 없이 상의를 벗으며 곧바로 욕실로 향했고, 땀에 흠뻑 젖은 몸을 차가운 물로 씻었다.

목욕을 하고 나와서 그는 블라이트에게 미리 찾아 두라고 한 해군사관학교의 교정 지도를 확인했다.

살란티에의 왕위계승자 대부분이 졸업한 이 학교는 스칼렛의 말처럼 옛 왕성이었던 곳이라 부지가 불필요하게 넓었고, 지금은 사용하지 않는 곳이 대부분인 데다가 정확한 용도가 없는 건물들도 많았다.

오로지 왕실의 위엄을 상징하는 문장 하나만 그려 놓고 수십 년간 비워 둔 건물도 있었다.

왕실에서 나서서 기술자를 천시하는 나라에서, 옛 왕성이 있던 자리에 공과대학이 옮겨 오는 것은 상징성이 있어 보였다.

게다가 그는 앞으로도 사관학교에 찾아갈 일이 많을 테니, 여기 스칼렛이 머문다면 합법적으로 그녀를 만나러 갈 수 있었다. 무엇보다 해군사관학교는 수도로부터 남서쪽으로 많이 떨어져 있지 않고, 수도 서쪽에 있는 덤펠트가에서는 마차를 타도 서너 시간 안에 도착할 수 있었다.

빅토르는 스칼렛이 이곳에서 학생으로, 나중에는 교수로 교정을 거니는 모습을 잠시 상상해 보다가 드물게 괴로운 표정으로 한숨을 쉬었다. 어두운 시계 가게에서 자신을 바라보던 스칼렛의 말갛고 달콤한 눈빛이 떠오르자 머릿속이 마비되고 말았다.

그는 잠자리 이야기를 꺼내던 스칼렛을 떠올렸다. 그토록 순진한 얼굴로, 그와의 잠자리가 좋았다고 이야기하던 모습을 떠올리니 몸에 힘이 들어갔다.

여전히 그녀의 몸에서 상처가 만져질 때마다 두려움에 아득해졌으나 그 상처들 덕분에 전쟁이 끝났다는 생각을 하면 존경스럽기까지 했다.

전쟁 같은 어찌 못할 일이 아니라면 앞으로는 그녀를 지켜 줄 수 있다. 언제까지나.

그는 자신이 평생 얻고 싶어 하던 명예를 가진 여자를 사랑하게 되었다. 죽을 고비를 넘겨 놓고, 의연하게 일상으로 돌아가 시계 가게에서 밤을 새우는. 그런 스칼렛 크림슨이 사랑스러워 견딜 수 없게 되었다.

금요일까지 어떻게 기다리나 염려하면서도 동시에 이 시간이 한없이 소중하게 느껴졌다.

이 일주일이 끝나면, 더 이상 시간이 없을지 몰랐다. 그녀가 제 곁을 떠나고, 영원히 그녀를 만날 수 없게 되면······.

빅토르는 만약 그렇게 된다면, 이 일주일간의 기억을 안고 살아갈 생각이었다.

그는 곧바로 해군사관학교로 전화를 걸었다.

빅토르에게서 전화가 오니 서너 번 다급하게 전화를 받은 상대가 바뀌더니, 마지막으로 교장이 연결되었다.

살란티에의 군 의전 서열은 반드시 해군이 우선되고, 1함대 사령관인 빅토르는 계급과 상관없이 아담 이렌 다음가는 자리에 있었다. 비록 나이가 교장의 반토막이었지만, 왕의 외손자이니 피차 존대한다면 서로 불만이 없는 관계였다. 무리한 부탁만 하지 않는다면.

"살란티에 공과대학을 이전하고 싶습니다."

빅토르의 부탁처럼 포장한 명령에 교장이 되물었다.

-공과대학을요?

"지도를 보니 부지 동쪽은 아예 안 쓰는 것 같은데."

-······.

교수가 잠시 침묵했다. 그것은 일종의 시위였고, 기싸움이었다.

그러나 빅토르는 그것을 신경 쓰지 않고 손가락으로 제가 보고 있는 지도 위를 툭 치며 말을 이었다.

"제1 회관을 쓰면 되겠군요. 살란티에 공과대학보다도 큰 건물이니."

―보수가 필요하지요. 아주 낡은 건물이라 유령이 나온다고 생도들도 안 들어가지 않습니까.

"과학자들이 유령을 무서워하려고."

―아직 세상을 다 아는 게 아니라면 무섭지요. 세상을 충분히 알 만한 나이의 나도 아직 세이렌이 무서운 걸요.

안개가 자주 끼는 살란티에의 바다에는 전설도 많고, 미신도 많다. 바다 괴물이나, 님프에 관한 것은 말할 것도 없었다.

교장이 나이를 들이밀며 빅토르의 의견을 부드럽게 꺾으려 하자 그가 다시 입을 열었다.

"바람 소리가 세이렌의 목소리처럼 들릴 때가 있지요."

―맞습니다.

"항해를 해 보지 않은 사람들은 모를 겁니다."

―……예, 그것도 맞지요.

교장이 눈치를 보고 있는 대상, 아담 이렌의 항해 경력을 비꼬는 말에는 수많은 항해를 해 온 뱃사람으로서 동의할 수밖에 없었다.

빅토르는 교장과 달리, 단도직입적으로 말을 이었다.

"스칼렛 크림슨 양이 없었다면 수도가 폭격당했을 겁니다. 해군의 힘만으로는 역부족이었지요."

―…….

"나를 믿고 부지를 내주십시오. 후대에 이 선택을 비난하는 이는 아무도 없을 겁니다."

―경께서 스칼렛 양을 너무도 귀애하시기 때문에 그런 것을 바라는 게 아닙니까?

이번에는 교장도 빅토르에 맞추듯 직언했다.

그 말에 빅토르는 부정이나 긍정 대신 웃었다. 그는 이번에 스칼렛 크림슨에게 배운 것이 있었다. 상황을 봐서 선택하겠다고 말하는 것은 기회주의자에 불과하다. 자신이 그랬다. 그는 상황이 안 좋아진다면 언제라도 나라를 버리고 베스티나로 망명할 사람이었다.

그러나 스칼렛 크림슨은 아니었다. 그녀는 자신의 주변 사람들을 지키기 위해 경주마처럼 달렸다. 그녀는 그에게, 새로운 명예의 정의였다.

빅토르가 다시 입을 열었다.

"스칼렛 크림슨 양은."

―……예, 듣고 있습니다.

"두려움을 아는 사람입니다. 어려서부터 숙부의 학대 속에 자랐으니까."

―…….

"전쟁이 무엇인지, 폭력이 무언지, 모르고 달려간 게 아닙니다. 누구보다 잘 알고, 두려워 어쩔 줄 몰라 하며 선택한 겁니다."

―…….

"내가 그녀를 사랑하기 때문이 아니라. 해군으로서 그녀에게 승리를 빚졌으니, 보답하자는 겁니다."

사실 전역이 머지않은 교장의 입장에서, 지금은 굴러가는 낙엽도 피하고 싶은 시기였다. 최대한 아무 문제도 일으키지 않고 고스란히 연금 보전해 집으로 돌아가 노후를 보내고 싶었다.

그러나 해군으로서, 교장은 여느 해군들과 마찬가지로 빅토르 덤펠트를 존경했다. 교장이 이번에는 기싸움이 아닌 망설임으로 길게 침묵했다.

그로부터 며칠간 스칼렛은 수도 근처 부지가 넓기로 소문난 대학들에 들러 공과대학을 이곳으로 이전할 수 있는지 물었다.

모두가 스칼렛을 반겼으나, 정작 학교를 이전해도 되겠느냐는 질문에는 대답을 얼버무렸다. 대학들도 왕실의 눈치를 보고 있어 별수 없었던 것이다.

결국 모든 곳에서 우아하게 빙빙 돌려 거절당하고 나니, 해군사관학교로 가지 않겠냐는 빅토르의 말이 점점 더 선명해졌다. 그러나 결국 빅토르와 만나기로 한 금요일까지도 해군사관학교 외의 선택권을 얻지 못했다.

"아니, 우리가 전쟁을 끝내고 왔는데 어떻게 이렇게 문전박대를 해?"

스칼렛이 투덜거리며 서랍을 열었다.

백금으로 된 결혼반지 안쪽에는 각각 다이아몬드가 세 개 박혀 있었고, 겉에서 보면 밋밋할 정도로 아무것도 없었다. 그녀의 반지 안쪽에는 나의, 그리고 빅토르의 반지 바깥쪽에는 사랑이라고 적혀 있어 그 글귀가 이어졌다. 그리고 스칼렛은 약혼을 하며 받은 반지가 하나 더 있었다. 원형의 다이아몬드를 중심으로 작은 다이아몬드들이 장식되어 있는 화려한 반지였다. 마리나 덤펠트가 결혼할 때 받은 반지라고 했다.

그녀는 반지 상자와 드레스 한 벌을 챙겨 들고 집을 나섰다. 앞에서 기다리던 빅토르가 그녀 쪽을 보더니 사용인에게 턱짓해 낑낑거리며 들고 있는 드레스를 챙기게 했다. 그는 편안한 차림의 스칼렛과 달리

격식을 갖춘 차림새를 하고 있었다.

스칼렛이 마차에 올라타며 말했다.

"승전 기념 행사에서 입을 드레스."

일요일에 서훈식이 있을 예정이었다.

빅토르와 두 번의 밤을 보내고 나서 좋든 나쁘든 하루 정도는 나가서 환기하는 것이 좋을 것 같았다. 나름의 고민 끝에 정한 것이 금요일이었다.

빅토르가 대답했다.

"편하게 입어도 돼. 니콜라우스도 아이스크림 가게에서 장사하던 복장 그대로 나올 텐데."

"……어쨌든 당신은 정복 입을 거잖아."

"그건 해군 규율이잖아."

"그래도."

스칼렛이 말하며 창밖을 바라보자 빅토르가 그녀 쪽을 보며 물었다.

"내가 지적할까 봐?"

"약간은."

"어차피 내 말 안 듣잖아."

"뭘 안 들었는데, 내가?"

"가장 최근에는 3호기에 타지 말라고 했었지."

"내가 안 탔으면……."

"조금이라도, 아주 조금이라도 잘못됐으면 당신이 죽었어."

빅토르의 이를 악문 듯한 말에 스칼렛이 돌아보았다.

빅토르가 서늘하게 말을 이었다.

"몇 번을, 그렇게 죽을 자리에 뛰어들어."

"당신과 상관없는 일이야."

"알아, 상관없는 거. 당신 다칠 때마다 그 생각이 들더군. 나와 상관없구나."

빅토르의 목소리가 고통스럽게 들렸다.

"3호기 추락하고 당신 누워 있는데, 계속 그 생각만 했어. 내가 당신을 따라 죽어도, 같은 곳에 묻히지 못하겠지."

"그게 중요해?"

"그럼 나한테 그게 안 중요하겠어?"

"나에겐 안 중요하니까, 모르겠어."

"난 중요해. 그런 껍데기들을 빼면 나에게 남는 게 없으니."

그의 말에 스칼렛이 미간을 좁히며 물었다.

"그렇게 생각해?"

"당신이 그렇게 생각해."

빅토르가 그렇게 말할 즈음, 마차가 타운하우스 앞에 멈췄다.

마차 안에서는 말싸움을 했지만 빅토르는 먼저 내려 그녀를 에스코트하기 위해 손을 내밀었다.

감정이 격해져도 신사적으로 행동하려는 그와 달리 스칼렛은 공연히 치민 화가 안 풀려 그의 손을 탁 쳐 버리고 마차에서 내렸다. 그러나 타운하우스에 들어선 후에는 기분이 나아진 얼굴이었다.

타운하우스 안은 스칼렛을 숨 막히게 하던 덤펠트가와는 다른 분위기로 꾸며져 있었다.

스칼렛은 화려한 실내를 가만히 둘러보았다.

임신을 했다는 거짓말을 듣고 구한 타운하우스는 지금 보아도 여전히 아이를 키우기 좋은 곳처럼 보였다. 크림슨가처럼 아이가 고개를 내밀지 못하도록 촘촘하게 만든 난간이 그랬고, 온화한 색의 벽지들이 그랬다.

스칼렛이 물었다.

"왜 믿었어?"

빅토르를 돌아본 스칼렛이 말을 이었다.

"그때는, 말이 안 되는 거 알았잖아. 우리 사이에 아이."

"100% 확실한 건 잘 없으니까."

"그래도."

"글쎄. 살고 싶은 이유가 필요했나. 거짓말이어도 상관없었던 모양이지."

빅토르는 그렇게 중얼거리며, 제 쪽을 쌀쌀하게 보고 있는 스칼렛과 눈을 마주쳤다.

사는 게 그럭저럭 괜찮았던 건 스칼렛과 함께한 2년뿐이었다.

부모의 손에서 가까스로 벗어나 사관학교에서의 혹독한 시간을 보내고 바다에 나갔다. 뒤늦게 만났지만 평생 제 아버지 노릇을 해 줄 것 같던 유프호의 함장이 죽고 난 이후부터는 껍데기만 남아서 살아가는 기분이었다.

빅토르가 스칼렛을 보며 말을 이었다.

"당신이 정말로 임신을 했다면 어땠을까, 하는 생각은 해."

"날 화나게 하려고 일주일 동안 같이 있자고 했어?"

"그냥 내가 하는 말마다 화가 나는 것 같은데?"

"……그건 그렇지."

스칼렛은 삐죽거리며 대답하고 가방을 내려놓았다. 그리고 곧바로 침실로 향했다.

침실 문을 열었다가 텅 비어 있는 걸 알고 다른 방의 문을 열어 보니 마찬가지였다.

그녀는 딱 한 군데, 침대가 놓인 침실을 발견하고 기겁해서 빅토르를 돌아보았다.

"왜 침대가 하나야?"

"뭐. 잠자리는 하겠다며."

"그래도 침실은 따로……."

문 앞에서 못 들어가고 그렇게 말하는데, 빅토르가 뒤에서 그녀를 침실로 밀어 넣고, 문을 닫은 후 안에서 걸어 잠갔다.

"꿍얼거리지 말고 자자. 늦었어."

그렇게 말하더니 침실에 붙어 있는 작은 드레스룸으로 향했다. 스칼렛은 얼떨결에 그를 따라 걸어 들어갔다.

빅토르가 벽장에서 잠옷을 꺼내 탁자에 내려놓자 스칼렛이 막혀 있던 말문을 트고 물었다.

"하녀들은?"

"없어."

"없다고?"

"내가 시중들 준비를 했으니까 시킬 것이 있으면 나에게 시켜."

"……뭐?"

"사용인이 있으면 둘만 있는 게 아니라며. 당신 입으로 그랬잖아."

그럼…… 집에 아무도 없다고?

그렇게 생각하니 기분이 이상해 스칼렛은 저도 모르게 드레스룸에서 도망치려 들었다. 그러나 곧바로 빅토르에게 팔이 붙잡혀 다시 끌려 들어왔다.

 빅토르는 그녀의 등으로 손을 가져가 피나포어의 단추를 풀었다. 체격 차이가 커 그가 허리에 팔을 둘러도 몸이 거의 닿지 않았다.

 빅토르가 단추를 풀고 어깨끈을 내리려 하자 스칼렛이 두 팔로 가슴바대를 감싸고 그를 올려다보았다.

 그녀가 혼자 갈아입을 테니 나가라고 말할 걸 알았는지, 빅토르가 몸을 숙여 입을 맞춰 말을 하지 못하게 하고 피나포어를 벗긴 후 그 안에 블라우스 단추를 풀었다.

 스칼렛이 갑작스러운 입맞춤에 멍해져 있는 사이 빅토르는 능숙하게 그녀의 옷을 잠옷으로 갈아입혔다.

 빅토르가 입술을 떼자 스칼렛이 가쁘게 숨을 쉬며 그를 올려다보았다. 평생 잡무에 손가락 하나 까딱하지 않고 살아온 빅토르 덤펠트가 이렇게 옷을 갈아입히는 시중을 드는데, 연습이 없었을 리 없었다.

 연습을…… 많이 해 봤나?

 스칼렛이 생각하며 빅토르를 힐끔 보았다.

 입을 맞추는 동시에 여자 옷을 갈아입히는 연습을 많이 해 봤나 봐, 하고 묻고 싶지만 그건 너무 노골적이었다.

 스칼렛이 그의 연애사에 대한 의구심을 눌러 놓고, 화제를 돌렸다.

 "식사는 어떻게 할 건데?"

 "식재료 많으니 어떻게든 되겠지."

 "청소는?"

 "우리가 외출했을 때 하면 돼. 이러려고 둘만 남은 거 아니니까, 평소에도 안 하는 가사일 그만 생각하지?"

"……."

"옳지."

그의 말에 할 말이 없어 입을 다물었더니 빅토르가 아이 다루듯 칭찬했다.

그게 어이없어서, 그의 팔을 뿌리치고 침대로 가서 누웠다.

그사이 잠옷으로 갈아입은 빅토르 역시 그녀 옆에 누웠다. 쫓아내는 데 힘쓸 체력도 없고, 쫓아낼 수도 없을 것 같아서 눈을 꼭 감고 있다가, 불을 끄지 않아 눈을 떠 보니 빅토르가 머리를 손으로 괴고 그녀를 바라보고 있었다.

"불 꺼 줘."

스칼렛이 말하고 나서야 빅토르가 불을 조절했다.

스칼렛은 다시 침대 저 끝에 그와 몸이 닿지 않게 돌아 누우며 말했다.

"침대 하나 더 필요해."

"그럼 챙겨 오지 그랬어?"

빅토르의 놀림에 스칼렛이 기가 차서 중얼거렸다.

"무슨 수작을 이렇게 대놓고 부려?"

그러자 빅토르가 덤덤한 말투로 대답했다.

"달리 내가 유혹을 할 줄 아는 건 아니니, 상황이라도 만들어야지."

"뭐?"

"당신 말을 듣고 보니 마음정은 떠났어도 몸정은 남은 것 같아서. 그거라도 붙잡아 볼 생각인데."

그는 그렇게 말하며 뒤에서 스칼렛의 허리를 끌어안고 물었다.

"가지고 싶은 건 없어? 나보고 꺼지라고 하는 거 말고."

"……그거 말고는 없는데."

"그건 못 들어줘."

허리를 안은 손에 자꾸 힘이 들어가니 스칼렛이 꿍얼거렸다.

"이대로 잠들지 마. 지난번에도 당신이 이러고 잠들어서 떼어 내느라 고생했단 말이야."

"당신이 수면제를 먹여서 그랬던 것 같은데."

"……."

"그래, 그래. 미안한 걸로 알게."

그가 말싸움에서 이겨 먹더니 스칼렛을 더욱 가까이 품으로 끌어당겼다.

바로 등 뒤에서 느껴지는 숨에 잠이 오지 않았다. 다행히 그대로 잘 것 같던 빅토르의 팔이 천천히 풀어지더니 한숨을 쉬며 몸을 돌렸다.

끌어안을 땐 밀어내고 싶더니, 정작 떨어지자 섭섭했다.

스칼렛이 돌아보았다가, 손끝으로 그의 등을 톡톡 건드렸다.

"당신도 그래. 눈치챘으면 말해 주지, 괜히 먹였네."

"덕분에 편히 잤어."

"그럼 다행이고."

그의 목소리에 섞인 한숨을 들어 보니 그가 왜 돌아누웠는지 알 것 같았다.

스칼렛은 정작 그가 놓아주자 장난기가 생겨 그의 목덜미를 손가락으로 톡 건드렸다. 그러자 그가 바로 누워 스칼렛 쪽을 올려다보며 물었다.

"왜."

"궁금한 게 있어."

그녀는 불을 다시 켜고, 빅토르의 이마가 드러나도록 머리칼을 손으로 쓸어 올렸다.

빅토르는 불편한지 잘생긴 얼굴을 찌푸렸으나, 말리지 않고 그녀를 바라보았다.

그의 눈을 마주 본 스칼렛이 입을 열었다.

"당신은 왜 아이작처럼 눈에 실 같은 것들이 안 생길까?"

"증상이 다르면 회복도 다르겠지."

"그런가?"

스칼렛은 그렇게 대답하면서도 이상한지 연신 그의 눈을 살폈다.

빅토르는 자신이 그녀의 탐구심을 막을 방법은 없다는 것을 알고 있었다. 그녀는 한 번 호기심을 가졌으니 왜 회복 과정이 달랐는지에 대해 계속해서 궁금해할 것이고, 결국은 답을 얻을 것이다.

한동안 생각하던 그가 입을 열었다.

"해적들에게서 더 좋은 약을 구했어."

"그런 약이 있었어?"

"있었어."

그는 담담한 목소리로 대답했다.

스칼렛이 미심쩍어하자 빅토르가 다시 입을 열었다.

"약에 대해서 알고 싶으면 지금 해롤드를 불러 오지."

"아냐. 일요일에 에이샤 만나서 물어볼래."

"그러든지."

스칼렛이 다시 누우려다, 생각해 보니 열 받는 듯 다시 그를 보며 말했다.

"당신은 곱게 자라서 밤중에 사람 불러내는 걸 너무 쉽게 생각해. 얼마나 귀찮은데."

"……."

곱게 자랐나.

빅토르는 잠시 생각하다, 그녀가 그렇다니 그런 것 같아 딱히 대꾸하지 않았다.

스칼렛이 말을 이었다.

"누가 밤중에 당신 불러내면 좋겠어?"

"누가 날 밤중에 불러내."

"……내가?"

"사랑하는 여자가 부르면 새벽이어도 기쁜 마음으로 달려가겠지."

"……."

또 뭐?

그렇게 묻는 듯한 빅토르의 눈빛에 스칼렛은 말문이 막혔다. 이전과는 다른 의미로 대화가 끊겼다.

스칼렛이 혼잣말하듯 중얼거렸다.

"요즘 사랑한다는 말을 많이 하네."

"당신이 언제 무슨 짓을 할지 몰라서 미리 해 두려고. 또 내가 보는 앞에서 죽을 자리에 뛰어들까 봐."

"어쩔 수 없었다니까, 되게 뭐라고 하네?"

"사람을 그렇게 걱정시키고 뭐가 어쩔 수 없어."

"내가 누워 있는 동안 옆에 있어 준 건 아이작이었어. 당신은 몇 번 와 보지도 않았잖아."

스칼렛이 화를 드러내기 시작하니, 빅토르가 잠시 말이 없었다.

대화가 끊어지고 스칼렛이 다시 돌아눕는데, 등 뒤에서 빅토르의 목소리가 들렸다.

"계속 옆에 있었어. 당신이 깰 때까지는."

"……."

"정말이야."

그가 말하고, 달래듯이 스칼렛의 머리칼을 쓰다듬은 후 귓가에 입을 맞추고 다시 그녀를 끌어안으려 했다.

그러나 스칼렛이 밀어내자 그는 손을 떼고 숨이 닿을 만큼 가까이에서 잠을 청했다. 그 숨이 좀 간지러웠지만, 이번에는 피하지 않았다.

―――✦―――

이른 새벽 눈을 뜬 스칼렛이 몸을 일으켰다.

옆을 보니 빅토르는 먼저 일어났는지 옆에 없었다. 스칼렛은 빈자리를 힐끔 보았다가 손목에 시계를 다시 차고 옷을 갈아입은 후 조용히 침실을 나섰다.

그녀가 계단을 내려서는데 빅토르가 보이지 않았다.

"어디 갔지……."

스칼렛이 혼잣말을 하며 계단을 내려와 보니 주방 쪽에 불이 켜져 있었다. 빅토르가 저기 있을 것 같진 않아서, 스칼렛은 그냥 타운하우스를 빠져나왔다.

그녀는 시계 가게로 가서 거기 세워 둔 자전거를 꺼내 타고 크림슨 가로 향했다. 그제야 그녀의 평소 기상 시간이 되어 손목시계에서 알람이 울렸다.

"거짓말."

스칼렛의 목소리가 완연한 봄바람 속으로 흩어졌다.

빅토르가 계속 그녀의 옆에 있었다는 말을 증명해 줄 증인이 있었다.

그녀가 저택에 들어서 보니 정원 일을 하던 아이작이 놀라 그녀에게 달려왔다. 일주일간 타운하우스에서 전남편과 지내겠다고 해서 걱정하던 차에, 그녀가 이 새벽에 집으로 달려오니 아이작의 표정에 근심이 어렸다.

"무슨 일 있었어? 혹시 싸웠어?"

"살짝?"

스칼렛이 말하고는 뒷짐을 지고, 다시 화단에 물을 주는 아이작을 따라 걸었다.

아이작은 눈이 보이지 않을 때부터 꽃을 좋아했다. 후각이 예민했기 때문에, 향을 맡으면 무슨 꽃인지, 어느 정도로 싱싱한지까지 다 알아차렸다. 아이작이 신경 써서 가꾼 봄의 꽃들이 화원을 뒤덮었고, 그건 스칼렛의 자랑이기도 했다. 그녀는 아이작에게 물어보려던 것도 잊고 꽃구경에 취했다.

"예쁘다······."

"그렇지?"

아이작이 뿌듯하게 웃더니 가위를 가져와 은방울꽃으로 화관을 만들기 시작했다.

스칼렛이 그 모습을 보며 물었다.

"내 거야?"

"아니? 내 건데?"

아이작이 장난스레 대꾸하고 화관을 제 머리에 쓰는 시늉을 하자 남매가 동시에 어린아이들처럼 까르륵 웃었다.

아이작은 능숙하게 화관을 만들어 리본으로 잘 묶고 스칼렛의 머리에 씌워 주었다.

스칼렛이 궁금한지 얼른 로비로 달려가 걸려 있는 거울에 자신을 비춰보고 만족스럽게 말했다.

"예쁘다."

"응, 잘 어울려."

아이작이 옆에서 동조하며 고개를 끄덕거렸다. 그러더니 거울을 보며 말을 이었다.

"나는 네가 세상에서 제일 예뻐."

"남매끼리 칭찬하고 그러는 거 아냐."

"정말인데."

아이작의 말에 스칼렛이 민망해하며 화관을 만지작거렸다.

아이작이 물었다.

"그런데 왜 싸웠어?"

그렇게 묻는 아이작의 분위기가 날이 서 있었다. 아이작은 바로 옆에서 스칼렛이 숙부에게 맞는 소리를 자주 들었으니, 싸웠다는 말에 크게 신경을 썼다.

스칼렛이 단단한 목소리로 말했다.

"빅토르는 신사야. 숙부처럼 손을 올리지 않아. 절대로."

"……."

"정말이야."

"그래도…… 혹시라도 곁에서 널 억지로 붙잡는다든지, 네가 하기 싫어하는 걸 시키면 꼭 나한테 말해. 꼭."

아이작의 말에 스칼렛이 분위기를 풀려는 듯 활짝 웃으며 고개를 끄덕였다. 그리고 아이작의 머리를 쓰다듬으며 말했다.

"아, 든든하다, 든든해."

"어휴, 그러시다면 다행이네요."

아이작도 곧 눈꼬리를 휘어 웃으며 장난스럽게 대답했다.

스칼렛은 간혹 드러나는 그의 싸늘한 눈빛에 숙부가 겹쳐지는 것처럼 느낄 때가 있었다. 금방금방 사라지니 다행이지만.

그나저나 송사 중이던 숙부가 사라졌다는 소식을 들었는데, 전쟁이 발발하는 바람에 찾는 것이 흐지부지되었다. 전쟁통에 어디론가 도망친 모양이었다. 가족들은 다 거리에 내앉혀 놓고, 자기 혼자 도망치는 것도 참 숙부답다고 생각했다.

아무튼 경쟁자라면 경쟁자일 사람이 사라졌으니, 스칼렛에게는 더더욱 부품 개발에 성공해야 할 이유가 생겼다. 새로운 부품을 만들고, 크림슨 시계를 확실하게 계승할 생각이었다.

아이작과 이야기하며 긴장을 푼 스칼렛이 말했다.

"아무튼 궁금한 건……. 혹시 빅토르가 나 병원에 누워 있을 때 자주 왔었어?"

그녀가 묻자 아이작이 멈칫했다.

그는 머릿속으로 혼수상태에 빠져 있던 스칼렛의 옆에서 매일 기도하던 빅토르 덤펠트를 떠올렸다.

아이작은 그가 침대 옆에서 종종 스스로의 눈을 감싸는 것을 보았다. 고통이 극심했는지, 지휘관에게 지급해 주는 마약성 진통제 2개를 다 써 버려 늘 함께 다니던 의무관에게 잔소리 듣는 것을 우연히 들었다.
 스칼렛이 쓴 약 때문에 아픈 거냐고 아이작이 묻자 그는 수긍했고, 모든 것을 비밀로 해 달라는 약속을 얻어 냈다.
 스칼렛에게는 어디까지 말해 줘야 하나.
 한동안 고민하던 아이작이 입을 열었다.
 "자주 왔다기보다는……. 그냥 계속 네 옆에 있었어."
 그의 말에 화관을 만지작거리던 스칼렛의 손이 멈췄다.
 아이작이 도착한 후에도 빅토르는 계속 스칼렛의 곁에 머물렀다. 식사도 하지 않고, 잠도 의자에 앉아 잠깐씩 잠들었다 깨는 것으로 대신했다.
 스칼렛이 죽을 고비를 넘길 때도 그는 거기에 있었고, 그녀를 덮고 있던 고열이 어느 정도 내려간 후에야 전장으로 돌아갔다.
 아이작은 스칼렛의 복잡한 표정에 싱긋 미소를 지으며 곧바로 화제를 전환했다.
 "아무튼. 아침은 먹었어?"
 "아니, 아직."
 "식사하자."
 스칼렛이 고개를 끄덕이며 아이작과 함께 식사를 하기 위해 걸음을 옮겼다. 빅토르가 뭘 하고 있는지 궁금해졌으나, 언제나 알아서 잘하는 사람이니 잘하고 있으려니 대수롭지 않게 여겼다.

 아이작과 이것저것 이야기하며 식사도 하고, 차를 마시고 있는데 전화가 걸려 왔다.
 아이작이 전화를 받고 나서, 스칼렛에게 돌아와 말했다.

"경께서 너 여기 있냐고 물어보시던데?"

"응?"

스칼렛이 멈칫하고 이내 되물었다.

"빅토르는 어디 있는데?"

"타운하우스에. 네가 없어서 놀란 모양이야. 저렇게 초조한 목소리 내시는 거 처음 듣네."

"난 어디 나간 줄 알았지……."

스칼렛이 난처한 표정을 짓고는 화관을 챙겨 들고 말했다.

"다시 가 볼게."

"그래. 또 싸우면 언제든지 돌아오고."

"응."

스칼렛이 고개를 끄덕였다.

화관을 자전거 바구니에 넣고, 다시 타운하우스로 향했다. 그녀가 다시 안으로 들어서니 집 안 창문이 다 열려 있었다.

로비에서 그녀를 기다리며 안락의자에 앉아 책을 읽던 빅토르가 책을 덮고 몸을 일으켰다. 초조해하더라는 아이작의 말과 달리, 그는 덤덤한 목소리였다.

"크림슨가에 갔었어?"

"응. 근데 어디서 탄 냄새가……."

방금 전까지 꽃향기에 파묻혀 있다 와서 그런지, 미세한 탄 냄새가 더욱 강하게 느껴졌다.

스칼렛이 냄새를 따라가 보니 주방에 새카맣게 재가 된 무언가가 있었다. 음식이었던 것 같다가도, 솔직히 이 정도 태웠으면 숯불을 만들려던 것 같기도 했다.

"……설마."

저 남자가 뭘 만들려고 했을 리는 없는데. 저 쓰레기는 그 손에서 나온 게 맞는 것 같았다.

스칼렛은 기가 차서 실소했다. 두리번거려 보니 그래도 나름 청소는 알아서 해 두었다. 사관학교에서 청소 정도는 직접 하게 한 모양이었다.

빅토르는 무덤덤한 표정이었지만, 손으로 제 목을 두어 번 문지르는 걸 보니 속으로는 난처한 모양이었다. 그러다 스칼렛이 황당해하며 자신을 보고 있으니 입을 열었다.

"쉽지 않네."

"……."

그의 말에 스칼렛이 실소를 터뜨렸.

그녀가 다시 숯덩이를 돌아보며 물었다.

"뭘 만들려고 했는데?"

"감자를 삶으려고."

"저게 감자였어? 불쌍해."

빅토르가 대답을 못 하고 침묵했다.

잠시 그것을 돌아보던 스칼렛이 멈칫하더니 물었다.

"잠깐만. 그럼 아침은?"

"당신은?"

"당연히 먹었지. 시간이 몇 시인데."

"다행이네."

빅토르는 대답을 회피했지만, 상황을 보아하니 먹었을 것 같지가 않았다.

스칼렛이 돌아서서 덤펠트가에서 가져다준 식재료들을 살피기 시작했다. 살란티에서 가장 많이 쓰는 재료들이 있었다. 연어와 사슴 고기, 버섯.

스칼렛 역시 요리와는 거리가 멀었기 때문에, 특별히 음식을 만들어 낼 자신은 없었다. 그러나 굽는 것이야 어렵지 않으니, 버터를 듬뿍 넣고 밀가루를 입힌 연어를 구웠다. 그리고 접시에 담아서 빅토르에게 포크와 함께 건넸다.

"일단 먹어."

그녀의 말에 빅토르가 잠시 접시를 보더니 포크로 연어살을 찍어 입에 넣었다. 그러더니 그 자리에 서서 몸을 숙이고 남은 연어를 먹기 시작했다.

먹는 재미를 모르던 남자가 웬일로 맛있게 먹어서 그렇게 맛있나, 스칼렛은 의아해졌다.

"맛있어?"

"태어나서 먹어 본 것 중에 제일."

"으응?"

그 정도는 아닐 텐데…….

스칼렛이 생각하며 팬에 남은 연어를 입에 넣었다가 표정을 찌푸렸다. 이미 밑간을 해 둔 것에 또 소금을 뿌린 통에 혀가 아릴 정도로 짰다.

"너무 짜."

"안 짜."

빅토르가 대꾸한 후, 스칼렛이 질색하는 음식을 선 자리에서 깨끗하게 비웠다.

스칼렛이 이해가 안 된다는 듯이 말했다.

"당신 정말로 미맹이구나."

"맛있다니까."

"이렇게 짠 걸 어떻게 다 먹어?"

자기가 해 줘 놓고, 다 먹었다고 뭐라고 하니 기가 찬지 빅토르가 실소했다.

그 웃음에 스칼렛이 멋쩍어하며 말했다.

"……아니, 너무 짜니까."

그의 미각에 충격을 받긴 했으나, 혹시 제가 소금을 특히 많이 뿌린 부분을 먹었나 싶어 연어 한 조각을 더 입에 넣은 스칼렛은 질겁했다. 아까 먹은 부분이 싱거운 편이었다. 역시 저 남자는 미각에 문제가 있었다.

식사는 스칼렛이 마련했으므로, 다과는 빅토르가 차렸다. 비록 덤 펠트가에서 미리 가져다 둔 다과를 접시에 담는 것뿐이었지만, 어찌 되었든 어려서부터 체벌을 받으면서까지 다도 예절을 배운 빅토르가 내주는 차는 아주 훌륭했다.

그녀가 차를 마시며 혼잣말했다.

"……차를 마셔 보면 미맹은 아닌데."

"몇 번을 맛있다고 해야 믿겠어?"

맛있다는 건 거짓말일 수가 없었다. 그건 억지로 다 먹는 것이 불가능할 정도로 짰으니까.

스칼렛은 빅토르의 미각이야말로 연구 대상이라는 생각을 하며, 다과를 먹었다.

차를 마시던 빅토르가 그녀가 가져온 화관을 턱짓하며 물었다.

"그건."

"아이작이 만들어 줬어. 예쁘지?"

스칼렛이 말하며 화관을 제 머리에 써 보였다. 하얀 은방울꽃과 연녹색의 잎이 그녀의 맑고 깨끗한 피부와 잘 어울렸다.

빅토르가 팔짱을 끼고 중요한 결정을 하듯이 미간까지 좁히고 신중히 살피다 입을 열었다.

"요정 같네."

"……무슨 요정?"

"뭐…… 은방울꽃의 요정?"

빅토르가 태연하게 대답하고는 스칼렛이 먹고 있는 것과 같은 다과를 집어 한 입에 넣었다.

스칼렛이 민망함에 화관을 내리려 하자 빅토르가 팔을 뻗어 멈추게 했다.

"쓰고 있어."

"괜한 소리를 해서 민망해졌잖아."

"그럼 좀 덜 예쁘지 그랬어."

"됐어. 이제 예쁘단 말 그만 들어도 돼. 생각해 보니까 무례하네?"

빅토르가 자꾸 예쁘단 말을 붙이니까, 처음에는 이제야 입에 발린 소리도 하네 싶어서 좀 좋다가 이제는 부끄러워져 얼굴이 화끈거렸다. 그녀가 민망해하는 것이 재미있어 더 놀리는 게 분명했다.

빅토르는 뺨이 빨개져서 한 소리 하는 스칼렛이 귀여워 픽 웃고 나서, 낮은 목소리로 중얼거렸다.

"당신 말대로군."

그의 말에 스칼렛이 고개를 들자 빅토르가 말을 이었다.

"둘만 있는 게 재미있네."

"응?"

"지금까진 둘이서만 있는 게 아니었어, 당신 말대로."

언제나 두 사람의 옆에는 시중을 드는 사람이 있었고, 해군들이 있었다.

처음 아무도 없는 곳에서 단둘이 우당탕거리고 있으니, 빅토르는 이제야 스칼렛이 바라던 결혼 생활이 뭐였는지를 알 것 같은 기분이 들었다.

그렇게 생각하고 나면, 자신은 스칼렛이 원하는 결혼 생활을 조금도 준 적이 없었겠구나 하는 결론이 머릿속을 채웠다. 상황은 나빴지만, 그녀가 자신을 떠나게 된 계기가 있어 다행이라고 생각했다. 물론 종래에는 계기가 없어도 자신은 버려졌겠지만.

그러고 보니 버려졌구나.

빅토르는 뒤늦게 그것을 알았다. 그녀와 마주 보고 있어도 가슴속의 공동이 채워지지 않는 것은 제가 그녀에게 버림받았기 때문이었다.

그녀가 바라던 사랑을, 자신에게서는 찾을 수 없으리라 체념하게 된 것도 이제는 이해가 갔다. 제가 앞으로 잘해 보겠다고 말한들 신뢰가 갈 리 없었다.

그녀가 사랑해 주던 때.

그는 종종 그 기억을 떠올려 보았으나, 일방적으로 받기만 한 사랑의 기억을 떠올리면 숨이 막혔다.

그녀가 슬플 때도, 아플 때도 웃는다는 걸 알게 된 지금에 와서는, 그녀가 웃는 걸 보며 별일 없다 생각하고 넘어가던 모든 순간이 대부분 나쁜 기억이 되었다.

　어느 날인가, 그녀의 얼굴이 평소보다 더 빨갛던 때는 분명 감기에 걸렸던 것이다. 아픈 건가 하는 의심을 하기도 전에 즐거운 얼굴로 오늘은 꼭 읽고 싶은 책이 있다며 멀찍이 떨어져 재잘거리다가 제 방으로 달려 들어갈 때는 분명. 장미 가시를 다듬다 뒷짐을 지고 웃던 때처럼, 그날도 아팠을 테지.

　말도 없이 훌쩍 떠나 오랫동안 항해를 하다가 돌아온 자신을 반겨 주었을 때도. 섭섭함과 외로움, 남편이 자신을 사랑하지 않는다는 확신에서 오는 아픔을 가슴속에 감추고 해맑은 척을 했던 것이다.

　자신은 단 한 번도 그녀를 행복하게 해 주지 못했다. 그의 인생에서 가장 행복하던 그 2년이, 그녀에게는 그저 안전하게 잠들 수 있어 만족하는 수준에서 그쳤던 것일지도.

　이 일주일이 지나고도 그녀가 제 곁으로 돌아와 줄 가능성은, 지금 그가 생각하기에 조금도 없어 보였다.

　그렇다면 그 일주일 사이에 그녀에게 해 줄 수 있는 모든 것을 해 주고 싶어, 빅토르가 물었다.

　"가지고 싶은 건 없다고 했지?"

　"딱히 없어."

　"결혼 생활 중에 하고 싶었던 건? 내가 해 줬어야 했는데, 안 해 준 거. 삼나무 숲에 가 보고 싶었던 것처럼."

　"음……"

　그의 말에 스칼렛이 고민하는지 고개를 한쪽으로 조금 기울였다. 빅토르는 그녀가 무엇이든 말해 줬으면, 하고 바랐다.

　저에게 뭐 하나라도, 기대하는 것이 남아 있었으면……

이내, 스칼렛이 입을 열어 그런 그의 바람을 깨뜨렸다.

"잘 모르겠어."

그녀의 대답에 빅토르가 고개를 끄덕이더니 되물었다.

"나에게 돌아올 생각이 조금은 있어?"

"……."

그의 말에 스칼렛이 멈칫했다.

그녀가 이내 입을 열었다.

"생각 안 해 봤어."

"생각 안 해 봤다는 게 어떤 의미야. 돌아올 생각을 안 해 봤다는 거야, 아니면 어떻게 결정할지 고민을 안 했다는 거야?"

"……다른 건가?"

스칼렛이 빅토르의 말을 잠시 고민해 보더니 대답했다.

"전자 같네."

"그런가. 그래도 일주일 뒤에는 후자가 되었으면 좋겠군."

빅토르가 의식적으로 미소를 지으며 말을 이었다.

"참고로, 당신이 돌아오면 다시는 내가 말없이 바다로 떠나는 일은 없을 거야. 그때는 더 이상 해군이 아닐 테니까."

"뭐? 이제 눈도 보이잖아. 그럴 이유가 없어."

스칼렛이 놀라서 말했으나 빅토르는 협의가 불가능하다는 듯이 단호하게 대답했다.

"해군은 언제 바다로 나갈지 모르잖아."

"당신이 바다로 나가든 말든 나와 상관없어."

"알아. 내가 그런다고 당신이 돌아오는 건 아니겠지. 내 직업으로 협박하려는 게 아니야."

빅토르가 스칼렛의 뺨을 쓰다듬고 싶은 듯 손을 뻗었다가, 다시 찻잔으로 가져갔다.

그는 제가 방금 한 말 때문에 충격으로 어두워진 스칼렛에게 농담하듯 말을 이었다.

"당신이 나에게 돌아오지 않는다고 평생 혼자 지낼 생각은 없어. 재혼을 한다면, 그 사람에게는 불쑥불쑥 떠나 버리는 남자가 되고 싶지 않은 것뿐이지. 이혼을 두 번이나 당할 생각은 없으니."

"……."

"이건 농담."

빅토르가 미소를 지으며 말을 이었다.

"당신을 기다리려고 그만두는 게 맞아."

"……협박 맞네, 뭐."

"협박이 된다면, 그것도 나쁘지 않지."

빅토르는 태연히 말을 이었다.

"내 사랑은 결혼 당시에도, 지금도 당신밖에 없어. 사실, 지금이 그때보다 더 좋지. 그때는 내가 당신을 잘 몰랐고, 지금은 아니까."

그는 차를 한 모금 마시고, 중얼거렸다.

"당신이 사과하라고 시켜서 하긴 했지만, 사실 난 당신을 못 믿은 게 그렇게 미안하지 않았어. 아주 안 미안한 건 아니지만, 그렇게까지 미안하지도 않았지."

"뭐어?"

"나도 속은 건 사실이잖아?"

빅토르는 놀리듯 말하며, 스칼렛이 자신을 노려보는 것을 지극히 여유로운 시선으로 마주 보며 말을 이었다.

"대단한 사람이야, 당신은. 함께 일하며 알게 됐지."

"……."

"당신은 어떨지 모르겠지만, 내가 정말로 미안한 건 그것뿐이더군. 당신처럼 쓸 만한 사람을 나 따위에게 맞추려고 한 것."

은은한 차향이 그의 목소리와 잘 어울렸다.

"그게 미안해."

"……."

"당신이 바라는 게 없다고 하니, 내가 유세를 하지. 다시는 그런 일 없을 거야. 일생 대부분을 시계 만드는 것에 쏟고 싶으면 그렇게 해. 아이 낳을 시간도 없이 바쁘다면, 이 타운하우스 전체를 당신 작업실로 바꾸고, 원하는 책이 있다면 이 세계 어디에서라도 찾아다 주지."

스칼렛이 계속 대답이 없어, 잠시 침묵이 흘렀다.

빅토르는 할 말이 끝났는지 평소의 무뚝뚝한 사내로 돌아왔고, 언제나처럼 우아한 태도로 차를 마셨다.

한동안 침묵하던 스칼렛이 입을 열었다.

"평생 바다에 있던 사람이 집에만 있을 수 있어? 못할걸."

"아예 집에 있다는 건 아니고, 수도에 해군부가 있으니 거기서 일을 구해 볼까 하는데."

"……거기 있으나 마나 한 곳 아냐? 당신 살면서 한 번이라도 해군부 공문 받아 본 적 있어?"

"없지?"

빅토르가 태연히 대답하더니 미소를 지으며 물었다.

"어떻게 알았어?"

"그래도 당신이랑 2년을 같이 살았어. 당신 우편물은 다 내가 받는

데 알지. 해군부에서 뭐 하나 받아 본 적이 없는데."

강력한 왕실이 있고, 왕족들이 사회 전반을 좌지우지하고 있었으므로 행정부 부처인 해군부는 행정적인 부분을 위해 존재만 할 뿐, 실제로 해군들에게 이래라저래라 명령할 수는 없었다. 그러나 빅토르가 해군부에 있다면 그 위세는 완전히 달라질 것이다. 또한 그가 해군부를 통솔하겠다고 하는데 막을 수 있는 사람은 세상 어디에도 없었다.

스칼렛이 중얼거렸다.

"무엇이든 가능하네. 당신이 원하면."

그녀의 말 속에는 비꼼과 빅토르 덤펠트의 실질적인 위세에 대한 두려움이 뒤섞여 있었다.

"그렇게 됐지."

빅토르가 덤덤히 대답했다.

그 대화를 나누고 나서, 스칼렛은 생각에 잠겼다. 빅토르의 제안이 꽤 마음에 들었다. 특히 그녀가 원하는 책을 어디서든 찾아다 주겠다는 장담이.

잠시 후 그녀가 입을 열었다.

"해군부보다는 해양 탐험이 하고 싶은 거 아냐? 극지방에 가고 싶다며, 바다 여기저기 다니는 거."

"음."

"하고 싶은 거 해. 그러다 처음 보는 기술이 있으면 알려 주고, 책도 구해다 줘."

그녀의 말에 빅토르가 찻잔을 내려놓았다.

스칼렛이 그를 마주 보며 말을 이었다.

"다시 함께 살게 되지 않더라도, 동료로는 잘 지낼 수 있을 것 같아. 나는 극지방에 갈 수 있도록 쇄빙선을 연구해 볼게."

그러자 빅토르가 묘한 미소를 지으며 대답했다.

"그거 괜찮군. 나중에 동료와 사내연애도 하고."

"누구하고?"

"나와 당신 이야기하는 것 아니었나?"

빅토르의 짓궂은 말에 스칼렛이 기가 차서 그를 흘겼다.

그러다 생각보다 빅토르의 표정이 좋아 보여서, 그녀가 결국 웃음을 터트리며 물었다.

"마음에 들어?"

"무척. 앞으로도 당신과 일할 상상을 하니 기분이 좋아지는군."

"거봐."

스칼렛이 크게 심호흡하고 기분 좋은 얼굴로 말을 이었다.

"나도 이제 당신이 얼마나 바다를 사랑하는지 알아."

빅토르는 그녀의 말을 곱씹는 듯한 표정을 지었다가 이내 고개를 끄덕였다.

"생각해 보니, 그렇군."

그리고 두 사람은 해양 탐험에 관한 이야기를 이어갔는데, 생각보다 이야깃거리가 많았다.

함께 전쟁통에 휩쓸렸다 돌아오니 이전에 비해 서로 상대방이 흥미 있어 하는 부분을 알게 되었다. 빅토르는 바다에서 경험한 것들을 이야기했고, 스칼렛은 그걸 논리적으로 설명해 주었다. 그러다 논리로는 설명할 수 없는, 빅토르가 원양에서 본 거대한 괴생물체에 대해 이야기할 때는 살짝 겁을 먹어 몸을 웅크리기도 했다.

빅토르가 바다 위에서 경험한 것에는 괴담 같은 이야기가 많았다. 특히 그가 탄 배가 침몰 사고가 많기로 유명한 어느 해역을 지날 때, 갑판에 있던 해군 대부분이 자신을 부르는 소리가 들려 돌아보면 아무도 없는 경험을 했다는 이야기에는 겁이 나서 두 귀를 틀어막아 버렸다. 그래서 빅토르가 이야기를 끊으려고 하면, 스칼렛은 왜 말을 하다 마느냐고 재촉하며 굳이 이야기를 끝까지 들었다.

열세 살부터 배를 탄 빅토르는 의외로 끝도 없이 많은 에피소드들을 가지고 있었다. 그 덕분에 앉은 자리에서 차를 다 마시고, 이야기하다 보니 저녁 시간이 되어 간단하게 때우고, 그러고도 이야기가 끊어지지 않아 순식간에 잠자리에 누울 시간이 되었다.

시계를 본 두 사람은 그렇게 긴 시간 동안 이야기를 했다는 사실에 크게 놀랐다. 무서운 이야기를 해서인지 스칼렛은 목욕을 하는 내내 뒤에서 바람 소리만 들려도 깜짝깜짝 놀라 돌아보았다. 몸에 소름이 돋아서, 그녀는 물기를 다급하게 닦아 내고 욕실을 나왔다.

목욕가운 차림으로 나온 그녀가 먼저 목욕을 마치고 침대에 누워 있는 빅토르에게 걸어가 그의 어깨를 톡 때렸다.

"……당신이 무서운 이야기를 해서, 목욕하는 게 무서웠어."

"계속해 달라고 한 게 누구인데 내 탓을 하지?"

"……."

천일야화가 이런 건가, 스칼렛은 생각했다. 무서워서 그만 듣고 싶은데, 계속해서 궁금했다.

빅토르가 스칼렛의 소매를 걷어 소름이 돋은 그녀의 팔을 쓸어 보며 말했다.

"이렇게 겁이 많은데 왜 계속 얘기를 해 달래."

그렇게 말하더니 말이 없는 스칼렛을 끌어당겨 제 품으로 데려갔다.

따듯하고 안정적인 그의 넓은 품에 안기니 겁이 나서 쿵쿵거리던 가슴이 조금 진정되었다. 스칼렛은 안정을 취한 직후 그의 품에서 벗어나려 했으나, 빅토르가 팔을 풀어 주지 않았다.

그의 시선은 그녀의 목에 닿아 떨어지지 않고 있었다. 풀어 주지 않으려고 잡고 있는 게 아니라, 홀려서 그녀의 미약한 힘을 느끼지조차 못하고 있는 듯이 보였다.

스칼렛이 미간을 좁히며 물었다.

"흡혈귀야? 왜 이렇게 목을 좋아해?"

그녀의 핀잔에 빅토르가 덤덤히 대답했다.

"예쁘잖아."

"목이?"

"어깨도."

그렇게 말하는 그의 손이 목을 쓰다듬고, 목욕가운을 조금 내리며 어깨를 감쌌다.

스칼렛이 움찔하며 더 내려가지 않게 목욕가운을 두 손으로 꼭 붙잡았다. 하얗던 스칼렛의 어깨가 점점 붉어졌다. 그녀가 한 손을 내밀어 빅토르의 셔츠를 만지작거리며 말했다.

"……나 기다렸다며."

"음?"

"아이작에게 물어보러 갔었어. 당신이…… 나 사고 나서 누워 있을 때 옆에 왔었는지 물어보러."

"그래서."

"기다렸다고 하더라."

"다행이군. 백작이 날 싫어해서 거짓말할까 봐 걱정됐는데."

"아이작이 당신 싫어해?"

"엄청 싫어하지."

빅토르가 무슨 당연한 소리를 하냐는 듯이 대답하고, 다소 괴로운 표정을 지었다.

그녀는 자신을 품으로 끌어들이는 순간부터 빅토르의 전신에 힘이 들어가고 있다는 걸 알았으나 짐짓 모른 척을 했다. 그는 보통 제가 가진 욕망을 쉽사리 드러내지 않았다. 그러나 가끔 흔들린 잔의 물이 넘치듯, 그 역시도 견디지 못할 때가 있었다. 그것은 눈빛에서, 아귀힘에서 드러났다.

잠시 그를 놀리듯 하던 스칼렛이 입을 열었다.

"이건 그냥, 오늘 밤만 당신을 이용하려고 말하는 건데."

그녀의 말에 빅토르가 계속 말하라는 듯이 스칼렛을 보았다. 그러자 그녀가 말을 이었다.

"내일 일찍 승전 기념행사에 가야 하잖아."

"가야지."

"일찍 자야 하는데, 유령 이야기가 무서워서 못 자겠어. 다른 생각 하고 싶어."

"……"

"그러니까. 다른 생각 하게 해 줘, 빅토르."

스칼렛이 그를 올려다보며 제 이름을 부르자 빅토르가 어처구니없다는 듯 그녀를 노려보았다.

스칼렛은 애증과 집착으로 가득한 그의 시선이 싫지 않게 느껴졌다.

그녀가 목욕가운의 허리끈을 푸는 빅토르에게 단호하게 말했다.

"다시 말하지만, 일찍 일어나야 돼."

"알아."

"한 번만."

그녀의 말을 빅토르가 무시하자 스칼렛이 인상을 쓰며 말했다.

"빅토르, 대답해."

"싫어."

"뭐?"

"대답하라며."

빅토르가 덤덤히 말하고 제가 입고 있는 잠옷 셔츠를 빠르게 벗어 던졌다.

스칼렛은 일렁이는 램프의 불빛 속에 보이는 빅토르의 몸에 시선을 빼앗겼다.

옷을 입고 있을 때는 늘씬하게 보이는데, 벗고 나면 그가 가진 힘이 어디에서 나오는지 이해할 수 있을 만큼 두툼했다. 그러나 허리와 골반은 늘씬하고, 손가락도 두껍지 않았다. 스칼렛은 제 등허리를 거의 한 손으로 감쌀 만큼 손가락이 길고 큰 그의 손을 좋아했다.

빅토르는 그녀의 몸을 완전히 제 몸에 짓눌릴 정도로 안아 놓고도 부족한지, 손으로 그녀의 몸을 움켜쥐어 제 쪽으로 당겼다.

침착하던 그가 이성을 잃고 있는 건 그렇다고 쳐도, 스칼렛은 자신마저 스스로의 욕구에 잠식되는 것이 두려워졌다. 그러다 협탁에 놓여 있는 안경을 발견하고 그녀가 멈칫했다.

빅토르의 어깨를 꽉 누르던 스칼렛의 손힘이 풀리자, 그가 그녀의 변화를 바로 눈치채고 동작을 멈추며 물었다.

"왜?"

"안경…… 왜 있어? 당신 시력 돌아왔잖아."

"아."

빅토르가 안경 쪽을 보더니, 한 손으로 얼굴을 감싸며 한숨을 쉬었다.

"당신이 잘 어울린다고 해서."

"……뭐어?"

"내 얼굴이 마음에 안 든다고 하면 저걸로 가릴까, 하고."

"……."

"비상용으로."

"……바보 아냐?"

"……."

빅토르는 지금껏 그녀가 본 적 없는 난처한 표정을 짓고 있었다. 그 새로운 표정이 꽤 스칼렛의 마음에 들었다.

그녀가 손으로 톡 그의 어깨를 때리며 말했다.

"거울 안 봐?"

"봐. 내가 괜찮은 외모인 것도 알고."

"……기분 나쁘긴 한데, 그래서?"

"당신 눈에 잘생기지 않으면 아무 소용 없다고 생각한 것뿐이지."

"난 당신이 여전히 밉지만, 얼굴은 괜찮다고 말했잖아."

"말했잖아, 비상용."

빅토르가 말하고 팔을 뻗어 도수가 없는 안경을 써 보았다. 그것도 꽤 괜찮아서, 스칼렛의 표정이 묘해졌다. 빅토르가 그 표정을 힐끔 확인한 후 다시 안경을 던져 놓았다.

"표정을 보니 뭘 해도 상관없는 모양이군."

그리고 바로 가운을 벗기려는 것이 부끄러워 스칼렛이 고개를 돌리자, 빅토르가 그녀의 얼굴을 제 쪽으로 돌리고, 닿을 듯 가까이에서 말했다.

"다른 곳 보지 마. 내 얼굴이 마음에 든다며."

"그야……."

스칼렛이 당황해 눈을 감아 버리자, 빅토르가 그녀의 손을 잡아 제 심장 위로 가져가 눌렀다. 심장은 그녀의 손에 닿아 있는 것처럼 느껴질 만큼 그 존재를 드러내며 거칠게 뛰고 있었다.

그것은 짝사랑에 앓았던 스칼렛으로 하여금 이 관계에서 완벽한 주도권을 가졌다는 안도감을 느끼게 했다. 그녀는 본능적으로 오만해졌고, 빅토르는 그녀의 그런 분위기에 이성을 잃었다.

―――❖❖❖―――

그는 미인계를 사용하기 시작했고, 스칼렛은 자신이 괜한 말을 했다며 후회했다. 스칼렛이 다음 날 일찍 일어나야 한다고 말해 봐도, 그는 제 얼굴을 이용하며 그녀를 녹였다.

다음 날 아침에 일어나며 생각해 보니 약점이라도 잡힌 기분이라 뒷맛이 좋지 않았다.

애초에 오늘 하루 종일 행사를 해야 하는데, 사람을 이렇게 괴롭히는 게 신사적인 일인가?

스칼렛은 불만이 폭발했고, 빅토르는 이를 진작 눈치채고 사라졌다가 덤펠트가 사용인에게 사 오게 한 아이스크림을 받아 침대로 가져왔다.

스칼렛은 일단 아이스크림을 먹으며 열을 식혔지만, 계속해서 울컥울컥 불만이 치밀었다. 평소에는 그렇게 자제력이 강한 사내가 왜 자신에게 그 자제력을 발휘하지 않은 것인가.

스칼렛은 아이스크림을 먹다가, 이번에는 커피를 가지고 침실로 돌아오는 빅토르를 흘기며 말했다.

"나쁜 놈."

"늘 인정하는 바지."

스칼렛은 다 먹은 아이스크림 그릇을 빅토르에게 주고, 커피를 받아 한 모금 마셨다. 아이스크림과 커피로 아침 식사를 마치고 나서, 빅토르는 스칼렛을 드레스로 갈아입혔다.

사용인이 없으면 잠깐도 못 버틸 것 같던 빅토르는 의외로 곧잘 그녀의 시중을 들었다. 그는 손재주가 필요한 것을 제외하고는 대부분 빠르게 배우는 편이었다. 그래도, 여자 옷을 너무 잘 갈아입히는 건 여전히 좀 불만이었다.

여러 가지 복합적인 이유로, 마차에 타서도 스칼렛은 말을 안 하고 창문 쪽을 바라보았다. 그러다 결국 못 참고 빅토르 쪽을 보며 말했다.

"여자 옷을 나보다 잘 아네. 생각해 보니까 지난번에 코트는 전 여자친구가 좋아하던 디자이너 걸 사 준 거였지?"

"마음에 안 들었어?"

"마음에는 드는데. 기분이."

"기분이 왜."

"안 좋아."

"살란티에 있는 유명한 디자이너 옷 중에 그 사람이 안 입어 본 게 없을 텐데. 그것들을 다 피하자면 벗고 다닐 건가?"

"……."

"말 참 예쁘게 하지? 나도 알아."

스칼렛이 그를 흘기고 다시 창문 쪽을 보았다. 그러다 달그락 소리가 들려 빅토르 쪽을 보니, 그가 미리 준비해 두었던 시계 상자를 열고 있었다.

오래 갈 것 같던 스칼렛의 분노는 상자에 새겨진 로고를 발견하는 순간 녹아내렸다.

"그거……."

"선대 크림슨 가주 부부가 만든 여섯 번째 부품을 사용한 시계. 수도에 몇 개 남지 않아서 구하기 까다롭더군."

스칼렛의 눈이 커졌다.

부모님이 세상을 떠나기 얼마 전에 개발한 부품이라, 이것을 사용한 시계인 아쿠아6은 세상에 몇 개 나와 있지 않았다.

빅토르가 스칼렛의 손을 당기자 시계에 시선을 고정한 그녀가 순순히 손을 내주었다. 빅토르는 그녀의 손목에 차고 있던 시계를 풀고, 가져 온 시계로 바꿔 채웠다. 가장 높은 버전, 가주 부부가 만드는 시계는 단연 크림슨 시계 중에서도 최고가품이었다.

스칼렛이 한참 시계를 보다가 빅토르에게 말했다.

"바닷속에도 가지고 들어갈 수 있어."

그는 저와 있다가도 순식간에 시계에 관심을 뺏겨 버리는 스칼렛을 무심한 눈으로 바라보고 있었다. 그러다 이내 의무에 가까운 미소를 지으며 대답했다.

"그거 대단하네."

스칼렛은 부모님의 시계를 발견하는 순간 전날 빅토르에게 느낀 모든 불만을 잊어 버렸고, 마차로 이동하는 내내 이 시계가 얼마나 위대한 것인지에 대해 이야기를 했다.

엘리트 교육을 받은 빅토르에게도 절반 이상 알아들을 수 없는 이야기였으나, 그는 그녀의 지루할 정도로 자세한 시계 기능에 대한 설명을 진지하게 듣고 있었다.

중간중간 그는 이해하지 못하는 부분을 되묻기도 했는데, 그럴 때마다 스칼렛은 그가 신체 능력뿐만 아니라 두뇌 회전도 뛰어나다는 것을 확신했다. 그는 이해력과 판단능력이 뛰어났고, 스칼렛은 아마 그래서 그가 젊은 나이에 이렇게 엄청난 공적을 세울 수 있었으리라 생각했다.

잠시 후 마차가 행사가 있는 해군사관학교 앞에 멈췄다.

이전에도 빅토르와 이곳에서 치러지는 행사에 참여하기 위해 여러 번 오갔던지라, 스칼렛에게도 낯설지 않은 장소였다.

마차에서 내리기 전에, 빅토르가 입을 열었다.

"내가 눈이 보인다는 건, 아마 다른 해군들도 잘 모를 거야."

"아……."

그가 실명하지 않았다는 것을 공식석상에서 밝히는 것은 처음이었다.

빅토르가 말을 이었다.

"내가 눈이 보인다는 걸 알았다면, 율리 이렌은 예전에 어디로 도망쳤겠지."

"응."

스칼렛이 고개를 끄덕이며 동의했다.

빅토르가 실명하지 않았다는 걸 알았다면 율리 이렌은 그와 대적할 생각조차 하지 못하고 도망쳤을 것이 분명했다. 그는 오늘 여기, 이 기념행사에 직접 나타나겠다고 공표했다.

빅토르가 말을 이었다.

"오늘 율리 이렌에게 확인할 것이 있어."

"어떤 거?"

"당신 부모님의 마차 사고 당일에."

그가 스칼렛의 어두워지는 표정에 잠시 입을 다물었다가, 조용히 말을 이었다.

"연관이 있을지도 몰라."

"……어떤 연관?"

"그날 선대 가주 부부가 그 늦은 밤에 찾아가려던 곳이 어디인지, 만나려던 사람이 누구인지 파악하고 있어. 거기에 율리 이렌이 관여했을 것 같다더군."

"……"

"아직 자세히 알아낸 건 없으니, 알게 되면 전부 말해 줄게."

빅토르의 말에 스칼렛이 두 주먹을 꽉 쥐는 것으로 분노를 견디며 중얼거렸다.

"알게 되면 좋겠네."

"알아내야지, 반드시. 아무튼 나는 행사 전에 건강검진을 할 테니 당신은 공과대학 사람들과 건물을 보러 가."

부모님 생각에 빠져 그의 말을 흘려듣고 고개를 끄덕였던 스칼렛이 퍼뜩 정신을 차리고 물었다.

"건강검진? 그리고…… 건물?"

"왕세자께서 해군의 건강검진을 명령하셔서. 여기 해군 간부들이 모인 김에 하면 편리하겠지."

빅토르가 말하며 제 눈을 손으로 가리켰다.

스칼렛은 이 대대적인 건강검진이 일어나게 된 상황을 이해하고 저도 모르게 웃었다.

"알겠어. 그래서, 무슨 건물을 보라는 거야?"

"제1 회관. 부지 동쪽에 있어. 안내해 줄 생도들이 나와 있으니 따라가면 돼."

그렇게 말하던 빅토르가 멈칫했다. 그리고 심각한 표정으로 중얼거렸다.

"……과학자들은 유령을 무서워하지 않을 줄 알았는데, 어제 보니 아니더군."

해군사관학교 교장의 말이 맞았다. 과학자라고 해서 유령을 무서워하지 않는 게 아니었다.

스칼렛은 유령이라는 말만 나와도 움찔거렸고, 빅토르는 달래듯이 말을 이었다.

"거기 유령이 나온다는 건 헛소문이야."

"유, 유령이 나온다고?"

"헛소문이라고."

"아무튼, 나온다는 소문이 있다는 거잖아."

"……일단 가 봐. 교장이 그 건물을 살란티에 공과대학에 내주기로 약속했으니까."

그가 골치 아픈지 결론부터 내놓았다.

그런 그의 말에 스칼렛이 멈칫하고, 이내 두 눈을 깜빡거리며 물었다.

"건물을 내주겠대?"

"부지 동쪽 땅 일부도."

"왕실에서…… 싫어할 거 아냐. 당신과 왕실 눈치를 동시에 봐야 했을 텐데……."

"설득했어. 당신의 공적을 앞세워서. 이곳의 교장은 본질적으로 군인이니, 당신이 목숨을 걸고 수도를 지키기 위해 뛰어든 일이 어떤 것인지를 잘 알고, 그 명예를 생각해 이런 결정을 내린 거야."

"……"

"그러니 나와 왕실 사이에 끼어서 고통받았을 것을 걱정할 필요는 없어. 교장은 수십 년간 배를 탄 사람이고, 남이 그의 결정을 걱정해 줘야 할 정도로 연약하지 않아."

빅토르의 무뚝뚝한 목소리 깊은 곳에서 같은 해군으로서의 자부심이 느껴졌다.

스칼렛은 지금껏 봐 온 해군들을 떠올리며 그를 이해했고, 미소를 지으며 고개를 끄덕였다.

"고마워. 유령은…… 으음……."

"건물이 낡아서 그런 소문이 있는 거지, 보수하면 괜찮아."

"……믿어는 볼게."

스칼렛은 여전히 유령이 무서운 듯했지만, 고개를 끄덕였다.

빅토르는 곧바로 그를 기다리던 부하들과 함께 건강검진을 위해 건

물로 들어갔다. 스칼렛은 거기서 좀 더 기다려 정비부사관들과 만났다. 그리고 생도가 안내해 주는 것을 따라 제1 회관으로 향했다.

드넓은 해군사관학교는 부지 대부분을 바다가 감싸고 있었는데, 부지 동쪽의 이 제1 회관이 가장 바다에서 먼 건물이었다. 그러나 여전히 바다 냄새가 났고, 5월에도 쌀쌀한 북쪽의 공과대학과 달리 포근한 바람이 불었다.

제1 회관은 미리 깨끗하게 정돈을 해 두어 유령이 나올 것 같아 보이지는 않았다.

스칼렛은 어쩌면 제 삶에서 중요한 장소가 될 건물을 올려다보았다. 유령이 나온다는 소문이 있었다니 밤에는 어떨지 모르겠지만, 정오의 햇살이 부서지는 지금은 아주, 아주 마음에 들었다.

―――――・◆・―――――

제1 회관은 근사하면서 묘한 공간이었다. 외관상으로는 멀쩡했으나, 건물에 들어서면 왜 여기서 유령이 나온다는 소문이 돌게 되었는지를 알 수 있었다.

제1 회관은 권력에 위협이 될 왕족들을 유배해 두던 곳으로 유명했다. 가장 최근 여기 살았던 것은 이 해군사관학교를 만든 여왕 다리야 이렌으로, 그녀는 유일한 적통으로 태어났으나 너무 어린 시절 부모가 모두 병석에 눕는 바람에 누구의 보호도 받지 못하고 이곳에 갇혀 어린 시절을 보냈다. 그 후 끊임없이 정적들에게 살해 위협을 받던 다리야 이렌은 편집증적으로 이 제1 회관을 요새화했다.

정확한 지도를 가지고 다니지 않으면 언제 어디서 함정에 빠질지 모르니 인적이 끊기고, 그래서 점점 더 폐허가 되어 가던 곳이었다.

정비부사관들에게 길을 안내하기 위해 앞장서는 생도들은 이제 고작 열네다섯 살 정도밖에 되지 않았으나, 이 건물이 매우 위험한 장소라 생각해 나이답지 않게 엄중한 표정을 짓고 있었다.

"제1 회관에는 침입자를 불시에 공격하는 장치가 많습니다. 아직도 저희가 장치를 다 찾아내지 못했기 때문에, 반드시 이 지도에 안전하다고 표시된 공간 내에서만 움직이셔야 합니다. 자칫 잘못하다가는 크게 다칠……."

그렇게 설명하고 있을 때, 이미 안전지대 밖으로 나간 커스틴이 지도에 그려진 구조물을 파악해 작은 나무문을 열며 말했다.

"와, 이거 진짜 잘 만들었다."

"정비부사관님! 위험합니다!"

사관생도가 말리기도 전에 커스틴이 레버를 내려 기계의 작동을 멈춘 후, 스칼렛을 불렀다.

"분해하자, 스칼렛."

"응."

이미 가방에서 늘 들고 다니는 공구를 꺼내던 스칼렛이 고개를 끄덕거렸다.

그녀가 한 손으로 공구를 쥐고 드레스를 내려다보며 중얼거렸다.

"……웬일로 그 인간 말이 맞았네."

빅토르의 말대로 그냥 편한 옷을 입고 올걸, 괜히 격식을 차렸다.

스칼렛은 별수 없이 불편한 차림새로 커스틴과 함께 기계를 분해하기 시작했다. 안내하던 사관생도는 그 많은 엘리트 해군들이 유령이라 확신하게 만들던 복잡한 장치들을 삽시간에 낱낱이 분해해 버리는 과학도들을 얼빠진 얼굴로 바라보고 있었다.

순식간에 지도 위에 학자들이 체크하는 안전지대가 늘어가자 생도들이 자기들끼리 소곤거렸다.

"정비부사관님들은 몇 시간이면 할 수 있는 일이었어……."

"이제 빅토르 함장님께서 왜 여기로 공과대학을 이전하려 하시는지 알겠어."

"나도 그래. 원래도 함장님이 하시는 건 다 맞을 거라고 믿지만, 아직 왜 해군사관학교로 공과대학을 이전해야 하는지 이해를 못 하고 있었거든."

그렇게 감탄하던 생도들은 장치를 둘러싸고 학자들과 구조에 대해 논의 중인 스칼렛 쪽을 보며 부끄러움에 빨개지는 얼굴을 감싸고 웅얼거렸다.

"스칼렛 양을 이렇게 가까이서 뵙게 될 줄 몰랐어……. 내가 뭐 실수한 거 없었지?"

"내 생각엔 없어. 3호기에 관해 여쭙고 싶은데 무례할까?"

3호기의 영웅. 스칼렛 크림슨을 바로 앞에서 보게 된 어린 생도들은 겉으로는 어른스러운 척을 하고 있지만, 속으로는 그녀에게 묻고 싶은 것이 너무나 많았다. 그러다 힘쓸 일이 있어 스칼렛이 도와 달라고 부르자 그제야 기쁜 표정으로 달려갔다.

승전을 축하하기 위한 행사 준비는 거창하기 이를 데 없었다. 이 행사를 구경하기 위해 각지에서 모여든 살란티에 시민들이 좋은 자리를

잡는 일로 해군사관학교 전체가 떠들썩했다.

빅토르는 이 승전이 왕실의 대단한 업적이라도 되는 것처럼 꾸며 놓은 행사장을 못마땅해하다 해군사관학교 내 병원으로 들어섰다.

빅토르의 약점을 잡기 위해 장교들의 건강검진을 한다는 티를 낼 수는 없었으므로, 왕실은 전쟁을 치른 해군들의 건강과 심리 상태를 관리해 준다는 명목을 내세웠다. 덕분에 검진을 위해 나라의 내로라 하는 의사들이 여럿 와 있었다.

빅토르에게는 빈 병실이 하나 주어졌고, 그곳에 그 의사들 중 하나가 기다리고 있었다.

의사가 물었다.

"복용하시는 약물이 있으십니까?"

그러자 빅토르가 안주머니에서 복약지도서를 꺼내 건넸다.

의사가 그것을 확인하고 다소 난처한 표정을 지었다.

"……진통제를 너무 과하게 드시는 것 아닙니까?"

의사는 왕실로부터 빅토르 뎀펠트의 시력을 확인하라는 명령을 받았다. 왜 그런 명령을 내렸는지 의아할 정도로 빅토르의 시력에는 아무 문제가 없었다.

문제는 눈이 아닌, 보통 사람이라면 하루의 절반 이상을 잠들어 있어야 할 강한 진통제를 복용 중이라는 것에 있었다.

그 사실을 모르고 있었는지 뒤에 있던 에번이 인상을 쓰며 복약지도서를 낚아챘다. 그러더니 빅토르 쪽을 보았다.

"잠시 드릴 말씀이 있습니다. 긴밀하게요."

"여기서 해."

"네. 그럼 여기서 하겠습니다. 함장님을 모시는 동안 몸이 피로 뒤

덮이는 자상이 여러 번 있으셨는데도 이렇게 진통제를 복약한 적이 없으셨죠."

"그땐 젊었지."

"지금도 젊으시고, 무엇보다 이렇게 진통제를 드실 이유가 없잖습니까."

에번이 쉽게 물러나지 않을 듯한 태도를 보이자 빅토르가 의사에게 잠깐 나가라고 턱짓했다.

의사가 별수 없이 병실을 나가 앞에 서 있는 사이, 에번이 굳은 표정으로 물었다.

"제가 모르는 사이에 중병이라도 걸리셨습니까?"

"전혀."

"그럼 이렇게 하죠."

에번이 자신이 아는 최후의 수단을 꺼냈다.

"스칼렛 양께 알리겠습니다. 이렇게 약을 드시는 이유를 말씀해 주시지 않으면요."

그의 협박에 빅토르가 픽 웃었다. 아무래도 제 약점이 스칼렛 크림슨이란 것이 만천하에 알려진 모양이었다.

그는 이내 별수 없다는 듯 입을 열었다.

"그동안 신경이 곤두서는 걸 누르려고 술을 마셨었지."

"……그러셨죠. 과하게."

"내가 눈을 다친 이후부터 먹은 약에 진통제가 들어 있으니, 그 사람이 나를 덜 불편해하더군."

살란티에는 신경을 안정시키는 약의 개발이 미흡해, 아직까지는 주로 진통제를 신경안정제로 사용했다. 그것은 효능이 강하며, 중독성도 무시할 수 없을 만큼 강했다.

늘 성격 좋던 에번이 위험을 느껴, 싸늘해진 얼굴로 대답했다.

"중독자로 가는 전형적 루트 같은데요."

"필요하면……."

"필요하면 끊겠다고 하실 거죠? 그것도 완벽한 약물중독자의 변명입니다."

"……하긴, 내 생각에도 그렇군."

빅토르가 그렇게 대답하고 설명 끝났으니 넘어가자는 듯 나가서 의사를 부르려 하자 에번이 달려가 문을 가로막았다.

"이야기 안 끝났습니다. 도대체……."

"비켜."

"함장님!"

"죽는 것보단 낫잖아."

"……"

"이거라도 먹지 않으면, 정말로 죽고 싶어져서 그래."

빅토르의 덤덤한 말에 에번은 이를 꽉 악물었다.

늘 지나칠 정도로 강하던 빅토르 덤펠트가 저런 소리를 할 때에는, 보통 사람의 몇 배가 되는 고통을 겪고 있으리라는 것을 에번은 알고 있었다.

잠시 후 에번이 고개를 끄덕이고 말을 이었다.

"예, 살고 보셔야죠. 법에 걸리는 약도 아니니까요. 하지만…… 일단, 나중에 다시 얘기하시죠. 이 이야기 안 끝났습니다."

빅토르와 더 이상 이 이야기를 하기 싫은 마음은 에번이 더 컸으므로, 그는 자리를 피하듯이 나가서 의사를 들여보냈다.

그리고 복도로 나온 에번은 빅토르의 상태에 길게 한숨을 쉬었다.
 머리가 무겁게 느껴질 정도로 근심에 시달리며 나가 보니 팔린이 먼저 검진을 마치고 그에게로 달려오고 있었다.
 "표정이 왜 그러십니까?"
 "함장님이 약물중독자가 되셨어."
 "그래요? 그럼 술은 끊으시겠네요. 같이 복용할 순 없으니까."
 "거 참, 긍정적이네."
 "함장님은 원래 알콜중독자시잖습니까. 다른 뭔가에 중독되는 것이 그리 놀라운 일은 아니죠."
 팔린이 하도 태연해 제가 쓸데없는 걱정을 하고 있는 건가 에번이 혼란스러울 지경이었다.
 그렇게 대화를 하고 있던 중에, 건물 밖에서 시끌시끌한 소리가 들렸다. 에번이 나가 보니 왕실의 문장이 새겨진 마차에서 율리 이렌과 니나 한터가 내리고 있었다.
 에번과 팔린이 정중하게 인사를 하자, 율리가 반갑게 맞았다.
 "아, 두 사람 다 오랜만에 보는군요."
 그렇게 말하고 율리가 들어가려 하자, 팔린이 빠르게 율리의 부하들을 막았다.
 "누출되어서는 안 되는 정보입니다. 왕세손 전하께서 혼자 들어가셔야 할 것 같습니다."
 "팔린 경, 해군들이 튼튼한 건 누구라도 알 텐데 유출되면 안 될 자료가 뭐 얼마나 있다고 그래요?"
 율리가 여유 있게 말하자 팔린의 표정이 더욱 구겨졌다.
 "전하께서도 생도 시절에 배우시지 않았습니까. 군인의 건강 상태는 기밀이라고."

"전시 상황에서나 그렇지요?"

"지금도 완전히 위협에서 벗어난 게 아닙니다. 평화협정 하나만 믿고 여유 부릴 때가 아니란 말씀입니다."

평소라면 팔린이 함부로 말하지 않게 옆에서 말렸을 에번이, 오늘은 멀찍이서 구경만 했다.

그래서인지, 율리는 팔린이 외부인의 출입을 통제하는 이유가 빅토르의 실명 때문이라는 것을 점점 더 확신하게 되었다.

에번은 그 확신에 점점 더 입꼬리가 올라가는 왕세손을 보며, 잊고 싶었던 실명한 상태의 빅토르를 떠올렸다.

빅토르는 눈이 보이지 않을 때도 주변의 분위기를 압도했고, 오히려 평소보다도 더 기민해졌다. 보이지 않는 상태의 빅토르 덤펠트라고 해서 자신이 이겨 먹을 수 있을 것이라 생각하는 건 율리 이렌의 오만이었다.

그사이 니나는 안으로 들어가지 못하게 하는 것이 답답한지 에번에게 와서 물었다.

"빅토르가 다쳤다는 건 사실이에요?"

"글쎄요."

"내가 봐야겠어요."

"……왜죠?"

에번이 무슨 소리냐는 듯 되물었다. 그러자 니나가 기가 차다는 듯이 대답했다.

"걱정이 되어서 그래요. 게다가 내가 만난다고 뭐 문제라도 생기나요?"

"만나시는 거야 문제가 없겠습니다만 함장님께서 원하지 않으실 것 같아서 그렇습니다, 한터 양."

에번이 잘라 말하는 사이, 율리의 명령으로 그의 부하들이 행사를 취재하러 온 기자들을 끌어모으는 바람에 병원 주변이 더더욱 소란스러워졌다.

점점 더 구경꾼이 많아지고, 그곳에 도착한 기자들이 카메라를 근처에 설치하기 시작했다. 그러자 해군들이 항의하듯 그 주변을 에워쌌다.

그때 빅토르를 검진한 의사가 잠시 밖으로 나오자 율리가 짐짓 염려스러운 표정을 지으며 물었다.

"빅토르는 어떤가."

그러자 의사가 북적거리는 외부 상황에 당황하며 입을 열었다.

"말할 것도 없이 건강하십니다."

의사의 확답에 순간 주변이 조용해졌다. 의사가 말을 이었다.

"너무 튼튼하셔서 되레 특이한 경우로 연구하고 싶을 정도로요."

그의 말에 율리가 일그러지는 표정을 애써 관리하며 말했다.

"그게 무슨 말이지?"

"무슨 말이라 할 것도 없이, 정말로 함장님께서는 지극히 건강하십니다."

"눈은? 눈도 문제가 없다는 건가?"

"예? 예, 확인해 보니 눈에도 아무런 문제가 없습니다만······."

의사가 그렇게 보고하는 사이, 율리의 얼굴에서 점점 핏기가 가셨다.

에번은 무거운 마음을 잊고 잠시 실소하며, 율리가 줄행랑치지 않도록 해군들을 손짓해 마차를 완전히 둘러싸게 했다. 왕세손이 왕성으로 도망친다면, 끌어내는 일이 훨씬 까다로워졌다.

의사가 말을 이었다.

"검진이 끝났으니 함장님께서도 의복을 정제한 후 나오실 겁니다."

율리의 얼굴에 점점 더 초조함이 번졌다.

잠시 후 의사의 말대로 건강검진 중에 벗어 두었던 상의를 다시 갖춰 입은 빅토르가 걸어 나왔다.

그가 모습을 드러내자 밖에 있던 해군들이 일순 조용해졌다. 그러다 빅토르가 냉혹함이 담긴 눈으로 해군들을 둘러보니 몇몇 해군이 훌쩍거리기 시작했다.

울든 울지 않든, 모든 해군이 감격한 건 마찬가지라 빅토르가 혀를 찼다.

빅토르는 눈에 약을 썼을 때부터 부하들을 배신하고 있다는 생각에서 벗어나지 못했다. 그것은 그의 해군 인생에 큰 오점이었고, 그러므로 해군의 명예를 훼손한 자신은 더더욱 해군복을 벗어야 한다고 그는 다짐하고 있었다.

그러나 정작 해군들은 빅토르가 앞을 볼 수 있다는 사실에 순수하게 감사하고 있었다.

그때 율리가 걸어와 분을 가까스로 참으며 물었다.

"어떻게 된 거지? 부상이 있었다고 했잖아. 분명히."

"그랬지. 그나저나 그 사실이 어디서 새어 나간 건지 모르겠군."

"어디서 새어 나갔든지, 자네가 실명했던 건 사실이지? 그럼…… 해적들의 약이라도 쓴 건가? 자네가?"

"음."

"해군의 명예는 어디 가고 그런 악인들의 사술을!"

상황이 바뀌어 율리는 크게 당황했으나, 만에 하나 그가 눈이 보일 때를 대비하지 않은 것은 아니었다. 그래서 준비했던 말을 내뱉으며 호통치자 기자들이 그것을 빠르게 받아 적기 시작했다.

점점 더 흥분해 언성이 높아지는 율리의 말을 듣고 있던 빅토르가 이내 입을 열었다.

"이 약이 사람들에게 도움이 많이 된다는 걸 알았으니, 앞으로 합법적인 경로로 약을 유통할 생각이네."

"뭐? 지금까지 해적들이 살란티에 사람들에게 어떤 위해를 가했는지 알면서, 어떻게 그런 소리를 해!"

"그런 소리를 하기에는, 자네가 먼저 사용했잖아, 그 악인들의 사술."

그의 말에 율리가 멈칫한 사이, 빅토르가 말을 이었다.

"왕실경찰이 내 전부인을 취조할 때 먹였던 약. 그 약을 구한 경로도, 자네가 그 뒤에 있었다는 것도 전부 확인했지. 아, 기자들이 모여 있으니 마침 잘됐군."

빅토르가 손짓하자 에번이 냉큼 안주머니에 있던 무언가를 꺼내 건넸다.

빅토르가 그 종이를 펼치며 말했다.

"그리고 이건 자네가 공군 기지의 위치를 베스티나군에게 알렸다는 진술서. 베스티나군의 확인을 받았어."

"그건…… 그건 빅토르 네놈이 베스티나와 내통하고 나에게 누명을 씌우려는 거잖아."

얼굴이 새하얗게 질린 율리가 빠르게 말을 이었다.

"빅토르 자네가 베스티나의 왕족인 바실리 경과 친우라는 것은 왕실경찰이 밝혀 낸 사실이야. 네가 말한 그 취조에서 스칼렛 크림슨 양께서 최근까지도 서신을 주고받았다는 걸 증명해 주었지! 그런 사이니, 평화협상에서 무슨 이면 계약이라도 오간 건 아닌가?"

율리의 뻔뻔한 적반하장에도 빅토르는 무덤덤한 목소리로 대답했다.

"나에게는 증거가 있는데, 자네에게도 내가 베스티나와 내통했다는 증거가 있는 건가?"

"……원한다면 찾아오지."

율리가 이를 으득으득 갈았다.

빅토르는 실소하며 율리에게 가까이 걸어가 말했다.

"그렇게 위험한 모험을 할 시간에 도망이라도 치는 게 낫지 않나, 싶은데. 물론, 이 장소에서 도망치는 건 불가능하겠지만."

그러자 율리가 그를 노려보며 말했다.

"해군이 네 것이라도 되는 것처럼 말하지 마. 무엇보다 해군사관학교는 왕실 소속이야. 물론 네가 해군에서 중요한 자리를 차지하고 있는 건 사실이지. 하지만 만약에 폐하와 자네가 동시에 해군사관학교에 명령을 내린다면 어느 쪽을 따를까."

"음."

"당연히 폐하의 명령이겠지."

율리의 말에 빅토르가 미소와 함께 대답했다.

"그건 이따가 확인해 보면 되겠군."

빅토르가 말한 후 몸을 돌리며 부하들에게 명령했다.

"율리 이렌 왕세손은 매국 행위로 1함대 해군 군사법원에서 재판하게 될 피의자다. 잘 감시해."

"예, 함장님."

해군들의 정중한 인사를 들은 후 빅토르가 떠났다.

그의 명령대로 해군들은 율리의 움직임을 감시하기 시작했고, 니나는 그게 불편한지 마차 안으로 사라졌다.

율리는 자신의 안위를 위해서라면 무엇이든 할 수 있는 사람이었으므로, 제가 처벌을 받게 될지 모른다는 생각에 심각한 두려움을 느꼈다.

이 학교는 왕과 빅토르의 명령 중에는 왕의 명령을 따를지 몰라도, 왕세손인 자신과 빅토르의 명령 중에는 분명히 빅토르의 명령을 따르리라는 것을 그는 이미 알고 있었다.

그사이 공과대학 사람들은 각자 자기 전공에 맞게 지도를 확인하거나, 트랩들을 해체했다.

학자들은 순식간에 제1 회관의 모든 곳을 확인했고, 크로스체크까지 거쳤다.

스칼렛이 생도에게 지도를 내밀며 말했다.

"제1 회관은 이제 안전해요. 이론상 지하실도요."

"정말……. 대단하시네요. 그런데 이론상이요?"

"네. 무서워서 저희 중에 지하실에 내려가 볼 수 있는 사람이 없으니까 문을 막아 버릴 생각이에요."

"그러시면 그것만이라도 저희가 확인하겠습니다! 그런데 저…… 스칼렛 양. 이런 말 무례할지 모르겠습니다만, 스칼렛 양께서는 초대형 비행선을 격추하기 위해 안전이 확인되지도 않은 3호기에 오르지 않으셨습니까?"

"그랬죠."

그렇게 용감하신 분이 지하실은 왜 무섭다는 건지…….

어린 생도의 의문으로 가득한 눈빛이 그렇게 말하자 스칼렛은 단호하게 말했다.

"그때도 무서웠지만, 많은 사람들의 목숨이 걸려 있으니 3호기에 타야만 했어요. 특별히 용감해서 탄 게 아니에요."

"그러니까…… 두려움을 이기고 3호기에 오르신 거군요."

"네. 그래요."

그녀의 말에 생도가 휴 한숨을 쉬었다.

"저는 겁이 많은 편이라서……. 저 같은 건 평생 그렇게 대단한 일은 못 할 거라고 생각했습니다. 하지만 스칼렛 양께서도 무서우셨다니."

생도의 눈이 동경으로 더욱 반짝거렸다.

"그 두려움을 이기셨다는 것이, 더더욱 대단하게 느껴집니다."

그 눈빛에서 느껴지는 존경심이 너무 순수하고 강렬해 스칼렛은 민망함에 헛기침을 했다. 그래도 나쁜 본보기가 된 것 같지는 않아, 저도 모르게 입꼬리가 슬쩍 끌려 올라갔다.

잠시 후 생도들이 지하실 확인까지 마치자 건물 전체의 안전이 확보되었다. 공과대학 학생들은 그제야 마음껏 이 공간을 기뻐했다.

체력을 다 써서 짐을 던져 놓는 것만으로 지쳐 버린 정비부사관, 빌이 스칼렛에게 말했다.

"이제 적어도 폭설에 갇혀서 굶어 죽을 걱정은 안 해도 되겠네!"

"응. 다행이야."

"함장님께 감사하다고 전해 줄래? 나는 무서워서 그분에게 말 걸고 싶지 않아……."

"응, 전해 줄게."

스칼렛이 고개를 끄덕이며 대답했다.

건물을 다 살피고 나서, 공과대학 학생들은 당연하다는 듯이 스칼렛이 가장 먼저 본인이 원하는 연구실을 고르길 기다렸다. 그러므로 스칼렛은 별수 없이 지친 몸으로 제1 회관을 돌아다니다 다리야 이렌의 침실 겸 집무실에 들어섰다.

다리야는 자식이 없었기 때문에, 사후에 그녀의 어린 고종 사촌이 가문을 이었다. 그것이 지금 살란티에의 왕 알버트 이렌이었다.

스칼렛은 이 건물 안에서 발견한 높은 기술력을 가진 장치들을 다시 한번 떠올리며, 다리야 이렌이 대단한 과학적 지식을 가지고 있다는 걸 확신했다.

아마 알버트 이렌은 선왕의 적녀인 다리야 이렌에 비해 정통성이 떨어진다는 점은 물론, 지적 능력에 있어서도 열등감을 느꼈을 것이다.

거기까지 생각이 미치자 알버트 이렌에 대한 멸시가 일었다.

그녀가 그렇게 생각하고 있을 때 집무실 문이 열리고 빅토르가 들어섰다. 그는 어느 정도 정돈이 된 집무실을 둘러보고 스칼렛에게 말했다.

"제1 회관을 점검했다더군. 그사이에."

"응. 그보다…… 기분 좋아 보이네?"

스칼렛이 핀잔하듯 말하자 빅토르가 느긋한 미소로 대답을 대신했다. 그리고 문을 닫은 후 그녀에게 걸어왔다.

"이곳이 당신 연구실이 되는 건가?"

"여긴 비워야지. 다리야 이렌 폐하께서 주로 생활하시던 공간이야."

"그게 무슨 상관이야, 당신이 쓰고 싶은 곳을 써."

태연한 그의 말에 스칼렛은 묘한 표정을 지었다.

왕족으로 인정받는 것에 인생을 바쳐 온 사람이 빅토르 덤펠트였다. 그런 그가 이제는 왕이 쓰던 공간을 연구실로 사용하게 하는 데 아무런 거리낌이 없었다.

스칼렛이 그에게서 시선을 떼고, 다리야 이렌의 방을 둘러보며 중얼거렸다.

"다리야 폐하는 대단한 과학자셨을 거야."

"왜 그렇게 생각하지?"

"이 건물 안에 있는 다양한 장치들을 보면 그래. 확신할 수밖에 없어."

그녀의 말에 빅토르가 고개를 끄덕였다. 그런 그를 바라보던 스칼렛이 말했다.

"그보다…… 그렇게 내가 하고 싶은 걸 다 하게 해 주려고 당신의 가치관을 바꿀 필요는 없어. 당신에게 가장 가치 있는 것이었잖아, 왕족이나, 왕실."

"글쎄."

빅토르가 스칼렛 쪽으로 고개를 돌리고 입을 열었다.

"당신에게 줄 수 있는 건 다 주고 싶어지네. 하고 싶은 건 다 해 주고 싶고."

"……."

"사랑을 당신에게 배워서 그런가."

빅토르가 중얼거렸다.

스칼렛은 입술을 깨물었다가 대답을 피하듯 고개를 돌렸다.

그러자 빅토르가 그녀 쪽으로 걸어가, 그녀의 손목을 당겨 시계를 확인하고 입을 열었다.

"이제 곧 행사가 시작하겠군."

"그럼…… 가자."

"기다리라고 해."

빅토르가 말하며 스칼렛의 허리를 안아 제 쪽으로 당겼다.

그런 그의 행동은 부드러운 동시에 간절함이 느껴져, 스칼렛은 봐줬다는 듯한 얼굴을 하며 그에게 안겨 있었다.

빅토르가 말을 이었다.

"더 구경해. 당신이 출발하고 싶을 때 출발하지."

"폐하를 기다리게 할 거야?"

"알아서 시작하겠지."

정작 출발하고 싶지 않은 것은 빅토르였으므로, 그는 스칼렛을 안은 두 팔에 힘을 풀지 않았다.

손가락 하나하나까지 진귀한 보물처럼 어루만지던 그는 스칼렛의 소매 안에서 무언가를 발견하고, 그녀의 팔을 잡아 들게 했다. 그리고 그녀의 팔에서 끈으로 묶어 놓은 작은 약병을 발견했다.

빅토르가 설명하라는 듯이 스칼렛을 보자, 그녀가 대수롭지 않게 말했다.

"왕세손이 부모님 마차 사고와 연관된 것 같다며. 원래 항상 가방에 넣어 가지고 다녔어, 이 약. 부모님 마차 사고와 관련된 걸 조금이라도 알아내면 쓰려고. 기억을 선명하게 하는 약."

그런 그녀의 말에 빅토르의 얼굴이 순식간에 굳어졌으나, 스칼렛은 개의치 않고 말을 이었다.

"지금까지는 마차 사고 당일만 기억해 내려고 했거든? 그런데 그날은 내가 기절했었잖아. 생각해 보니까 그 이전을 기억하는 데 집중해야 돼. 그날 어디를 가려고 했었는지를. 그런데 왕실경찰들이 그 부분은 자세히 알아내려 하지 않았잖아. 그건 분명히 왕세손과 관련이······."

"그래서, 그 약을 마시겠다고?"

빅토르가 묻자 스칼렛이 고개를 끄덕였다.

빅토르가 무서운 얼굴로 그녀의 손목을 움켜쥐어 약병을 뺏으려 하자 스칼렛이 인상을 썼다.

"내가 하고 싶은 건 다 하게 해 준다며?"

"······."

빅토르가 손목을 놓지 않자 스칼렛이 말을 이었다.

"사랑한다며."

"······."

"거짓말이야?"

그런 그녀의 말에 빅토르는 3호기를 떠올렸고, 이어서 병실에 누워 있는 스칼렛의 얼굴을 떠올렸다.

핏기라고는 조금도 없는, 사랑하는 여자.

그녀가 쓰러져 있는 시간 동안 빅토르는 지옥을 헤매고 다녔다.

그런 그의 마음을 아는지, 모르는지. 사랑한다면 자신이 다치는 것을 선택하라고. 스칼렛 크림슨이 또다시 말했다.

"이거 놔."

스칼렛이 말해 봐도 빅토르는 그녀의 손목을 놓지 못했다.

이것을 놓으면 그녀는 저 약을 먹을 테니, 힘으로라도 붙잡아 막아야 했다.

빅토르가 여유를 잃어 거칠어진 목소리로 말했다.

"어떤…… 부작용이 있을 줄 알고. 당신이 그동안 얼마나 고생했는데 그걸 또 먹어."

이전에 해독제를 먹었을 때를 생각해 보았을 때, 해독제가 그녀를 완벽하게 약을 먹기 이전으로 돌려놓은 것은 아니었다.

그렇다는 것은 해독제를 먹었어도 이전에 먹은 약효가 계속해서 진행된다는 의미였다. 거기에 또다시 이 약을 복용한다면 어떻게 될지 몰랐다.

그가 말을 이었다.

"미쳐 버릴 수도 있어."

"셜리는 해독제를 먹으니까 완화됐잖아. 나도 그렇고. 다시 해독제를 먹으면 돼."

"사람마다 약효가 다를 수도 있잖아. 당신은 기억을 계속해서 잃었고."

"그러니까 해독제를 먹으면……."

"나를 잊었잖아!"

"잊고 싶으니까 잊었겠지!"

빅토르가 언성을 높이자, 스칼렛도 같이 소리쳤다.

그녀의 대답에 순간, 스칼렛의 손목을 쥐었던 빅토르의 손에서 힘이 풀렸다.

"잊고 싶으니까 잊었겠지!"

빅토르는 그 사실을 그녀가 자신을 지워 버리던 날부터 생각하고 있었다.

그는 가슴을 날카로운 것으로 쉼 없이 할퀴고 찢기는 기분이 들었으나, 다시 그녀의 손목을 붙잡았다.

"그래. 나는 잊고 싶었다고 쳐. 하지만 시계 기술은 잊고 싶지 않잖아. 그 기억에 문제가 생기면 어쩌려고."

"안 잊어. 그리고 설령 잊더라도 이제는 체득했으니까 괜찮아. 내 것이 있으니까."

스칼렛은 자신이 상처를 줄 때마다 빅토르의 손힘이 풀려 가는 것을 알았기 때문에 더더욱 모질게 말을 이었다.

"결혼 생활은 별로 좋은 기억도 아니니까. 차라리 잊어버리는 게 나을 수도 있겠네."

그런 그녀의 말을 들으며, 빅토르는 무슨 생각을 하는지 알 수 없는 얼굴로 스칼렛을 바라보고 있었다.

그가 쉽게 놔주지 않을 것을 안 스칼렛이 다시 입을 열었다.

"날 고치지 않겠다며."

"……."

"미안하다며. 거짓말이야?"

스칼렛은 그렇게 말하며 빅토르의 얼굴을 주시했다.

혹여 상처를 받았다면 표정도 바뀌고, 화를 내는 게 보통 사람의 반응일 텐데, 빅토르는 그러지 않았다.

한동안 스칼렛의 얼굴을 바라보던 빅토르가 손을 놓았다. 그리고 무겁게 입을 열었다.

"해독제는. 지금 가지고 있나?"

"에이샤에게 물어봐야지."

"지금 구해 오도록 하지."

"내가 할게."

"당신은 마차 사고에 대해서 정확하게 기억을 떠올리는 데 집중해. 그걸 위해 약을 먹겠다는 거잖아."

빅토르가 그렇게 말하자 스칼렛이 격하던 감정이 덜 가라앉은 얼굴로 고개를 끄덕였다.

스칼렛은 대화를 더 잇지 않기 위해 먼저 그곳을 떠나 버렸고, 빅토르는 한동안 자리에 서 있었다.

사위가 조용해지고 혼자 남아 있으려니, 스칼렛이 3호기를 타고 떠나던 날의 기억이 더욱 선명해졌다.

빅토르가 의지하기 위해 창틀을 움켜쥐었다.

그날도 그는 지금과 똑같은 생각을 하고 있었다. 지금이라도 그녀를 붙잡아야 하나.

그렇다면 그 후에는?

만약, 설득이 불가능한 저 여자를 무력으로 못 가게 붙잡는다고 해도 그 이후에는 어떻게 해야 하나.

그날 그랬던 것처럼, 빅토르는 이번에도 답을 찾지 못했다.

그는 낮게 숨을 내쉬고, 무심코 약통을 꺼냈다가 다시 집어넣었다.

우울감이 가슴팍을 바위처럼 짓눌렀다. 그러나 만약 그녀가 약을 먹고 기억, 혹은 판단력에 문제가 생긴다면 자신이라도 정확한 판단을 해내야 했다.

살아가는 내내 누구에게도 의지하지 못하고 살아왔으므로, 그는 스스로 이 우울함을 다스리는 법을 터득했다.

그저 한 자리에 서서 머리 위의 구름이 지나가듯, 우울함의 그림자가 바람에 밀려나기만을 기다리는 것이 그 방법이었다.

그러나 오늘은 그리 쉽게 우울에서 벗어날 수가 없었다. 자신에게는 완성이고, 유일한 삶이던 2년이 스칼렛에게는 차라리 잊는 것이 나은 기억이라는 것을. 머리로는 알았어도 그녀에게 직접 듣고 나니 견디기가 힘들었다.

그는 약의 도움을 받지 못하고 걸음을 옮기느라 한 걸음을 걸을 때마다 심각한 고통을 느꼈다. 그것은 정신적인 것에서 끝나지 않고, 그의 온몸을 갉아 삼키며 육체적 고통을 야기했다.

그가 행사장에 도착하자 수많은 살란티에 시민들이 그를 보며 환호했다.

빅토르는 그런 시민들을 볼 때마다 결국 자신이 행한 모든 것이 제 명예를 위한 것임을 떠올리게 되었다. 그래서 스칼렛의 사랑만큼은 변하지 않으리라는 오만을 지녔을지도 몰랐다.

그때 마차에서 아이들을 구할 때만큼은 진실로, 명예가 아닌 그들의 목숨을 염려해 달려들었던 것이니까.

그러니까, 그녀에게만큼은 자격이 있어 이토록 사랑 받고 있는 거라고.

그런 자기중심적인 생각에 빠져 있었던 건지도 몰랐다.
 극단적인 것은 그녀의 사랑뿐만이 아니라, 자신의 사랑도 마찬가지였다.
 그는 식탁에 마주 앉아서, 이 세상에 슬픔 같은 것은 존재하지 않는 듯이 재잘재잘 웃고 떠드는 아내를 바라보며 이 순간이 죽는 순간까지 계속될 것이라 믿었으며, 이 삶이 자신이 받은 선물 같은 것이라고 확신했다.
 그녀가 배신했다고 믿던 날. 사랑에 대한 그의 확신은 모조리 깨졌고, 이기적이던 그의 생각은 이혼이라는 결과로 돌아왔다.
 식순이 시작되고 빅토르에게 흔들리지 않으려 꼿꼿하게 앉아 정면만 바라보던 스칼렛은 자신을 뚫어지게 바라보는 빅토르의 시선을 느꼈는지 그를 돌아보았다.
 빅토르는 그런 그녀를 마주 보며 미소를 지었다. 그러자 그녀가 좀 안도해서 표정을 풀고 다시 정면을 보았다.
 빅토르는 그때 처음으로 왜 그녀가 슬플 때에도 웃는 버릇이 생겼는지를 알게 되었다.
 그녀와의 일주일을, 남아 있는 그 보석 같은 밤들을 잃고 싶지 않았다. 그것만이라도 지키려면 아무런 문제도 없다는 듯이 웃어야 했다.

 빅토르가 미소를 짓자 제가 말이 심했나 내심 후회하던 스칼렛은 안도했다.

하기야, 그는 그런 말로 그렇게 상처 받을 사람이 아니었다.

그 빅토르 덤펠트가 아닌가.

여기 있는 모든 생도들이며, 해군들이 세상 누구보다 존경하는 사내.

현왕 알버트 이렌은 매국 행위에 대한 추문으로 위세가 꺾인 왕실의 위엄을 바로 세워야 한다고 생각했는지 무리해서 이곳에 도착했고, 부축을 받으며 단상 위에 앉았다.

잠시 후 해군의 축사를 읽는 자리에서, 아담 이렌이 단상에 오르자 해군들의 표정에 불편함이 떠올랐다.

그들에게 해군의 수장은 단연 빅토르 덤펠트였고, 내내 왕실에 소리 없이 숨어 있었던 데다가 그런 빅토르의 명예를 흠집 내기 바빴던 왕족들에 대한 충성도는 바닥까지 떨어진 지 오래였다.

아담 이렌은 자신을 노려보는 해군들의 치기 어리고 싸늘한 시선을 느꼈기 때문에 표정을 관리하는 데 곤란을 겪었다.

축사가 끝난 후, 유명무실하지만 이런 공적인 자리에서는 훈장 수여를 도맡아 하는 해군부의 장관이 앞으로 나서 서훈을 시작했다.

이 자리에서 3호기의 영웅들 역시 훈장을 받았다. 스칼렛은 훈장을 받자마자 서훈식을 보러 와 있던 아이작 쪽을 보며 훈장을 들어 보여 자랑했다. 멀찍이 있던 아이작이 그 모습을 알아차리고 고개를 크게 끄덕끄덕하며, 그녀가 얼마나 자랑스러운지를 온몸으로 표현했다.

서훈식이 끝나고, 왕족들이 떠나기 전.

알버트 이렌이 사람들의 부축을 받으며 스칼렛 쪽으로 걸어왔다.

순간 주변이 조용해졌고, 알버트 이렌이 그녀에게 손을 내밀었다.

"아주 큰일을 했어요, 스칼렛 양."

갑작스러운 왕의 행동에 기자들이 바빠졌다.

스칼렛 역시 이 상황에 당황해 굳어 있다가 악수를 받아들였다.

"감사합니다."

다행히 결혼 생활 동안 몸에 익은 예법이 남아 있어, 그녀는 뒷말이 나올 것 없을 적절한 대응을 했다.

알버트 이렌이 말을 이었다.

"스칼렛 양은 살란티에의 영웅이지요. 수도를 지켜 줘서 정말 고마워요. 이제 바로 왕성으로 갈 테니, 함께 가서 차 한잔 마시며 이런저런 이야기를 나눠 볼까요? 내 손녀들도 만나 보면 좋고."

스칼렛은 알버트 이렌이 이 자리에서 굳이 자신을 영웅으로 추켜세우는 이유를 알고 있었다. 빅토르를 견제하려는 것이었다.

스칼렛은 이제 자신이 빅토르에게 상당한 영향력을 미친다는 것을 알았다.

왕실에서 그녀를 끌어들여 한편으로 만든다면 빅토르가 그들을 공격하는 데 주춤하게 될 확률이 높았다.

신중히 생각한 스칼렛이 대답했다.

"제가 중요한 임무를 수행한 건 맞지만, 저 혼자 인사를 받으려니 마음이 무겁습니다."

"무겁기는요. 스칼렛 양에게 대표성이 있지요."

"공군이 제 역할을 할 수 있게 대비시킨 건 빅토르 경의 공로였으니까요. 대표성을 가진다면 빅토르 경께서 가지셔야 할 겁니다. 그리고 저는 여기서 임관식을 마저 보고 싶으니, 죄송하지만 차는 다음 기회에 하시지요."

스칼렛은 예의를 차리고 있었으나, 왕의 제안을 조금도 받아들이지 않았다.

그녀의 표정은 말씨와 달리 점점 더 날카로워졌다. 제 부모가 죽은 것은 왕의 말도 안 되는 열등감과 자신이 알지 못하는 기술에 대한 두려움이 있었기 때문이었다.

왕이 직접적으로 관여하지 않았다고 해도 결국, 그 왕을 위해 죽인 것은 마찬가지였다. 그리고 전쟁이 일어난 화의 근원 역시, 거기에 있었다.

스칼렛의 가슴속에는 여전히 분노가 있었고, 그 분노가 향하는 끝에는 알버트 이렌이 있었다.

왕은 기술자들이 아주 끔찍하리만큼 싫었다. 또한 지금 알버트 이렌에게는 저 뒤에서 부하들의 이야기를 건성으로 들으며 스칼렛 쪽을 보고 있는 빅토르 덤펠트의 시선도 마찬가지로 불쾌했다.

무엇보다, 냉정한 스칼렛의 두 눈동자에 왕은 분노와 압박감을 느꼈다.

영웅은 보통 왕을 두렵게 하는 존재였다.

"피로하군."

왕은 자리를 피하고 싶었는지, 건강을 이유로 해군사관학교를 떠나버렸다.

그 후에도 자리에 남아 있던 스칼렛은 다음 행사를 준비하는 사이에 조용히 건물 뒤로 들어가 가지고 있던 약병을 꺼냈다.

자신을 붙잡던 빅토르의 목소리며 얼굴이 떠올라 손이 멈췄다.

비록 빅토르는 미소를 지었지만.

그때 아이작이 급하게 팔을 붙잡았다.

"스, 스칼렛! 이거 뭐야?"

아이작이 놀란 얼굴로 묻자 스칼렛은 들킨 것에 당황해 거짓말도 못하고 입을 열었다.

"아, 그게. 기억이 선명해지는 약인데……. 혹시 마차 사고에 대해서 내가 놓친 것이 있나 살펴보려고."

그런 그녀의 말에 충격 받은 아이작이 굳어 있다가 차분한 목소리로 말했다.

"넌 기억할 수 있는 걸 다 기억해 냈어. 더 이상 약의 도움을 받아도 찾아낼 것이 없을 거야."

"그래도 일단은……."

"내가 먹으면 돼."

스칼렛이 한번 마음먹은 것을, 그녀에게 약한 자신은 꺾기 어렵다는 걸 안 아이작이 약병을 빼앗으며 말했다.

"지금까지 안 찾아본 곳을 찾아보는 게 맞을 것 같아. 게다가 어릴 때 1년 차이는 커. 사고 당시에 분명 너보다 내가 받아들이는 정보량이 더 많았을 거야."

제가 먹으려 할 때는 괜찮았는데, 아이작이 대신 먹겠다고 하니 스칼렛은 가슴이 철렁해 약병을 쥔 그의 손을 다시 붙잡았다.

그러나 아이작은 동생의 설득으로 제 마음이 약해질까, 그녀가 입을 떼기도 전에 그대로 약을 입안에 털어 넣었다.

이렇게 망설임 없이 마셔 버릴 거라 생각 못 한 스칼렛이 놀라서 소리쳤다.

"부작용에 대해 생각해 보고 마셨어야지!"

"네가 생각할 틈이 없게 만들었잖아."

아이작이 말하고 심호흡을 한 번 한 후 말을 이었다.

"그리고 부작용은 아주 잘 알아. 네가 겪은 거니까."

"어쩌려고 이래, 정말……."

스칼렛은 그렇게 말하는 스스로가 모순적으로 느껴졌으나 모른 척 말을 이었다.

"약 기운이 돌기 전에 무언가…… 잊어버리면 안 되는 게 있으면 말해 봐."

아이작은 그 말에 묘한 표정을 지었다. 그러더니 이내 화들짝 놀라 그녀에게 물었다.

"아! 네가 훈장 받은 거 잊어버리면 어떡해?"

"자업자득이지. 거봐, 그러니까 고민을 했어야지."

"혹시 내가 잊어버리면 기자들이 여기서 사진 많이 찍었으니까 꼭 사진을 구해 줘. 내 방 액자에 넣어 놓아야 한단 말이야."

아이작은 그것을 정말 잊고 싶지 않은지 종이에 따로 적어 놓기까지 했다.

스칼렛은 골치가 아파 왔으나 한숨을 쉬고 고개를 끄덕인 후 입을 열었다.

"이미 마셔 버려 별수 없으니까 무엇이든 기억나는 게 있다면 말해 줘. 그날, 마차 사고가 있던 그날…… 부모님이 어딜 가려고 하셨는지."

"응. 꼭 기억해 볼게."

스칼렛은 아이작의 상태를 좀 더 확인하고 싶었고 방금 전 그가 짓고 있던 묘한 표정 속에 숨기는 것이 있다는 생각마저 들었으나 그와 계속 있을 수만은 없었다. 같은 행사 장소에서 현지 임관된 장교들의 이름을 호명하는 순서가 있었으므로, 꼭 자리로 돌아가야만 했다.

호명이 시작되고 얼마 지나지 않아 그녀가 기다리던 이름이 불렸다.

"에이샤 룰스."

그 이름이 호명되는 순간, 에이샤의 오빠인 조니가 두 주먹을 불끈 쥐어 들어 올렸다.

"내 동생이 장교가 됐어. 내 동생이."

지금 이름을 불리는 장교 중에 세상을 떠난 이도 있었다. 그러므로 조니는 벅찬 마음을 최대한 누르고, 나지막한 목소리로 중얼거리고 있었다.

그 사이 에이샤는 정면을 보며 해군식 경례를 하고 자세를 바로 했다. 그런 에이샤 대신 스칼렛이 조니 쪽을 보며 고개를 크게 끄덕였고, 조니도 엄지를 드는 것으로 응했다.

에이샤가 장교로 임관된 일은 미래에 대한 희망이 거의 보이지 않는 해적섬 출신 아이들로 하여금 꿈을 꾸게 만들 것이다.

호명이 다 끝난 후에야 에이샤가 씩 웃으며 스칼렛과 조니 쪽을 보았다. 두 사람에게 손을 흔든 후에 그동안 친해진 해군들과 시끌벅적하게 떠드는 모습에 스칼렛이 미소를 지었다. 혹시라도 해적 출신이라 누가 따돌리진 않을까 걱정했는데 그런 일은 없어 보였다.

더 많은 사람을 만나고, 새로운 것을 알게 되면 조금씩 세상이 넓어졌다. 스칼렛이 그랬듯이 에이샤도 역시.

그녀는 쇄빙선을 타고 극지방을 항해하는 상상을 했다. 더 멀리, 더 넓게. 자신의 세상을 넓히고 싶었다.

잠시 후 전사자들을 위한 추모가 이어졌다. 순식간에 장내는 조용해졌고, 생도 하나가 바다를 향해 서서 전사자의 이름을 하나씩 외쳤다.

이름이 불릴 때마다 그 가족이 기절하는 일이 몇 번이나 있었다. 그 애달픈 울음소리에 다른 이들도 입을 굳게 다물고 바다를 바라보았다.

이름을 전부 부르고 나서, 바다를 향하여 예포를 발사했다. 지축이 울리는 듯한 예포 소리가 끝난 후 스칼렛이 이제는 약 기운이 돌지 않을까 염려스럽게 아이작 쪽을 돌아보았다가, 그가 무서운 표정으로 율리 이렌을 노려보고 있는 것을 발견했다.

스칼렛은 아이작이 무언가 떠올렸다는 것을 알아차리고, 서둘러 몸을 일으켜 그에게 다가갔다.

"아이작, 뭔가 떠올랐어?"

"……왕세손을 만나러 가셨어."

"어?"

"부모님이. 왕세손이 복엽기를 만들 충분한 장소를 제공해 주겠다는 편지를 보냈다는 이야기를 했어. 분명히…… 응. 분명해."

아이작이 확신에 찬 목소리로 중얼거렸다.

그것을 듣는 순간, 스칼렛은 곧바로 자리를 벗어나 생도들의 도움으로 전화실로 향했다.

얼마 지나지 않아 안전 문제로 들어와서 여전히 크림슨 저택에 얹혀 사는 중인 안드레이가 전화를 받았다.

─설마 주말인데 일 시키려는 건…….

"안드레이가 만약에 우리 부모님이면. 절대 남에게 보여 줄 수 없는 편지를 어디에 숨겼을 것 같아?"

그녀가 묻자 안드레이가 태연히 대답했다.

―부부 침실 바닥에 있는 세 번째 대리석 아래 금고요.

"……그걸 안드레이가 어떻게 아는데?"

―제가 전직 첩자 아닙니까. 사장님 댁 구조야 옛날부터 파악했죠.

"열어 봐."

―바닥을 뜯어 내야 하는데요. 대공사예요.

"괜찮아."

스칼렛의 말에 안드레이가 전화를 끊고 어디론가 사라졌다. 그리고 순식간에 돌아와 다시 전화를 걸었다.

―있습니다, 편지. 그리고…… 사장님과 백작님 유치가 있네요.

"뭐어? 징그러워."

―징그럽다뇨, 유치를 잘 숨겨 놓지 않으면 영구치가 튼튼하게 나지 않잖아요.

그렇게 논리적이던 부모님이 그런 비과학적인 미신을 믿었다는 게 스칼렛은 찡해졌으나 지금은 감상에 빠져 있을 시간이 없었다.

"아무튼 뭐라고 쓰여 있어?"

―복엽기를 만들 장소를 제공해 줄 테니 은밀히 만나자고 적혀 있습니다.

"날짜는?"

―3월 7일에서 8일로 넘어가는, 남의 눈에 띄지 않는 늦은 시간.

"……."

―마차 사고가 있던 날이군요.

스칼렛이 손으로 가슴팍을 움켜쥐었다.

가슴이 미어지는 것 같아 아무 말도 하지 못하자, 안드레이가 대신 말을 이었다.

―지금 가지고 가겠습니다.

"거기 있어, 위험해. 특히 안드레이는 아직 왕실경찰에게 감시당하고 있잖아."

―그럼 이런 편지를 남의 손에 맡기실 겁니까?

"그건…… 안 되지."

―그거 보세요. 그곳에서 바로 체포하려면 이 편지가 필요할 것 아닙니까. 지금 가겠습니다.

안드레이가 말하고 전화를 끊었다.

스칼렛이 비틀거리며 쓰러지려는 것을 뒤에서 누군가가 붙잡았다. 돌아보니 스칼렛이 이동하는 걸 발견하고 따라온 빅토르였다.

간단하게 스칼렛에게 전화 내용을 질문하고 난 빅토르가 돌아서서 명령했다.

"지금 크림슨 저택에서 증거품을 지닌 자가 오고 있으니 가서 엄호해. 증거품이 도착하자마자 크림슨 선대 백작 부부 살해 관련으로 즉시 왕세손을 체포하지."

"예, 함장님."

곧바로 해군 소속 군사경찰들에게 이 사실이 전달되며, 그들이 행사장을 둘러쌌다. 그러자 행사장에 남아 유가족에게 인사하던 왕세자 부부와 그들의 아들 율리, 그리고 연인인 니나가 위협을 느끼고 주변을 둘러보았다.

율리가 굳은 얼굴로 빅토르에게 물었다.

"이게 무슨 짓이지? 쿠데타라도 일으키려는 건가?"

"전혀. 증거품이 도착할 때까지 범죄자를 주시하고 있는 것뿐이야."

"……뭐?"

"왕족의 매국 행위에 있어서는 정확한 판례가 없지만, 왕족의 귀족 가문 가주의 살해를 사주한 판례는 나와 있지. 즉시 체포가 가능하고."

"누명을 씌우려는 모양인데……."

그의 말이 끝나기 전에, 뒤에서 아담 이렌이 소리쳤다.

"율리!"

그 소리에도 율리가 표정만 구기자, 아담이 말을 이었다.

"그럴 리 없겠지만, 만약 네가 정말로 크림슨 선대 가주 부부의 사망과 연관이 있다는 걸로 밝혀진다면, 지금 이 순간부터 네가 하는 말에 따라 형량이 달라진다."

"……."

아담의 말에 율리는 파리해진 얼굴로 입을 다물었고, 빅토르가 다시 입을 열었다.

"부정하는 것으로 간주하지."

그 말에 율리는 항변하고 싶어 했으나, 자신에게 해가 갈까 더 이상 입을 열지 못했다.

왕성으로 돌아간다면 자신의 사람들이 있었으므로 율리는 이 자리를 벗어나려 했고, 반대로 빅토르는 자기 사람들이 있는 이곳에 그를 붙잡아 두려 했으므로 두 사람 사이에 신경전이 이어졌다.

그사이 스칼렛은 안드레이를 기다렸다. 그리고 얼마 지나지 않아, 안드레이가 탄 마차가 들어섰다.

마차는 그녀 앞에서 멈추지 않고, 곧바로 병원 방향으로 향했다. 그 앞에서 멈추자마자 안드레이가 실린 들것이 마차에서 내려졌다.

사색이 된 스칼렛이 달려오자 해군 하나가 서둘러 말했다.

"오면서 피격을 당했습니다."

"피격…… 이라니요?"

"아마 안드레이 씨가 평소와 다른 이동 경로를 보이니 왕실경찰 측에서 노린 것 같습니다."

안드레이가 잠깐 멈추게 하라고 손짓하더니 제 쪽으로 온 스칼렛에게 피가 묻은 편지를 건넸다.

"유급……."

안드레이는 스칼렛의 얼굴을 발견하고 뭔가 농담을 하고 싶었는지, 그렇게 중얼거리다 정신을 잃고 실려 들어갔다.

스칼렛이 편지를 쥐고 있으니 안드레이를 데려온 해군 중 하나가 침통하게 말했다.

"도중에 멈추면 안 되는 일이었는지 상처를 붙잡고 여기까지 오느라 출혈이 극심합니다."

"새, 생명에 지장이 있을 정도는 아니죠?"

"……."

침묵이 돌아오자 스칼렛은 울음이 날 것 같아 이를 악물었다.

그녀는 그대로 주저앉고 싶었으나, 안드레이가 여기까지 가져다준 편지를 무색하게 할 수 없어 족쇄가 달린 것 같은 발을 있는 힘껏 옮겼다.

빅토르는 왕족을 감금하는 것은 큰 죄가 되리라는 왕세자 부부의 협박을 무덤덤한 얼굴로 듣고 있었다. 니나 한터 역시 그를 설득하려 했으나 여전히, 제대로 된 반응이 돌아오지 않았다.

그들 근처에 선 스칼렛이 편지를 펼치고, 가라앉은 목소리로 읽기 시작했다.

"크림슨 백작 부부 앞. 이 편지는 개봉 후 10분 이내에 불이 붙습니다. 주의해 주시기 바랍니다……. 이건 저희 부모님이 알아서 약물 처리하셨을 것 같네요."

거기까지 읽은 스칼렛이 잠시 말을 멈췄다. 빅토르가 그녀의 손에 묻은 피를 확인하고 있었기 때문이다. 그는 손으로 피를 닦아 낸 후 그녀의 피가 아닌 걸 알고 계속하라는 듯 고개를 까딱였다.

스칼렛이 편지를 읽어 나갔다.

"비행기를 은밀히 연구하고 계신다는 소문을 들었습니다. 두 분의 뛰어난 재능에 찬사를 보냅니다. 폐하와 달리 저는 두 분을 도와 비행기 제작을 성공으로 이끌고 싶습니다. 실험 공간이 부족하시다면, 제가 제공해 드리겠습니다. 시간과 장소를 첨부하니 이곳으로 와주시길 바랍니다. 살란티에 왕실, 왕세손 율리 이렌."

그녀가 편지를 읽던 도중에 율리가 편지를 뺏으라고 부하들에게 손짓했으나 빅토르가 스칼렛을 보호하고 있어 그녀에게 손가락도 하나 댈 수 없었다.

빅토르의 지시로 그의 부하들이 율리의 부하들을 제압하는 사이, 스칼렛이 침착하다 못해 냉정하기까지 한 목소리로 말을 이었다.

"그리고 이 시간에, 우리 가족은 이 장소로 가다가 사고를 당했어요."

편지를 뺏는 것에 실패하자, 율리가 오히려 뻔뻔해진 얼굴로 말했다.

"네, 오래전 그 편지를 선대 크림슨 백작 부부에게 보낸 것은 사실입니다. 두 분을 지원하고 싶었어요. 그때 이미 우리에게 비행기가 필요할 거란 걸 알고 있었으니까. 하지만 그날 아무리 기다려도 오지 않더군요."

 그가 그렇게 말하고 있을 때, 스칼렛은 대답 대신 안드레이가 편지와 함께 쥐어 준 종이를 보았다.

 [왕실경찰에게서 빼돌린 자료를 바탕으로 했을 때, 여기 적힌 이름이 크림슨 가주 부부의 살해범들일 가능성이 높습니다. 지금까지는 증거가 없었지만, 왕세손이 사주한 것이 분명하다면 그 오른팔인 이 세 사람이 살해범일 가능성은 더더욱 높아집니다.]

 빅토르가 그녀가 읽던 것을 넘겨받아 이름을 확인한 후 해군 고위 간부 하나를 가리켰다.
 "살해 용의자이니 끌고 가. 나머지 둘은 왕실경찰이니 수도에 연락하고."
 "예, 함장님."
 부하들이 곧바로 그가 가리킨 장교를 포박하자 율리가 무섭게 빅토르를 노려보았다.
 "마차 사고로 사망한 건 안타깝지만, 설령 그렇더라도 살해는 아니지."
 "총성을 들었어, 내가."
 "……뭐?"
 "왜. 내가 그날 탈영을 했는지 알고 싶어 하지 않았나?"
 그가 오랜 시간 숨기던 것을 말해 버리자 스칼렛이 순간 놀라 그의 부하들 쪽을 보았다. 이미 그것에 대해선 해군들끼리 이야기가 끝났는지 눈이 마주친 에번과 팔린이 대수롭지 않게 씩 미소를 짓고 있었다.

빅토르가 말을 이었다.

"그날 난 유프호에 타지 않고, 사고 현장에 남아 있다가 총성을 들었지. 증인이 있다면, 검거할 이유가 충분하지 않나?"

"역시, 그날……."

"내가 직접 증언하지. 어차피 해군복을 벗을 생각이었으니, 상관없어."

빅토르의 말에 율리는 아무 대답도 하지 못하고 주먹만 꽉 쥐었다.

그 자리가 어느 정도 정리된 후, 스칼렛이 어디로 걸음을 옮겨 빅토르가 급하게 따라가 막아섰다.

"돌아다니지 말고, 지금 타운하우스에 가서 쉬고 있어. 당신 기억에 문제가 생겼을지도……."

"나는 괜찮아. 약은 아이작이 먹었어."

그녀의 말에 빅토르의 표정에 숨기지 못한 안도감이 드러났다.

스칼렛은 그런 그를 바라보며 굳은 얼굴로 말했다.

"그리고…… 타운하우스는 당분간 못 들어갈 것 같아. 안드레이가 심각한 총상을 입었어. 나 때문에 여기 오다가 다쳤으니 옆에 있어야지."

"……그럼, 나중에라도."

"응. 나중에 이야기해."

스칼렛이 말하며 비틀거려 빅토르가 힘주어 그녀를 붙잡았다.

그사이 멀리서 아이작이 정신없이 달려오자, 빅토르가 그녀를 넘겨주었다. 잠깐 아이작에게 의지하던 스칼렛은 곧바로 제 힘으로 바로 선 후, 병원 방향으로 달려갔다.

자리에 남겨진 빅토르는 한동안 떠나는 스칼렛의 뒷모습을 바라보고 있었다.

안드레이 해밀턴, 그러니까 2급 왕실경찰이었던 하이럼 피트는 스칼렛에게 정말로 소중한 사람이기 때문에 왕세손을 체포할 증거품을 넘긴 그녀가 사경을 헤매는 그에게 곧바로 달려가는 건 당연했다. 그게 당연하다는 걸 아는데도 가슴이 시리다니 참 이상한 일이었다.

빅토르는 한 번쯤 그녀에게 아프다고 말해 볼걸 그랬다는 생각을 잠시 했다.

그러다가는 또 만약 전시 상황이 아닌 그냥 평화로운 세상에서 제가 시력을 잃었다면. 스칼렛은 그때도 자신에게 왔을까. 그래도 제가 다친 게 신경 쓰였을까, 하고 의문이 들었다.

그녀는 다정한 사람이니 마음이야 아파해 주었겠으나, 옆에서 머물며 가여워해 주지는 않았을 것이다.

그녀는 어쩌면, 자신을 찾아와 주지조차 않았을지 모른다. 스칼렛은 지금도, 그가 어떻게든 지키고 싶어 하던 그 남은 일주일을 신경조차 쓰지 않을 가능성이 컸다.

그에게는 구명줄이었던 그 일주일이, 그녀에게는 그저 귀찮은 일이었을지도 몰랐다.

스칼렛이 달려갔을 때는 안드레이가 수술 중이라 그를 만날 수 없었다.

그녀는 수술실 앞에 주저앉아서 두 손으로 얼굴을 감쌌다.
"……오지 말라고 할걸."
어쩐지 출발하겠다고 말할 때부터 마음이 불안했었다.
아직 그가 왕실경찰의 위협을 받고 있다는 걸 모르는 것도 아니니, 그냥 거기 있으라고 했어야 했다.
왜 출발하도록 놔뒀는지.
스칼렛은 가슴이 답답해져 주먹을 쥐어 가슴을 두들겼고, 옆에 앉아 그녀 얼굴을 살피던 아이작이 다급하게 그녀의 발치에 무릎을 꿇고 앉았다. 그리고 스칼렛의 손을 두 손으로 소중하게 감싸며 위로했다.
"괜찮을 거야, 스칼렛."
"안 괜찮다고 했어."
"그건 보통 사람일 때 이야기지, 안드레이 씨는 달라. 보기에는 비리비리해도 엄청 튼튼한 거 알잖아."
그건 아이작의 말이 맞아서 스칼렛은 고개를 끄덕였다. 그녀는 아이작의 따듯한 온기에 겨우 마음을 추스르고, 그를 마주 보며 물었다.
"부작용은? 기억나? 훈장 받는 거."
"응. 그건 확실하게 기억나. 그런데……. 분명히 뭔가 잊어버리긴 한 것 같아."
"뭘?"
"그러니까…… 뭘 잊어버린 건지를 모르겠네."
아이작이 말하고 고개를 갸웃거리자, 스칼렛도 따라 고개를 한쪽으로 기울였다. 그리고 이것저것 물어봤으나 오늘 일 중에서 아이작이 기억하지 못하는 것은 없었고, 오히려 지나치다면 지나칠 정도로 스칼렛의 세세한 행동까지도 기억하고 있었다.

결국 지워진 기억을 찾지 못한 상태로, 아이작이 입을 열었다.

"약을 먹기 전에, 내가 이걸 잊어버릴 거라고 생각했던 것까지도 기억이 나."

"그래?"

"응. 그리고…… 그걸 잊어버려도 된다고 생각했던 것도."

"그런 게 다 기억이 나는데, 그 무언가가 뭔지가 기억이 안 나는 거야?"

"응. 그 무언가가 뭔지."

아이작이 따라 말하고, 안심하라는 듯이 눈웃음을 지었다. 그와 같이 궁금해하다 보니, 스칼렛의 목까지 차올랐던 불안감이 조금 가셨다. 그녀가 가진 천성적으로 강한 호기심이 감정들을 눌러 준 덕분이었다.

그렇게 시간이 흐르기만을 바라며 버티고 있을 때, 수술이 끝나고 군의관이 수술실을 나왔다. 그리고 미소를 지으며 말했다.

"저 왕실경찰은 운이 좋군요. 총상에 있어서는 해군 병원이 살란티에 최고니까요. 거기에 오늘 이곳에 좋은 의사들이 여럿 와 있는 데다가, 바로 해군들이 자처해 수혈도 할 수 있었습니다."

그의 말에, 스칼렛이 안도의 한숨을 내쉬며 비틀거렸다.

군의관이 서둘러 그녀를 부축하며 말을 이었다.

"생명에는 지장이 없을 겁니다. 애초에 워낙 건강한 몸을 가지고 계셔서요."

"감사합니다. 정말……."

"제 일을 한 겁니다."

군의관이 그렇게 말하고, 안드레이는 곧 병실로 옮겨졌다.

안드레이가 안정을 찾은 것을 확인한 후에야 조금이나마 여유를 찾은 스칼렛이 아이작에게 말했다.

"나는 여기 며칠 더 있을게. 나 때문에 다쳤는데 혼자 눈 뜨게 할 수는 없잖아."

"그럼 나도 여기 있을래."

"혼자면 충분해. 대신 그동안 시계 가게를 봐 줄래?"

"시계 가게? 음…… 내가 할 수 있나……."

아이작이 자신 없는 듯 망설이자 스칼렛이 단호하게 말했다.

"본점에 근무하는 경력 많은 직원분들에게 도움을 요청해. 크림슨 가문의 가주잖아, 그 정도는 할 수 있어."

"네가 부품을 완성하면 가주는 너야. 그때까지 임시 가주인 거니까, 몰라도 돼. 그런 거."

"……그렇게 말하면 내가 가주 자리를 뺏으려는 것 같잖아."

"무슨. 부모님이 너무 일찍 떠나셔서 내가 임시로 맡고 있었던 것뿐이야. 몇 번이고 말하지만, 부모님이 살아 계셨다면 분명히 너를 차기 가주로 삼으셨을 거야."

아이작은 그렇게 말하고, 평소 스칼렛에게 짓는 것치고는 비교적 엄한 표정을 지어 보였다.

"하지만 너무 쉽게 넘겨줄 순 없지. 새 부품을 만들어 내야 비켜 줄 거야. 그러니까 열심히 하고, 필요한 것이 있다면 무엇이든 나에게 말해. 필요한 걸 전부 구해다 줄게."

"응."

스칼렛이 희미하게 웃으며 고개를 끄덕였다.

아이작이 시계 가게를 돌보기 위해 떠나고, 스칼렛은 병실 침대 옆에 앉아 안드레이의 핏기 없는 얼굴을 바라보았다.

"미안해."

스칼렛이 중얼거렸다.

"거봐. 나는 자꾸…… 주변 사람을 다치게만 해. 정말……."

그녀가 말을 잇지 못하고 입술을 물었다.

그때 스칼렛이 여기 있다는 소식에 달려온 에이샤가 병실 앞에 서 있는 빅토르를 발견했다.

그는 인사하는 에이샤에게 손짓으로 응한 후 그곳을 떠났다.

─────◆◆◆─────

자신을 위해 편지를 가져오다 다쳤다는 죄책감으로 스칼렛이 끊임없이 자신을 매도하고 있을 때, 병실 안으로 정복 차림의 에이샤가 들어섰다.

"스칼렛!"

"아, 에이샤."

에이샤가 스칼렛의 얼굴을 먼저 살피고, 다음으로 안드레이의 상태를 확인하며 질색했다.

"상처가 엄청 심각했던 모양이네."

"응……. 그래도 위험한 고비는 넘겼대."

"하긴. 건강하잖아, 안드레이 씨."

"맞아. 누가 봐도 그런가 봐."

스칼렛이 희미하게 웃으며 고개를 끄덕였다.

에이샤가 문 쪽을 힐끔거리더니 말을 이었다.

"함장님 병실 밖에 계시던데."

"……그랬어?"

"응. 내가 온 후에 바로 가셨어. 널 혼자 두기 좀 그랬나 봐. 아무튼 왕세손을 1함대 쪽으로 끌고 갈 거라더라."

"그게…… 되는구나."

"해군들이 그러는데, 이제부터가 정말 권력 싸움이 될 거라던데? 여기서 지면 왕세손도 함장님을 가만두지 않을 테니까."

그런 그녀의 말에 스칼렛이 한숨을 쉬고, 이내 미소를 지었다.

"빅토르와 동료로서는 정말 잘 맞나 봐. 이번에도 서로 이해관계가 맞았네."

"그러게."

에이샤가 말하고도 의자에 앉지 않자 스칼렛이 놀리듯이 말했다.

"와, 정말. 정복 차림이라고 아무 곳에나 안 앉는 거야?"

"어……. 왠지 마음이 그래. 서 있고 싶어."

"빅토르는 정복 차림으로도 잘 앉아 있던데."

"나도 한 배의 함장 자리쯤 오르면 그럴 거야."

에이샤의 대꾸에 스칼렛이 이번엔 좀 더 진심으로 웃고 나서, 그보다도 더 진심으로 대답했다.

"될 거야, 에이샤는."

"음. 응."

에이샤가 씩 웃었다.

"될 수도 있을 것 같아. 스칼렛 덕분에 그런 목표가 생겼어."

"뭐가 내 덕이야?"

"말했잖아. 함장님이 해적들을 끔찍하게 싫어하는데도, 내가 장교가 될 수 있는 건 스칼렛이 영향을 끼쳐서야. 이건 너무 확실해서 따져 볼 필요도 없을 정도."

그런 에이샤의 말에 스칼렛은 대답하지 않고, 희미한 미소만 지어 보였다. 그녀의 불확실한 반응에 에이샤는 속으로 한숨을 삼켰다.

해롤드에게 그녀가 스칼렛에게 준 약이 잘못되었다는 이야기를 들었다. 아마도 빅토르는 아직까지도 그 고통에서 완전히 벗어나지 못했을 확률이 높았다.

해롤드는 이전에도 빅토르 덤펠트의 이름만 들으면 치를 떨었으나, 그 사실을 알고 난 이후에 더 인간도 아니라는 듯이 말하게 되었다.

마약성 진통제 두 개만으로는 반나절 정도나 고통에서 벗어날 수 있었을 것이다.

그리고 빅토르는 스칼렛이 잠깐이라도 깨어날 때만 그것을 사용한 듯했다.

에이샤는 그 사실을 반드시 비밀로 하라는 함장과의 약속을 지키기로 했다. 에이샤 역시 스칼렛이 상처받기를 바라지 않는 것은, 빅토르와 같았다.

안드레이는 그로부터 정확히 48시간이 지나 눈을 떴다. 의사가 놀랄 정도로 빨리 눈을 뜬 것이 만 이틀이었다. 그만큼 깊은 상처

였다.

안드레이는 눈을 뜨자마자 옆에서 감격해 의사를 부르는 스칼렛의 얼굴을 한 번 보고, 인상을 쓰며 시계를 보았다. 그리고 급하게 상체를 일으키려다 상처가 고통스러워 표정을 일그러뜨렸다.

"어우, 진짜 끔찍하게 아프네."

그가 앓는 소리를 하자 스칼렛이 흘기며 핀잔했다.

"그러게 왜 일어나? 다시 누워."

"아직 일요일이죠? 일요일이라고 해 주세요."

"화요일이야."

"그런데 왜 가게 안 열고 여기 계십니까?"

"그럼 나 때문에 다친 직원을 놓고 그냥 가?"

"당연히 그러셨어야죠."

안드레이가 정색하자 스칼렛이 어처구니없어 하면서도 해명하듯 말했다.

"아이작이 유능한 본점 직원에게 부탁해서 함께 보고 있어. 그러니까 가게는 잊어버리고 제발 쉬어."

스칼렛이 간절하게 애원하자 그제야 안드레이는 좀 진정했다. 그래도 여전히 불안감이 사라지지 않은 얼굴로 중얼거렸다.

"제 나름의 매뉴얼이 있는데, 제대로 굴러갈지 모르겠네요."

"어떻게든 되겠지. 그보다."

스칼렛은 아무렇지 않은 척 말하려다, 울음이 울컥 터져서 입을 다물고 감정을 한 번 추슬렀다. 그리고 이내 심각한 표정을 지어 보이며 말했다.

"어떻게 기절하기 전에 한 말이 유급이야?"

"이 정도 공을 세웠으면 유급 직원으로 해 주시란 말입니다. 물론, 크림슨가에도 계속 얹혀살게 해 주시구요. 지금 제 방 너무 아늑하거든요. 백작님도 잘 돌봐 주시고요."

"으휴, 정말……. 알았어. 봐줬다."

스칼렛이 말하고서, 그때부터는 못 참고 눈물이 뚝뚝 떨어져 몸을 돌리고 섰다.

안드레이가 멋쩍어하며 말했다.

"사장님, 편지는 도움이 됐습니까?"

"응."

"다친 건 뭐…… 좀 죄송하게 됐습니다."

"……응."

스칼렛은 가까스로 대답하고, 울음을 간신히 그친 후 다시 안드레이를 돌아보며 환하게 미소를 지어 보였다. 그러나 견디지 못해 또다시 울음이 터졌고, 늘 냉랭하던 안드레이를 한순간 쩔쩔매게 했다.

깨어난 이후로 안드레이는 엄청난 회복력을 보였다.

그는 시계 가게가 걱정되어 못 견디겠는지, 옆에 있겠다는 스칼렛의 등을 떠밀어 다시 시계 가게 2층 작업실로 보내 버렸다. 결국 스칼렛은 먼저 시계 가게로 돌아갔다.

가게에 있다 보니 빅토르가 무엇을 하고 있는지 모르려야 모를 수가 없었다. 왕세손이 크림슨 가주 부부의 살해 사주 혐의로 체포되었다는 기사가 신문에 실린 덕이었다. 왕실에서 언론을 통제하려 했으나, 모든 언론을 통제하는 것에는 실패한 듯했다.

큰 신문사는 통제 대상이었지만, 화제성으로 먹고사는 작은 신문사들은 눈치 보기를 그만두고 하나둘 상황을 보도하기 시작했다. 가십지에는 니나 한터가 연인을 놓아 달라고 매일같이 옛 연인을 찾아간다는 내용도 있었다.

스칼렛은 그런 기사들을 찬찬히 읽고 나서, 다시 시계에 집중했다. 세상이 뒤흔들려도 제 일에 집중할 수 있는 집중력은 그녀의 강한 특기였다.

―――――※―――――

일요일 행사 이후에도 빅토르는 계속 타운하우스에 머물렀다. 그러다 가끔은 산책을 할 겸 늦은 밤 거리를 걸어 시계 가게 앞에 서 있곤 했다.

스칼렛은 곧바로 부품 개발에 열중했기 때문에, 매일 새벽 작업실의 불이 켜져 있었다. 그렇게 한동안 그것을 바라보고 있노라면 기쁨과 슬픔이 동시에 느껴졌다.

그는 언제쯤 남은 일주일을 자신과 보내 달라고 부탁하면 거절당하지 않을지를 생각하고 있었다. 그녀의 소중한 직원이 한동안 병상에 있을 때야 당연히 말하지 못했고, 지금은 다시 부품 개발에 빠진 것 같아 말하지 못했다.

산책을 핑계로 나가 불 켜진 작업실을 잠시 바라보다, 그는 타운하우스로 되돌아왔다.

혹시라도 그녀가 제 발로 이곳에 와 줄지 모른다는 기대를 버리지 못하는 자신이 한심했다. 그 부품 개발이 끝나면 조금은 자신을 떠올려 줄까, 하고 그는 여전히 바라고 있었다.

천운이 따라서 그녀가 타운하우스를 방문한다면 이번에는 좀 더 나은 음식을 해 줄 생각이었다. 그래서 요리를 연습해 보았는데, 타고나길 손재주가 없어 뭘 해도 제대로 되지 않았다.

그나마 성공한 것이 스칼렛이 만들었던 것과 같은 뫼니에르였다. 그마저도, 스칼렛이 짜다며 질색했던 그녀의 요리와 비교하면 아무 맛도 느껴지지 않았다.

그렇게 그가 성공적이지 못한 요리를 내려다보고 있을 때, 주방으로 급하게 에번이 들어섰다.

"함장님."

"……."

빅토르는 에번의 무거운 목소리에 문제가 생겼음을 직감하고 그를 돌아보았다.

에번이 굳은 얼굴로 말을 이었다.

"왕실경찰이…… 스칼렛 양의 숙부인 에빌 크림슨을 찾고 있는 것 같습니다."

"……."

"그런데…… 에빌 크림슨을 가장 마지막에 본 목격자가, 그자가 아이작 백작과 함께 있는 것을 봤다는 모양입니다."

저런.

빅토르가 저도 모르게 혀를 찼다.

에번이 무겁게 말을 이었다.

"그 목격자의 진술을 확보했는데, 진술대로라면 백작께서 에빌 크림슨을 제1 공장…… 근처에서 만났답니다."

그 말이 끝나자마자 빅토르가 주방을 나서고, 에번 역시 서둘러 그를 따라나섰다.

늦은 새벽, 빅토르는 제1 공장에 도착했다.

이미 밤사이 왕실경찰이 한바탕 수색한 듯했으나, 에빌 크림슨을 찾지는 못했다. 그러나 빅토르는 아이작이 어디에 에빌 크림슨을 가둬 놓았는지, 진작부터 예감하고 있었다.

그는 이전에 에빌 크림슨이 스칼렛을 가둬 놓았던, 정원 분수의 물을 관리하는 지하실의 문을 열었다.

빅토르가 등을 들고 안으로 들어가 보니 예상대로 거기에 에빌 크림슨이 죽어 있었다. 비쩍 마른 것으로 보아 아마 탈수로 죽은 것으로 보였고, 죽은 지는 서너 시간 정도밖에 되지 않은 상태였다.

그는 승전 기념 행사에서, 아이작이 스칼렛 대신 약을 먹었던 사실을 떠올렸다. 죽으려고 죽인 것이 아니라, 여기 에빌 크림슨을 가두고 잊어버렸을 확률이 높았다.

그는 안드레이의 병실 앞에서 들었던, 스칼렛이 중얼거리던 소리를 떠올렸다.

"거봐. 나는 자꾸…… 주변 사람을 다치게만 해. 정말……."

스칼렛은 안드레이가 편지를 가져오느라 다쳤다는 것에 크게 괴로워했다. 그러니 아이작이 약을 먹고 에빌 크림슨을 가둬 둔 걸 잊었다는 것도, 자기 자신을 탓할 것이 뻔했다.

빅토르는 한동안 생각한 끝에, 옆에 등을 내려놓았다. 그리고 장갑을 벗어 두 손으로 사체의 목을 졸라서 부러뜨렸다.

그 후, 자신의 소매에서 커프스링크를 뜯어냈다. 언제나처럼 스칼렛이 사다 준 물건이었다. 결혼 이후에 그는 늘 스칼렛이 사다 준 물건만을 썼고, 이혼 후에도 그랬으니 당연했다.

그는 그것을 에빌 크림슨의 주먹 안에 끼워 넣고, 장갑을 도로 낀 후 몸을 일으켰다. 그리고 지하실을 나서며 에번에게 말했다.

"여기도 없군."

"예? 그런데 뭐 하시느라 시간이 걸리신 겁니까?"

"떨어뜨려서 찾느라."

빅토르가 커프스링크가 없는 한쪽 팔을 들어 보이고 대수롭지 않게 말한 후, 철수하자는 듯이 손짓했다. 에번은 뭔가 의심쩍은 표정을 짓고 있었으나 언제나처럼 빅토르의 명령을 따라 그곳을 나섰다.

―――◈―――

빅토르는 타운하우스로 되돌아와 여러 번 몸을 씻고, 다시 주방으로 돌아갔다. 해 놓고 간 음식이 그대로 있었으나, 역겨운 기분이 들어 먹을 수 없었다.

주방을 정리하고 나서 그는 머릿속으로 과연 어느 정도 지나면 왕실경찰이 사체를 발견할지를 생각했다. 아마 그리 오랜 시간이 걸리지 않을 것이다.

그렇게 생각하니 마음이 조급해졌다. 에빌 크림슨이 적통과 거리가 있다고 해도, 그는 살인 혐의로 법정에 서게 될 것이고, 최소한 5년 정도는 가택연금을 받게 될 확률이 높았다.

그나마도 그건 왕족과 척을 지기 전의 이야기였다. 지금 같은 상황에서는 왕실경찰이 본격적으로 이 사건을 맡을 것이 분명하니 최악의 상황도 대비해야 했다.

스칼렛이 찾아오지도 않겠지만, 찾아오더라도 만날 수 없을 것이다. 그렇게 생각하니 그는 못 견디게 초조해져서, 다시 타운하우스를 나섰다. 오늘은 아주 밤을 새울 생각인지 스칼렛의 시계 가게 2층에는 여전히 가스등 불빛이 아른거리고 있었다.

그는 스칼렛을 부르고 싶은 마음에 그 앞을 맴돌았다.

그러나 에빌 크림슨의 사체가 발견되는 즉시 그는 조사를 받을 것이고, 언론에 대서특필될 것이 분명했다.

이성적으로 생각하기 시작하자 그녀를 불러내서 그녀에게 마음의 짐을 지워 줄 수 없게 되었다.

일이 이렇게 된 것이 차라리 다행일지도 모른다.

그녀는 제가 없는 동안 더욱 시계에 집중할 테고, 뛰어난 장인이 될 것이다.

그게 그녀의 가장 큰 행복이고, 그녀의 행복이 그에게 가장 큰 행복이 될 테니. 생각해 보면 이게 맞는 것이리라, 그는 생각하게 되었다.

----•◆•◆•◆•----

안드레이가 워낙 성화라 스칼렛은 한동안 가게에 묶여 있었다.

빅토르와 일주일을 보내기 위해 일정을 비워 놓았는데, 안드레이를 간호하다 보니 또다시 해결해야 할 일들이 쌓여 있었다.

총상을 입었는데도 경찰 쪽에서는 수사를 시작하는 시늉도 보이지 않았다. 아마도 이 총격에 관여한 왕실경찰이 대부분 고위직을 차지하고 있어, 일반 경찰이어도 그들을 수사하는 게 거의 불가능한 듯했다. 스칼렛이 억울해하니, 안드레이는 자신도 왕실경찰이었으니 자업자득이라며 대수롭지 않게 말했다.

부지런히 밀린 작업을 하던 스칼렛은 순간, 빅토르의 표정이 떠올라 손을 멈췄다. 남은 일주일에 대해 나중에 이야기하자는 제 말에 그가 짓던 표정이 드문드문 떠올랐다.

그 순간에 그는 희미하지만 미소를 지었다.

이상하게 그는 자꾸만 웃었다. 제가 상처를 주는데도 웃고, 약속을 미루는데도 웃고. 그런 빅토르의 미소가 머릿속 어딘가에 새겨진 기분이었다.

"……이거 급하단 말이야. 왜 방해야."

주문 날짜에 맞추려면 집중해야 하는데, 빅토르의 웃는 얼굴이 쉽게 사라지질 않았다.

그는 정말이지, 예쁘게 웃었다. 걱정은 전부 사라지고, 설렘만을 남게 하는 웃음이었다. 그가 그렇게 예쁘게 웃은 적이 있었나.

제 마음을 풀어 주려는 듯이.

어렸던 자신이 그랬듯이.

스칼렛은 요즘 들어 습관처럼 결혼반지를 꺼내 보았고, 지금도 그랬다. 그녀는 상자를 열어 반지를 바라보았다.

'나의', '사랑'.

몇 번이고 녹이려고 들고 나갔다가도, 반지에 각인되어 있는 저 망할 글자들 때문에 그러지 못했다.

저 짧은 말이 왜 그렇게 마음에 남는지.

빅토르는 후원에 둔 테이블 앞에 앉았다.

잠깐 이렇게 있어도 삶이 지루한데, 가택연금을 당하거나 혹은 왕이 분노해 좀 더 긴 처벌을 받게 되면 어떻게 사나 벌써 고민이었다.

시간이 흐르면 우울함이 약해질 거라 생각했으나 며칠째 그대로인데다, 이제는 약을 먹어도 나아지질 않았다.

취미가 없다고 생각했는데, 항해가 그의 삶이고, 직업이고, 취미였다는 걸 지금에서야 깨달았다.

지금까지는 바다에 나가고 싶으면 언제든 갈 수 있었다. 그런데 만약 그게 불가능해진다면.

그는 앞이 보이지 않는 것보다 바다에 나가지 못하는 것이 자신을 더 고통스럽게 하리라는 것을 알았다.

스칼렛의 말대로였다. 그는 바다를 사랑했다.

왜 항상 이렇게 늦게, 다 잃고서야 그 사실을 알게 되는지.

빅토르는 앞으로 살아갈 방법을 끊임없이 고민해 보았으나 떠오르지 않았다.

스칼렛의 관점으로 생각해 보아도, 이대로 자신이 사라지는 것만큼 그녀에게 편안한 일도 없을 것 같다. 좀 슬퍼하다가, 그대로 그녀에게서 잊히겠거니.

그는 손으로 다시 제 목을 감쌌다. 사체의 목을 조를 때와는 다른 감각이 손에 있었다.

그는 아귀힘이 강했으므로 단숨에 스스로의 숨을 끊을 수 있었고, 그 사실은 언제나 그에게 선택권을 건네는 듯했다.

그때, 문 열리는 소리에 빅토르가 손을 뗐다. 그리고 후원에서 로비를 통과해 정면으로 보이는 문을 바라보았다.

이곳의 열쇠를 가진 사람은 하나뿐이라, 빅토르의 예상대로 스칼렛이 들어서고 있었다.

빅토르는 그녀의 방문을 조금도 예상하지 못해 그 자리에 얼어 있었다. 도무지 현실 같지 않았다.

그가 자리에서 일어설 뿐, 제 쪽으로 다가오지 않으니 스칼렛도 짐가방을 내려놓은 그 자리에 멈춰서 물었다.

"여기 있었어?"

그러자 빅토르가 말을 돌렸다.

"약속 때문에 온 거면, 너무 부담 가질 필요 없어."

"그래도 약속했잖아. 당신은 언제부터 여기 있었어?"

"……"

"빅토르."

스칼렛이 다가오려 하자 빅토르가 말했다.

"오지 마."

"왜?"

"그냥 거기 서 있어."

빅토르는 스칼렛을 보는 순간 어지러움을 느꼈다. 머릿속이 핑핑 돌았다.

그는 그녀의 얼굴을 보고서야 자신이 깨어 있는 시간 대부분, 그녀의 생각만 했다는 것을 알아차렸다.

돌아가라고 해야지. 지금 그는 아무래도 약한 소리밖에 하지 못할 것 같았다. 그래서 가라고 하고 싶은데, 그럼 영원히 그녀를 못 볼 것 같은 피해망상적인 불안감이 엄습해 그 말이 나오지 않았다.

빅토르가 말이 없으니 스칼렛은 한 걸음씩 그에게 걸어왔다. 하여튼 그녀는 청개구리 같은 사람이라, 멈추라는 말도 듣지 않는다.

어느새 스칼렛의 걸음이 후원 입구에 멈췄다. 그리고 그녀의 표정이 심하게 일그러졌다.

"목…… 왜 그래?"

"……."

그녀의 질문에 빅토르가 제 목에 손을 올렸다. 그리고 감추려 하자 스칼렛이 팔을 붙잡고 그를 끌어다 의자에 앉혔다. 그녀가 목을 보더니 곧바로 몸을 돌려 떠나려 해, 빅토르가 저도 모르게 그녀의 팔을 붙잡았다가 멈칫하며 놓았다.

그러자 스칼렛이 빅토르를 돌아보았다.

그녀의 화난 얼굴을 보니 정신이 번쩍 든 빅토르가 입을 열었다.

"조심해서 가."

"……아주 가려는 거 아니야."

"그럼?"

"오슬릿 수도원 가서 한 소리 하려고."

빅토르는 그녀의 말에 탄성했다. 안도의 소리였다. 그곳은 어머니가 있는 곳이니, 또 마리나 이렌이 그의 목을 졸랐다고 생각하는 모양이었다.

하기야 자신이 이런 짓을 하게 놔둘 사람은 세상에 마리나 이렌 하나. 그 외에는 빅토르 스스로뿐이었다. 스칼렛은 그가 스스로 그랬으리라는 가능성을 생각하지 못한 건지, 아니면 일부러 하지 않는 건지, 곧장 오슬릿 수도원에 가려 했다.

사실, 마리나 이렌이 이번에는 제가 그런 것이 아니라고 대답한들 그녀의 말에 무슨 신용이 있을까. 빅토르는 이것을 그녀에게 덮어씌우기로 결심했다.

왕실경찰의 폭로 전까지는, 그가 어머니를 수도원에 가뒀다는 걸 아는 사람이 스칼렛을 포함해 몇 없었다. 매일 빅토르만 보고 있던 스칼렛은 어느 날 그의 목에서 조른 흔적을 발견해 오늘처럼 분노했었다.

그때는 화조차 짓누르는 제 대신 화를 내주는 그녀가 신기하고, 좋았다.

스칼렛은 요즈음, 매일 꾹 누르고 있던 울음이 터져서 끊임없이 뚝뚝 흐르는 눈물을 닦아 내며 물었다.

"어떻게 목이 이렇게 되도록 가만히 있어? 못 하게 했어야지."

"······."

그의 어린 시절은 오로지, 누구에게도 흠 잡히지 않을 고상한 사내로 만들어지는 것에 바쳐졌다. 그에게는 그것이 너무나 당연해서, 거기에 미치지 못한 아내는 언제나 그의 크나큰 문젯거리였다.

그러니 지금도 그래야 했다. 누구에게도 우습게 보이지 않을 태도를 보여야 한다. 그래야 그가 가지지 못한 왕족 혈통의 절반을 채울 수 있을 테니.

그는 여느 때처럼 담담한 태도로, 스칼렛을 밀어내는 말을 하려 입을 열었다.

"아픈 것 같은데."

그런데 정작 나온 말은 그의 생각과 반대되는 것이었다.

그는 여자에게 아프다고 투정 부리는 것은 사내도 아니라고 생각하며 살았다.

고통은 스스로 감내하는 것. 타인에게 말해 봤자 돌아오는 건 우습게 여겨지는 것뿐이라는 것을 체득하며 성장했다.

더더군다나 스칼렛에게는, 사랑하는 여자에게는 더더욱 우습게 여겨지고 싶지 않았다. 그렇게 생각하는데도, 입에서는 또다시 마음먹은 것과 전혀 다른 말이 흘러나왔다.

"정말로, 아파."

그도 사람이라 슬프거나, 기쁘거나, 비참할 때가 있었다. 감정을 드러내지 못하도록 길러졌으므로 그저 시간을 들여 가라앉혀 왔는데.

아무리 시간이 지나도 이 아픔은 사라지질 않았다. 그녀를 안고 싶어서, 그녀에게 사랑받고 싶어서, 그녀에게 상처를 준 자신이 미워서 생긴 응어리가 결국 병이 된 것 같았다.

그가 못을 박는 것처럼 아픈 가슴팍을 손으로 움켜쥐었다. 이렇게 죽을 만큼 아픈데, 슬픔이 병이 아닐 리 없었다. 쓰러질 것 같은데, 이게 그저 감정의 변화일 리 없다.

기다리면 나아야 하는데. 슬픔이고 사랑이고, 다 지나가야 하는데. 지나갈 때까지 도무지 견딜 수가 없었다.

아프다는 그의 말에 당장이라도 오슬릿 수도원에 가서 따지려던 스칼렛의 눈이 놀라서 동그래졌다.

빅토르가 죽었다 깨어나도 이런 약한 소리를 할 사람이 아니란 것은 그와 함께 살던 스칼렛이 가장 잘 알았다.

빅토르는 그녀를 밀어내야 한다고 재차 생각했지만, 그 말이 나오질 않았다. 그녀를 끌어안고 싶고, 입 맞추고 싶었다. 사랑한다고 말하고 나서는 정말이지, 울고 싶었다.

사람이 얼마나 한심한 존재인지, 그녀가 여기 서 있으니까. 저와의 시간을 잊지 않고 와주고 나니까.

"아파, 스칼렛."

"……."

"너무 아파서 못 견디겠어."

한 번 터져 나오고 나니 자꾸만, 자꾸만 아프다는 말을 하게 되었다.

스칼렛은 심장이 철렁해 숨 쉬는 것도 잊은 사람처럼 굳어 있었다. 괴로워하는 빅토르의 목소리와 표정에 머릿속이 새카매졌다.

"잠깐만 고개 들어 봐."

스칼렛의 말에 빅토르가 고개를 들자, 그녀가 제 이마와 그의 이마에 손을 올렸다. 그러더니 그에게 말했다.

"열이 있어."

"당신 손이 찬 것 같은데."

빅토르가 중얼거렸다.

여전히 그의 머릿속에는 경찰이 들이닥치기 전에 그녀를 보내야 한다는 생각이 있었다. 그러나 그녀가 지금 당장 옆에 있다는 사실이 좋아서 밀어낼 수가 없었다.

그녀는 다친 아이작을 오래 돌봤으니, 아프다는 그의 말에 그냥 가기 어려운 모양이라고 생각하고 있었다.

그냥 눈이 먼 상태로 있을걸 그랬나, 그는 잠깐 생각했다. 그랬다면 그녀가 옆에 있어 주었을까.

혹시 그가 중병에 걸렸다고 생각하는 건 아닌가, 싶었는데. 다행히 스칼렛은 어디가 아픈지 구체적으로 질문하지 않았다. 대신 무언가 맺힌 듯한 한숨을 쉬더니 눈물을 훑어내고 그에게 말했다.

"우선…… 모르겠지만 일단 열 내려야겠다. 얼음 있어?"

"글쎄."

"당신 항상 술 차갑게 마시잖아. 술은 어디에 담아 놨어?"

"……아이스 버킷."

그게 순간 연결이 안 됐다. 스칼렛은 한 소리 할 기운도 없는지 빅토르의 손을 당겨 침실로 향했다.

그를 침대에 눕힌 후, 급한 대로 제 것과 빅토르의 손수건을 겹쳐 얼음을 넣어 감싸고, 제 머리를 묶고 있던 끈을 풀어 그것을 묶었다.

그리고 그의 이마에 얼음을 올려놓는 것을 빅토르는 가만히 바라보고 있었다. 그녀의 움직임 하나하나가 아름답다고 생각했다.

스칼렛은 빅토르의 이마와 목 여기저기에 얼음을 옮겨가며 열을 식혔다. 그런 보살핌이 좋은 꿈처럼 달았다.

그러나 언제나 그렇듯, 꿈에 취해서 현실을 혼동해서는 안 되는 법이다. 빅토르는 제가 경찰서에 끌려간다는 걸 알기 전에 차라리 먼저 사실을 말하는 게 낫겠다는 생각을 했다.

그가 입을 열려는데, 스칼렛이 먼저 물었다.

"오늘 기분은 어때?"

"……."

그녀의 질문에 빅토르는 한동안 말이 없었다. 그러자 스칼렛이 다시 물었다.

"슬픈 일 있어?"

"……."

"아니면 외롭다든지."

신기하게도 스칼렛이 슬픈 일이 있냐고 묻자 슬퍼지고, 외롭다든지 하고 말하니 외로워졌다. 언젠가 스칼렛과 함께 식사를 하며, 그녀가 이것저것 맛을 알려 주던 때 같았다.

"슬프고 외로운가."

빅토르가 대답하자 스칼렛이 고개를 끄덕였다. 그리고 대답했다.

"시간이 지나면 괜찮아지더라."

그런 그녀의 대답에 빅토르가 고개를 끄덕였다. 역시 그것밖에 답이 없구나 생각하는데, 스칼렛이 말했다.

"체리파이를 만들어 줄게. 지금이 딱 제철이잖아."

"체리파이?"

"응. 이맘때가 되면 우리 가족은 꼭 체리파이를 만들었거든. 나한테는 엄청 행복한 기억이라. 금방 체리 사 올게."

그러더니 말릴 틈도 없이 나갔다가 정말로 금방 짐을 가득 들고 돌아왔다. 빅토르가 주방으로 따라 들어오자 스칼렛이 말했다.

"누워 있어."

"같이 해."

"음……."

그러자 스칼렛이 특별히 봐줬다는 듯이 빅토르에게 체리 스토너를 내밀었다.

"특별히 양보할게."

빅토르가 어쩌라는 거냐는 듯 고개를 기울이고 스칼렛을 바라보자, 그녀가 입을 열었다.

"그걸로 체리의 씨를 빼는 거야."

그러더니 야무진 손으로 시범을 보이며 말을 이었다.

"어릴 땐 아이작이랑 서로 자기가 하겠다고 툭하면 티격태격했는데."

"그걸 하나 더 사면 되지 않나?"

"지금 생각해 보니까, 부모님은 그게 하나라서 우리가 티격태격하는 걸 구경하는 게 재미있으셨나 봐."

스칼렛은 기억만으로도 즐거운 듯 미소를 지어 보이고, 빅토르에게 도구를 내밀었다. 그리고 그가 체리 씨를 빼는 동안에 체리를 사러 나가기 전부터 얼음과 함께 두어 휴지시킨 파이 크러스트를 가져왔다. 그리고 그것을 밀대로 얇게 밀고 파이팬에 깔았다.

그러던 도중에 빅토르를 보니 그는 예상외로 체리 씨를 빼는 것에 집중하고 있었다. 소매를 걷어 드러낸 단련된 팔을 저도 모르게 보다가, 빅토르가 그녀 쪽을 보니 당황을 애써 감추고 말했다.

"그 정도면 충분해."

"더 하면 안 되나? 재미있는데."

"그렇지?"

스칼렛이 그제야 희미하게 웃었다.

결국 빅토르가 체리 씨를 다 뽑아 놓아, 산더미처럼 쌓인 체리를 전부 파이에 넣을 필링으로 만들었다.

그것을 파이팬 반죽 위에 듬뿍 붓고, 위를 다시 파이 크러스트로 재주 좋게 격자를 만들어 모양을 내자 빅토르가 중얼거렸다.

"아, 그게 그렇게 내는 모양이었군."

"응. 이것도 재미있지?"

"당신이 하니까 재미있지."

그는 무심하기까지 한 투로 대답한 후에도 파이에서 눈을 떼지 못했다. 민망해진 스칼렛은 괜히 어깨로 그의 어깨를 툭 밀어 버린 후 파이를 화덕에 넣었다. 그리고 돌아보니 기가 차는지 빅토르가 웃고 있었다.

스칼렛은 웃고 있는 그를 흘기고서, 유리장을 올려다보며 말했다.

"접시가 너무 높이 있어."

"굳이 높은 데 있는 걸 꺼내려 하니까."

"저게 예쁘단 말이야."

"어느 걸 꺼내 줘?"

"빨간 선이 있는 거."

스칼렛이 말하자 빅토르가 유리장 선반에 손을 가져갔다. 그가 집어 든 접시를 보고 스칼렛이 핀잔했다.

"빨간 선 있는 거라니까?"

"빨갛잖아."

"보라색이거든?"

"별 차이가 없는데."

"어떻게 별 차이가 없어? 그럼 내 눈이나 저 보라색이나 똑같아 보여?"

"어떻게 똑같아, 당신 눈은 와인색인데."

그러더니 그녀에게 빨간 선이 있는 접시를 다시 꺼내 주고, 와인장에서 와인 한 병을 꺼내 잔에 가득 따라 보이며 말했다.

"정확히 이 와이너리의 와인색이지."

그의 말대로, 잔에 가득한 와인은 묘할 정도로 스칼렛의 눈동자와 같은 농도의 색을 띠고 있었다. 스칼렛이 와인병의 라벨을 보며 중얼거렸다.

"……당신이 좋아하는 와인."

"아내의 눈동자 색과 같았으니까."

"……."

그의 말에 말문이 막혔다. 그런 이유가 있을 거라고는 생각하지 못했다.

스칼렛은 와인과 빅토르를 번갈아 보다가, 손을 뻗어 와인잔을 잡고 향을 맡아 보았다.

이전에 몇 번, 빅토르와 함께 마셔 준 적이 있었다. 와인은 맑고 고운 색감과 달리 아주 독했으므로 그녀는 늘 취하고 말았다.

스칼렛이 입술을 열어 와인을 한 모금 마시는 모습을 빅토르는 물끄러미 바라보고 있었다. 그녀가 잔을 내려놓고, 그를 보며 물었다.

"왜 그렇게 봐?"

"입 맞추고 싶어서."

"……그럼 그렇게 해."

그런 그녀의 말에 빅토르가 잠시 굳어 있다가, 얼마 지나지 않아 비틀린 듯한 조소를 지었다. 그러더니 그녀에게 다가서며 말했다.

"내가 당신을 사랑한다고 해서, 날 가지고 놀아도 된다는 뜻은 아니야."

그러자 스칼렛이 고개를 저었다.

"가지고 노는 거 아니야."

"스칼렛 크림슨."

"응."

그녀를 불러 놓고 잠시 말이 없던 빅토르가 손을 뻗어 스칼렛의 팔을 움켜쥐고 제 쪽으로 끌고 왔다.

술은 스칼렛이 마셨는데, 취한 사람은 빅토르 같았다. 그녀는 그가 가진 어떠한 진통제보다 효과적으로 아픔을 감소시켰다.

체리파이가 아니라, 그녀와 무엇을 했더라도 좋았으리라는 것을 그는 알고 있었다.

그녀를 멀리서 바라만보는 건 불가능했다. 그녀에게 말했던 것처럼 종종 스칼렛을 찾아가는 것도 사실은 싫었다. 그걸 알기 때문에, 거기서 비롯된 우울함을 그는 견딜 수 없었다. 이런 아픔이 지속되는 상태로는 살 수가 없었다.

그녀가 제 것이거나, 제가 죽음의 것이거나. 그것에 대한 선택권은 이미 그의 손을 떠나 운명에게 맡겨졌다.

그가 입을 열었다.

"재혼하지 마."

"……."

"지금도 이렇게 아픈데. 그건…… 정말로 내가 버틸 수가 없어. 차라리 안 보는 게 나을 거야."

그러자 스칼렛이 빅토르를 바라보다 이내 입을 열었다.

"재혼 생각 없어. 재혼하면 작업실에서 밤새 일할 수 없잖아. 아니, 뭐. 할 수는 있겠지만 자유롭지 않을 것 같아서."

"나는 해 줄 수 있어."

빅토르가 저도 모르게 간절한 목소리로 말했다.

"그러니 나를 고려해."

"……."

"나는 당신이 만날 수 있는 어떤 남자보다 당신을 자유롭게 해 줄 테니."

두 사람 사이에 잠시 장작 타는 소리만이 머물렀다. 그러다 맞춰 둔 알람 소리가 들리자 스칼렛이 피하듯이 서둘러 돌아서 화덕으로 향했다.

그러자 빅토르가 그녀의 팔을 붙잡았다.

"대답해."

"파이가 너무 익겠어."

"빨리 대답하면 되잖아."

그런 그의 말에 스칼렛이 온갖 감정으로 일렁이는 눈으로 빅토르를 돌아보았다.

그녀는 잠시 빅토르가 꺼낸, 제 눈동자와 같은 색의 와인으로 시선을 옮겼다가, 이윽고 입을 열었다.

"애초에 그걸 고려조차 하지 않았다면 내가 왜 당신과 일주일을 보내겠어."

그녀의 말에 빅토르가 멈칫했다. 스칼렛이 말을 이었다.

"남은 마음이 조금도 없으면, 내가 지금 왜 여기로 돌아왔겠어."

스칼렛은 본인 스스로도 이해가 가지 않는지, 어딘가 자조적인 목소리로 말을 이었다.

"당신을 사랑한 게…… 내 생각보다 너무 큰 불이었나 봐. 아무리 시간이 지나도, 불씨가 다 사라지질 않아."

"……."

"당신이, 내 마음에서 완전히 잊히질 않아."

그녀가 그렇게 중얼거리고 빅토르를 보았다가, 난생처음 보는 그의 얼빠진 표정에 같이 난처해하며 그를 불렀다.

"빅토르."

그가 꼼짝을 하지 않으니 스칼렛은 빅토르에게서 팔을 빼고 화덕으로 향했다. 그는 그녀를 다시 잡지 않았다.

화덕에서 꺼낸 파이에서는 환상적인 냄새가 나고 있었다. 스칼렛이 파이를 큼지막하게 잘라서 접시에 담아 내밀었다.

"자."

"……."

"받아, 팔 아파."

빅토르는 그런 스칼렛의 말이 들리지 않는 듯, 그녀를 바라보고만 있었다. 결국 스칼렛이 접시를 내려놓았다.

"당신을 향한 마음이 남아 있는 게, 이상해?"

그녀가 말간 눈으로 묻자 한동안 그녀를 보던 빅토르가 부자연스럽게 느껴지는 미소를 지으며 되물었다.

"스칼렛, 나를 사랑해?"

그런 그의 질문에 스칼렛이 멈칫했다.

스칼렛은 빅토르가 뒷짐을 지고 있는 것을 바라보고 있었다. 마음이 남았다는 말에 그는 아마도 그녀가 이전에 먹은 약의 후유증으로 또다시 기억을 잃었을지 모른다고 생각하는 모양이었다.

그는 결혼반지가 있어야 할 손을 등 뒤로 감추고, 고개를 조금 기울이며 다시 한번 그녀에게 물었다.

"응? 사랑해?"

스칼렛은 그때서야 제가 언젠가는 그의 곁으로 돌아갈 것이라는 확신이 이 남자에게는 조금도 없었다는 것을 깨달았다.

그는 그녀의 마음에서 자신이 완전히 지워졌으리라 생각하고 있었다.

이 일주일을 제안할 때, 그는 도대체 어떤 마음이었을까.

스칼렛은 한동안 아무 말도 없이 빅토르를 바라보고 있었다. 한참 생각하고, 또 생각하던 그녀가 입을 열었다.

"일단, 나 기억 안 잃어버렸어. 결혼반지 두 개 다 내가 가지고 있는 것도 알고."

그러더니, 이번에는 농담이 섞인 듯한 투로 말을 이었다.

"그리고 당신은. 음, 아직도 사랑하는 것 같을 때도 있고, 아닌 것 같을 때도 있고 그래."

그런 그녀의 대답에 빅토르가 입을 열었다.

"그런 것도 있나."

"나는 있는데. 어떤 날은 더 사랑하고, 어떤 날은 덜 사랑하고. 불이 다 꺼진 것 같다가, 바람 불면 살아나서 뒤늦게 아, 아직도 사랑하는구나 깨닫기도 하고. 나는 그런데. 당신은 안 그래?"

그렇게 묻자, 빅토르가 조금 떨리는 목소리로 대답했다.

"나는…… 천천히 타서, 큰 불이 생기고. 그대로야."

"……."

"이상하지. 나는 빨리 어른이 되었는데, 그것만 그렇게 느려."

스칼렛은 이상하게도 그의 말을 듣고 있는 것만으로도 호흡이 가빠져, 저도 모르게 가슴을 주먹으로 툭툭 두들겼다.

그러자 빅토르가 고개를 숙여 그녀의 얼굴을 보며 물었다.

"왜. 어디 아파?"

그런 그의 말에 스칼렛이 크게 한 번 숨을 쉬고, 밉다는 듯이 그를 보며 말했다.

"당신한테 옮았나 봐."

그렇게 말하고 웃으려 했는데 웃음이 나오지 않았다. 되레 눈물이 쏟아지더니 멈추지를 않았다.

그녀는 그때부터 눈가가 새빨개지도록 눈물을 흘렸으나 아무런 소리도 내지 않았다. 입을 꾹 다물고 눈물만 뚝뚝 흘리는 그녀를 바라보던 빅토르가 팔을 뻗어 스칼렛을 끌어안았다.

"소리 내서 울어."

"응……"

"제발. 소리 좀 내고 울어. 항상 내가 알게."

한 번 터진 눈물이 멈추지 않아서, 그녀는 그의 품에 안겨서 한참을 울었다. 정말로 그에게서 아픈 것이 옮았는지, 불덩이가 가슴에 걸린 것처럼 아팠다. 중간에 몇 번이고 억지로 웃어 보이려 했으나, 그것은 되레 더 눈물을 쏟게 만들 뿐이었다.

그녀는 자꾸만 무언가를 말하려 했지만, 목소리가 나오지 않아서 끝내 말을 하지 못했고, 빅토르는 그걸 알았는지 그녀를 대신해 웃으며 말했다.

"다 울고 말해. 설마 나와 있는 나흘 내내 울진 않겠지."

그의 말에 스칼렛이 동의한다는 듯 크게 고개를 끄덕였다. 그리고 손등으로 또 한 번 눈물을 닦아 낸 후 체리파이를 가리켰다.

"……아이스크림 올려 먹으면 맛있는데."

가까스로 말한 게 그거라, 빅토르가 이번엔 아예 소리를 내 웃었다.

"사 올 테니까 잠깐 더 울어."

그의 말에 스칼렛이 고개를 끄덕였다.

눈물이 터진 것이 빅토르 때문이라 그런지, 그가 옆에 있으면 영영 이 울음을 그칠 수 없을 것 같았다. 그러므로 그가 잠깐 나가는 것은 좋은 생각이라고 여겼다.

그가 아이스크림을 사기 위해 나간 뒤, 문 쪽에서 말소리가 들렸다. 스칼렛이 어느 정도 마음을 추스르고 주방을 나가 문으로 가 보니 빅토르의 앞을 일반 경찰 둘이 가로막고 있었다.

"크림슨가 제1 공장에서 에빌 크림슨의 사체를 찾았습니다. 그러 니…… 서까지 동행해 주시겠습니까?"

그 소리에 울음이 일순 그쳐 버린 스칼렛이 완전히 잠긴 목소리로 물었다.

"그게 무슨 소리예요?"

그러자 빅토르가 돌아보았다. 그리고 경찰이 대답했다.

"방금 말씀드린 것과 같습니다. 에빌 크림슨의 살해 용의자로 빅토 르 경께서 조사를 받으셔야 합니다."

"그러니까 그게……."

그렇게 말하며 문으로 향하던 스칼렛이 말을 멈추고 인상을 썼다.

앞에 서 있는 것은 일반 경찰들이었지만, 도로 쪽을 보니 마차 두 대가 있었다. 한쪽은 빅토르를 데려가려는 모양이었으나, 다른 한 대 에는 고위 왕실경찰이 타고 있을 가능성이 높았다.

스칼렛이 빅토르와 경찰 사이를 가로막고 말했다.

"또 무슨 누명을 씌우려고 이러는 거죠?"

"누명이라니요. 그런 게 아닙니다."

"나는 왕실경찰을 믿지 않아요. 저기에 왕실경찰이 동행한 이상, 혐

의만으로는 이 사람을 못 데려가요."

"증거품이 나왔으니 어쩔 수 없습니다."

"증거요? 뭔데요?"

"죄송하지만 말씀드릴 수 없습니다."

"살해당한 건 나의 숙부예요. 나도 알 권리가 있잖아요."

"조사 후에 말씀드리겠습니다."

"말했잖아요. 그러면 못 데려간다고."

막아서며 단호하게 말하는 스칼렛의 어깨가 두려움에 떨리고 있었다.

그녀는 지금 이들이 빅토르에게 누명을 씌우고 있다고 확신했다.

빅토르가 살인죄로 본청에 들어가게 된다면 목숨을 잃을 가능성이 있다는 극단적인 생각까지도 그녀는 하고 있었다. 그만큼 왕실경찰에 대한 그녀의 불신이 깊었다. 그러자 경찰이 말했다.

"그러시면 스칼렛 양 역시 체포할 수밖에 없습니다."

그 말이 다 끝나기도 전에 빅토르가 스칼렛을 집 안으로 밀어 넣으며 말했다.

"안에서 쉬고 있어. 곧 돌아올 테니까."

"가지 마. 저렇게 말도 안 되는 소리를 하는데 왜……."

"그러니까, 곧 돌아올 거야. 다시 이야기하지."

빅토르가 그렇게 말하고 스칼렛을 힘으로 들여보낸 후 문을 닫아버리고 경찰에게 말했다.

"가지."

"예."

빅토르는 덤덤한 얼굴로 계단을 내려가다 잠시 뒤를 돌아보았다.

그 후 다시 정면을 보니, 그가 체포되는 걸 안 7번가 사람들이 놀라서 몰려와 마차 앞을 막고 있었다.

빅토르가 그들에게 부탁했다.

"크림슨가에 연락을 해 줬으면 좋겠소."

"함장님……."

"아이스크림도 하나 사다 주면 다음에 갚지."

그가 말하고 마차에 올랐다. 잠시 후 마차가 출발했다.

―――◆◆◆―――

타운하우스에 남은 스칼렛은 문 뒤에 주저앉아 한동안 멍한 상태로 굳어 있었다.

그러나 아무리 생각해 보아도, 빅토르가 정말 숙부를 죽였다면 거기 증거품을 남겼을 리가 없었다. 거기까지 생각한 스칼렛이 몸을 일으켰다.

"누명을 쓴 게 분명해. 왕실경찰 본청으로……."

그렇게 중얼거리는데 다리가 후들후들 떨렸다. 본청에서 있었던 일들이 선명하게 떠오르기 시작했기 때문이었다.

대수롭지 않다는 듯이 그녀에게 억지로 독극물을 먹이고, 고통스러워 흐느끼는 것을 점점 더 대수롭지 않게 바라보던, 대외적으로는 누구보다 반듯하게 자랐을 청년들의 시선이 떠올랐다.

명령이 내려온다면 그들은 어떤 짓도 할 수 있다는 것을 스칼렛은 누구보다 잘 알고 있었다.

그때 문이 열리고 아이작이 정신없이 달려 들어왔다.

"스칼렛!"

"……어떡해, 빅토르가."

"왜 이렇게 몸이 차가워?"

"나는 괜찮아."

스칼렛이 넋이 나간 목소리로 말하고는 비틀거리며 전화실로 향했다. 그리고 해군 공관으로 전화를 걸자, 때마침 그곳에 있던 에번에게로 연결되었다.

─예, 스칼렛 양.

"왕실경찰이 빅토르를 데려갔어요. 숙부를 죽였다고……."

─해군도 막 전달받았습니다. 곧바로 왕실경찰 본청으로 갈 겁니다.

에번이 굳은 목소리로 대답했다. 스칼렛은 창백한 두 손으로 전화기를 꽉 붙잡고 말을 이었다.

"빅토르가 그랬을 리 없잖아요. 빅토르가 죽였다면 절대로 흔적을 남기지 않았을 거예요."

─저도 그렇게 생각합니다.

"숙부가…… 죽은 건 맞아요?"

─분명합니다. 다만 목격자가…….

에번은 무언가 말하고 싶은 듯했으나, 바로 말을 바꾸었다.

─아닙니다. 바로 본청에 가 볼 테니 잠시만 기다려 주십시오.

그렇게 전화를 마치고 스칼렛이 비틀거리자 아이작이 달려와 그녀를 안아 들었다. 그리고 급하게 계단을 올라 침실을 찾아 들어갔다.

스칼렛의 몸에는 여전히 큰 상처가 남아 있었고, 지금도 무리를 하면 금방 고열에 시달렸다.

이미 그녀는 입술까지도 하얗게 질려 있었다. 아이작이 그녀의 얼굴을 살핀 후 말했다.
"의사 불러올게. 잠깐만 누워 있어."
그의 말에 스칼렛이 힘없이 고개를 끄덕였다.
아이작이 떠난 후, 그가 염려한 것처럼 다시 열이 오르기 시작한 스칼렛의 정신이 아득해져 갔다.

빅토르가 그렇게 아파하고 있다는 걸 몰랐다. 아프단 말을 하지 않는 남자라서, 언제나 무덤덤한 얼굴을 하고 있었으니까.
제가 기억을 잃지 않는 한은 영영 마음을 돌릴 수 없을 것이라 그가 체념하고 있었다는 것도, 그 사실에 아파하고 있다는 것도 오늘에서야 알았다.
그러므로 그녀는 울음을 그치고 나면, 그에게 그렇게 말해 줄 생각이었다.
당신은 받지 못한 사랑에 끊임없는 갈증을 느꼈고, 나는 더 이상 기쁘지 않은데도 웃고 싶지 않았던 거야.
그래서 지금 이렇게 웃지 못하고 우는 거야. 당신 앞이라서.
우리는 서로 사랑하는 사람에게서 잃어버린 시절의 결핍을 채우려고 했었나 봐.
그래서, 우리에게는 그 시절이 처음이라서. 그리고 이런 사랑은 처음이라서.
너무나 모르는 것이 많았던 모양이야.

잠시 후 의사가 도착했고, 여느 때와 다름없이 절대 안정을 취하라는 말이 돌아왔다. 스칼렛의 몸은 밤사이 열이 올랐고, 그녀는 제대로 잠이 들지 못한 상태로 아침을 맞았다.

그녀는 앓고 있는 와중에도 해군의 전화를 기다렸다. 그러나 아무 연락이 없자, 스칼렛은 더 참지 못하고 전화실로 향했다. 그녀가 바짝 마른 입술로 해군 공관에 전화를 했을 때는 진전이 없다는 대답만이 돌아왔다.

-에번 부함장님께서는 아직 왕실경찰 본청 앞에 계십니다.

"왜…… 못 들어가고 있는 거죠?"

-지금 왕실과의 관계가 워낙 안 좋다 보니, 무작정 쳐들어갔다가는 함장님이 위험해지실 가능성이 큽니다.

이전에는 빅토르가 영웅이라 왕실도, 왕실경찰도 시민들의 눈치를 봤지만, 지금은 율리 이렌의 목숨이 걸려 있어 그들도 벼랑 끝에 몰린 상태였다. 잠시 생각하던 스칼렛이 입을 열었다.

"혹시 나는 면회를 할 수 있을까요? 그래도…… 아내였으니."

스칼렛이 묻자 전화수가 멈칫거린 후 이내 대답했다.

-아마…… 혼자 들어가신다면 될 것 같습니다.

그 곤란한 목소리를 끝으로 스칼렛은 전화를 끊었다. 그리고 그녀가 나갈 준비를 하자 아이작이 염려스레 물었다.

"이런 몸으로 어딜 가려고 그래?"

"본청에."

그녀는 본청이라는 말만으로도 두려움을 느껴, 단추를 잠그던 손을 흠칫 떨었다. 그러나 곧 단호한 목소리로 말을 이었다.

"면회를 해야겠어. 그리고…… 그 증거품이 뭔지 확인하고 싶어."

"알았어. 대신 본청까지 같이 가고, 나는 앞에서 기다릴 거야."
"고마워."
동생을 이기지 못하는 아이작은 스칼렛을 부축해 타운하우스를 나와 마차를 잡았다. 그들이 탄 마차는 곧 왕실경찰 본청으로 향했다.

스칼렛과 아이작이 탄 마차는 왕실경찰 본청 앞에서 멈춰 섰다. 스칼렛이 내려서자마자 에번을 포함한 해군들이 염려하며 그녀에게 다가왔다.
"스칼렛 양."
"혹시 뭐라도 알게 된 게 있나요?"
"죄송합니다. 아직……."
에번의 침울한 목소리에 스칼렛이 힘겹게 입을 열었다.
"내가 들어가 볼게요. 나 하나라면 들여보내 줄 테니까."
"혼자서는 너무 위험합니다. 또 약이라도 쓰면 어떡합니까?"
"설마, 여기 이렇게 많은 해군들이 있고, 아이작도 있는데 저를 해코지하진 못하겠죠. 게다가 이제 왕실경찰은 해적들에게서 약을 구하기 어려울 거예요. 휴건 한터조차도 아직 해독제를 구하지 못했잖아요."
"아무리 그래도……."
에번은 그녀를 불안하게 만들고 싶지 않았으나, 그렇다고 염려를 숨기지도 못했다. 그러나 달리 방법이 없는 것이 사실이었다. 에번이 불안한 상황 속에서도 특유의 여유를 억지로 만들어 보이며 말했다.
"스칼렛 양을 저 위험한 곳에 들여보낸 걸 나중에 함장님이 아시면 저를 죽이려 하실지도 모릅니다."

그런 그의 농담에 스칼렛은 애써 미소를 지어 보였으나, 부상으로부터 오는 물리적 고통과 두려움에 얼굴이 하얗게 질려 있어 보는 사람에게 더욱 애처로움을 느끼게 했다.

이곳에서의 기억이 스칼렛의 발목을 붙잡았다. 왕실경찰들이 취조 중에 먹인 독극물의 아픔이 온몸에 남아 있었다. 그녀가 자리에서 발을 떼지 못하고 몸을 달달 떨기만 하자 아이작과 에번이 앞을 가로막았다.

"스칼렛, 조금만 더 상황을 보자."

"제 생각도 그렇습니다. 스칼렛 양께서는 왕실경찰에 나쁜 기억을 가지고 계시지 않습니까."

두 남자는 번갈아 말리면서도, 결국 그녀가 두려움을 짓눌러 버리고 저 안으로 들어가 버리리란 것을 알고 있었다.

예상대로 스칼렛은 얼굴이 하얗게 질린 채로 두 사람을 보며 괜찮다는 듯 미소를 지어 보였다.

그리고 후들후들 떨리는 두 다리로 걸어 왕실경찰 본청으로 향했다.

그 모습에 에번이 한 손으로 제 얼굴을 감싸며 한숨을 쉬었다.

"정말, 주변 사람 미치게 하는 데 특출난 분이십니다."

그런 그의 말이 아이작에게는 전혀 들리지 않는 듯했다. 에번이 걸어가는 스칼렛의 뒷모습을 뚫어지게 바라보는 아이작에게로 시선을 옮겼다.

분명히, 아이작 크림슨이 에빌 크림슨과 제1 공장으로 들어가는 것을 봤다고 진술한 목격자가 있었다. 그리고 에번이 이 사실을 빅토르에게 보고하던 날, 빅토르가 들어갔던 제1 공장의 지하실에서 에빌 크림슨의 사체가 발견되었다.

에번은 그날 빅토르가 에빌 크림슨을 죽였을 가능성이 없지는 않다고 생각했다. 그러나 아이작이 이 사건에 연루되어 있으리라는 확신도 있었다.

몇 가지 단서들을 취합한 그의 머릿속에는 이 사건에 대하여 어느 정도 확신하는 바가 있었으나, 함부로 입 밖에 꺼내지는 않았다.

스칼렛이 무엇이라도 알아 오기를 바랄 수밖에 없다고 생각한 그가 중얼거렸다.

"……해군 체면이 말이 아니네."

─◆─

본청에 들어서는 스칼렛을 발견한 왕실경찰들이 몸을 일으켰다. 그들은 스칼렛이 설마 이 안에 또 제 발로 들어오리라 예상하지 못했던지, 하나같이 당혹스러운 표정을 짓고 있었다.

스칼렛이 입을 열었다.

"빅토르의 일에 대해 자세히 알고 싶어요."

"저, 그건……."

"나는 빅토르의 아내였어요. 그 사람의 부모가 모두 제 구실을 할 수 없으니, 내가 대신 변호를 구하든 무엇을 하든 해야 하는 것 아닌가요?"

"……."

가족에게 피의자를 검거한 이유를 알리는 것은 살란티에 경찰들에게 당연한 일이었다. 왕실경찰들은 난처해했으나, 혼자 나타난 데다가 몸이 좋지 않아 금방이라도 쓰러져 버릴 것 같은 그녀에게서 조금의 위협도 느끼지 못했다. 그들은 그녀가 위험한 행동을 하지 못하리라 판단해 금방 면회를 허락했다.

면회 전, 왕실경찰 하나가 증거품을 꺼내 스칼렛에게 보여 주며 말했다.

"발견 당시 에빌 크림슨은 탈수 상태인 데다 목이 부러져 있었고, 손에는 이것을 쥐고 있었습니다."

스칼렛이 증거품인 커프스링크를 확인한 후, 저도 모르게 낮은 신음을 흘렸다.

이혼 후에 빅토르가 경매에 내놓을 물건을 골라 달라고 그녀를 덤펠트가로 부른 적이 있었다. 그때 경매에 내놓으라고 꺼내 준, 그 파란색 커프스링크였다.

이것이 다시 빅토르의 손에 있는 것으로 보아 그가 경매에서 다시 사들인 모양이었다. 왕실경찰이 말했다.

"오신 김에 확인해 주시면 좋겠습니다. 빅토르 경의 물건이 분명합니까?"

"……맞아요."

그녀가 마지못해 수긍하자 왕실경찰들은 더욱 여유를 얻은 듯했다. 증거품을 확인한 후에, 스칼렛은 안내인을 따라서 면회실로 향했다.

그곳에 앉자 잠시 후 빅토르가 걸어 들어왔다. 두 사람만 남게 되었을 때, 두 사람은 서로 말없이 상대방을 바라보고 있었다.

그러다 빅토르가 먼저 입을 열었다.

"내가 에빌 크림슨을 죽였어."

"……."

"그러니 다시 올 필요 없어. 나머지 일은 덤펠트가의 변호사가 알아서 처리할 거야."

그는 언제 그녀에게 아프다고 매달렸냐는 듯이, 여느 때처럼 서늘한 얼굴과 건조한 목소리로 선을 긋고 있었다.

그의 말이 끝난 후에도 잠시 조용하던 스칼렛이 천천히 입을 열었다.

"거짓말하지 마."

"왜 거짓말이라고 생각해?"

"당신이 범행 장소에 그런 증거를 남겼을 리 없으니까."

그녀의 말에 빅토르가 어깨를 으쓱였다.

"사람은 누구나 실수를 하지."

"당신은 안 해."

"나도 해. 사람이라."

"아니, 안 해. 당신은 그런 흔적을 남기는 사람이 아니고, 그리고…… 그거."

스칼렛이 손톱으로 제 허벅지를 꽉 눌렀다. 울고 싶지 않았다.

그렇게 설움을 가라앉히고 나서, 빅토르를 따라 담담해진 목소리로 말을 이었다.

"내가 경매에 내놓으라고 꺼내 준 거잖아. 그 커프스링크. 그걸 다시…… 사들였잖아."

"……."

"그런 걸 잃어버렸다면, 다시 찾으려 했겠지."

그런 그녀의 말에 빅토르는 대답이 없었다.

그리고 더 대화할 마음이 없다는 듯, 일어나자 스칼렛이 서둘러 그에게 걸어가 앞을 막아섰다.

"피하지 마."

"당신이 무슨 말을 해도 사실은 바뀌지 않아. 나는 에빌 크림슨을 죽였고, 재판을 받을 거야."

그런 그의 냉정한 말에 스칼렛이 떨리는 목소리로 말했다.

"아프다며."

"……."

"그래서 더 걱정돼. 그러니까……."

스칼렛의 상처 받은 얼굴에 빅토르는 제가 어제 한 이기적인 행동들을 후회했다.

아이작을 대신해 벌을 받겠다고 결정한 이상은 그녀에게 모질게 대해야 했다. 한심하게 저를 제발 좀 봐 달라고 애원할 것이 아니라, 더 크게 그녀의 미움을 사려고 애써야 했다.

그녀의 마음에 제가 남아 있다는 말을, 그녀가 하지 못하게 했어야 했다.

그가 무심한 눈으로 스칼렛을 내려다보며 다시 입을 열었다.

"그거야말로 거짓말이었어. 아프다는 말."

"……."

"전에 그랬잖아, 당신이 날 사랑하는 건 편하고, 잠자리는 좋았다고. 그래서 그렇게 말한 거야. 나에게 마음이 남았다는 말이 듣고 싶고, 잠자리가 필요해서. 일부러 당신 마음의 약한 곳을……."

그렇게 아무렇게나 내뱉던 빅토르의 말이 끊어졌다. 스칼렛이 열이 올라 테이블에 손을 올려 의지하고 숨을 몰아쉬었기 때문이었다.

빅토르는 그대로 굳었고, 스칼렛은 그 상태로 힘겹게 아픔을 가라앉혔다.

잠시 후 그녀가 입을 열었다.

"빅토르."

"말하지 말고, 병원부터 가."

"어제 말하고 싶었는데."

스칼렛의 얼굴은 금방이라도 정신을 잃을 것같이 핏기가 없었고, 몸이 힘없이 휘청였다. 그녀가 말을 이었다.

"아이작은 내가 웃을 상황이 아닌데도 웃는다고 뭐라고 해. 그런데 나는 이제 당신을 보면…… 웃고 싶지 않을 때는 웃지 않게 됐어."

"……"

"당신은 아파도 아무런 표현도 하지 않고, 시간이 해결해 주기만 기다리잖아. 그런데 당신이 아프다고 말해서. 그래서……."

스칼렛은 모든 힘을 끌어내 몸을 바로 했다. 그리고 빅토르와 눈을 마주치고, 진심을 담아 활짝 웃어 보였다.

"그래서 좋았어."

"……"

"내가 당신에게, 당신이 나에게 특별한 것 같아서. 나는 참 좋았어. 그러니까……."

"……"

"그런 거짓말 하지 마."

빅토르는 무언가 대답하고 싶어 했으나, 아무 말도 하지 못하고 그녀를 바라보다, 저도 모르게 수갑을 찬 손을 스칼렛에게 뻗으려 했다. 그러자 밖에서 보고 있던 왕실경찰이 즉시 면회실로 들어와 두 사람 사이를 막아섰다.

"면회인과 접촉은 금지되어 있습니다."

"……그렇겠지."

빅토르가 중얼거리고, 다시 스칼렛을 보았다. 그녀 역시 다른 왕실경찰에 의해 면회실을 나서고 있었다.

빅토르는 그녀가 도중에 쓰러질까 두려워 필사적으로 스칼렛의 뒷모습을 바라보았다. 안 그래도 체격이 월등히 큰 그가 왕실경찰의 뜻에 따르지 않으니 팔에 주삿바늘이 꽂혔다.

"저희 뜻에 따라 주지 않으시니 별수 없었습니다, 빅토르 경."

말투는 정중했으나, 갑자기 마취제를 쓴 것을 사과하지는 않았다. 빅토르는 그 상태로 자신이 있던 독방으로 돌아갔다.

내내 남용한 약들 때문에 면역이 생긴 데다가, 의료용으로 허가된 마취제라 별달리 효과가 없었으나 그는 벽에 기대 눈을 감았다. 핏기 없이 비틀거리던 그녀를 따라 달려 나가고 싶은 마음을 억누르며, 그녀의 모습이며, 말 한 마디, 한 마디를 떠올렸다.

"내가 당신에게, 당신이 나에게 특별한 것 같아서."

그녀의 목소리가 귓가에서 맴돌자, 갑자기 맥박이 귀 바로 옆에서 뛰는 것처럼 요란해졌.

그녀와 좀 더 이야기하고 싶었다.

―◆―

스칼렛이 왕실경찰 본청을 나서자마자 곧바로 정신을 잃어, 아이작은 정신없이 달려가 그녀를 둘러업고 크림슨가로 돌아갔다.

다행히 곧 깨어난 스칼렛은 여전히 고열에 시달리면서도 전혀 쉬지 못하고 침대에 모로 누워서 깊은 생각에 빠져 있었다. 그때 그녀의 방으로 아이작이 들어왔다.

스칼렛이 힘겹게 상체를 일으키자 아이작이 말했다.

"누, 누워 있어!"

"아이작."

그녀의 가라앉은 목소리에 아이작이 멈칫했다. 그리고 저도 모르게 눈치를 보며 침대 옆에 둔 의자에 앉았다.

"……왜?"

그가 조심스레 묻자 스칼렛이 혼잣말하듯 나지막하게 말했다.

"그날 잊어버린 거."

"응?"

"해군사관학교에서, 내가 기억을 잃는 약을 줘서 잊어버린 거."

"아…… 응."

"그거, 숙부와 연관이 있을까?"

그녀가 묻고 나서 아이작은 바로 대답이 없었으므로, 두 사람 사이에 긴 침묵이 흘렀다.

스칼렛은 대답을 재촉하지 않았고, 아이작도 대화를 피하려 하지는 않았다. 그가 한동안 생각한 끝에 입을 열었다.

"아마도. 그럴 것 같다고 생각했어."

"……."

"내가 그랬구나."

아이작이 씁쓸하게 중얼거리고 고개를 떨궜다.

스칼렛이 젖은 눈을 창문 쪽으로 돌리고 다정한 목소리로 말했다.

"아닐 수도 있구. 하지만⋯⋯ 숙부가 죽어 있던 장소가 제1 공장이라서."

"음, 응."

"⋯⋯."

"내가 그랬을 거야. 내가, 내가 그랬을 거야, 아마."

아이작이 그렇게 말하더니 이내, 소리 내어 웃었다.

"아, 내가 숙부를 죽였구나."

"확실하지 않아. 기억이 나는 것도 아니잖아."

"확실해."

아이작이 미소를 지으며 말을 이었다.

"상황이 기억나는 건 아니지만, 감정은 전부 기억나. 끔찍하게 증오스러웠고, 잊을 때는 기뻤어."

"⋯⋯."

"내가 그 자식을 죽일 수 있다는 사실이, 기뻤어."

그의 말에 스칼렛이 고개를 끄덕였다. 그리고 그를 가만히 바라보며 말했다.

"아이작. 내가 얼마나 사랑하는지 모르지?"

"응, 몰라."

아이작이 고개를 끄덕였다.

"내가 미울 것 같다고 생각해, 늘. 내가⋯⋯ 네 어린 날을 망쳐 버렸으니까."

그는 담담한 표정과 목소리로 말을 이었다.

"그리고 나는 늘, 숙부의 눈치를 보며 너를 대했지. 나를 위해 버티고 있는 너에게."

"아니야."

"아니라면 그게 더 문제잖아. 네가 무뎌져서……."

"만약 나에게 심리적인 문제가 있는 거라고 해도, 아닌 건 아니야. 물론 미울 때가 없었다면 거짓말이지. 힘들 때가 없었다면 더더욱 거짓말이고. 그래도…… 나는 우리가 같이 있어서 좋았어."

"……."

"내가 오빠에게 얼마나 많이 의지하며 살아왔는지 모를 거야. 내가 얼마나 많이 사랑하는지……."

표정이 사라졌던 아이작의 얼굴에 점차 씁쓸함이 감돌았다. 스칼렛이 다정한 목소리로 말을 이었다.

"하지만 아이작."

"응."

"그렇다고 남이 죗값을 대신 치르게 할 수는 없어."

그녀의 말에 잠시 말이 없던 아이작이 곧 산 정상에 올라선 사람처럼 크게 심호흡했다. 그리고 어린애처럼 웃으며 말했다.

"응. 알아."

"내가 사랑하는 것도?"

"그건…… 차차 믿어 볼게."

아이작이 그렇게 말하고, 다시 눈꼬리를 휘어 사랑스럽게 웃었다.

"해독제를 가지고 있지?"

그러자 스칼렛이 고개를 끄덕였다. 그녀는 제 가방에 넣어 두었던 해독제를 아이작에게 건넸다. 아이작은 스스럼없이 해독제를 마시고 나서, 스칼렛의 손을 당기고 거기 어린 짐승처럼 제 뺨을 비볐다.

"기억이 떠오르면 바로 가서 자수할 테니까, 나 버리지 마, 스칼렛."

아이작이 힘겹게 중얼거렸다. 그러자 스칼렛이 무거운 마음을 숨기고, 그를 흘기며 핀잔했다.

"무슨 말도 안 되는 소리야? 버리지도 않지만, 버릴 수도 없어. 가족이잖아."

"내가 감옥에 가면…… 찾아올 거지?"

"어휴, 정말. 그걸 말이라고."

스칼렛이 몸을 숙이고 이마로 아이작의 이마를 콩 박았다. 그러자 아이작이 배시시 웃었다. 스칼렛은 그런 그를 바라보다 눈을 감으며 중얼거렸다.

"미안해."

"뭐가?"

"숙부는 심한 탈수 상태로 죽어 있었대. 그러니까…… 살아 있었을 거야."

"……"

"내가 약을 가져가서. 아이작이 나 대신 먹는 바람에 숙부를 거기 가둔 걸 잊어버렸나 봐."

"너야말로 뭘 모르는 소리네."

아이작이 이번에는 묘한 미소를 지으며 말을 이었다.

"그날 말했잖아. 나는 일부러 잊은 거야, 그 사실을."

"하지만……."

"나는 그놈을, 에빌 크림슨을 죽이고 싶어서 안달이 나 있었어. 내 선택이었고, 고의로 죽인 거야. 오히려 내가 다른 사람에게 누명을 씌우지 않게, 그래서 죄를 더하는 걸 막아 준 너에게는 고마울 뿐이야."

아이작은 그렇게 중얼거린 후, 침대에 머리를 기댔다.

어느 정도 시간이 지나 해독제의 효과가 돌기 시작하자, 에빌 크림슨을 지하실에 가뒀던 날이 천천히 떠올랐다. 그리고 그때의 감정이 떠오르자 그는 침대 시트를 꽉 움켜쥐었다.

아이작은 에빌 크림슨을 지하실로 끌고 가 두들겨 팬 후 가둬 두었다. 그리고 한동안 굶어 죽지 않을 정도의 빵과 물을 던져 주었다.

그는 냄새로 스칼렛이 먹던 빵을 기억하고 있었다. 그러다 눈을 뜨고 난 후에야 그녀가 늘 질 나쁜 빵을 먹고 있었던 걸 알았다.

작위를 가진 아이작은 늘 비교적 대우가 나았던 데다가, 스칼렛이 좋은 것만 있으면 그에게 다 줘 버렸다는 것도 알았다. 동생이 제가 알고 있던 것보다 더 많은 것을 그에게 양보하며 어른이 되었다는 걸, 시력을 되찾은 후에야 알게 되었다.

그는 스칼렛이 받은 학대를 전부 기억했고, 그대로 돌려주던 중이었다. 지하실 문이 닫힐 때 본 에빌 크림슨의 겁에 질린 표정이란.

그 표정을 떠올린 아이작이 저도 모르게 픽 웃었다.

"어릴 때는 숙부가 그렇게 무서웠는데, 지하실에 처박혀서 비는 걸 보니까 우습더라."

"……."

"돌려주지 못한 게 남아서, 바로 죽이고 싶은 걸 참느라 힘들었어."

그의 머릿속에 하나씩 기억이 돌아왔다. 그리고 그가 몸을 일으키며 말했다.

"네가 전장에 있던 동안에, 도망 다니던 숙부가 나에게 편지를 보냈어. 돈을 보내라고. 그래서 돈을 주겠다고 불러낸 거였어."

"정말? 그 편지 어디 있어? 협박이 있었다면 형량을 줄이는 데 도움이 될 거야."

"음…… 미안. 너한테 보여 줄 만한 내용이 아니야. 그건 내가 알아서 처리할게."

그 말에 스칼렛은 어렴풋이 그 편지에 자신에게 위해를 가하겠다는 내용이 있었던 것이리라 생각했다. 스칼렛이 그녀의 미움을 사는 것이 무서워, 제 눈을 바로 보지 못하는 아이작의 손을 꼭 쥐며 말했다.

"나도 숙부가 끔찍하게 싫었어. 할 수 있으면 내가 죽이고 싶었어."

그녀의 말에 아이작이 고개를 들었다. 스칼렛이 강경해 보이는 눈으로 그를 마주 보며 말을 이었다.

"다만 숙부가 내 인생을 더 망치게 하고 싶지 않았어. 오빠가 이런 일을 겪는 것까지 포함해서. 그런데…… 협박 편지를 받았다는 말을 들으니, 내가 잘못 생각했던 것 같아. 그 인간은 계속해서 내 인생을 망가뜨렸을 거야."

그녀의 말에 아이작이 조금 안도해서 크게 고개를 끄덕였다.

"응. 나도 그렇게 생각해."

그리고 스칼렛은 그를 안심시키려 두 팔로 한 번 꼭 끌어안았다. 아이작 역시 동생을 마주 안았다가, 다시 자리에 서서 말했다.

"그럼 자수하러 갈게."

"같이 가!"

"무슨 소리야. 일어나지도 못하면서. 누워 있어."

"그럼…… 덤펠트가 변호사와 함께 가. 어차피 빅토르가 연루되어 있으니까, 같이 가 줄 거야."

"아, 프랜 씨 말이구나. 그거 좋은 생각이네. 얼른 가서 전화할게. 너는 누워 있어."

아이작이 씩 웃고는 스칼렛을 한 번 더 꼭 안았다가 침실을 나섰다.

안 그래도 빅토르를 위해 왕실경찰 본청으로 향하던 덤펠트가의 변호사 프랜은 아이작이 부르는 쪽을 먼저 가야 한다고 확신해 경로를 바꾸었다.

크림슨가에 도착한 프랜이 포치에서 기다리던 아이작을 발견하고 혀를 쯧쯧 찼다.

"백작님, 어떻게 또 뵐 수가 있습니까?"

"……미안하게 됐어."

아이작이 멋쩍은 표정을 지었다.

프랜은 예전에 아이작이 사촌인 아놀드 크림슨을 두들겨 팼을 때와서 그를 빼내 준 적이 있었다. 프랜이 한숨을 푹 쉬었다.

"남매가 아주 똑같으세요. 말보다 행동이 앞서는 게 말이죠."

"그래?"

"칭찬이 아닙니다, 백작님."

프랜이 핀잔하고 아이작을 따라서 집으로 들어섰다. 그는 아이작이 건네준 에빌 크림슨의 협박 편지를 읽고 표정이 급격히 어두워졌다.

"듣던 것보다 더 쓰레기네요. 저열하기 짝이 없군요."

"응."

"이걸 왜 받고만 계셨습니까?"

"진짜로…… 스칼렛이 다칠까 봐 무서워서."

"어휴, 백작님. 저희 도련님이 아가씨 경호에 얼마나 신경을 쓰시는지 아시잖아요."

"그래도 해적들에게 납치당했었잖아."

그런 그의 지적에 프랜이 멈칫하더니, 민망해하며 꿍얼거렸다.

"안 그래도 그래서 여기 사는 안드레이 씨가 '경호만 많으면 뭐 하나, 인력의 질이 떨어지는데'라고 늘 한 소리 하시더라구요. 나름 엘리트들인데 말이죠."

프랜이 협박 편지를 하나도 빼 놓지 않고 읽는 모습을 보던 아이작이 중얼거렸다.

"나는 사실, 제대로 읽을 수조차 없었어."

"이해합니다. 제가 읽으면 되니 염려 마세요."

프랜이 그렇게 말하고 편지를 꼼꼼하게 모아서 챙긴 후 아이작에게 말했다.

"가시죠."

"응."

아이작이 고개를 끄덕이고 응접실을 나섰다. 그리고 문을 막 나서는데 등 뒤에서 스칼렛의 걸음 소리가 들렸.

그는 언제나 스칼렛이 다가오는 걸 알았다. 아이작이 돌아보니 난간을 잡으며 힘겹게 계단을 내려온 스칼렛이 보였다.

아이작이 놀라서 말했다.

"다시 들어가 있어."

"답답해서……."

스칼렛이 희미하게 웃고는 잘 가라고 두 사람에게 손을 흔들었다.

아이작이 별수 없다는 듯한 얼굴로 스칼렛의 이마에 입을 맞추고 그녀에 대한 걱정을 힘겹게 누르며 미소를 지었다. 그리고 손을 흔든 후 프랜과 함께 집을 나섰다.

스칼렛은 포치 스윙에 가서 앉아 마차가 멀어지는 것을 바라보다가, 아이작이 스칼렛의 손이 닿는 곳에 만들어 준 책장에서 책을 꺼내 무릎에 놓았다.

아이작은 그녀가 자주 가는 곳에는 전부 푹신한 것을 깔아 놓고, 작은 거스러미도 생기지 않게 잘 갈아 놓았으며, 시선이 닿는 곳에는 등나무나 장미같이 아름다운 것들로 장식을 해 두었다.

그녀는 그네 등받이에 기대 잠시 멍한 상태로 시간을 보냈다. 부모를 잃은 후부터 아이작에게 세상을 받아들이는 경로는 오직 스칼렛 하나였고, 그래서 아이작이 지나칠 정도로 동생 생각밖에 하지 않는다는 걸 그녀는 알고 있었다. 그런 그를 제 손으로 경찰서에 보내야 하는 스칼렛의 가슴이 미어졌다.

그날 아이작과 변호사가 우선 찾아간 곳은 반왕정 혹은 중도에 가까운 신문사들이었다. 두 사람은 아이작이 받은 협박 편지에 대한 이야기부터 시작하여, 그가 기억을 잃은 사이 빅토르가 대신 죄를 뒤집어쓴 것 같다는 추측까지 모든 이야기를 자세히 전달했다.

이야기가 길어져 다음 날이 되어서야 경찰서로 향하며, 프랜이 한숨 쉬었다.

"그 편지를 신문에 공개하면 재판이 훨씬 수월할 텐데요."

"이딴 걸로 사람들 입에 스칼렛을 올리고 싶지 않아."

아이작의 단호한 말에 프랜이 이해한다는 듯이 고개를 끄덕였다. 편지는 지나치게 악랄하며, 자극적이었다. 공개를 꺼려 하는 아이작의 마음을 이해하고도 남았다.

아이작이 일반 경찰서에 들어가 자수를 한 직후부터 그곳이 어수선해졌다. 이미 빅토르가 에빌 크림슨을 죽인 것을 확신한 왕실경찰은 이 사건을 이용할 많은 계획을 준비해 두었다. 그러나 아이작의 등장으로 모든 것이 엉망진창이 될 상황이었다.

만약 프랜의 계획대로 미리 신문사에 알린 후 본청에 오지 않았다면, 이대로 아이작을 쫓아내 버릴 수도 있었으나 그것이 불가능하게 되었다.

아이작을 기다리게 하고, 경찰들은 계속해서 어디론가 연락을 돌렸다.

빅토르 덤펠트가 에빌 크림슨 살해 혐의로 구속되었다는 소식이 들려왔을 때, 왕실에는 커다란 안도가 찾아왔다.

내내 병상에 있던 왕은 그 일로 순간 건강을 회복했는지, 왕세자 부부에게 왕실의 위신을 되찾을 많은 행사를 지시했다.

또한 왕족들과 그들의 가까운 몇몇 친우들이 모인 만찬 자리에서 왕이 말했다.

"지금 왕실경찰 본청의 수장 자리가 비어 있으니, 왕세손을 그 자리에 앉히면 좋겠군."

현재 왕실경찰 본청은 여러 사고와 해군과의 갈등으로 청장 자리가 비어 있는 상태였다. 만찬에 참석한 사람들은 순간 왕이 실성한 게 분명하다고 속으로 생각했으나 겉으로는 드러내지 않았다.

그나마 그 자리에 참여한 하원의장이 조심스러운 태도로 에둘러 물었다.

"왕세손 전하께서 자리에 부족하신 건 물론 아니지만, 적어도 지금 휘말리신 송사가 끝나고 발표하시는 게 낫지 않겠습니까?"

"그럼 너무 늦어지니 말하는 거 아니겠소. 지금 빅토르를 조사 중일 때 해야 하는 일이오."

만찬장의 사람들은 속으로 탄식했다.

타고나길 아집이 강한 알버트 이렌의 생각을 꺾는 것은 아주 어려운 일이었다.

왕의 성정을 아는 이들은 빅토르가 언제나 그른 선택을 하고 있다는 사실을 내심 알고 있었다.

그가 알버트 이렌의 명령에 따라서 해적을 상대하는 일을 지나치게 잘 수행했을 때부터 빅토르 덤펠트가 계승 서열을 받는 것은 이미 불가능해졌을 것이다.

알버트 이렌은 우수한 인재를 두려워했다. 그것은 선왕이 남긴 트라우마 같은 것이었다.

적당히 무능한 시늉을 하며 왕의 비위나 좀 맞춰 줬다면 훨씬 수월했을 텐데, 그런 성정이 못 되는 데다 아내까지 사교계와는 거리가 멀어 여론을 형성하거나 하는 일을 하지 못했다.

스칼렛 크림슨이 좀 더 사교계를 즐길 줄 아는 여자였다면 어땠을까. 그녀의 눈부신 외모를 생각하면, 사교계의 권력을 쥐는 것도 가능했을 것이고, 그 사교계의 권력이 그들을 왕가에 쉽게 녹아들도록 도왔을지 모른다.

빅토르 덤펠트에 대하여 이러저러한 '만에 하나'를 생각하는 사이, 만찬 자리에서 정리된 이야기가 왕성 밖으로 흘러나갔다.

― · ◆ · ―

각종 범죄 행위에 대하여 조사 받는 중인 율리 이렌을 왕실경찰의 수장으로 임명하겠다는 성급한 발표가 나오자, 기자들은 곧바로 각자의 언론사로 돌아가 밤새워 기사를 작성했고, 그것은 다음 날 새벽 수도 전역으로 뿌려졌다.

스칼렛은 밤새 앓고 나서 다음 날 아침 느지막이 눈을 떴다. 이제 슬슬 더워지는 날씨인데도 몸이 으슬으슬 떨려 두꺼운 담요로 몸을 휘감고 계단을 내려오니, 1층 로비 쪽에서 안드레이가 신문을 읽으며 커피를 마시고 있었다. 비교적 건강해 보이는 그의 얼굴을 기가 막혀 하며 흘긴 스칼렛이 물었다.

"언제 왔어?"

"아침 여덟 시에 도착했습니다. 그렇다는 건, 사장님이 늦잠을 잤다는 말이죠."

"몸이 안 좋단 말이야. 아이작과 빅토르는 다 경찰서에 있고……"

"예, 전달은 받았습니다만, 그래도 가게는 열어야 되거든요. 전쟁통에도 열었는데요."

"……."
그렇게 쌀쌀하게 말하는 안드레이를 보던 스칼렛이 희미하게 웃음을 터트렸다.
"내가 걱정돼서 급하게 온 거지? 안드레이야말로 몸도 안 좋은데."
"사장님이 걱정되는 게 아니라, 가게를 못 여는 게 걱정인 겁니다."
"그게 내 걱정이지 뭐."
스칼렛이 놀리듯이 말하자 안드레이는 더 대답하기도 귀찮다는 듯 신문으로 고개를 돌렸다. 그리고 첫 장을 스칼렛에게 건넸다.
"아주 가관이죠."
스칼렛이 신문을 펼쳐 보니 율리 이렌이 왕실경찰의 수장으로 임명될 것이라는 기사가 실려 있었다.
"왕실에서 기사를 너무 빨리 냈네. 곧 아이작이 자수할 텐데."
스칼렛이 중얼거리고는 몸이 으슬으슬해 담요를 당겼다.
안 그래도 몸이 좋지 않은데, 전날 밤 포치 스윙에 앉아 있다가 새벽이 늦어서야 잠드는 바람에 감기까지 걸린 듯했다.
어제, 스칼렛은 자리에서 앉아서 멍하니 상황에 대하여 다시 생각했다. 한동안은 아이작을 걱정하다가, 지나서는 빅토르가 떠올랐다.
면회실에서 쫓겨나던 도중에 뒤를 돌아보니, 빅토르는 그녀를 바라보고 있었다. 전날 본 그의 눈빛이 고독했다면, 그 순간 빅토르의 시선은 불길 같았다.
그녀는 빅토르를 다시 만나 따지고 싶은 말이 너무나 많았다. 왜 그랬느냐고, 도대체 무슨 생각으로 죄를 덮어쓸 마음을 먹었느냐고.
그녀가 담요를 두 손으로 더욱 꼭 쥐고 있는 모습을 본 안드레이가 핀잔했다.

"차라리 더 주무시죠?"

"본청 가 봐야지. 아이작도, 빅토르도 어떻게 되었는지 모르니까."

"뭐…… 제가 아는 왕실경찰이라면 백작님이 자수해도 안 받아 주고 있을 텐데요."

"덤펠트 가문 변호사가 같이 갔어."

"아, 프랜 씨가 같이 계시면 신문사에 가서 여론부터 만드셨을 테니, 경찰서에서도 좀 더 진지하게 듣고 있겠네요."

"……응."

"그래도, 왕실경찰이 함장님을 쉽게 내보내 주지는 않을 겁니다. 무슨 수를 쓸지 몰라요."

안드레이의 냉정한 말을 가만히 듣고 난 스칼렛이 그에게 물었다.

"왕실경찰은 뭐가 약점이야?"

그러자 안드레이가 대꾸했다.

"그래 보여도 명문가 자제들이 많지 않습니까? 명예를 무지하게 중요히 여기는 집단입니다."

"명예?"

"예."

그의 말에 스칼렛이 실없이 웃었다. 빅토르가 그렇게 되고자 했던 왕족들은 객관적으로 봤을 때 형편없는 인간들이었다.

그는 이미 존재하는 어떤 왕족들보다 명예로운 사람이 된 지 오래였다. 군인으로서, 지키는 나라의 국민들이 열렬히 사랑해 주는 것보다 더한 명예가 어디 있단 말인가.

스칼렛의 냉소적인 얼굴을 좋아하는 안드레이는 그녀가 짓고 있는 표정에 홀릴까 봐 잽싸게 고개를 돌린 후 말을 이었다.

"저나 휴건 한터를 포함해서, 왕실경찰 중에는 명문가의 차남들이 많죠. 진급을 하고, 권력을 얻어 후계자 자리를 빼앗는 경우도 허다합니다."

"음."

"진급 누락은 곧 가문의 수준이 떨어진다는 걸 의미하기도 하고요."

안드레이의 말을 듣고 난 스칼렛이 입을 열었다.

"지금 경찰 간부 자리는 일반 경찰이 올라가지 못하지?"

"그야 그렇습니다만."

스칼렛이 고개를 끄덕이고, 재차 물었다.

"거기 불만이 있는 사람들이 누가 있는지 알아?"

그녀의 말에 힐끔 스칼렛을 본 안드레이가 혀를 차며 펜과 종이를 꺼내 관할서와 소속된 경찰들의 이름을 적었다. 스칼렛은 자기가 물어보기는 했지만 이렇게 정확하고 많은 수를 알고 있을 줄 몰랐기 때문에 당혹스러운 마음으로 다시 물었다.

"어떻게 그렇게 자세히 알아?"

"왕실경찰이 경찰 내에서 권력을 유지하려면, 반동분자들을 다 예의 주시해야 하는 게 당연하지 않습니까?"

"안드레이도 참……."

"개과천선했죠."

그 말에 그제야 스칼렛이 웃자 안드레이가 휴 한숨 쉬었다. 그녀가 웃으니 그제야 좀 이상형에서 멀어졌다.

스칼렛은 그 종이를 들고 전화실로 가서, 힘이 없어 달달 떨리기까지 하는 손으로 우선 1함대에 전화를 걸었다. 잠시 후 에이샤에게 전화가 연결되었다.

―어, 스칼렛! 안 그래도 걱정돼서 전화하려고 했는데!

"부탁할 게 있는데. 혹시 언제쯤 수도에 와?"

―안 그래도 지금 1함대 해군들 다들 화가 나서 수도로 갈 준비 중이야. 바다가 텅텅 비어 봐야 해군 고마운 줄 알지……. 아무튼 함장님 출소하시는 데 도움되는 거야?

출소라니.

스칼렛은 그 단어에 어처구니없어 실소하고 말을 이었다.

"응. 맞아."

―그럼 부탁이라고 부를 수도 없지. 말해 줘!

"지금 불러 주는 관할서에 전화를 좀 걸어 줘."

―내가?

"응. 왕실경찰이 아니라서 승급이 누락되는 것에 불만이 있는 경찰들이야. 아침에 왕세손을 청장으로 앉힌다는 소식을 듣고 더 화가 났겠지. 거기에 해적섬 출신에서 해군 장교가 된 네 전화라면……."

―아, 이해했어!

에이샤가 그렇게 말하고, 유쾌하게 웃었다.

―일반 경찰들이 하극상을 일으키게 하자는 거구나.

"……그렇게 말하면 내가 사고치는 것처럼 들리는데."

―뭐? 사고를 치고 있다는 생각도 안 했어? 그건 진짜 심각한데. 내가 태어나서 본 사람 중에 제일 사고뭉치야.

저를 위로해 주려 유난히 더 과장되게 말하는 에이샤의 농담에 스칼렛은 그제야 아이처럼 해맑게 웃었다. 그러자 에이샤가 따라 웃으며 말했다.

―그런 사고뭉치가 없었으면 내가 어떻게 장교가 되었겠어.

"네가 대단해서."

-그것도 맞고.

에이샤가 대답하고 호탕하게 웃었다.

에이샤와의 전화를 끊고 나서, 귀족가 태생이 아닌데도 오로지 능력만을 인정받아 장교가 된 니콜라우스에게도 전화를 걸더던 스칼렛은 잠시 손을 멈췄다.

그녀는 잠시, 세상에서 제일 혈통이 중요한 것처럼 굴던 남자가 살란티에서 누구보다 먼저 그 혈통이 가진 힘을 깨고 이들을 진급시켰다는 사실을 생각했다.

"……당신이야말로 진짜 사고뭉치야."

스칼렛이 혼잣말을 하고, 아이스크림 가게로 전화를 걸었다.

〈처음이라 몰랐던 것들〉
4권에서 계속